grafit

Handlung und handelnde Personen sind – wenngleich von der Wirklichkeit inspiriert – frei erfunden.

Für Claudia

Chemnitzer Str. 31, 44139 Dortmund
Internet: http://www.grafit.de
E-Mail: info@grafit.de

Umschlagfoto: lelajs / photocase.com
Druck und Bindearbeiten: CPI – Clausen & Bosse, Leck
ISBN 978-3-89425-420-9
2. 3. 4. / 2018 17 15

Marc-Oliver Bischoff

Die Voliere

Thriller

grafit

Marc-Oliver Bischoff wurde 1967 in Lemgo geboren und wuchs in einem kleinen Dorf am Stadtrand von München auf. Nach dem wirtschaftswissenschaftlichen Studium verschlug es ihn unter anderem nach Frankfurt, der Stadt, der er sich bis heute am meisten verbunden fühlt.

Zu schreiben begann er in Form eines Laufblogs, aus dem das Buch *Lauf, du Sau* wurde. Sein erster Kriminalroman *Tödliche Fortsetzung* wurde mit dem ›Friedrich-Glauser-Preis‹ in der Sparte ›Debüt‹ ausgezeichnet.

Marc-Oliver Bischoff lebt mit seiner Frau und zwei Kindern in Ludwigsburg bei Stuttgart und arbeitet als Technologieberater.

www.marc-oliver-bischoff.de

I

Gegen die Unverbesserlichen muss die Gesellschaft
sich schützen; und da wir köpfen und hängen nicht wollen
und deportieren nicht können,
so bleibt nur die Einsperrung auf Lebenszeit.

Aus *Strafrechtliche Aufsätze und Vorträge* von Dr. Franz von Liszt

1992

Angelika Alba stand am Küchenfenster und zog die Gardine mit dem Rosenmuster einen Spalt weit auf. Gerade so weit, dass sie ihren Nachbarn Adam Lefeber beobachten konnte, ohne ihrerseits gesehen zu werden.

Obwohl Lefeber alleinstehend war, bewohnte er ein Reiheneckhaus mit gelbem Anstrich und weißen Fensterläden an der Renoirallee im Frankfurter Stadtteil Riedberg. An der Nordseite rankte sich allen Widrigkeiten des Wetters zum Trotz eine Klematis empor, im Vorgarten leuchteten die Blüten eines sauber gestutzten Rosenstrauchs der Sorte Queen Elisabeth, eingefasst von gelbem und weißem Phlox. Abgesehen von der späten Blütenpracht glich das Haus dem der Nachbarn wie ein Ei dem anderen.

Lefeber sperrte die drei Schlösser jeweils doppelt ab, rüttelte probeweise an der Eingangstür und ließ den Schlüssel in seine Aktentasche gleiten.

»Er hat die Tür abgeschlossen«, flüsterte Angelika Alba.

Lefeber strich mit der Hand über ein Fenster, prüfte und nickte bestätigend, um sich dann dem nächsten zuzuwenden. Schließlich verschwand er aus Albas Blickfeld.

»Er ist in den Garten gegangen«, wisperte sie.

Lefeber tauchte wieder vor dem Haus auf und ging auf sein Fahrrad zu. Er klemmte die Aktentasche auf den Gepäckträger und schob das Rad auf den Gehweg. Selbst das Gartentor sperrte er hinter sich ab, obwohl es für jeden Schuljungen ein Leichtes gewesen wäre, darüberzuklettern. Dann stieg er auf und fuhr los, vorbei an Familienkutschen und Coupés mit Ledersitzen.

Angelika Alba hörte das Rascheln, als die Reifen von Lefebers Fahrrad vor ihrem Haus über das Laub rollten. Einen Moment blendete sie die Herbstsonne, die hinter dem nahen Kindergarten hervorblitzte, und als sie das nächste Mal auf die Straße sah, begegnete sie Lefebers Blick.

Er winkte ihr zu.

Angelika Albas Herz drohte auszusetzen – nun hatte er sie doch entdeckt. Mechanisch winkte sie zurück. Dann verschwand Lefeber aus ihrem Sichtfeld. Sie atmete auf.

Einen Augenblick später ging die Türklingel.

Alba drehte sich um. Im Wohnzimmer, das an die Küche grenzte, standen fünf Männer, vier von ihnen verbargen die Gesichter unter Sturmhauben. Sie trugen schusssichere Westen, Waffen und grobe Stiefel, die ihren schönen Teppich ruinierten.

Der junge Polizist mit dem Namen Hartmann, der einzige in Zivil, nickte beruhigend. »Keine Panik«, sagte er.

»Soll ich hingehen?« Albas Stimme zitterte. Sie betete, dieser Kelch möge an ihr vorübergehen.

»Hat er Sie gesehen?«

Alba nickte.

»Dann ja.«

»Was soll ich sagen?«

Hartmann lächelte. »Fragen Sie ihn einfach, was er will.«

Angelika Alba wischte sich die schweißnassen Hände an der Schürze ab, strich sich über die Haare und ging zur Tür. Die Männer zogen sich noch ein wenig tiefer in die Schatten des Wohnzimmers zurück.

Sie atmete tief durch. Dann öffnete sie die Tür.

Lefeber stand direkt vor ihr auf dem Treppenabsatz. Er lächelte, Grübchen in den Wangen seines jungenhaften Gesichts. »Guten Morgen, Frau Alba.«

»Guten Morgen, Herr Lefeber. Spät dran heute?«, sagte sie, um eine normale Reaktion bemüht. Ganz bestimmt merkte er, dass ihre Stimme spröde klang.

»Ich habe erst in der zweiten Stunde Unterricht.« Lefeber rümpfte die Nase, als habe er etwas gerochen. Er versuchte, an Alba vorbei in den Flur zu spähen, doch sie zog die Tür ein paar Zentimeter weiter zu.

»Alles in Ordnung, Frau Nachbarin?«

»Alles bestens, Herr Lefeber.« Sie umklammerte den Türgriff, bis ihre Hand schmerzte. »Kann ich etwas für Sie tun?«

»Ich wollte Sie bitten, ein Paket für mich entgegenzunehmen, das heute Vormittag ankommt.«

Erleichtert lockerte Alba den Griff, ihre Hand prickelte.

»Gerne, Herr Lefeber.«

»Ich müsste nur schnell einen Zettel schreiben und an die Tür kleben.« Lefeber stutzte. »Geht es Ihnen wirklich gut? Sie sehen ein bisschen blass aus.«

»Es geht mir bestens, Herr Lefeber.«

Ihr war sterbenselend.

»Darf ich auf einen Sprung hereinkommen und die Nachricht schreiben?«

»Nein.«

Lefeber lachte erstaunt auf.

Ein Ruck ging durch Angelika Alba. *Herrgott, jetzt reiß dich zusammen! Wenn du so weitermachst, geht er dir gleich hier auf der Schwelle an die Gurgel.*

»Tut mir leid, Herr Lefeber, ich … bin gerade erst aufgestanden und noch nicht richtig wach. Warten Sie einen Augenblick, ich hole Stift, Papier und Tesa.« Alba kämpfte einen Moment lang gegen das dringende Bedürfnis, dem Nachbarn die Tür vor der Nase zuzuknallen. Doch das wäre nicht nur äußerst unhöflich, sondern auch fatal gewesen. Daher machte sie auf dem Absatz kehrt und suchte die benötigten Utensilien zusammen.

Als sie zurückkehrte, wischte Lefeber gerade mit einem Taschentuch den Türgriff ab.

»Da war Vogelkot«, erklärte er ungefragt.

Alba reichte ihm das Gewünschte.

Während Lefeber mit krakeliger Schrift die Nachricht verfasste, murmelte er den Text leise vor sich hin. Alba stand daneben, die Lippen zusammengepresst.

Mit einem Lächeln gab er ihr Stift und Tesafilm zurück. »Vielen Dank, Frau Alba.« Doch er machte nicht die geringsten Anstalten, zu gehen. »Ist Ihr Mann wieder mal auf Geschäftsreise?«

In Angelika Albas überbordender Fantasie beugte sich Lefeber mit einer im Mondlicht blitzenden Axt über ihr Bett, während ihr Mann in Paris seelenruhig ein Entrecote verzehrte. Medium rare.

»Nein«, log sie. »Er kommt heute sogar etwas früher nach Hause.«

Ein Scheppern drang aus dem Wohnzimmer. Lefeber spähte erneut über ihre Schulter und als er im Halbdunkel nichts entdeckte, betrachtete er forschend ihr Gesicht. In seinen Augen flackerte Unruhe auf – oder Schlimmeres.

»Die Katze hat wohl etwas umgestoßen«, erklärte sie mit tonloser Stimme. *Bitte verschwinde endlich, sonst werde ich auf der Stelle ohnmächtig!*

Zwei Glockenschläge wehten von der Kirche auf dem Riedberg herüber.

Lefeber warf einen erschrockenen Blick auf seine Armbanduhr und eilte, einen Gruß über die Schulter rufend, die Stufen hinunter. Nachdem er die Nachricht an seiner Haustür befestigt hatte, schwang er sich auf sein Fahrrad und verschwand winkend um die Ecke.

Albas Knie gaben nach.

»Das haben Sie gut gemacht«, tönte eine Stimme aus dem Gang hinter ihr. Ein Knistern aus dem Funkgerät.

Dann sagte jemand: »Zugriff.«

*

Das Lehrerzimmer des Rose-Schlösinger-Gymnasiums im Frankfurter Nordend war ein heller Raum mit gelben Vorhängen, in Gruppen angeordneten Holztischen und einer imposanten Bücherwand an der Nordseite. Durch die große Glasscheibe fiel weiches Morgenlicht in den Raum. Es verlieh den ausgestellten Porträtstudien der Schüler, die Adam Lefebers Kunst-AG besuchten, etwas Entrücktes: Anlässlich eines Besuches im Archäologischen Museum hatten sie Bleistiftzeichnungen von einer römischen Statue angefertigt; ein versonnener Narcissus lehnte sich, die rechte Hand in die Hüfte gestemmt, auf eine Steinsäule. Wenn man von dem zerstörten Phallus absah, zeigten die Zeichnungen eine perfekt erhalte Plastik. In der Reihe der Arbeiten klaffte eine Lücke, ein aufmerksamer Beobachter hätte noch die Befestigungslöcher in der Wand bemerkt. Zwei Bilder waren abgenommen worden.

Die Tür ging auf und Ina Franke sah, wie Adam Lefeber den Raum betrat. Er begrüßte die kleine Runde mit einem kurzen Hallo – die meisten Kollegen befanden sich bereits in ihren Klassen, wo der Unterricht begonnen hatte – und öffnete einen der beiden Kühlschränke neben der Tür, um ein mitgebrachtes Pausenbrot zu verstauen.

Ina wurde eiskalt, ihr Herz klopfte zum Zerspringen.

Lefeber hätte nicht hier sein dürfen. Die Polizei hatte es versprochen!

Sie spürte das dringende Bedürfnis, ihre Hände zu bewegen und sich beispielsweise durch die rote Lockenmähne zu fahren, doch sie saß völlig paralysiert auf ihrem Platz und starrte Lefebers Rücken an, der die Sicht auf das Innere des Kühlschranks versperrte. Ihr Mund war trocken, das Schlucken fiel ihr schwer.

Plötzlich vibrierte ihr Handy in der Tasche. Von dem Metallgehäuse ging eine unheimliche Kälte aus. Ihre Hand zitterte, als sie das Gespräch annahm und das Handy ans Ohr hielt.

»Frau Franke?«

»Ja?«

»Hier ist Abel von der Frankfurter Polizei.«

»Ja?«

Lefeber drehte sich um und sah ihr direkt in die Augen. *Er weiß, mit wem ich telefoniere.*

Ina erwiderte den Blick des Kollegen einen Moment, dann drehte sie sich zur Seite.

»Es gab eine kleine Planänderung. Wir fangen Lefeber nun doch vor der Schule ab.« Abel sprach schnell, als hätte er sich die Sätze zurechtgelegt. »Ich glaube zwar nicht, dass Sie ihm nochmals begegnen, aber für alle Fälle möchte ich Sie vorwarnen.«

Als Ina wieder einen Blick zum Kühlschrank wagte, hatte Lefeber sich keinen Millimeter bewegt. Noch immer sah er sie an.

Am anderen Ende der Leitung herrschte Stille, sie konnte die Irritation des Polizisten beinahe fühlen. Als er wieder das Wort ergriff, klang seine Stimme ein paar Nuancen tiefer. »Frau Franke, antworten Sie nur mit ›Ja‹ oder ›Nein‹.«

Als ob sie zu etwas anderem imstande wäre.

»Ist Lefeber schon eingetroffen?«

»Ja.«

Erneutes Getuschel am anderen Ende der Leitung. »Hören Sie: Zwei Dinge sind wichtig. Erstens: Er darf keinen Verdacht schöpfen. Zweitens: Er soll auf keinen Fall den Klassenraum betreten.«

»Ja.«

»Wo befinden Sie sich im Moment, Frau Franke?«

»Nein.«

»Entschuldigen Sie. Sind Sie im Schulgebäude?«

»Ja.«

»Versuchen Sie, ihn irgendwie ins Freie zu bekommen, auf den Schulhof. Trauen Sie sich das zu?«

»Nein.«

Gedämpfte Diskussionen am anderen Ende der Leitung. Endlich Abels Stimme. »Gut, bleiben Sie einfach, wo Sie sind, und lassen Sie sich nichts anmerken. Wir sind in ein paar Minuten da.« Die Verbindung brach ab.

Genauso abrupt wandte auch Adam sich von ihr ab und kramte in irgendeiner Plastiktüte herum.

In dieser Situation war Ina froh darum, dass er demonstrativ nicht das Wort an sie richtete. Seit sie sich vor drei Monaten von ihm getrennt hatte, sprach er nur noch das Nötigste mit ihr. Wäre sie die Abservierte gewesen, hätte sie ebenso gekränkt reagiert.

Nun erhob sie sich und trat einen Schritt auf Lefeber zu. Woher sie den Mut für die nun folgenden Worte aufbrachte, würde sie auch Jahre später nicht erklären können.

»Adam, hast du einen Moment Zeit?«

Sein Blick tastete sie ab. Ein trotziger, verbitterter Ausdruck verdrängte den sonst üblichen jungenhaften Ausdruck von seinem Gesicht. Nur das schillernde Grün seiner Augen übte auf Ina noch immer eine unerklärliche Faszination aus.

»Ich dachte, zwischen uns ist alles geklärt?«, sagte er lauter als nötig.

Ina Franke meinte zu spüren, wie die Kollegen den Blick hoben und sie beobachteten.

»Können wir reden? Draußen?«

Lefeber sah demonstrativ auf die Uhr. »Tut mir leid, meine Stunde geht gleich los.« Er schlug die Kühlschranktür zu und hob seine Tasche vom Boden auf.

Panik stieg in Ina auf, sie durfte Lefeber um keinen Preis gehen lassen. Ohne dass sie es wollte, lag ihre Hand plötzlich auf seinem Unterarm. Mit scheuem Lächeln sagte sie: »Bitte, Adam, ich … möchte dir einen Vorschlag machen.«

Er sah ihr in die Augen. Sein Blick war so abgründig tief, dass Ina schwindelig wurde.

»Geht es dir nicht gut? Du zitterst ja«, fragte er irritiert.

Sie schüttelte den Kopf, die Worte blieben ihr im Hals

stecken, unversehens spürte sie etwas Warmes die Wangen hinunterlaufen. *Gütiger Himmel, mach, dass es schnell vorbei ist!*

Lefeber wischte ihr mit einem Taschentuch die Tränen weg.

Von Ferne hörte Ina Sirenengeheul, das schnell näher kam. »Geh nicht in die Klasse«, hörte sie sich sagen.

Die Verwirrung in Lefebers Gesicht war deutlich zu sehen. Er trat einen Schritt zurück. Er schien die Lage im Lehrerzimmer und draußen vor dem Fenster zu taxieren, dann klemmte er plötzlich seine Tasche unter den Arm und stürmte ohne ein weiteres Wort hinaus.

Ina sah ihm einen Augenblick fassungslos nach, dann eilte sie hinterher. Lefeber ging schnell, doch immer wenn er auf den Gängen oder im Treppenhaus einem Schüler oder einem Kollegen begegnete, verlangsamte er seinen Schritt und bot Ina Gelegenheit, ihn einzuholen. Endlich schloss sie zu ihm auf.

»Adam, was ist denn los?«

Er sah starr geradeaus. »Ich hab noch was Wichtiges zu Hause vergessen.«

»Kann ich dir helfen?« Sie legte ihm die Hand auf die Schulter, aber er schob sie weg und beschleunigte seinen Schritt. Nun rannte er beinahe die Treppen hinunter.

»Adam«, rief sie und ein zweites Mal, lauter: »Adam!«

Im selben Moment spürte sie das Vibrieren des Handys in ihrer Strickjacke.

*

Sobald Lefeber von der Renoirallee in die Manetstraße abgebogen war, stürmten die fünf Männer aus Angelika Albas Wohnzimmer hinaus auf die Straße und zu Lefebers Haus. Dort postierten sie sich rechts und links der Haustür, die Waffen im Anschlag. Wie aus dem Nichts tauchten aus den angrenzenden Straßen mehrere Streifenwagen, zwei Krankenwagen sowie ein Notarztwagen auf und blockierten die Renoirallee. Die Haustüren der benachbarten Doppelhaushälften und Reihenhäuser blieben geschlossen, nur die Bewegungen der Küchenrollos und die Gesichter hinter den dreifachverglasten Scheiben verrieten die Neugierde der Nachbarn.

Hartmann winkte den Techniker herbei, der umgehend seinen Werkzeugkoffer öffnete und sich an die Arbeit machte, das Haustürschloss aufzubrechen. Während sie warteten, trat der Kriminalkommissar ungeduldig von einem Bein auf das andere.

»Musst du aufs Klo?«, juxte sein vermummter Kollege, die Mündung seiner Pistole in den Himmel über ihnen gerichtet.

Hartmann lächelte matt.

»Glaubst du, die Jungen leben noch?«

»Ich hoffe es«, sagte Hartmann wider besseres Wissen. Die Hoffnung starb bekanntlich zuletzt.

Die Zwillinge, Schüler aus Lefebers Kunst-AG, waren seit über vier Wochen verschwunden. Gestern hatte Ina Franke, Lefebers Kollegin am Gymnasium und seine ehemalige Lebensgefährtin, die Polizei verständigt: Sie hatte einige persönliche Dinge aus Lefebers Haus holen wollen und war in der Garage auf zwei Jungenfahrräder unter einer Kunststoffplane aufmerksam geworden. Franke hatte die Fahrräder von mehreren Dutzend Fahndungsplakaten im Rhein-Main-Gebiet wiedererkannt – auf ihnen hatte man die Jungen zuletzt gesehen.

Zwar war Lefeber zu Beginn der Ermittlungen wie alle Lehrer, Eltern und Freunde der vermissten Jungen befragt worden, doch dabei war den Beamten nichts Ungewöhnliches aufgefallen, seine Aussagen hatten ebenso schlüssig wie glaubwürdig gewirkt.

Frankes Beobachtung hatte Hartmanns Chef, den Leiter der mit den Ermittlungen betrauten Sonderkommission, in

Alarmbereitschaft versetzt. Es passte alles zusammen: ein Täter aus dem unmittelbaren Umfeld der Jungen. Laut Auskunft der Schule war Lefeber in den Wochen nach dem Verschwinden mehrmals einige Tage krankgeschrieben gewesen. Er hatte angegeben, die Angst, den Jungen aus seinem Kurs sei möglicherweise etwas zugestoßen, habe ihm psychisch stark zugesetzt.

Und dann hatte eine Recherche in der Datenbank etwas ergeben, das kaum als Zufall gelten konnte: Im Stadtteil Bonames waren in den letzten zwei Jahren immer wieder Kinder von einem unbekannten Autofahrer angesprochen worden. Bonames lag nur wenige Autominuten von Riedberg-Bonifatiusbrunnen entfernt, dem Stadtteil, in dem Lefeber seit Antritt seiner Stelle im Schlösinger-Gymnasium vor zwei Jahren wohnte. Lefebers Auto entsprach der Beschreibung eines Zeugen. Nach all diesen Treffern hatte es kaum eine Viertelstunde gedauert, beim Richter Haftbefehl und Durchsuchungsbeschluss zu erwirken.

Da die Polizei vermeiden wollte, dass Lefeber die Jungen, sofern sie noch lebten, während des Zugriffs umbrachte, wartete man damit, bis er das Haus verlassen hatte.

»Werner?« Abels quäkende Stimme drang aus dem Funkgerät. »Wie lange braucht der Typ bis zu uns mit dem Fahrrad?«

Eine Welle der Panik brandete in Hartmann auf. Er nahm das Mikro von der Schulter. »Heißt das, er ist noch nicht aufgetaucht?«

»Würde ich sonst so dämlich fragen?«

Die Kollegen waren keine fünfhundert Meter entfernt an der Strecke postiert, die Lefeber nach Frankes Auskunft zur Schule nahm. Da man nicht wusste, ob er bewaffnet war, sollte der Zugriff außerhalb des Wohngebiets stattfinden. Doch entweder hatte Lefeber Lunte gerochen, was Hartmann bezweifelte, oder er hatte ausgerechnet heute beschlossen, von seiner Gewohnheit abzuweichen.

Das Schloss knackte. Die Haustür sprang auf. Atemlos lauschten die Polizisten: Falls es eine Alarmanlage gab, wäre sie in diesem Moment ausgelöst worden. Doch im Haus herrschte Totenstille.

»Werner?«, ertönte es fordernd aus dem Lautsprecher des Walkie-Talkies. »Was ist denn nun?«

Hartmann musste umgehend eine Entscheidung treffen. Das Leben der Jungen hatte allerhöchste Priorität.

»Fahr zur Schule, Felix. Sobald wir hier fertig sind, komme ich nach. Unternehmt nichts ohne uns.«

Der Techniker räumte seinen Platz.

»Und ruf die Franke an. Sie soll sich keine Sorgen machen.«

Hartmann trennte die Verbindung und atmete tief durch, dann nickte er dem Leiter des Sondereinsatzkommandos zu und stieß mit dem Stiefel die Tür weit auf. Die vermummten Polizisten stürmten das Haus.

Überall Fliesenboden im Erdgeschoss, selbst im Wohnzimmer. Hartmann hatte nie verstanden, was die Leute veranlasste, diesen Bodenbelag in Wohnräumen zu wählen. Ansonsten war der Raum modern und geschmackvoll eingerichtet. Wenige ausgesuchte Möbel mit klaren Linien, eine Orchidee auf einem Esstisch aus Stahl mit Glasplatte, ein intensiv leuchtendes abstraktes Bild an der Wand über dem verglasten Kamin.

Hartmann öffnete eine Tür, hinter der er die Kellertreppe vermutete. Sein Blick fiel in einen Vorratsraum, angefüllt mit Konserven und Getränken. Eine Durchreiche, die einen Blick in die Küche gestattete. Reste eines Frühstücks: ein benutztes Messer, ein mit Brotkrümeln übersätes Schneidebrett und – ein wenig ungewöhnlich – eine kleine Pfanne auf dem Herd mit etwas, das wie gebratenes Fleisch aussah. Nun nahm Hartmann auch zum ersten Mal bewusst den würzigen Geruch wahr, der das Erdgeschoss erfüllte.

Er öffnete eine zweite Tür, die vom Flur abging – und sah

die Treppe, die in den Keller hinabführte. »Wir fangen unten an«, befahl er und nahm bereits die ersten Stufen.

Im Untergeschoss fanden sie einen Heizungskeller, einen weiteren Vorratsraum und eine Waschküche vor. Die vierte Tür war abgeschlossen, der Schlüssel fehlte.

Hartmann versuchte, durch das Schlüsselloch zu spähen, doch es schien von innen verdeckt zu sein. Ein seltsames Brummen war hinter der Tür zu vernehmen.

Hartmann hämmerte dagegen. »Ist da jemand?«

Kein Laut.

Hartmann holte aus und trat mit voller Wucht gegen die Tür. Die Klinke löste sich und fiel klirrend zu Boden, eines der Scharniere riss aus und die Tür knirschte in den Angeln, als sie sich in der Zarge verklemmte und den Eingang zum Raum blockierte. Eine ganze Wolke schillernder Schmeißfliegen bahnte sich ihren Weg in den Flur.

Die Polizei hatte gefunden, wonach sie gesucht hatte. Doch sie waren zu spät gekommen, die beiden Jungen waren tot. Denn was der Gymnasialreferendar für Kunst und Deutsch Adam Richard Lefeber ihnen angetan hatte, konnte kein Mensch überleben.

*

Hartmann nahm kaum etwas von seiner Umgebung wahr. Er fühlte sich wie betäubt, in einen Kokon eingesponnen, isoliert von der Außenwelt. Das atmosphärische Knistern und die formelhaften Anweisungen im Polizeifunk stellten kaum mehr als ein Hintergrundgeräusch dar.

An den Seitenfenstern des Einsatzwagens glitten die Leitplanken der A 661 vorüber, ein endloses schmutzig graues Metallband. Die wenigen Luxuskarossen, die auf der Überholspur unterwegs waren, wichen erschrocken zur Seite, sobald sie das Blaulicht im Rückspiegel aufblitzen sahen. An der Anschlussstelle Friedberger Landstraße verließ Hartmann die Autobahn, zwei Kilometer noch bis zum Nibelungenplatz und dann wenige Meter bis zum Rose-Schlösinger-Gymnasium.

Hartmanns Miene war starr, aber in seinem Inneren tobte ein Sturm. In den Jahren, in denen er bei der Frankfurter Kripo arbeitete, hatte er aus erster Hand erfahren, was Menschen einander antaten, wenn sie gierig, wütend oder sexuell enthemmt waren. Aber was er im Hobbyraum des rosenumrankten Riedberger Reihenhauses vorgefunden hatte, überstieg seine schlimmsten Vorstellungen.

Nur mit Mühe gelang es ihm, seinen Zorn zu bändigen. Zum Glück saß er alleine im Auto. Alleine mit den grauenerregenden Bildern von zwei zwölfjährigen Jungen, gefesselt auf einander gegenüberstehenden gynäkologischen Untersuchungsstühlen, die Leichen übel zugerichtet.

Hartmann hielt sich für hartgesotten, doch selbst Felix Abel, mit fünfzehn Dienstjahren mehr auf dem Buckel, hatte beim Anblick der gemarterten Kinder überstürzt den Keller verlassen. Hartmann hatte ihn vor dem Haus gefunden, eine Zigarette in den zitternden Fingern, mit unablässig mahlenden Kiefern.

Glauburgstraße. Weberstraße. Rechts abbiegen. Er parkte den Wagen direkt in der Feuerwehrzufahrt. Der Schulhof war menschenleer, der Unterricht hatte vor einer Stunde begonnen. Auf der anderen Straßenseite konnte die Zivilstreife mit den Kollegen an der Straßenecke ein weiteres Polizeifahrzeug ausmachen, ebenfalls in Zivil.

Hartmann stieg aus und nickte deutlich sichtbar. Sofort sprangen die Türen der Autos auf, und wie zuvor in der Renoirallee tauchten ohne Ankündigung zwei Krankenwagen und ein Notarztwagen sowie mehrere Streifenwagen auf und rollten auf den Eingang des Schulhofs zu. Ein Kindergesicht tauchte hinter einem Fenster im Obergeschoss auf, dann erschienen Dutzende weitere Köpfe, die jedoch ebenso schnell wieder verschwanden – vermutlich hatten die Lehrer ein Machtwort gesprochen. Hartmann bedeutete den Kollegen, auf dem Gehweg zu warten und betrat den Schulhof.

Kaum hatte er das Funkgerät abgesetzt, schwang die dunkle Holztür des Haupteingangs auf und Lefeber trat schwungvoll heraus. Noch bevor er die erste Treppenstufe erreichte, entdeckte er hinter der Schutzmauer das Blaulicht des Krankenwagens, und dann Hartmann. In der Morgensonne funkelten die grünen Augen des Lehrers wie Turmaline.

Hinter der Glasfront der Tür erschien eine rote Lockenmähne, das musste Ina Franke sein. Lefeber machte auf dem Absatz kehrt. Er riss die Tür auf, zerrte Franke an den Haaren mit sich und verschwand im Dunkel des Eingangs. Die Frau schrie auf, die Tür fiel zu.

Verdammte Scheiße!

Hartmann winkte die Kollegen heran. Er zog seine *SIG Sauer P6* aus dem Holster und nahm die Eingangstreppe in wenigen Schritten. Oben auf dem Absatz hielt er inne und wagte einen Blick durch die Glasscheibe. Lefeber drehte sich hektisch um die eigene Achse, einen Ausweg suchend, wobei er Ina Franke mitschleifte. Dabei kreuzten sich Hartmanns und sein Blick plötzlich in der Scheibe.

Lefeber presste Franke an sich und hielt ihr ein Cuttermesser an die Kehle – eines von der Art, mit der man Linoleum schneidet. Hartmann schob langsam die Tür auf. Der Lauf seiner entsicherten Waffe deutete schräg auf den Boden, den ausgestreckten Zeigefinger hatte er neben den Abzug gelegt.

Er hatte gute Lust, dem Kerl an Ort und Stelle eine Kugel durch den Kopf zu jagen. Aber Werner Hartmann war Profi. Er atmete tief durch.

»Können wir rausgehen auf den Hof?«

»Ganz sicher nicht«, plärrte Lefeber. »Für wie dumm halten Sie mich?«

»Kommen Sie, Herr Lefeber. So ein billiges Theater haben Sie doch gar nicht nötig.« Hartmann deutete mit einem

Kopfnicken auf Lefebers verängstigte Geisel. »Lassen Sie Frau Franke gehen.«

»Und dann?« Lefebers Stimme nahm einen beinahe weinerlichen Tonfall an.

»Dann reden wir.«

»Worüber?«

»Worüber Sie möchten. Vielleicht – wie ich Ihnen helfen kann.«

»Sie können mir nicht helfen.«

»Die Jungen«, sagte Hartmann und ließ das Wort eine Weile nachwirken.

Der Geiselnehmer sah ihn durchdringend an. »Was? Was ist mit den Jungen?«

»Die beiden haben Sie provoziert, nicht wahr, die sauberen Früchtchen. Haben ihren Lehrer … verführt.«

Lefeber schien nachzudenken. Dann nickte er fast wie in Zeitlupe. »Sie haben mich geradezu angebettelt. Schon im Unterricht haben sie mir immer diese Blicke zugeworfen. Diese unschuldigen Blicke. Ich wollte es nicht.« Ein feuchter Schleier legte sich auf seine Augen. »Ich wollte es wirklich nicht. Aber diese kleinen verdorbenen …«, Lefebers Stimme versagte.

»Es ist nicht Ihre Schuld«, beschwichtigte ihn Hartmann. Er klang jetzt wie ein Vater, der seinem Sohn tröstend durchs Haar fuhr. Nur der hohe Adrenalinpegel in seinem Blut verhinderte, dass der Ekel vor diesem Ungeheuer ihn überwältigte. »Nicht Ihre Schuld«, wiederholte er. »Das wird das Gericht sicher anerkennen.«

In Lefebers Ausdruck schlich sich Verwunderung. Plötzlich fixierte er Hartmanns Pistole, deren Mündung auf eine unbestimmte Stelle am Boden direkt vor seinen Füßen zeigte.

»Keine Gerichtsverhandlung! Ich habe mir nichts zuschulden kommen lassen«, sagte er trotzig und drückte die Klinge des Cuttermessers noch etwas fester an Ina Frankes Hals, was sie mit einem Wimmern quittierte. Hartmann hob die Waffe. »Lefeber, seien Sie vernünftig! Sie lassen jetzt die Frau gehen und dann besprechen wir alles Weitere.«

Die Tür hinter Hartmann wurde aufgerissen.

»Werner!«, hörte er Felix Abel keuchen. Sein Kollege stand mit gezückter Waffe neben ihm.

»Hau ab, Felix!«, herrschte Hartmann ihn an, aber es war bereits zu spät. Lefeber wich einen Schritt zurück, dann noch einen. Was auch immer sich gerade zwischen dem Polizisten und dem Geiselnehmer angebahnt hatte, war jäh beendet.

»Verschwindet!«, schrie der Lehrer, »Beide! Sofort raus!«

Abel ging langsam rückwärts, die Tür quietschte, als er das Gebäude verließ.

»Geben Sie auf, Mann. Sie haben doch keine Chance.«

»Ich weiß, aber Ina auch nicht«, stellte er nüchtern fest.

In diesem Moment machte Franke einen letzten verzweifelten Versuch, sich loszureißen. Ihr Fuß schnellte hoch und traf Lefeber in die Genitalien. Der Mann krümmte sich, im Reflex riss er Franke beinahe zu Boden. Mit einem gequälten Grinsen zog er die Klinge quer über ihren Hals. Blut spritzte aus der klaffenden Wunde hervor. Mit einem Aufschrei stürzte Franke zu Boden und umklammerte ihren Hals. Ein feiner roter Sprühregen schoss zwischen ihren Fingern hervor.

Hartmanns Gehirn brauchte eine Millisekunde, um das Geschehen zu verarbeiten und zu reagieren. Die Verhandlungsphase war ganz offensichtlich beendet.

»Nur zu!«, schrie Lefeber. Klappernd fiel das Messer zu Boden. Hartmann wusste zuerst nicht, was er meinte. Dann registrierte er, dass seine Waffe auf Lefebers Kopf gerichtet war.

»Los doch, erschießen Sie mich!«

Hartmann betrachtete die Szenerie ungläubig, bis die Vernunft Oberhand gewann. Franke war schwer verletzt, Lefeber unbewaffnet. Er steckte die Waffe ein und setzte sich in Bewegung, um der verblutenden Frau zu helfen. Sie lag auf dem Rücken, während die rote Lache unter ihrem Kopf von Sekunde zu Sekunde größer wurde.

»Erschieß mich doch endlich, du Bullensau!«, kreischte Lefeber hysterisch.

Hartmann versetzte ihm einen Fausthieb in den Magen. Lefeber stieß ein Grunzen aus, krümmte sich, fiel auf den Rücken und blieb regungslos liegen.

Hartmann kniete sich neben Franke, ungeachtet der Blutlache. Er versuchte, mit der Hand die verletzte Halsarterie zu ertasten, um sie abzuklemmen. Das Gesicht der Frau war wächsern und totenbleich.

Ich verliere sie, dachte er. Draußen stehen dutzendweise Helfer und ich verliere die Frau.

Endlich hörte er sich selbst mit voller Lautstärke nach einem Notarzt rufen. Es schien eine Ewigkeit zu dauern, bis die Tür aufschwang und die Rettungssanitäter hereinstürmten.

Hartmann überließ die Frau den Sanis. Lefeber hatte sich aufgerappelt, saß, den Rücken an die Wand gelehnt, breitbeinig und benommen da.

»Warum haben Sie mich nicht erschossen?« Mit feuchten Augen sah er Hartmann verständnislos an.

Hartmann lächelte grimmig. »Du Scheißkerl!«, zischte er unbeherrscht.

Blitzschnell holte er aus und trat Lefeber mit voller Wucht in die Genitalien. Und schlug abermals zu, während der Mann sich vor Schmerzen auf dem Boden wand. Erst als Abel ihn an der Schulter packte und von Lefeber wegzog, kam er wieder zu sich. Er ließ von dem Mann ab, der zwei zwölfjährige Jungen zu Tode gefoltert hatte und vielleicht bald noch ein weiteres Opfer zu verantworten hatte. Ein dunkler Fleck breitete sich in Lefebers Schritt aus.

Hartmann wandte sich angewidert ab.

*

Die wenigen im Lehrerzimmer Anwesenden staunten nicht schlecht, als die Tür aufschwang und eine Gruppe Polizisten sowie ein Mann im weißen Overall mit einem großen Rollkoffer hereinmarschierten und sich im Raum umsahen. Die Hose eines Polizisten wies an seinen Hosenbeinen in Höhe der Knie Flecken auf. Er wischte sich mit einem Taschentuch die blutigen Hände ab.

Der Mann im Overall steuerte direkt auf die beiden Kühlschränke zu und riss die Türen auf.

»Weiß jemand, welche Dinge Lefeber gehören?«

Ein Kahlkopf mit Lederjacke und krausem Bart schob sich an ihm vorbei und deutete auf ein Behältnis aus Edelstahl, während sich der Mann im Overall Einweghandschuhe überstreifte.

Der Polizist öffnete das Behältnis. Es enthielt ein Vesperbrot. Er klappte es auf und begutachtete den Belag. Dann klappte er die Dose wieder zu.

»Vegetarischer Brotaufstrich. Kauft meine Frau auch immer im Reformhaus. Außer dem Hund rührt das Zeug bei uns zu Hause keiner an.« Er drückte dem Kollegen mit der blutverschmierten Hose das Behältnis in die Hand und verschwand ohne ein weiteres Wort durch die Tür.

»Entschuldigen Sie die Störung«, sagte der Polizist und nickte seinen Kollegen zu. Danach fiel die Tür hinter der Truppe ins Schloss und die Lehrer des Rose-Schlösinger-Gymnasiums blieben wieder sich selbst und ihrer Ratlosigkeit überlassen.

Der Kahlkopf mit der Lederjacke schüttelte den Kopf. »Kann mir mal jemand erklären, was das zu bedeuten hat?«

2013

Dienstag, 1. Oktober

Nora sah ungeduldig auf die Uhr. Schreyer, Dienststellenleiter des Zentralen Polizeipsychologischen Dienstes ZPD und seit heute ihr neuer Chef, ließ sie seit zwanzig Minuten im Vorzimmer warten. Hartmann hatte das nie getan. Hartmann, Leiter der fünften Mordkommission im Frankfurter Polizeipräsidium, die Nora vor vier Wochen verlassen hatte, um hier ihre neue Aufgabe als Psychologin anzutreten. In Hartmanns Team an der Adickesallee hatte eine Politik der offenen Tür geherrscht.

Nora blickte einmal mehr auf die verschlossene Tür zu Schreyers Büro und fragte sich, ob der Wechsel in diese Stabsstelle ein Fehler gewesen war. Doch es war wohl unangebracht, bereits am ersten Arbeitstag ihre jüngste Karriereentscheidung in Zweifel zu ziehen.

»Ich frage mal nach, wie lange es noch dauert.« Schreyers Sekretärin, eine zerknitterte Schwarzhaarige mit etwas zu viel Rot auf den Lippen und mütterlicher Miene, stand auf und klopfte. Nach einer gedämpften Aufforderung steckte sie den Kopf durch die Tür, nur um sie gleich wieder zu schließen.

»Sie sind jeden Moment fertig.«

Es dauerte noch eine Ewigkeit, bis sich die Tür zu Schreyers Büro öffnete und der Dienststellenleiter hinaustrat, einen Mann im Schlepptau, den Nora in unangenehmer Erinnerung behalten hatte. Seine Anwesenheit überraschte sie. Umgekehrt schien das nicht der Fall zu sein.

»Frau Winter, wenn ich mich recht erinnere? Von der MK5?«

Dr. Broussier, der inzwischen zur rechten Hand des Innenministers aufgestiegen war und dem man eine von heißer Luft getriebene Karriere in der Innenpolitik voraussagte, begrüßte sie mit einem wachsweichen Händedruck. Nora erwiderte ihn – widerwillig. Broussier hatte ihr und dem Team der Mordkommission bei der Jagd nach dem *Drachentöter* genannten Prostituiertenmörder vor drei Jahren die Hölle heißgemacht. Immerhin hatte er dann bei der abschließenden Pressekonferenz ein paar lobende Worte für Hartmann und ihren Kollegen Gideon Richter gefunden. Ein unerwartet fairer Zug für einen Mistkerl wie Broussier, wie Nora fand. Dass er sich noch an ihren Namen erinnern konnte, schmeichelte ihr. Obwohl die meisten erfolgreichen Manager und Politiker ein überdurchschnittlich gutes Namengedächtnis besaßen.

»Seit heute nicht mehr MK5, sondern ZPD.«

Broussier sah Schreyer überrascht an. »Glückwunsch, Herr Schreyer. Sie gewinnen eine kompetente und … einfühlsame Mitarbeiterin.«

Der ironische Unterton entging ihr nicht. Broussier lächelte, doch seine Augen blieben kalt wie Eis.

Nora lächelte ebenso falsch zurück. Sie würde keine neue Front eröffnen, nicht bevor sie ein erstes Gespräch mit ihrem Chef geführt hatte. Broussier rauschte davon, in eine Wolke Aftershave gehüllt, die mit jedem Duftmolekül Männlichkeit ausstrahlen sollte. Nora versuchte, sich daran zu erinnern, ob Broussier bei der Sitzung damals denselben anthrazitfarbenen Anzug getragen hatte.

»Kaffee?« Schreyers Stimme riss Nora aus ihren Erinnerungen. Sie nahm das Angebot gerne an, die lange Wartezeit hatte sie ermüdet. Er bestellte einen Kaffee bei seiner Sekretärin, die er zwanglos Siggi nannte. Sie gingen in sein Büro, das abgesehen von einem kugelförmigen Kaktus in einem in schreienden Farben selbst bemalten Übertopf keinerlei persönliche Note besaß.

»Ich hoffe, es ist alles zu Ihrer Zufriedenheit, Frau Winter?«

»Danke, alles bestens. Auch wenn Computer und Telefonanschluss meine Arbeit erheblich … erleichtern würden.«

Schreyer sah sie ungläubig an. »Sie haben noch immer keinen Rechner?« Er griff zum Telefon, ließ sich mit der Technik verbinden und gab ihr eine Kostprobe seiner Autorität, indem er seinen Gesprächspartner zur Schnecke machte und ihm die Zusage abrang, schnellstmöglich einen nagelneuen PC und ein funktionierendes Telefon in Noras Büro zu installieren. Dann verließ er kurz den Raum. Durch die offene Tür hörte Nora, wie er die Sekretärin anwies, Nora übergangsweise ihren Laptop zu leihen. Der Protest wurde ignoriert. Schreyer kehrte zurück; kurz darauf knallte ›Siggi‹ ihren Laptop vor Nora auf den Tisch. Ihre fürsorgliche Miene war einem harten Blick gewichen.

»Herzlich willkommen im ZPD, Frau Kollegin«, sagte Schreyer. »Sie werden Verständnis dafür haben, dass uns für eine lange Einführung die Zeit fehlt. Tatsächlich bin ich froh, dass wir Verstärkung bekommen haben, denn es wartet bereits eine interessante Aufgabe auf Sie. Eine echte Herausforderung.«

Nora sah ihren Chef abwartend an.

Er holte tief Luft. »Was halten Sie von der Resozialisierung?«

»Ich verstehe die Frage nicht.«

»Wie schätzen Sie die Resozialisierbarkeit von Tätern mit schweren Delikten ein? Ich rede von Kapitalverbrechen. Mord, Vergewaltigung, Freiheitsberaubung, schwerer Raub.«

Nora versuchte, sich die Ergebnisse einer amerikanischen Studie zu vergegenwärtigen, die sie vor einigen Monaten in *The Lancet* gelesen hatte, einem medizinischen Fachjournal, das die Studien diverser Nobelpreisträger veröffentlicht hatte.

»Die verschiedenen Strömungen der Neurologie und Psychiatrie vertreten da unterschiedliche Standpunkte. Ein Forschungsteam, das mit einem mobilen Kernspintomografen durch die USA gereist ist und die Gehirne mehrerer Dutzend Psychopathen gescannt hat, behauptet, bei diesen Leuten neurologische Gemeinsamkeiten entdeckt zu haben. Veränderte Gehirnregionen im Bereich der Amygdala. Als ob diesen Menschen der Hang zur Gefühlskälte genetisch in die Wiege gelegt worden sei. Aber das Gehirn ist ständigen Veränderungen unterworfen. Die Fachleute sind sich uneinig, ob die Veränderungen Ursache oder Folge des pathogenen Verhaltens sind.«

»Ich interessiere mich mehr für Ihre persönliche Einschätzung.«

»Ob man jemanden wie den Kannibalen von Rotenburg jemals wieder auf die Menschheit loslassen kann?«

»So in etwa.«

Nora dachte eine Weile nach. Was wollte Schreyer von ihr hören? Was sie bisher zu dem Thema geäußert hatte, war lediglich die Zusammenfassung wissenschaftlicher Erkenntnisse, die sie unreflektiert übernommen hatte. Bisher hatte sie nicht genug Zeit gehabt, um sich eine fundierte Meinung zu bilden.

»Ich denke, das kommt immer auf den Einzelfall an. Man muss die Betroffenen und ihr Umfeld genau durchleuchten. Ein vorschnelles Urteil ist in jedem Fall ein Fehlurteil.«

Schreyer lächelte salomonisch. Dieses Mal lächelten seine Augen mit. »Sie würden eine gute Pressesprecherin abgeben.«

Nora nahm das Kompliment hin. Aber anscheinend reichte ihm ihre Antwort nicht aus.

»Abhängig von den Hintergründen der Straftat würde ich sagen: Wenn jemand Therapiewillen zeigt, behutsam auf die Freiheit vorbereitet und nach der Freilassung in das richtige Umfeld integriert wird sowie eine angemessene Betreuung erhält, ist eine erfolgreiche Wiedereingliederung möglich«, fuhr sie fort. »Und diese Maßnahmen dürften auch für den Staat kostengünstiger als eine jahrelange Sicherungsverwahrung sein.«

Schreyer lächelte, offenbar zufrieden mit Noras Einstellung. Er wühlte in seinen Akten.

»›Haidn gegen den deutschen Staat‹ – sagt Ihnen das etwas?«

Nora hatte davon gehört. Der Insasse einer psychiatrischen Klinik in Bayreuth hatte vor dem Europäischen Gerichtshof für Menschenrechte erfolgreich gegen die nachträglich gegen ihn angeordnete Sicherungsverwahrung geklagt. Die Sache hatte 2011 für große Unruhe in der Adickesallee gesorgt. Man hatte laut darüber nachgedacht, die Abteilung für Kapitalverbrechen erheblich aufzustocken.

»Wir haben drei Kandidaten in der JVA Schwalmstadt, die infrage kommen. Zweimal mehrfacher Mord, einmal pathologischer Betrug in Verbindung mit Freiheitsberaubung im Wiederholungsfall. Der Termin vor dem Haftrichter ist in vier Wochen. Wir brauchen drei Risikoprognosen.«

»Macht das nicht üblicherweise ein Externer?«

Für diese Art Gutachten wurde in der Regel ein unabhängiger Sachverständiger hinzugezogen, der Erfahrung mit der psychologischen Analyse rückfallgefährdeter Straftäter hatte. Jemand vom Format eines Universitätsprofessors.

»In diesem Fall geht es nicht um die Beurteilung ›Sicherungsverwahrung: Ja oder Nein‹. Sondern um die Frage, wie die Kollegen vom Mobilen Einsatzkommando mit diesen Leuten umgehen sollen, sobald sie auf freiem Fuß sind. Diese Art Gutachten erstellen wir intern, das ist unkomplizierter.«

Unkomplizierter, kontrollierbarer, billiger, dachte Nora.

»Und was ist mit ZÜRS?« Die Zentralstelle zur Überwachung rückfallgefährdeter Sexualstraftäter, kurz ZÜRS, war im Jahr 2008 genau zu diesem Zweck innerhalb der hessischen Polizei eingerichtet worden.

»Allein in Hessen muss ZÜRS über hundertfünfzig Personen betreuen. Denen fehlen die Ressourcen für diese zusätzlichen Aufgaben. Außerdem«, Schreyer zauderte, »erscheinen mir die dortigen Kollegen sehr … konservativ.«

Es war bekannt, dass die allermeisten ›Kunden‹ von ZÜRS in der intensivsten Überwachungsstufe landeten. Und je mehr Beamte ein Ehemaliger im Schlepptau hinter sich herzog, umso schwieriger gestaltete sich erfahrungsgemäß die Wiedereingliederung.

Schreyer klappte die Akte zu und schob mit einem Ächzen drei Ordner über den Tisch. Nora stapelte die gewichtigen Dokumente auf ihrem Schoß.

»Vier Wochen ist nicht das, was ich unter ›die Betroffenen und das Umfeld genau durchleuchten‹ verstehe.«

»Ich mache die Terminvorgaben nicht. Ich versuche lediglich, sie einzuhalten.« Schreyer zuckte entschuldigend die Schultern. »Auftauchende Fragen besprechen Sie am besten direkt mit mir. Siggi wird Sie terminlich irgendwie reinquetschen.«

Obwohl es vermutlich nett gemeint war, kam es genauso bei Nora an, wie Schreyer es gesagt hatte: irgendwie reinquetschen. Eine Politik der offenen Tür klang anders.

»Ich wünsche Ihnen viel Erfolg bei Ihrer neuen Aufgabe.« Mit diesen Worten erhob sich Schreyer und streckte ihr die Hand entgegen. Das Gespräch war beendet. Als Nora den Raum verlassen wollte, hievte er den Laptop auf den Aktenberg. Ihre Arme schmerzten bereits von der Last.

Während Nora das Vorzimmer durchquerte, würdigte die Sekretärin sie keines Blickes.

Freitag, 4. Oktober

Der Besucherparkplatz der JVA Schwalmstadt war überraschend gut gefüllt: Zwei Reisebusse, einer davon mit ostdeutschem Kennzeichen, eine dunkle Limousine mit Fahrer, der in der BILD blätterte, und ein gutes Dutzend Pkws, deren Embleme sie als Dienstfahrzeuge hessischer Radiosender oder Zeitungen auswiesen, machten es Nora nicht leicht, einen Platz für ihren dunkelgrünen Mini zu finden. Sie stellte den Motor ab, ließ ihren Blick über die abweisende dunkelgraue Klinkerfassade des Gebäudes wandern und stieg aus.

Das Haupttor lag ein Stück entfernt an der Ostseite; es herrschte Stille, nur hin und wieder drangen laute, aufgeregte Stimmen herüber. Noras Absätze klapperten auf dem Asphalt. Vielleicht hätte sie doch lieber flache Schuhe anziehen sollen.

Als sie um die Ecke bog, stockte ihr beim Anblick der Menschenmenge vor dem Eingang der Atem. Die Insassen der Busse – wie Nora annahm – hatten mit selbst gemachten Transparenten vor dem Tor Stellung bezogen und skandierten Kampfparolen. *Todesstrafe für Kinderschänder* stand auf einem Plakat, *Wer schützt die Opfer?* auf einem anderen; die bunten Buchstaben sahen aus wie mit Fingerfarben von Kinderhand gemalt. Entlang der Mauer hatte jemand Teelichter in einer langen Reihe auf den Boden gestellt, deren eine Hälfte bereits erloschen war, während die andere heftig flackerte.

Fotografen und Kamerateams schoben Gruppen von Demonstranten vor sich her, auf der Suche nach dem idealen Hintergrund – darauf bedacht, mindestens einen der schwarz gewandeten Glatzköpfe ins Bild zu bekommen, die sich bemühten, unauffällig im Hintergrund zu agieren.

Unter den Reportern entdeckte Nora ein bekanntes Gesicht: Martin Kanther. Er arbeitete in der Redaktion der Tageszeitung, die ihrem Vater gehörte, und sollte offensichtlich über die Aktion berichten. Er hatte mindestens zwanzig Kilo abgenommen und trug eine neue Brille, die seinem alten schwarzen Kunststoffgestell zwar sehr ähnlich sah, aber mit einem Markenlogo am Bügel protzte. Nerds waren offensichtlich wieder in Mode.

Sobald er sie erblickte, steckte er den Notizblock ein und gesellte sich zu ihr.

»Hallo, Nora. Besuchszeit ist von dreizehn bis siebzehn Uhr.«

»Ich bin dienstlich hier.«

»Das hatte ich fast vermutet.«

Nora lächelte, den Teufel würde sie tun und Kanther den Grund ihres Besuchs mitteilen. »Worum geht es hier eigentlich?«, fragte sie stattdessen.

Kanther sah sie verwundert an. »Drei gefährliche Schwerverbrecher sollen demnächst aus der Sicherungsverwahrung entlassen werden, weil unsere Justiz nach Meinung des Europäischen Gerichtshofs für Menschenrechte gegen die Menschenwürde verstößt. Die rechte Szene nutzt das, um Werbung für sich zu machen.« Mit einem Seitenblick verwies er auf zwei grimmig dreinblickende Kahlköpfige, die ein weiteres Plakat entrollten.

»Und ihr bietet ihnen die passende Plattform«, merkte Nora sarkastisch an und hob die Hand, als Kanther Einspruch erheben wollte. »Sorry, Martin, ich muss weiter, ich hab um zehn eine Besprechung.«

»Du kannst mir nicht vielleicht einen kleinen Tipp geben, worum es dabei geht?«, rief er ihr hinterher.

Das wirst du noch früh genug erfahren, dachte Nora und stieg über die Lichterkette hinweg.

Kurz bevor sie die Pforte erreichte und den Klingelknopf betätigen konnte, schloss ein hagerer Schatten von rechts auf. Die Überwachungskamera über der Tür starrte auf jeden Besucher herunter wie ein Wasserspeier an einer Kirchenfassade. Der Summer ertönte und ein Arm schob sich an Nora vorbei, um die Tür aufzudrücken.

Sie blickte verdutzt zur Seite. Der Mann, der ihr – ganz Gentleman – die Tür aufhielt, war etwas größer als sie und beinahe kahlköpfig, wenn auch auf attraktive Weise, ein etwas zu schmal geratener Bruce Willis. Sein Teint wies eine natürliche Bräune auf, wie jemand, der einen großen Teil des Tages an der frischen Luft verbringt; seine Züge waren asketisch, die Lippen schmal. Er mochte Ende vierzig, Anfang fünfzig sein. Seine blauen Augen blitzten, als er ihr den Vortritt ließ. »Nach Ihnen.«

Nora bedankte sich und trat durch das Tor, gefolgt von ihrem Kavalier. Es dauerte eine Weile, bis ihre Augen sich an das künstliche Licht gewöhnt hatten. Das Eingangstor bestand aus massivem Stahl, die nächste Tageslichtquelle war weit entfernt. Links von ihr befand sich die Pförtnerloge, durch grün schimmerndes Panzerglas gesichert, direkt vor ihr eine schnörkellose Gittertür.

»Morgen, Doktor Albrecht«, ertönte eine Stimme aus dem Lautsprecher an der Pforte. Mit einem Schnarren sprang das Gitter auf. Der Kavalier schob mit seinem Arztkoffer das Tor auf und schritt hindurch. Nora sah ihm nach. Er drückte die Gittertür von innen zu. Dabei blieb sein Blick an Noras hängen, ein Lächeln auf seinen Lippen. Der Blickkontakt währte ein paar Sekunden länger als Nora angemessen fand. Sie verspürte ein Kribbeln im Nacken.

Die schnarrende Stimme war abermals zu hören. »Sie wünschen?«

»Nora Winter vom ZPD der hessischen Polizei. Ich habe einen Termin mit der Anstaltsleitung.«

Wortlos wandte sich der Pförtner ab und griff zum Telefon.

»Es kommt jemand. Einen Augenblick bitte«, teilte er ihr Sekunden später mit.

Als Nora wieder zum Gitter blickte, war der Doktor verschwunden.

*

Broussier sah Nora ungläubig an. »Sie möchten die Zellen sehen? Bevor Sie mit den Häftlingen sprechen?«

Schon beim Betreten des Büros von Gefängnisdirektor Dr. Rauch war ihr der unverwechselbare Duft in die Nase gestiegen. Ihre Ahnung, wem die dunkle Limousine gehörte, die sie auf dem Parkplatz gesichtet hatte, bestätigte sich, als sie Broussier in einem Besuchersessel entdeckte. Er war damit beschäftigt, auf seinem iPad herumzuhämmern.

Der Referent sah ratsuchend zu Dr. Rauch, dem Direktor der JVA Schwalmstadt. Der zuckte mit den Schultern.

»Ich muss in eineinhalb Stunden den Innenausschuss leiten.« Broussier legte eine bedeutungsschwere Pause ein. »Ich fürchte, für solche Besichtigungstouren fehlt mir die Zeit.«

Nora räusperte sich. »Ich glaube nicht, dass Ihre Anwesenheit erforderlich ist, Herr Broussier.«

»Doktor Broussier hat das Thema zur Chefsache erklärt«, warf Rauch ein, bemüht, sich seine Belustigung nicht anmerken zu lassen.

Kam es Nora nur so vor, oder wirkten die Wände des Büros mit einem Mal erdrückend? Die ganze Sache wurde ihr entschieden zu politisch, noch bevor sie richtig angefangen hatte.

»Ich denke, es gibt auch ein logistisches Problem, nicht wahr, Doktor Rauch? Wo sollen wir die Subjekte unterbringen, während Frau Winter die Zellen besichtigt?«

Bevor Nora Broussier darauf hinweisen konnte, was für einen Unsinn er von sich gab, weil Sicherungsverwahrte innerhalb ihres Trakts ohnehin Bewegungsfreiheit genossen, schritt Rauch beschwichtigend ein.

»Das bekämen wir schon irgendwie hin.«

Broussier sah auf seine teure Armbanduhr und stieß einen Seufzer aus. Ein Vater, der seiner Tochter zum hundertsten Male die Regeln erklärt. »Frau Winter, diese Männer müssen freigelassen werden, mit oder ohne Gutachten. Sprechen Sie mit den Leuten, sehen Sie die Akten durch, aber machen Sie in Gottes Namen schnell. Ich verlasse mich darauf, dass diese Formsache ohne großes Trara über die Bühne geht.«

Eine Formsache also. Sie beschloss, sich gar nicht erst auf eine Diskussion mit dem Giftzwerg einzulassen.

»Herr Rauch, von den drei Männern ist bisher keiner in den Genuss irgendwelcher Entlassvorbereitungen gekommen? Freigang, Kontakte nach draußen – nichts?«

»Wir sind bis zur Entscheidung des EuGH davon ausgegangen, dass diese Leute das Gefängnis nicht mehr lebend verlassen.«

Und darum habt ihr jegliche therapeutischen Bemühungen eingestellt und die Männer sich selbst überlassen, zog Nora gedanklich die Konsequenz. Sie richtete sich bereits darauf ein, den Trakt der Sicherungsverwahrung als einen hoffnungslosen Ort vorzufinden, ähnlich hoffnungslos wie eine geschlossene psychiatrische Anstalt.

»Diese Entscheidung ist zwei Jahre alt, Herr Rauch.«

»Leider fehlen uns für derlei Aktivitäten die Ressourcen.«

Nora verschlug es zunächst die Sprache. Mit jedem neuen Gespräch über dieses Thema verfestigte sich ihr Eindruck, fehlendes Geld und Personal müsse für alle möglichen Versäumnisse herhalten – gerechtfertigt oder nicht.

»Also, mit welcher Zelle fangen wir an?«, wechselte sie demonstrativ das Thema.

Auf Broussiers hoher Stirn erschien eine Zornesfalte. Er zwirbelte nachdenklich den Anstecker an seinem Revers. Nachdem das Parteiabzeichen eine volle Drehung vollführt hatte, beschloss er, Nora zu ignorieren und hämmerte wieder auf seinem Spielzeug herum.

*

Nora sah sich um. Sieben Quadratmeter Einzelzimmer, das einvernehmliche Minimum für Strafgefangene einer deutschen Justizvollzugsanstalt, und etwa die Hälfte der von einer länderübergreifenden Arbeitsgruppe geforderten Mindestgröße für Sicherungsverwahrte. Schrank, Schreibtisch, kein Fernseher oder Radio, ein Bett mit Wäsche aus verwaschenem Nickistoff. Ein Vogelkäfig mit einem blau-weißen

Wellensittich, der sich ausgiebig putzte und – wenn man dem Schild, das am Käfig angebracht war, glauben durfte – Nero hieß. Ein Regal voller Bücher. Nora studierte die Buchrücken. Ovids *Ars Amatoria*. Caesars *De Bello Gallico*, kleine gelbe Reclamhefte mit abgegriffenem Einband. *Andorra* von Max Frisch. Ein Bildband mit Skizzen von Picasso. Ein Fotoalbum. Nora zog es heraus und blätterte darin. Lefebers Leben im Schnelldurchlauf. Babybilder in Schwarz-Weiß, ein bemütztes pausbäckiges Gesicht lugte aus einem altertümlichen Kinderwagen hervor, mit den beiden Grübchen unverkennbar Lefeber. Als Siebenjähriger im Freibad, fast weißblonde Haare, schulterlang, wie sie viele Kinder in den Siebzigern trugen. Ein stämmiger Junge mit der Andeutung kleiner Speckpolster, man ahnte, dass er als Erwachsener einmal Probleme mit seinem Gewicht haben würde.

Die Studienzeit. Ein langer Gang, von dem mehrere Dutzend Türen abzweigten, junge Männer, die sich mit Bierflaschen zuprosteten, die Gesichter glänzend, die Blicke benebelt – das Studentenwohnheim, vielleicht während einer Party.

Drei leere Seiten.

Eine Überschrift: *Klassenfahrt Florenz 1991.*

Ein Abschlussfoto: mehrere Reihen Schülerinnen und Schüler, elf, höchstens zwölf Jahre alt, umrahmt links und rechts von einem Lehrer und einer Lehrerin. Der Lehrer war Lefeber. Die Gesichter von zwei Schülern waren aus dem Foto fein säuberlich herausgetrennt.

»Die Bilder der Opfer musste er entfernen, aufgrund einer richterlichen Verfügung der Eltern, nachdem die Presse durch einen Mithäftling Wind von dem Album bekommen hatte.«

Nora fuhr erschrocken herum. Albrecht, der Doktor, der ihr die Tür des Haupteingangs aufgehalten hatte, hatte unbemerkt Lefebers Zelle betreten. Ihr Herz hämmerte wie wild.

»Habe ich Sie erschreckt? Tut mir leid.« Lächelnd stellte Albrecht seinen Koffer auf den makellos aufgeräumten Schreibtisch und öffnete ihn.

Nora klappte das Album zu und stellte es zurück an seinen Platz. »Sind Sie sein Arzt?«

»Nein«, lachte Albrecht, »ich bin Neros Arzt.« Er öffnete die Käfigtür und griff den Vogel. Der Wellensittich erstarrte, seine Knopfaugen wirkten mit einem Mal stumpf und leer. Der Doktor betrachtete den Käfigvogel von allen Seiten, hob vorsichtig einen Flügel, spreizte mit Kennerblick die Federn. Nora konnte nicht umhin, die Zartheit zu bewundern, mit der Albrecht das Tier untersuchte.

»Bezahlt Lefeber Sie dafür?«

»Nein. Ich habe ihm und Heinz Rosen, einem anderen Sicherungsverwahrten, vor einigen Jahren Wellensittiche geschenkt. Dieser hier und sein Artgenosse im Käfig in der Nachbarzelle sind die Nachfolger. Ich behandle sie kostenlos.«

»Und was veranlasst Sie zu dieser Großzügigkeit?«

Albrecht blinzelte durch die Gitterstäbe in die Sonne. »Nach der Trennung von meiner Frau hatte ich viel Zeit. Zu viel Zeit zum Grübeln über verpasste Chancen. Ich wollte mich ablenken und etwas Sinnvolles tun. Damals sah ich eine Fernsehreportage über Sicherungsverwahrte in der JVA Schwalmstadt, in der Rosen davon sprach, dass er gerne ein Haustier hätte, die Kosten für eine tierärztliche Behandlung aber nicht aufbringen könne. Ich wohnte damals in der Nähe. Ein paar Tage später stand ich mit dem Vogelkäfig vor dem Tor.«

»Und Lefeber?«

»Den lernte ich durch Rosen kennen. Die beiden können ganz gut miteinander.«

Das überraschte Nora. Vom Persönlichkeitsprofil her, das sie den Akten der beiden Männer entnommen hatte, konnten Lefeber und Rosen, Intelligenz und Charakter betreffend, nicht unterschiedlicher sein. Eine Männerfreundschaft zwischen den beiden war schwer vorstellbar. Aber das Leben schuf sich seine Verbindungslinien nicht nach Plan.

»Sie kannten die beiden vorher nicht?«

»Wie ich bereits sagte – nein.«

»Und wie oft kommen Sie her?«

»Einmal pro Woche.«

»Brauchen die Tiere so viel ärztliche Zuwendung?«

»Nein«, lachte Albrecht. »Lefeber, Rosen und ich mögen uns. Wir diskutieren, spielen Karten.«

»Viel Engagement. Und das für zwei Männer, die …«

»… so viel Leid angerichtet haben?« Albrecht sah Nora offen in die Augen. Sein Blick hatte etwas Verletzliches.

»Jeder hat eine zweite Chance verdient. Oder etwa nicht?«

Sein unverschämt direkter Blick. Das Prickeln war wieder da.

Ein vorsichtiges Klopfen an der Zellentür. »Sind Sie fertig?«, fragte der Schließer.

»Ja«, antwortete Nora.

»Nein«, antwortete Albrecht.

Sie lachten. Nora wandte sich zum Gehen.

»Und Sie sind?«, wollte Albrecht wissen.

»Nora Winter von der Kripo Frankfurt.« Sie gab ihm die Hand. Sein Griff war fest und sanft zugleich. Jetzt erst bemerkte sie ihren Fehler. »Tut mir leid, vom Zentralen Psychologischen Dienst der hessischen Polizei. Ich muss mich erst an den neuen Titel gewöhnen.«

Und bevor Albrecht sie noch weiter über den Grund ihres Besuchs ausfragen oder sie ein weiteres Mal mit seinem intensiven Blick durchbohren konnte, eilte sie davon, zu ihrem ersten Gesprächstermin.

*

Der Besprechungsraum hätte sich im Bürogebäude jedes beliebigen mittelständischen Unternehmens befinden können. Nüchternes Mobiliar aus Metall und Plastik, ein Aktenschrank an der Wand, auf dem Tisch eine Thermoskanne mit Blümchenmuster und braunen Flecken. Daneben auf einem Tablett Tassen, ein Glasschälchen mit trockenen Keksen aus dem Discounter, ein weiteres mit Kaffeesahne und Zuckertütchen. Es roch nach frisch gebrühtem Kaffee.

Draußen, an einem kaltblauen Himmel, lugte die Morgensonne hinter einer Wolke hervor und sorgte dafür, dass die Fenstergitter scharfkantige Schatten in den Raum warfen und eine dunkle Linie teilte Lefebers Akte. Irritiert rückte Nora den Ordner ein Stück zur Seite.

Über ihrem Kopf ertönte das leise Klicken, kurz bevor die Neonröhren aufflammten. Der Wachbeamte auf dem Stuhl am Eingang hatte die Deckenbeleuchtung eingeschaltet. Jetzt nickte er ihr zu, die Andeutung eines Lächelns auf den Lippen. Dann verschränkte er die Hände im Schoß und richtete seine Aufmerksamkeit wieder auf die gegenüberliegende Wand.

Durch das Fenster drangen die Sprechchöre der Demonstranten herein. Draußen auf dem Flur das Klirren eines Schlüssels, Schritte. Nora klappte die Akte zu. Sie legte den Stift neben den Ordner, zog den blonden Pferdeschwanz straff und verschränkte die Hände auf der Tischplatte. Die Schritte kamen näher.

Einen irrwitzigen Moment lang stellte sie sich vor, dass der Mann, der gleich das Zimmer betreten würde, klein und drahtig wäre, mit Sommersprossen und roten Haaren. Plötzlich verspürte sie einen Anflug von Panik. Ihre Hände fühlten sich eiskalt an. Doch ihr Verstand verdrängte die Angst. Siegfried Bär, der mehrfache Prostituiertenmörder, der vor drei Jahren zu lebenslanger Haft verurteilt worden war und im selben Gefängnis einsaß, war nicht in diesem Trakt untergebracht – noch nicht.

Der Mann, der nun hereingebracht wurde, war Noras Unterlagen zufolge siebenundvierzig Jahre alt, wirkte aber wesentlich jünger. Das mochte auch daran liegen, dass er Zivilkleidung trug. Zu einer hellen, engen Hose mit braunem Gürtel hatte er ein Karohemd gewählt, einen blauen Cardigan und Lederslipper. In seinem abgestimmten Outfit schien er der Internetseite eines Herrenausstatters entsprungen zu sein.

Nora machte sich einmal mehr bewusst, dass Sicherungsverwahrte ihre Strafe verbüßt hatten, dass sie im Rahmen ihrer Unterbringung gewisse Freiheiten genossen, zu denen auch die Wahl der Garderobe gehörte, sofern sie über das nötige Kleingeld verfügten. Dieser Mann hatte es offensichtlich.

Mit einem offenen Lächeln kam er auf Nora zu und streckte ihr die Hand zur Begrüßung entgegen. Seine Nägel waren gepflegt, die Haut beinahe falten- und fleckenlos. Keine Hand, die in ihrem Leben jemals schwere Arbeit verrichtet hatte.

»Herr Lefeber, mein Name ist …«

»Nora Winter von der hessischen Polizei.« Eine seltsam hohe Stimme, wie die eines Halbwüchsigen. Er musterte Nora mit seinen leuchtend grünen Augen.

»Vom Zentralen Psychologischen Dienst der hessischen Polizei, genauer gesagt.«

Lefeber lächelte sie stumm an. Sie nahmen Platz. Nora zog erneut ihren Pferdeschwanz straff.

»Sie wissen, warum ich hier bin?«

»Sie sollen mich begutachten. Eine Sozialprognose erstellen.«

»Das ist richtig. Der Europäische Gerichtshof für Menschenrechte hält die nachträgliche Anordnung der Sicherungsverwahrung, wie sie bei Ihnen vorliegt, für gesetzwidrig. Darum werden Sie und zwei weitere Männer aus dieser JVA demnächst entlassen.«

Lefeber schlug die Beine übereinander. »Frau Winter, wissen Sie, wie viele Gutachten seit 1992 über mich erstellt wurden? Es gibt mehrere Ordner voll davon. Verzeihen Sie die einfältige Frage, aber wenn meine Freilassung ohnehin beschlossene Sache ist, warum ist dann ein weiteres Gutachten erforderlich?«

»Es dient der Polizei dazu, die nötigen Maßnahmen für die Zeit nach ihrer Entlassung in die Wege zu leiten.«

»Welche Maßnahmen?«

»Zum Beispiel Personenschutz.«

Lefeber lauschte dem Getöse der Demonstranten in der Ferne, das mit dem Wind an- und abschwoll. »Schützen Sie die Gesellschaft vor mir oder schützen Sie mich vor dem Mob?«

»Sowohl als auch. Die Beamten kontrollieren außerdem, ob sie die gerichtlich erteilten Auflagen befolgen.«

»Und welche wären das?«

Nora ließ ungeduldig die Fingergelenke knacken. »Das wird der Haftrichter entscheiden. Sind Ihre Fragen damit zu Ihrer Zufriedenheit beantwortet? Ich hätte da nämlich auch noch einige parat.«

Lefeber lächelte verlegen.

Nora atmete tief durch. Sie hatte sich vor dem Treffen die zwanzig Jahre alten Tatortfotos aus dem Keller seines Reihenhauses in Riedberg angesehen und den grauenvollen Anblick während der letzten Minuten erfolgreich verdrängen können. Nun kehrten die Bilder zurück.

»Herr Lefeber, Sie haben 1992 zwei Ihrer Schüler, die Zwillingsbrüder Peter und Paul Grießbach, in Ihr Haus gelockt, überwältigt und so schwer misshandelt, dass die beiden an ihren Verletzungen starben.«

Das war faktisch richtig, beschrieb jedoch nicht ansatzweise, was Lefeber den Jungen angetan hatte, bevor der Tod sie von ihren Qualen erlöste. Nora hatte die Lektüre des gerichtsmedizinischen Berichts mehrmals unterbrechen müssen, weil ihre Gefühle sie zu überwältigen drohten.

»Das ist sehr nüchtern formuliert. Der Staatsanwalt nannte es damals ›zu Tode gefoltert‹.« Eine simple Feststellung, bar jeglicher Gefühlsregung.

»Wie war das in den Wochen und Tagen vor der Tat? Was haben Sie da getan? Wie haben Sie sich vorbereitet?«

»Peter und Paul waren meine Lieblingsschüler, beide außerordentlich talentiert, begabter, als ich selbst es jemals war. Ich hatte sie bereits vorher gelegentlich zum Eisessen eingeladen, wir haben manchmal gemeinsam eine Ausstellung besucht. In meiner Fantasie waren die beiden süchtig nach Erniedrigung. Ich habe mir nachts im Bett vorgestellt, wie ich den beiden Schmerzen zufüge, Schmerzen, die ihnen Lust bereiteten, die sie von mir verlangten, die sie befriedigten. Zu diesen Fantasien habe ich masturbiert. Zehn, zwölf Mal in einer Nacht.« Lefeber sprach im selben gleichgültigen Tonfall wie jemand, der berichtete, was es am Tag zuvor in der Kantine zu Essen gegeben hatte.

»Aber von der Vorstellung bis zur realen Tat ist es ein weiter Weg. Was gab den Ausschlag, Ihre Wünsche umzusetzen? Ein konkreter Auslöser?«

»In der *Rundschau* entdeckte ich eine Anzeige: Eine gynäkologische Praxis verkaufte zwei ausrangierte Untersuchungsstühle. Ich hatte nicht bewusst danach gesucht, aber als ich die Anzeige sah, war es, als hätte jemand einen Schalter umgelegt. Wie in Trance rief ich dort an und zwei Tage später standen die Stühle in meinem Keller. Ab da wusste ich, dass ich Peter und Paul zu mir holen würde.«

»Hat Ihnen das Angst gemacht?«

»Nein. Es hat mich außerordentlich erregt.«

»Hatten Sie ein schlechtes Gewissen?«

»Man hat bei mir eine dissoziative Persönlichkeitsstörung diagnostiziert, so etwas wie ein Gewissen oder Mitgefühl kenne ich nicht.«

»Haben Sie sich jemandem anvertraut? Jemanden um Hilfe gebeten?«

»Nein.«

»Nicht mal Ihre Freundin?«

»Mein Verhältnis zu Ina Franke war mehr oder weniger platonisch. Wir hatten schon vorher kaum Sex miteinander und seit Beginn meiner Fantasien war ich überhaupt nicht mehr in der Lage, mit ihr zu schlafen.«

»Beschreiben Sie bitte den Tag, an dem Sie die Jungen in Ihre Gewalt brachten.«

Lefeber sah durch Nora Winter hindurch, wirkte geistesabwesend. Er räusperte sich. So leidenschaftslos, wie er sich gab, war er wohl doch nicht.

»Im Oktober fand in der Schirn eine große William-Waters-Retrospektive statt. Ich habe Peter und Paul eingeladen, sie mit mir zu besuchen. Wir trafen uns nachmittags bei mir zu Hause, um von dort in die Stadt zu fahren. Ich habe zwei Gläser Orangensaft mit Ketanest, einem starken Beruhigungsmittel, präpariert. Als sie benommen waren, habe ich sie in den Keller gebracht. Dann bin ich in die Innenstadt gefahren, habe drei Eintrittskarten gekauft, damit ich später belegen konnte, dass wir dort waren, und habe mir die Ausstellung angesehen. Übrigens eine ausgezeichnete Werkschau. Kennen Sie Waters?«

»Ich habe von ihm gehört.«

»Wussten Sie, dass Waters seine Farben selbst hergestellt und dabei Kot, Blut und Sperma verarbeitet hat?«

»Ich beginne zu verstehen, was Sie an ihm fasziniert.«

Lefeber lachte. »Nein, ich bin ausschließlich an seiner Kunst interessiert. Aber er war eine ruhelose Seele.«

Wie du, vervollständigte Nora den Satz im Geiste, aber Lefeber hatte es sichtlich darauf angelegt, Mitleid zu erwecken, also behielt sie ihre Gedanken für sich.

»Wir schweifen vom Thema ab.«

Ihr Gesprächspartner sah sie lange an. Vermutlich ordnete er ihre Äußerung als Unhöflichkeit ein. »Entschuldigung. Was genau möchten Sie wissen?«

»Wie war das, als Sie nach der Ausstellung nach Hause kamen, in dem Wissen, dass die Jungen unten gefesselt warteten, zu Ihrer Verfügung? Was haben Sie da empfunden?«

Lefeber ließ sich Zeit mit der Antwort. »Stellen Sie sich vor, der Mann Ihrer Träume nimmt nach monatelangem Hofieren Ihre Einladung zu einem romantischen Dinner an. Sie wissen, dass er bei Ihnen übernachten, vielleicht mit Ihnen schlafen wird, er hat entsprechende Andeutungen gemacht. Er ist der attraktivste Mann, der je Interesse an Ihnen bekundet hat. Sie platzen vor Vorfreude, Sie sind erregt, aber Sie haben auch Angst. Angst zu versagen. Das war in etwa der Gefühlszustand, in dem ich mich befand.«

»Was haben Sie dann getan?«

»Sie haben die Fotos im Bericht gesehen.«

»Ich will es von Ihnen hören.« Es ging Nora nicht darum, eine neue Version der Geschichte aufgetischt zu bekommen, die vielleicht von der bisher bekannten abwich; damit rechnete sie nach zwanzig Jahren sowieso nicht mehr. Sie wollte lediglich Lefebers Verhalten studieren, während er sich seine Tat in Erinnerung rief. Aber ihr Gegenüber durchschaute ihre Motive ganz offensichtlich. Er schilderte die ungeheuerlichen Vorgänge wie ein Arzt im Lazarett, für den die menschlichen Grausamkeiten ihren Schrecken verloren hatten.

»An diesem Abend bin ich hinuntergegangen, um nach den Jungen zu sehen. Ich hatte getrunken, viel getrunken, um mich in den Griff zu bekommen. Trotzdem war ich so nervös, dass ich mit dem Schlüssel kaum das Schloss traf. Die Jungen hatten sich übergeben, vermutlich eine Nebenwirkung des Beruhigungsmittels. Ich musste sie säubern, wie Babys. Ich fühlte mich ein bisschen wie ein Vater. Sie flehten mich an, ich solle sie nach Hause gehen lassen. Peter rief weinend nach seiner Mama, wie ein Wickelkind. Da wurde mir endgültig klar, dass ich ihm und seinem Bruder diesen Wunsch niemals gewähren konnte, weil sie mich verraten würden. Ich ging hinauf ins Wohnzimmer und verbrannte ihre Kleidung und alles, was sie bei sich hatten, im Kamin. Alles außer den Fahrrädern. Davon abgesehen waren nun ihre nackten Körper auf den Untersuchungsstühlen das Einzige, was von ihnen noch übrig war. Das Einzige, das ich noch gebrauchen konnte. Ich ging zu Bett und schlief meinen Rausch aus. Am nächsten Morgen begann ich, die Wände des Hobbyraums mit Eierkartons auszukleiden.« Lefeber legte eine Pause ein, um ein Glas Wasser zu trinken. Er verschränkte die Hände im Schoß. »Dann begann die Behandlung.«

Nora schluckte trocken.

Dann erzählte Lefeber der Sachverständigen vom ZPD, wie er bei der Tötung der Jungen vorgegangen war.

Auf ihre Frage, was er dabei empfunden hatte, antwortete er: »Ruhe und Gelassenheit. Es war, als fiele die Spannung der letzten Monate komplett von mir ab.«

Nora ließ die Stille im Raum einen Moment wirken. »Als man Sie gefasst hat, waren Sie da erleichtert?«

»Nein.«

»Sondern?«

»Ich war verärgert, immerhin konnte ich mein Werk noch nicht vollenden.«

»Aber die Jungen waren bereits tot, als die Polizei sie fand.«

»Ja, aber sie waren deshalb nicht weniger von Nutzen für mich.«

Nora wurde flau im Magen. »Sie haben sie …?«

»Nein«, entgegnete Lefeber. »Ich wollte sie malen. Sie in einem Kunstwerk verewigen.«

»Sie haben ein Jahr nach Ihrer Festnahme, während der Hauptverhandlung, einen Brief an Ina Franke geschrieben. Eine Morddrohung. Über einen Mithäftling aus der Untersuchungshaft geschmuggelt.«

»Ja. Das tut mir sehr leid. Ich hatte beinahe eine Woche lang kaum geschlafen und war nervlich total am Ende. Ich hatte Halluzinationen wegen des Schlafmangels. Ich gab ihr die Schuld an meiner Festnahme. Ein paar Tage später entschuldigte ich mich bei ihr, ebenfalls in einem Brief. Per Einschreiben. Leider verweigerte sie die Annahme.«

»Und was denken Sie heute über Frau Franke?«

»Es tut mir leid, dass ich sie in diese Sache hineingezogen habe. Dass ich sie beinahe umgebracht habe. Und natürlich auch die Sache mit der Drohung.«

Lefeber räusperte sich und trank erneut einen Schluck Wasser.

»Was verbindet Sie mit Doktor Albrecht, dem Tierarzt?«

Lefeber änderte seine Haltung auf dem Stuhl, eine winzige Veränderung, die Nora gleichwohl bemerkte.

»Er hat mir und Heinz Rosen einen Wellensittich geschenkt. Wir sehen uns einmal wöchentlich, spielen Karten, unterhalten uns, sehen uns gemeinsam Ausstellungskataloge an. Er ist sehr kunstinteressiert, besonders die zeitgenössische Kunst hat es ihm angetan.«

»Waters?«

»Waters, Lucian Freud, Beuys.«

»Und das ist eine rein freundschaftliche Beziehung.«

»Wenn Sie darauf anspielen, ob wir ein homosexuelles Verhältnis haben: nein. Schwulen Sex könnte ich hier im Knast zuhauf haben, wenn ich wollte. Oder noch könnte.«

»Ich entnehme Ihren Unterlagen, dass Sie sich während der Haftzeit einer Psychoanalyse unterzogen haben. Das scheint mir bei Ihrer Vorgeschichte nicht gerade die optimale Therapieform zu sein.«

Lefebers Lachen klang bitter. »Wissen Sie, wie das hier läuft, im Vollzug? Da gibt es keine Anamnese, keine Bedarfsanalyse. Da heißt es: Wir bieten fünf Therapieplätze für Psychoanalyse. Dann bewerben sich dreißig Insassen, die ihrem nächsten Haftprüfungstermin entgegenfiebern, und mit sehr viel Glück sitzen Sie einige Wochen später einem Psychologen gegenüber, der einen Lehrstuhl an der Uni hat.

Der probiert dann seine neueste Theorie an Ihnen aus. Besser eine Psychoanalyse als gar nichts, denken Sie sich.«

»Es ging Ihnen also lediglich darum, einen guten Eindruck beim Haftrichter zu hinterlassen?«

»Meine Veranlagung zu Sadismus und Pädophilie ist eine Krankheit. Sie ist nicht heilbar, aber kontrollierbar. Ich habe in der Sicherungsverwahrung noch an weiteren Verhaltenstherapien teilgenommen. Ich bemühe mich, alles zu tun, um mich zu bessern.«

Nora klappte die Akte zu. »Wie stellen Sie sich Ihre Zeit nach der Entlassung vor?«

Lefeber schloss die Augen. »Niemand will, dass wir freikommen. Weder die Gesellschaft noch die Opfer und ihre Angehörigen. Viele Insassen haben sich mit dem Leben in Sicherungsverwahrung abgefunden oder sind sich bewusst, dass sie sich draußen gar nicht mehr zurechtfinden würden. Wir sind Schachfiguren in einem juristischen Tauziehen zwischen der europäischen und der deutschen Justiz. Das Publikum hat bereits Position bezogen und johlt.«

Lefeber war gut informiert, offensichtlich hatte er sich eingehend auf dieses Gespräch vorbereitet. Er sah zum Fenster hinaus. Doch seine Metapher lief ins Leere, es herrschte Ruhe, die Demonstranten legten wohl gerade eine Verschnaufpause ein.

Nora schüttelte den Kopf. »Sie haben meine Frage nicht beantwortet. Wie stellen Sie sich persönlich Ihre Zeit in Freiheit vor?«

Lefeber massierte sein Ohrläppchen, um Zeit zu gewinnen. »Obwohl ich nicht damit gerechnet habe, freue ich mich darauf, das Gefängnis nach über zwanzig Jahren zu verlassen. Ich habe meine Strafe verbüßt. Ich habe alles getan, um zu verhindern, dass ich rückfällig werde. Aber ich fürchte trotzdem, dass alles in einem Fiasko endet. Wir sind wie Aussätzige. Niemand will uns in seiner Nähe haben. Und die Medien und die Technologie sorgen dafür, dass alle

Welt jederzeit über unseren jeweiligen Aufenthaltsort informiert ist.«

Nora warf einen Blick auf ihr Smartphone, auf dem während der Unterhaltung mit Lefeber bereits über zwanzig neue Nachrichten eingetroffen waren. In einer Welt, die ständig online war, einer Welt der Blogs und Twitterstreams, waren die althergebrachten Medien vielleicht keine echte Bedrohung mehr.

»Ich denke, Sie sehen die Zukunft zu pessimistisch, Herr Lefeber. Man wird einiges tun, um Ihre Wiedereingliederung in die Gesellschaft zu erleichtern.«

Wieder huschte ein gequältes Lächeln über Lefebers Gesicht. »Ich denke, da liegen Sie völlig falsch, Frau Winter. Aber danke für Ihre Ermutigung.« Mit diesen Worten erhob er sich.

Der Schließer sprang überrascht von seinem Stuhl auf.

»Sind wir fertig?«

Nora blätterte in ihren Unterlagen. Sie waren tatsächlich fertig, aber es ging nicht an, dass Lefeber derjenige war, der das Gespräch beendete. Also ließ sie ihn eine Weile zappeln. Er nahm wieder Platz und wartete. Schließlich reichte sie ihm die Hand zum Abschied. Als er den Raum verließ, sah sie ihm nachdenklich hinterher. Mit seinen hängenden Schultern sah er aus wie ein Junge, dem eine schwere Prüfung bevorstand.

*

Einundvierzig, acht, fünf, zweiundzwanzig.

Rosen sitzt in seiner Zelle, starrt auf den Fernseher und zählt. Auf der Mattscheibe ein Bild, das er schon seit Jahren nicht mehr gesehen hat: das Haupttor der JVA – Außenansicht. Davor eine lange Reihe flackernder Kerzen, einundvierzig Teelichter, um genau zu sein, wie eine gerissene Perlenkette auf dem Boden liegend. Im Hintergrund sieht man die Umrisse von acht Fahrzeugen auf dem Parkplatz. Fünf Fernsehkameras, auf die Menschen gerichtet, die hinter dem Lichtermeer stehen und Plakate hochhalten. Sie skandieren Sprüche, lautlos klappen ihre Münder auf und zu. Den Ton hat er abgestellt, er braucht ihn nicht, denn was sie rufen, hört er durch das geöffnete Fenster. Er steht auf, sein Blick suchend, aber natürlich kann er die Demonstranten nicht sehen. Die Klinkermauer gegenüber verschwimmt vor seinen Augen, er wischt sich über das Gesicht. Zweiundzwanzig Grad hat der Wetterbericht vor knapp einer Stunde für heute angekündigt. Viel zu warm für die Jahreszeit.

Sein Mund ist trocken. Auf dem Tisch stehen eine Plastikflasche mit Wasser und ein Becher für ihn bereit. Er schenkt ein, doch seine Hand zittert so stark, dass er die Hälfte verschüttet. Rosen trinkt, wischt die Lache weg, klopft an Willis Käfig und holt aus der Schublade eine Puppe, die wie ein überdimensionaler Affe mit umgehängtem Patronengürtel aussieht. Das Fell ist stumpf, an einigen Stellen schimmert bereits der Kunststoff durch; einer der spitzen Eckzähne im halb geöffneten Mund ist abgebrochen. Rosen streichelt mechanisch das Fell, bis sich sein Puls wieder normalisiert. Chewbacca hat immer eine ungeheuer beruhigende Wirkung auf ihn. Manchmal träumt er davon, so wie der Wookie aus *Star Wars* zu sein: nicht nur beeindruckend groß, sondern auch mutig. Mutig und gesund.

Von draußen dringen Laute herein, die eher an das Heulen von Hunden als an menschliche Stimmen erinnern. Sein Magen meldet sich und mit ihm ein flaues Gefühl. Ein unverkennbares Signal.

Rosen legt Chewie in die Schublade zurück und trottet zum Aufsichtszimmer. Verschlossen. Eigentlich sollte das Büro rund um die Uhr besetzt sein. Aber es gibt zu wenig Personal, weshalb nur zwei Schließer den Trakt für die SVler betreuen; beide sind irgendwo unterwegs, weiß der Kuckuck wo, vermutlich hocken sie wieder in der Cafeteria. Letztes

Jahr hatte einer der SVler in seinem Zimmer einen Infarkt erlitten. Die Schließer entdeckten die Leiche erst am darauffolgenden Tag.

Rosen ballt die Fäuste und trommelt gegen die Metalltür. Er fängt an zu schwitzen, aber seine Hände sind eiskalt – der Kreislauf, die aufsteigende Panik. Er knabbert einen Keks, geht zur Toilette, überbrückt die Zeit. Wenn er nicht in den nächsten zehn Minuten seine Spritze bekommt, wird es für ihn kritisch. Von da an kann es nur noch bergab gehen.

Er sieht sich nervös um. Tibursky schlendert an ihm vorbei, ein freches Grinsen im Gesicht und den Finger zum Gruß am Käppi. Dem wird er auch irgendwann mal in den Arsch treten. Aber zuerst muss er den Schließer finden.

»Tillich!« Kein Mucks. Wenn der Mann nicht bald auftaucht, wird er auf der Schwelle zum Büro ins Koma fallen.

»TILLIIIIIICH!«

»Hör auf so herumzubrüllen, Rosen! Ich bin ja schon da.« Tillich steckt den Kopf zu einer der Zellentüren heraus, dann trabt er an. Der Aufseher kennt das schon, immer diese Eile. Er schließt die Bürotür auf, öffnet den Wandschrank mit dem roten Kreuz und reicht Rosen das schwarze Lederetui. Der setzt sich auf den Besucherstuhl, breitet den Inhalt auf der Schreibtischplatte aus und schraubt mit geübten Bewegungen die Utensilien zusammen. Er zieht die Spritze auf, schiebt sein T-Shirt ein Stück nach oben und legt seinen schwammigen Bauch frei. Klemmt eine Hautfalte ein und setzt die Insulin-Injektion. Dann schraubt er das Besteck auseinander, legt alles wieder an seinen Platz zurück und überlässt es Tillich, das Etui im Giftschrank einzuschließen.

»Warum kann ich das nicht in meinem Zimmer aufbewahren?«

»Du kennst die Regeln, Rosen. Besser als jeder andere hier.« Tillich verdreht die Augen und bugsiert ihn aus dem Büro, um seinen Rundgang fortzusetzen.

Als Rosen vor seiner Zelle steht, verwehrt der zweite

Schließer ihm den Zutritt. »Du hast Besuch. Darfst gleich wieder rein.«

Erneut die Angst. Wer will was, ausgerechnet von ihm? Willi wird sich zu Tode ängstigen. Rosen späht über die Schulter des Schließers. Ein Hosenanzug. Blonde Haare. Pferdeschwanz. Eine Frau – in seiner Zelle!

»Die kann doch nicht einfach bei mir herumschnüffeln! Ich hab ein Recht auf Privatsphäre, oder?«

»Sie kann, Rosen. Sie ist Polizistin. Und Privatsphäre hast du bald mehr, als dir lieb sein dürfte.« Der Schließer zieht die Tür ein Stück weit zu, sodass Rosen die Besucherin nur noch durch die halb geöffnete Kontrollklappe sehen kann. Sie dreht sich um. Gut sieht sie aus, ein bisschen streng. Ein Lächeln, ein Nicken. Bevor er sich unter Kontrolle hat, nickt er verdutzt zurück. Sie neigt sich zum Käfig hinunter und spricht mit Willi. Rosen will sie warnen, sie sollte keinesfalls die Tür öffnen: Willi ist ein frecher kleiner Kerl und wird versuchen, auszufliegen. Wie Tibursky.

Rosen macht einen Schritt vorwärts und spürt die Hand des Schließers auf seinem Arm. Der Blick des Mannes ist eindeutig. Es wäre Rosen ein Leichtes, ihm den Arm zu brechen. Nervös blickt er auf die Uhr mit dem schwarzen Plastikarmband, die Lefeber ihm zum Geburtstag geschenkt hat. Funktioniert tadellos, chinesisches Billigfabrikat hin oder her.

In drei Minuten beginnen die Nachrichten. Das Radio befindet sich in seiner Zelle und er darf nicht hinein. Er könnte Lefeber um Hilfe bitten, aber Lefeber hat weder ein Radio noch einen Fernseher. Wie man so etwas aushalten kann, will Rosen sich gar nicht erst ausmalen. Er blickt noch einmal auf das Zifferblatt der Uhr, ein flaues Gefühl im Magen. Die Zeit läuft gnadenlos weiter, er muss in seine Zelle, kaum mehr als zwei Minuten, bis die Nachrichten beginnen.

Rosen tritt nervös von einem Bein aufs andere.

»Das Klo ist da hinten«, bemerkt der Schließer trocken.

»Dauert es noch lange?«, jammert Rosen, der inzwischen das Gefühl hat, sich übergeben zu müssen.

Der Schließer zuckt mit den Schultern und grinst. Es bereitet ihm offensichtlich Freude, ihn zu quälen.

Ein letzter verzweifelter Vorstoß: »'tschuldigung?«, ruft Rosen durch das Fenster in die Zelle hinein.

Die Blonde fühlt sich nicht angesprochen.

»Entschuldigen Sie?«, ruft er erneut, dieses Mal lauter.

Endlich wendet sie ihm ihr Gesicht zu.

»Darf ich bitte reinkommen?«

»Natürlich, kommen Sie«, winkt sie ihn zu sich.

Mühelos schiebt Rosen den Schließer beiseite und zwängt sich durch die Tür, im Vorbeigehen erhascht er einen finsteren Blick. Aber die Blonde hat grünes Licht gegeben, der Mistkerl soll sich um seinen eigenen Kram kümmern. Die Besucherin streckt ihm lächelnd die Hand zur Begrüßung entgegen. Doch für solche Formalitäten hat Rosen jetzt keine Zeit. Er stürmt an ihr vorbei zum Schreibtisch und schaltet das Radio ein. Vier Pieptöne, dann die ruhige Stimme des Sprechers: »Es ist elf Uhr. Es folgen die Nachrichten des Tages.« Rosen lässt sich auf den Stuhl fallen, erschöpft und erleichtert.

Die Blonde wirft dem Schließer einen verdutzten Blick zu.

»Das geht jeden Tag so, von sieben Uhr morgens bis zum Zubettgehen. Als ginge die verdammte Welt unter, wenn der Dicke mal die Nachrichten verpasst.«

»Pscht!«, mahnt Rosen ihn zur Ruhe.

Sie lassen ihn die Nachrichten bis zum Ende anhören, Wetterbericht und Verkehrsmeldungen eingeschlossen.

Stau auf der A 2. Rosen weiß nicht, wo die A 2 ist, aber der Stau ist verdammt lang, fünfzehn Kilometer. Eine Entfernung, die er nicht einmal mehr in seinen Träumen sieht.

Sobald der Verkehr durch ist, nehmen sie ihn in ihre Mitte und geleiten ihn in ein Besprechungszimmer.

*

Der Besucherstuhl ächzte so laut, dass Nora befürchtete, er könne jeden Moment zusammenbrechen. Aber entweder wog Rosen weniger als sie schätzte oder die Besucherstühle waren ungewöhnlich robust konstruiert. Nun saß der Mann linkisch vor ihr und knetete seine Hände, bis sie einen rosigen Schimmer hatten. Er traute sich nicht, Nora ins Gesicht zu sehen. Stattdessen starrte er auf die Ordner, die vor ihr auf dem Tisch lagen.

»Herr Rosen, Sie sind einer von zweihundertachtunddreißig bundesweiten Fällen, bei denen die Befristung der Sicherungsverwahrung auf zehn Jahre rückwirkend, also während ihrer Haftzeit, aufgehoben wurde. Weil der Europäische Gerichtshof für Menschenrechte dies für gesetzwidrig hält, werden Sie demnächst entlassen. Sie und zwei weitere Sicherungsverwahrte.«

Während Rosen zuhörte, wippte er rhythmisch vor und zurück. Die Stuhllehne quietschte.

»Würde es Ihnen etwas ausmachen, damit aufzuhören?«

Er hielt inne, mied jedoch nach wie vor ihren Blick. Dann fing er an, mit den Fingern auf den hölzernen Stuhlsitz zu trommeln.

Nora atmete durch und sammelte sich. »Sie waren 1986, mit siebzehn, an der Entführung der Bankierstochter Katharina von Kolbach beteiligt. Die Geldübergabe misslang, drei Tage später spürte man Sie und Ihre beiden Mittäter in einer Wohnung in Sossenheim auf. Ihre Komplizen waren tot, das Lösegeld sowie das Mädchen, beziehungsweise seine Leiche, sind bis heute verschwunden.«

Rosen saß mit unbewegter Miene auf dem Stuhl, das leise Trommeln seiner Finger hallte von den Wänden wider. Nora konnte nicht einmal mutmaßen, was in ihm vorging.

»Die Leichen Ihrer Komplizen waren enthauptet.«

Keine Reaktion. Rosen machte keine Anstalten, eine Erklärung abzugeben, also fuhr Nora fort: »Nach Ihrer Festnahme durchsuchte man unter anderem die Wohnung Ihrer

Pflegeeltern in Ginnheim. Man fand dort die Leichen der beiden, die sich seit geraumer Zeit in einer Tiefkühltruhe im Keller befanden, ihnen fehlten ebenfalls die Köpfe. Während der gesamten Zeit hatten Sie Sozialleistungen für Ihre Pflegeeltern erhalten. Der Gutachter im Strafverfahren, Professor Schröder, attestierte Ihnen gefühlsmäßige Verrohung.«

Keine Regung.

»Herr Rosen, ist das alles richtig so?«

Ein scheues Lächeln. Immerhin.

»Muss wohl, wenn der Herr Professor das so geschrieben hat.«

Nora fragte sich, ob Rosen wirklich so begriffsstutzig war oder ob er ihr etwas vorspielte. Seine Intelligenz lag laut Testbericht unter dem Durchschnitt, wenn auch nicht gerade an der Grenze zur Debilität. Doch auch Tests konnte man unterlaufen – sofern man es darauf anlegte.

»Während Ihrer Haftzeit und in der nachfolgenden Sicherungsverwahrung haben Sie an keiner einzigen Therapiemaßnahme teilgenommen. Wie kommt das?«

»Was sollten die denn behandeln? Ich war ja unschuldig.«

»Sie leugnen nach wie vor, dass Sie Ihre Pflegeeltern, Ihre Komplizen und das Mädchen getötet haben?«

»Ich hab mir nix zuschulden kommen lassen.«

»Die Spuren waren ziemlich eindeutig, Herr Rosen, wenn ich das mal so sagen darf.«

»Das war'n abgekartetes Spiel von den Bullen«, sagte Rosen düster dreinblickend.

Die Verantwortung für das eigene Unglück bei jedem, nur nicht bei sich selbst zu suchen, war ein typischer Aspekt soziopathischen Verhaltens, und Rosen war nicht der erste Täter, bei dem Nora es beobachtete. Trotzdem erfüllte es sie, die eher dazu neigte, Fehler zuerst bei sich selbst zu verorten, jedes Mal mit Verständnislosigkeit.

»Aufgrund Ihrer Weigerung, sich mit den Taten therapeutisch auseinanderzusetzen, hat man Ihnen weder Hafterleichterungen noch eine vorzeitige Entlassung in Aussicht gestellt. Sie haben auch außer mit Herrn Professor Schröder, Ihrem Erstgutachter, alle weiteren Kontakte mit Sachverständigen abgelehnt.«

»Weil der Schröder mich verarscht hat. Geht nicht gegen Sie, verstehn Sie das nicht falsch, aber diese Gutachter vom Gericht sind alle Idioten.«

»Wie können Sie das denn wissen, wenn Sie mit keinem von denen gesprochen haben?«

Rosen dachte nach. »Adam sagt das auch.«

»Hören Sie immer auf das, was Adam sagt?«

Schulterzucken.

Diese Reaktion kannte Nora gut. Damit hatte sie auch immer auf das Verhör ihres Vaters geantwortet, wenn eine Freundin sie zu einer Schandtat angestiftet hatte: Wenn die anderen aus dem Fenster springen, springst du dann hinterher?

»Haben Sie damit gerechnet, dass Sie je wieder freikommen, Herr Rosen?«

Rosen schüttelte stumm den Kopf.

»Ich habe in Ihren Akten bisher keine Einträge über Lockerungen des Strafvollzugs oder Freigänge im Rahmen der Entlassvorbereitung gefunden. Gab es etwas dergleichen?«

Erneutes Kopfschütteln.

»Es ist schon seit ein paar Monaten bekannt, dass Sie entlassen werden. Hat niemand mit Ihnen einen Plan ausgearbeitet?«

»Wer soll das'n machen? Wissen Sie, wie viele Aufpasser es hier gibt? Zwei. Für sechzig Männer.«

Nora schrieb eine Notiz nieder. Sie musste sich dringend noch einmal Rauch vornehmen.

»Sie hatten vor Ihrer Inhaftierung eine Kochlehre begonnen. Seit Ihrer Unterbringung in Sicherungsverwahrung arbeiten Sie in der Anstaltsküche. Wollen Sie diese Art Arbeit in Freiheit weiterführen? Als Küchenhilfe?«

»Ich geh hier nicht raus.«

»Ich verstehe nicht?«

»Ich bleibe im Gefängnis. Ich kann das bezahlen, ich hab Geld gespart.« Rosens Hände waren feuerrot vom fortwährenden Drücken und Kneten. Er schwitzte, der Ausschnitt an seinem T-Shirt hatte sich inzwischen dunkel vom Schweiß gefärbt.

»Ich befürchte, das geht nicht, Herr Rosen. Am 31. Oktober ist der Termin beim Haftrichter. Danach werden Sie entlassen.«

»Ich will hier nicht weg. Das geht nicht.«

»Herr Rosen, kommen wir noch einmal auf die Entführung von Katharina von Kolbach zurück. Haben Sie ...«

»Ich geh hier nich weg. Auf keinen Fall.«

»Ja, das sagten Sie bereits. Trotzdem möchte ich von Ihnen gerne wissen, ob Sie ...«

»Haben Sie mich nicht verstanden? Ich bleib hier. Ich geh jetzt zurück in mein Zimmer und es bleibt alles so, wie es ist. Bitte kommen Sie nicht noch mal. Ich ... ich bin sehr zufrieden hier.« Rosen wuchtete sich hoch, dabei scharrten die Stuhlbeine über den Boden. Bei seinen letzten Worten war er laut geworden. Der Schließer an der Tür hatte sich erhoben und öffnete den Verschluss des an seinem Gürtel baumelnden Schlagstocks. Nora schüttelte kurz den Kopf – ein Eingreifen hielt sie nicht für erforderlich.

Rosen marschierte zur verschlossenen Tür. Er stand reglos da, während der Schließer mit den Schultern zuckte und Nora fragend ansah. Mit Rosen würde sie im Moment kein vernünftiges Gespräch führen können, das war ihr klar. Allem Anschein nach versetzte ihn der Gedanke an die bevorstehende Freiheit in Angst und Schrecken.

Dieser Fall war offenbar komplizierter, als sie vermutet hatte.

Nora gab dem Schließer ein Handzeichen und die Tür öffnete sich. Wortlos verließ Rosen das Besprechungszimmer. Seine schweren Schritte wurden immer schneller, je weiter sie sich entfernten. Irgendwann hatte Nora das Gefühl, dass er rannte.

Heinz Rosen lief vor der Freiheit davon.

*

Der Schließer namens Tillich blockierte einen Augenblick lang die Tür.

»Ich muss Sie vorwarnen, Herrn Tiburskys Zelle ist ... speziell.«

Nora sah Tillich fragend an, aber mehr war dem kahlköpfigen Mann nicht zu entlocken. Betont langsam schob er die Tür auf.

Nora glaubte, durch ein Fenster ins Blättermeer eines Urwalds zu schauen. Rund um sein Bett hatte Tibursky Dutzende Zimmerpflanzen aller Größen verteilt. Ein Geruch wie in einem Gewächshaus schlug Nora entgegen – die Blätter verströmten einen feuchten und süßlichen Duft. Zwischen den Pflanzen und in den Regalen entdeckte sie ein kunterbuntes Sammelsurium exotischer Tiere. Papageien, Affen, eine grüne Schlange, die sich um den Blattstiel einer Bananenstaude wand, und unter dem Schreibtisch kroch eine Schildkröte an einer haarigen Spinne vorbei. Erst in dem Moment, als Nora die zeitlupenartige Bewegung sah, wurde ihr klar, dass alle anderen Tiere in einer Art Schockstarre verharrten. So wie sie selbst.

»Ja, unser Wulle versteht sich meisterhaft darauf, Tonfiguren zu gestalten«, erklärte Tillich.

Nora trat ein. Obwohl ihr ein Schauer über den Rücken lief, fuhr sie mit dem Zeigefinger sanft über den Kopf der grünen Baumpython. Sie konnte die Schuppen auf dem filigranen Körper spüren, folgte mit der Fingerspitze dem gewölbten Schädel, den Nasenlöchern und dem tief eingekerbten Maul. Unglaublich, wie lebensecht das Tier noch aus nächster Nähe wirkte. Tibursky musste Hunderte von Stunden allein in dieses eine Kunstwerk gesteckt haben.

Etwas berührte Noras Knöchel. Sie fuhr zurück und schrie auf. Aber es war nur die Schildkröte, die zum Ausgang kroch.

Tillich lachte, dann hob er das Tier hoch und setzte es zurück an seinen Platz. Die Schildkröte marschierte wieder unverdrossen los. Darin ähnelte sie wohl Tibursky, der Noras Informationen zufolge mehrere Ausbruchsversuche hinter sich hatte. Dass ein Mensch, der einen künstlichen Urwald in seiner Zelle schuf, einen übermächtigen Freiheitsdrang besaß, war nicht im Geringsten überraschend.

Sie arbeitete sich durch den Dschungel zum Schreibtisch vor. Darüber befand sich ein Regal mit einer Sammlung DVDs. Neben *Liane, das Mädchen aus dem Urwald* und *Tarzan*, dem Original mit Johnny Weissmüller, gab es noch etliche Softporno-Streifen. Nora zog eine Hülle heraus und überflog die Inhaltsangabe, dann hielt sie die DVD vor Tillichs Nase.

»Finden Sie das in Ordnung? Einige der Insassen haben schwere Sexualdelikte begangen.«

Tillich grinste anzüglich. »Der Wulle ist doch nur ein harmloser Heiratsschwindler. Mit irgendwas muss der gelegentlich sein Rohr durchputzen. Kommt ja nicht jeden Tag so eine adrette Dame zu Besuch.«

»Ihre Anzüglichkeiten können Sie sich sparen.«

Tillich grinste nur noch breiter.

»Die meisten Zellen sind offen, Herr Tillich, jeder kann hier rein und sich bedienen. Auch Leute wie …«, im letzten Moment hielt sie sich zurück, einen Namen zu nennen.

»Hier traut sich keiner freiwillig rein.«

Und das verstand Nora nur zu gut. Sie drückte Tillich die DVD in die Hand und sah sich um. Dann fiel ihr Blick auf die Uhr. Ein Uhr vorbei. Das Gespräch mit Lefeber hatte sich länger hingezogen als geplant. Beim Hinausgehen stolperte sie beinahe über die Schildkröte, die sich wieder zur Tür vorgearbeitet hatte. Nora hob das Tier auf Augenhöhe, aber das misstrauische Reptil zog den Kopf ein und versteckte sich in seinem Panzer.

»Den Kameraden hier nehmen wir mit. Oder ist es eine Kameradin?«

Tillich zuckte mit den Schultern.

*

Tibursky stutzte zwar beim Anblick der Schildkröte auf dem Besprechungstisch, doch dann schüttelte er Nora enthusiastisch die Hand. Er war einen Kopf kleiner als sie, ein echtes Leichtgewicht, und mit seinem spitzen Gesicht, den schmalen Lippen und den dunklen Augen hatte er etwas von einem Wiesel. Seine Ärmel waren hochgekrempelt und gaben den Blick auf seine Unterarme frei, die mit selbst gestochenen Tattoos übersät waren.

»Herr Tibursky, der Europäische Gerichtshof für Menschenrechte hält die nachträgliche Anordnung der …«

»Ach, wozu denn die Förmlischkeide. Hier bin isch für alle nur de Wolle.«

Nora beschloss, Tibursky nicht mehr namentlich anzureden, um weitere Diskussionen zu vermeiden.

»Also, der Europäische Ge…«

»Des weiß isch doch alles schon längst, Mädsche. Ab wann dörffe mer dann ausschecke?«

»In vier Wochen ist der Termin beim Haftrichter. Danach werden Sie entlassen.«

Die Information schien Tibursky zu erschüttern. Ein Zittern lief durch seinen Körper, dann wurden seine Augen feucht. Er wischte sich mit dem Handrücken über die Wange. »Hädd isch ned gedacht, dass isch des noch mal erlebb. Im Läwe ned.« Er schüttelte ein paar Mal den Kopf, immer noch ungläubig über diese jähe Wende in seinem Leben.

Dann lachte er auf und schlug sich auf die Schenkel. »Was wolle Sie wisse?«

Nora beugte sich über Tiburskys Akten. »Sie sind das jüngste von fünf Geschwistern. Mit fünfzehn stahlen Sie einer Nachbarin sechstausend D-Mark, dafür bekamen Sie zwei Wochen Jugendarrest in Gelnhausen.«

»Die had mir des Geld förmlisch uffgedrengd.«

»Und dann hat sie Sie angezeigt.«

»Des war en Schrei nach Uffmergsamkeit. Außerdem konndse meine Eldern geschenübber ja schlescht zugebbe, dass sie misch dademid fürs Vöscheln bezahld hadd.«

»Sie sind mit fünfzehn von Ihrer Nachbarin sexuell missbraucht worden?«

»Na ja, so rischdisch gewehrd hab isch misch ned. Die Nachbarin war schon e schee Schneckscher.«

»Und sie hat Ihnen sechstausend Mark für Ihre Liebesdienste bezahlt?«

»Isch war jeden Pfennisch wert!«

Nora machte mit skeptischer Miene eine Notiz.

»1991 haben Sie einer Rentnerin die Ehe versprochen und die Frau um ihre gesamten Ersparnisse erleichtert. Fast fünfzigtausend D-Mark.«

»Des war nur geliehe. Isch war gerade uffm Weg zur Bank, als die Bulle misch verhafded habbe.«

»Hier steht etwas anderes, Herr Tibursky.«

»Die Bank war am Fluchhaafe.«

»Und das Ticket in Ihrer Tasche?«

»Nach meiner Rückkehr von Brasilie wolld isch ihr des Geld direggt zurüggebbe. Mid Dsinse. Ehrlisch! Isch wollde da in eine Zuggerrohrplantasch eischdeische. Todsischere Sache.«

»Sie haben die alte Dame geknebelt und an einen Küchenstuhl gefesselt, bevor Sie ihre Wohnung verließen. Die Frau hatte keine Angehörigen, sie hätte leicht sterben können.«

»Hädde sie nischd. Isch hab ja selber die Bulle vom Fluchhaafe aus angerufe, damid sie die befreie. Isch wolld ja nur net, dass die Alde mir en Strisch dorsch die Reschnung meschd.«

Nora seufzte. »Drei Jahre wegen Veruntreuung, ein Jahr zusätzlich wegen Freiheitsberaubung. 1995, sechs Monate nach Ihrer Freilassung, haben Sie eine Sekretärin der katholischen Kirchengemeinde dazu angestiftet, die Konten der Pfarrei leer zu räumen. Fünfundneunzigtausend D-Mark.«

»Des war ne guude Daad! Denke Sie mal nach, wo die Vadigganbank die Finger drin hat: Mafia, Waffehandel, Herstellung von Verhüdungsmiddel. Isch hab des Geld nur umverdeild. An Leude, die wo's dringend gebrauchd habbe.«

»An sich selbst.«

»Und meinen Kumbel Harry, Gott hab ihn seelisch.«

»Nur ein halbes Jahr nach Ihrer Entlassung auf Bewährung. Es macht fast den Eindruck, als wollten Sie so schnell wie möglich zurück in den Knast.«

»Nee. Isch wolld nach Brasilie. In de Reschewald. Abbe da kann mer leider net mim Fahrrad hinfahre. Des kost ordentlisch.«

»Sie haben noch mal acht Jahre bekommen, weil Sie die Frau in Ihrem Keller eingesperrt haben …«

»Und ebefalls die Bulle verschdändigd.«

»Aber da hatte sie bereits einen Herzinfarkt erlitten.«

»Des war einfach e bissi blöd gelaufe.«

»2000 und 2001 haben Sie versucht, aus der Haftanstalt auszubrechen. Das gab wegen Freiheitsberaubung zweier Schließer noch mal je ein Jahr obenauf. 2005 wurde die nachträgliche Sicherungsverwahrung gegen Sie angeordnet.«

»Und jetz – Überraschung – lasse Sie misch freiwillisch raus. Dabei hadde isch schon ein Auge auf Sie geworfe«, witzelte Tibursky.

»Bei mir ist nichts zu holen, Herr Tibursky.«

»Ach, des wüdde isch abbär net sage.«

Nora lächelte und goss sich ein Glas Wasser ein. »Möchten Sie auch?«

Tibursky ließ sich einschenken und prostete ihr zu.

»Sie machen mir nicht den Eindruck eines geläuterten Kriminellen. Sie berauben rüstige Rentnerinnen und alte Jungfern, nehmen ihnen ihre Freiheit, und dann tun Sie so, als wären das Pennälerstreiche. Wenn Sie rauskommen, marschieren Sie wahrscheinlich schnurstracks ins nächste Altersheim, auf der Suche nach einem hilflosen Opfer. Und stellen das dann wie zuvor als Bagatelle dar.«

Tibursky fuhr sich über die Haare, die er nach hinten gekämmt und mit Gel in Form gehalten hatte. Dann seufzte er tief. »Isch weiß, dass des alles ned reschdens war. Auch wenn's mir, ehrlisch gesagt, kaane schlaflose Näschde bereided.«

»Haben Sie sich mal Gedanken über Ihre Opfer gemacht? Viele von denen standen danach am Rande des Ruins. Frau Jablonski, die Kirchensekretärin, war so verzweifelt, dass sie versucht hat, sich das Leben zu nehmen. Gott sei Dank ohne Erfolg.«

Tibursky schwieg zerknirscht. Auch mied er Noras Blick. Auf einmal schnellte seine Hand vor und fing die Schildkröte auf, die um ein Haar vom Tisch gefallen wäre, und setzte das Tier auf seinen Schoß.

»Sie sind künstlerisch begabt«, sagte Nora, um der Unterhaltung eine andere Richtung zu geben. »Ich habe die Tiere in Ihrer Zelle gesehen. Woher können Sie das?«

»Isch hab en Töpferkurs mitgemacht, vor zehn Jahr. Des war wie en Erweckungserlebnis. Hädde mir des einer mit fuffzehn gezeischd, hädd isch meine Energie in sinnvollere Bahne gelengt und wär vielleischd ned uf dumme Gedange gekomme.«

»Wie stellen Sie sich denn Ihr Leben in Freiheit vor, Herr Tibursky? Haben Sie eine Idee, womit Sie Geld verdienen könnten? Haben Sie Verwandtschaft, bei der Sie Unterkunft erhalten?«

Tibursky kniff die Lippen zusammen: »Wolle Sie wisse,

was meine Mudder ihre Freundinne erzählt hat, als die misch eingebuchded habbe?«

Nora forderte ihn auf, weiterzusprechen.

»Sie hat gesagt, isch bin tot. Ums Lebbe gekomme in Amerika. Meine eischene Mudder, stelle Sie sisch des vor. Nee«, schloss Tibursky, »mit meine bucklische Verwandtschaft will isch nix mehr zu tun habbe.«

Und wie gut Nora das nachvollziehen konnte. Wen ließ es schon kalt, von der eigenen Mutter verleugnet zu werden?

»Und abbeide? Wer will denn en Knaggi wie misch eistelle?«

Nora beobachtete die Schildkröte auf Tiburskys Schoß, die sie an den Urwald in seiner Zelle erinnerte. »Vielleicht können Sie ein paar Ihrer Tonfiguren verkaufen?«

»Für sowas gibd doch kaa Mensch Geld aus!«

»Was wollen Sie für die Baumpython haben?«

»Wie?«

»Wie viel soll die Schlange kosten? Ich kaufe sie Ihnen ab.«

Tiburskys Mund stand offen. Dann schluckte er. »Kei Ahnung. Fünf Euro?«

Nora holte ihren Geldbeutel heraus. »Wissen Sie was, ich gebe Ihnen fünfundzwanzig. Wenn Sie draußen sind, kaufen Sie sich Ton und was Sie sonst noch brauchen, und dann erweitern Sie Ihren Regenwald. Ich bin sicher, Ihre Werke finden auf Märkten reißenden Absatz.«

Sie schob die Geldscheine über den Tisch, worauf der Schließer neugierig den Kopf reckte. Tibursky sah Nora ratlos an; wie in Zeitlupe griff er nach den Scheinen und steckte sie in seine Brusttasche. Mit einem Mal sprang er von seinem Sitz auf und war bei der Tür. »Mach scho uff, isch muss was hole.«

Der Schließer öffnete verdutzt die Tür und Tibursky stürzte aus dem Raum. Wenige Augenblicke später kehrte er zurück. Er legte die Baumpython auf den Tisch und direkt daneben einen filigranen Tonanhänger in Form eines Blattes, hauchdünn, grün lackiert, oben mit einem Loch versehen, durch das man eine Kette ziehen konnte.

»Des gibds gradis dadezu. Und reschd schöne Dank.«

»Ich habe zu danken, Herr Tibursky.«

Sie verabschiedeten sich mit Handschlag, dann verließ Tibursky den Besprechungsraum. Nora sah Tibursky nach: Sein Gang war beschwingt, wieder und wieder schüttelte er den Kopf. Sein linkes Bein zog er etwas nach.

*

Tobin Kiefer stand im Schlafzimmer im Obergeschoss und rückte den Krawattenknoten zurecht. Der Spiegel, in den er blickte, war ein Erbstück seiner Mutter. Ein hässliches und monströses Stück Gelsenkirchener Barock, in dunklem Holz gerahmt. Aber seit sie nach fünf Jahren Pflege im Dachzimmer gestorben war, hatte er es nicht übers Herz gebracht, das Lieblingsstück seiner Mutter wegzuwerfen. Stattdessen hatte es einen Ehrenplatz bekommen – über der Kommode seiner Frau.

Den obersten Knopf des Hemdes bekam er schon seit Jahren nicht mehr zu, aber das erwartete auch niemand von einem Brauereibesitzer. Kiefers rosige Wangen täuschten darüber hinweg, dass er den größten Teil seiner Arbeitszeit nicht vor einem Maischebecken, sondern hinter dem Schreibtisch verbrachte. Denn für die schmutzige Arbeit hatte er seine Leute.

Henk Wawerzinek zum Beispiel, der genauso wenig Grips wie Haare auf dem Kopf hatte. Mit Pranken wie Abrissbirnen und einer unerschütterlichen Loyalität gegenüber seinem Chef.

Kiefer lächelte sich selbst im Spiegel an. Nicht vor Freude, sondern weil er Lächeln gelegentlich üben musste, um es nicht zu verlernen. Seine Wähler wollten keinen Ortsvorsteher, der sie ansah wie ein hungriger Rottweiler.

Er verließ das Schlafzimmer und lief am leeren Kinderzimmer vorbei. Seine Frau hatte den Raum längst entrümpeln und umfunktionieren wollen, jetzt wo Ulf Brauereiwissenschaften studierte. Aber Tobin hatte sich vehement dagegen gewehrt. Im Gegensatz zu ihm sollte sein Sohn immer an den Ort zurückkehren können, an dem er aufgewachsen war.

Unten am Fuß der Treppe hatte Anna Altpapier und aussortierte Unterlagen gestapelt. Als er sich daran vorbeidrücken wollte, bat sie ihn aus der Küche, die Kiste mit hinauszunehmen. Kiefer wuchtete sie hoch und marschierte zur Tür, dabei fiel sein Blick auf einen blauen Schnellhefter, der obenauf lag.

Sein Herz schlug schneller. Seine Kehle brannte wie Feuer. Das verdammte Sodbrennen fraß sich die Speiseröhre hinauf, wie immer wenn er sich aufregte.

Er setzte die Kiste ab. Nahm den Schnellhefter und starrte eine Weile mit zusammengebissenen Zähnen auf die erste Seite, deren Inhalt durch die mattierte Folie nur unscharf zu erkennen war. Dann stapfte er in die Küche.

»Was zum Teufel soll das?«

Anna drehte sich um, seine Anna, die so schmal war, dass er immer Angst hatte, sie würde wie Glas zerspringen, wenn er mal etwas lauter wurde. Überrascht sah sie ihn an, aber als sie die blaue Mappe in seiner Hand entdeckte, wurde ihre Miene hilflos.

»Ich dachte, jetzt wo die Sache zu Ende ist …«

»Diese ›Sache‹ ist erst dann zu Ende, wenn sich die *Schreckenmühle* wieder in meinem Besitz befindet. Ich lasse mir doch von so einem dahergelaufenen Städter nicht mein Elternhaus vor der Nase wegschnappen.«

»Was willst du denn machen, Tobin? Der Mann hat den Hof ganz legal ersteigert.«

»Dass ich nicht lache, legal ersteigert! Wegen eines Formfehlers hat er das Haus bekommen. Und weil der Auktionator keine Lust hatte, zu warten, bis ich alles mit der Bank geklärt hatte.«

»Jetzt gehört das Haus jedenfalls diesem Albers.«

»Albrecht. Der wird bald froh sein, wenn er es wieder los ist. Auch wenn er dabei ein Verlustgeschäft macht.«

Anna schüttelte den Kopf und wandte sich wieder der Zubereitung des Mittagessens zu. Sie hatte sich damit abgefunden, dass ihr Mann in dieser Angelegenheit für Argumente unzugänglich war. Das war vom ersten Tag an so gewesen, als Kiefer erfahren hatte, dass der chronisch klamme Graf von Rieneck den Wald mitsamt dem darin liegenden Aussiedlerhof versteigern ließ. Tobin war in der *Schreckenmühle* geboren und aufgewachsen. Und hätten seine vor dem Bankrott stehenden Eltern ihr Hab und Gut nicht vor vierzig Jahren für einen Spottpreis dem Grafen überlassen müssen, würde Kiefer heute noch dort leben.

Er war fest entschlossen, sich die *Schreckenmühle* zurückzuholen. Daran würde auch die Tatsache nichts ändern, dass bei der Auktion ein anderer den Zuschlag erhalten hatte, weil der Verrechnungsscheck, den Kiefer als Sicherheit vorgelegt hatte, dummerweise nicht gedeckt war. Kiefer legte die blaue Mappe auf die Anrichte, doch dann änderte er seine Meinung und klemmte sich die Unterlagen unter den Arm, während er mit einem Pilotenkoffer voller Akten für die Gemeinderatssitzung das Haus verließ.

»Um eins gibt es Essen!«, tönte Annas Stimme überraschend kräftig aus der Küche, kurz bevor die Haustür ins Schloss fiel.

Ein leises Summen ertönte, als sich das Garagentor hob und den Blick auf Kiefers A8 freigab. Da hatte er schon das Handy am Ohr und Wawerzinek am anderen Ende der Leitung. »Ich möchte, dass du am Freitagabend zur Abwechslung mal nüchtern bleibst.«

»Das wird hart. Die Jungs und ich haben Sitzung im *Kalb.*«

»Dann trinkt halt Apfelschorle.«

Ungläubiges Wiehern am anderen Ende. »Apfelschorle, der Witz war gut! Daran verdienst du aber nix, Scheff.«

»Ich hol dich Samstagmorgen um halb vier ab. Wenn wir die Fallen aufstellen, bist du besser fit. Falls dir deine Hände lieb sind.«

»Fallen aufstellen. Hört sich gut an.«

Kiefer legte auf und öffnete den Kofferraum. Er schob die schwarze Nylontasche zur Seite, in der sich seine Browning Selbstladebüchse befand, und stellte den Pilotenkoffer daneben. Das Jagdgewehr lag immer im Kofferraum, denn dort war die Waffe wegen der Alarmanlage Kiefers Meinung nach sicherer aufgehoben als in dem Waffenschrank im Keller seines Hauses. Aber natürlich war das nicht der einzige Grund.

Er setzte rückwärts aus der Garage. Während er durchs Hoftor fuhr, fiel sein Blick auf das Müllhäuschen und die Papiertonne, die darin stand. Er hatte die Kiste mit dem Altpapier im Wohnzimmer stehen lassen. Aber das war nun auch egal.

Während er Gas gab, glitten seine Finger über die raue Oberfläche des Schnellhefters. Sein Herz klopfte. Im Rückspiegel sah er in der Ferne das Dach des morschen Aussichtsturms zwischen den Baumkronen hervorlugen. Der Morgennebel waberte um die kahlen Baumstämme am Waldrand, erst auf fünfzehn Metern Höhe befanden sich die ersten unbelaubten Äste. Die *Schreckenmühle* lag einige Hundert Meter nördlich vom Aussichtsturm, am Ende eines Wirtschaftswegs, der sich im Winter in ein Schlammloch verwandelte und direkt am Turm vorbeiführte.

Die Erinnerung an das Haus seiner Eltern war so lebendig, dass er beinahe den harzigen Duft frisch gesägter Eichenbretter in der Nase hatte.

Der Hof lag zum Greifen nah.

*

Broussier stand etwa drei Meter von seinem Wagen entfernt und strich sich gedankenverloren über den Parteianstecker am Revers. Eine stark geschminkte Blondine redete auf ihn ein, in der Hand ein Mikrofon, und alle paar Sekunden, kurz bevor sie von Broussier weg und frontal in die Kamera sah, setzte sie ein gekünsteltes Lächeln auf.

Nora versuchte, sich unbemerkt hinter dem Kameramann vorbeizudrücken. Doch Broussiers Miene hellte sich auf, als er sie bemerkte.

Wortfetzen wehten zu Nora herüber. »... werden alles in unserer Macht Stehende unternehmen ... schwer gestört ... Straftäter ... Freilassung unbedingt verhindern ...«

Wie bitte? War das derselbe Broussier, der vor ein paar Stunden verkündet hatte, die Freilassung sei reine Formsache? Er nickte Nora kaum merklich zu. Die Blondine stellte eine Frage über den weiteren Ablauf des Verfahrens. Und dann hörte Nora auf einmal ihren Namen.

»Unsere Sachverständige Frau Winter, eine renommierte Polizeipsychologin, wird das Gutachten erstellen, das eine wesentliche Entscheidungsgrundlage für die Freilassung darstellt. Dort drüben kommt sie übrigens gerade.«

Nora hatte keine Zeit mehr, darüber nachzudenken, was für einen Unsinn Broussier zum Besten gab, denn die Kamera schwenkte abrupt herum und nahm sie voll ins Visier. Unterhalb des Objektivs machte sie das Logo eines Privatsenders aus, das rote Lämpchen signalisierte: *on air.* Falls Noras Vermutung zutraf, sahen jetzt Millionen Zuschauer ihr Gesicht und brachten es mit der umstrittenen Entlassung von drei Schwerverbrechern in Verbindung.

Die Blondine eilte mit klappernden Absätzen in ihre Richtung. Der Kameramann lief auf sie zu.

Nora stand, wie vom Donner gerührt, auf dem Parkplatz der JVA Schwalmstadt und versuchte, ihrer Überraschung Herr zu werden.

»Frau Winter, wie sind Ihrer Einschätzung nach ...«

»Kein Kommentar.« Nora rannte zum Auto. Hinter ihr ächzte der Kameramann, der die schwere Ausrüstung auf seiner Schulter herumschleppte.

Im Laufen entriegelte sie bereits die Türen des Mini, warf die Akten auf den Beifahrersitz, klemmte sich hinters Steuer und brauste los.

Der Scheinwerfer, der auf der Fernsehkamera montiert war, blendete im Rückspiegel. Nora überlegte, sich von ihrem Vater einen guten Rechtsanwalt empfehlen zu lassen. Sollte ihr Kennzeichen auch nur ansatzweise im Fernsehen zu erkennen sein, würde sie den Sender verklagen. Und sich vom Schmerzensgeld ein neues Auto kaufen. Was vermutlich völlig sinnlos war, weil jetzt bereits halb Hessen wusste, wie sie hieß und aussah.

Schwalmstadt war von Frankfurt etwa hundertdreißig Kilometer entfernt, das gab Nora Zeit genug, um sich klar zu werden, was Broussier mit seinem Verhalten bezweckte. Doch sie musste nicht lange überlegen. Als sie Gießen erreichte, kamen die Nachrichten des Hessischen Rundfunks und im Anschluss ein Bericht über die anstehenden hessischen Landtagswahlen. Kandidat der Konservativen und aussichtsreicher Anwärter für den Posten des Innenministers war Dr. Alexander Broussier. Er galt als ›harter Hund‹.

Broussier spielte im Wahlkampf also vordergründig den starken Mann, während er sich hinter den Kulissen in das Unvermeidliche fügte. Man musste kein Politikwissenschaftler sein, um zu verstehen, warum Politiker ein so schlechtes Image in der Bevölkerung hatten. Für Männer wie Broussier war eine öffentliche Verlautbarung keine Meinungsäußerung, sondern eine reine Werbemaßnahme, die man im nächsten Moment nach Bedarf durch einen anderen Spruch ersetzte. Und die Leute, die bei all den Themen schon längst den Durchblick verloren hatten, nahmen diese Doppelzüngigkeit widerspruchslos hin.

Die Fahrt nach Frankfurt dauerte wenig mehr als eine Stunde. Aufgrund des Feiertags am Donnerstag mit anschließendem Brückentag herrschte auf den Straßen nur wenig Verkehr und selbst die Parkplatzsuche in der Gartenstraße gestaltete sich erfreulich einfach.

Nachdem Nora vor drei Jahren von einem Serienmörder in ihrer eigenen Wohnung in Bockenheim überwältigt und verschleppt worden war, hatte sie neben einer Psychotherapie auch einen Tapetenwechsel gebraucht. Jetzt bewohnte sie die Hälfte einer Vierzimmerwohnung in Sachsenhausen: Altbau mit Wohnküche und großem Balkon am Ende der Gartenstraße, in Höhe des Museum Giersch, keine drei Gehminuten vom Mainufer entfernt. Die anderen beiden Zimmer belegte Ceyda Baran, eine türkische Krankenschwester, die in der Uniklinik auf der Intensivstation arbeitete und in Noras Augen die mit Abstand schönste Frau in Frankfurt war. Was Ceyda regelmäßig bestritt, ob aus Koketterie oder Bescheidenheit, hatte Nora noch nicht herausgefunden.

Sie drehte den Schlüssel im Schloss, stieß die Tür einen Spalt breit auf und horchte. Dafür gab es zwei Gründe: Erstens hatte sie sich diese Vorsichtsmaßnahme seit ihrer Entführung angewöhnt. Zweitens brachte Ceyda gelegentlich einen Mann mit nach Hause – seit Nora einmal unversehens im Flur einem nackten Assistenzarzt gegenübergestanden hatte, gab sie Ceydas Eroberungen gern einen kleinen Vorsprung.

Da alles still war, stellte Nora die Aktentasche ab und ging in die Küche, um Kaffeewasser aufzusetzen. Kaum hatte sie den Herd eingeschaltet, tauchte Ceyda auf.

Sie trug ein gestreiftes Pyjamaoberteil, das unverkennbar eine ihrer Männerbekanntschaften zurückgelassen hatte, und einen Slip. Vermutlich war sie erst heute Morgen vom Nachtdienst aus der Klinik zurückgekehrt. Ihre schwarze Lockenmähne hing ihr wild ins Gesicht. Nora bewunderte einmal mehr ihre makellose milchkaffeefarbene Haut und die braunen Augen, die verschlafen blinzelten.

Ceyda gähnte herzhaft, dann grinste sie. »Auf dem AB ist ein Anruf für dich«, sagte sie mit ihrer Reibeisenstimme.

»Und was bitte bedeutet dieser Gesichtsausdruck?«

»Wusste gar nicht, dass du einen Verehrer hast.«

Nora zuckte zusammen. Sie hatte keinen ›Verehrer‹, und wenn ein Unbekannter bei ihr zu Hause anrief und Zweideutigkeiten auf dem Anrufbeantworter hinterließ, bedeutete das nichts Gutes. Sie trat auf den Flur hinaus und hörte die Nachricht ab.

»Frau Winter? Hier ist Bruno Albrecht, Sie erinnern sich vielleicht, dass wir uns heute in der JVA Schwalmstadt begegnet sind. Ich wollte Sie fragen ...«, das leichte Zögern bewirkte, dass sich Noras Anspannung löste und ihr ein Lächeln entlockte, »... ähm, ob Sie vielleicht Lust haben, mit mir abends mal etwas trinken zu gehen. Ich würde mich jedenfalls sehr freuen.« Dann diktierte er die Nummer seines Handys.

»Der klang doch ganz nett.«

Erschrocken fuhr Nora herum. Ceyda schlürfte lautstark ihren Kaffee. Nora spürte, wie sie rot wurde.

»Jedenfalls netter als der Kerl, den ich heute in der Mangel hatte.«

»Was war mit dem?«, wollte Nora wissen.

Die beiden Frauen setzten sich an den Küchentisch.

»Der Kerl liegt schon eine ganze Weile auf der Intensiv, mit Kehlkopfkrebs. Er hat jetzt einen Stimmenverstärker erhalten, so ein Ding, bei dem die Stimme wie bei einem Roboter klingt. Der Typ ist wegen seiner sexuellen Anzüglichkeiten berüchtigt und mit Vorsicht zu genießen. Ich schlag ihm also das Bett auf, kontrollier die Werte, da packt er mich am Arm und zieht mich zu sich hin; und dann sagt der doch glatt mit seiner schnarrenden Stimme ›Holst du mir einen runter?‹«

Nora schlug die Hand vor den Mund.

»Ich dachte, ich hab mich verhört!«, empörte sich Ceyda.

»Und wie hast du reagiert?«

»Ich hab ihm eine Chance gegeben. ›Was haben Sie gesagt?‹, habe ich gefragt. Doch statt sich zu entschuldigen, sagt der Idiot nochmals: ›Holst du mir einen runter?‹«

»Und, hast du?«, feixte Nora.

»Klar. Ich hab dem Scheißkerl das Sprechgerät runtergeholt. Ab dann herrschte Stille.«

»Wieso?«

»Ich hab dem Stationsarzt gesteckt, dass der Patient aggressiv geworden ist. Daraufhin hat er angeordnet, dass ihm Hände und Füße fixiert werden.« Ceyda grinste. »Jetzt kann er nicht mal mehr selber Hand an sich legen, dieser Wichser. Wo wir gerade bei dem Thema sind …« Ceyda verließ die Küche und kehrte mit einem Stapel Computerausdrucke zurück. »Hier sind ein paar ganz heiße Kandidaten. Schau dir doch die Profile mal an und sag mir, was du von denen hältst.«

»Glaubst du wirklich, ich kann die Typen von deinen Datingportalen besser beurteilen als du selbst?«

»Du bist doch die Psychologin, oder etwa nicht?«

»Deswegen kann ich auf der Grundlage einer Oben-ohne-Selbstdarstellung noch lange kein psychologisches Gutachten erstellen.«

Sie beugte sich vor und zog ein Blatt heran. »Der hier sieht nett aus.«

»Studiert Psychologie.«

»Okay, kommt schon mal gar nicht infrage.«

Ceyda lachte. »Du musst es ja wissen. Brrrrruno Albrecht«, ließ sie seinen Vornamen über die Zunge rollen. »Dein Kavalier ist aber nicht schon über siebzig und Großvater?«

Noras Anspannung kehrte zurück. »Siebzig nicht. Ein bisschen älter als ich schon.«

»Jetzt stell dich nicht so an, Nora. Der hatte doch eine sehr sympathische Stimme. Und du hättest ihm ja nicht so ohne Weiteres deine Nummer gegeben.«

»Das ist ja das Eigenartige. Die Telefonnummer hat er nicht von mir.«

Mittwoch, 16. Oktober

Die drei Aktenordner, die Schreyer an Nora bei ihrer ersten Besprechung ausgehändigt hatte, waren nur ein Vorgeschmack auf die mehr als zweihundert Ordner, die zu jedem ihrer drei Probanden in den Archiven der hessischen Polizeibehörden lagerten. Polizeiakten, Prozessakten, Sachverständigenberichte, Berichte aus Berufungsverhandlungen, Verhaltensbeurteilungen aus der JVA, Memos der Bewährungshelfer, Antworten des Gerichts, Schreiben des Justizministeriums, Heiratsanträge verwirrter Frauen mit Helfersyndrom – erstaunlicherweise erhielt Lefeber, den alle Gutachter ausnahmslos für einen sexuellen Sadisten hielten, die meisten Liebesbekundungen – sowie Pressemappen mit den gesammelten Artikeln der letzten fünfundzwanzig Jahre.

Schreyer hatte drei deckenhohe Regale in ihrem Büro installieren lassen, um all die Ordner unterbringen zu können. Wenn Nora schlaftrunken um sechs Uhr morgens im Büro auftauchte, und wenn sie es um elf Uhr nachts erschöpft verließ, fiel ihr erster und ihr letzter Blick auf eine Aktenwand, die nicht nur äußerlich erdrückend war. Nach eineinhalb Wochen begann sie, Ritalin zu nehmen, das ihr ein befreundeter Psychiater besorgte – ein Medikament, das zappeligen Kindern gern gegen die Symptome von ADHS verschrieben wurde, bei gesunden Erwachsenen aber eine Leistungssteigerung auslöste.

Ihr war bewusst, dass sie keine zweieinhalb Wochen mehr hatte, um die Gutachten fertigzustellen, aber bis dato höchstens ein Viertel der Akten sichten konnte. In diesem Tempo würde sie es nie schaffen. Und je tiefer sie sich in die Akten vergrub, umso klarer wurde ihr, dass das Wesen eines Menschen nicht einmal ansatzweise aus Befragungsprotokollen und Persönlichkeitsanalysen zum Vorschein kam. Insbesondere bei Analysen, die wie bei Lefeber, Rosen und Tibursky hauptsächlich unter Zuhilfenahme von Computerprogrammen oder Sekundärquellen angefertigt worden waren.

Bei der Durchsicht der bisherigen Gutachten fiel immer wieder ein bestimmter Name: Professor Doktor Ernst Schröder, inzwischen Emeritus der Frankfurter Goethe-Universität, hatte in den Achtzigerjahren das Institut für Forensische Psychiatrie in Frankfurt etabliert und dieses innerhalb von zehn Jahren zu einiger Bekanntheit geführt. In Kooperation mit IBM und einer Frankfurter Großbank hatte er eine hochkomplexe Prognosesoftware entwickelt, die es erlaubte, anhand eines Kataloges von Risikofaktoren die statistisch zu erwartende Gefährlichkeit von Straftätern zu ermitteln. Die Software basierte auf einem System, das IBM ursprünglich für das Risikomanagement von Hedgefonds entwickelt hatte, und das Kernstück des Systems, der Faktorenkatalog, wurde von Schröder gehütet wie ein Schatz. Ein Schatz, der ihm jedes Jahr beträchtliche Summen aufs Konto spülte.

Trotz seines Erfolgs wurde der Professor außerhalb des Gerichtssaals von seinen Kollegen belächelt. Für die meisten Fachkollegen galt es als unseriös, die Beurteilung der Psyche eines gestörten Straftäters fast ausschließlich auf die Ergebnisse eines Computerprogramms zu gründen. Außerdem witzelte man, wozu Schröder die Software überhaupt brauche: immerhin habe er in seiner aktiven Zeit ohnehin bei neunundneunzig Prozent der Probanden Sicherungsverwahrung auf unbestimmte Zeit empfohlen. Auf diese Quote könne ein geistig gesunder Sachverständiger auch ganz ohne einen Computer kommen.

Und dann kursierten noch Gerüchte über Schröders Privatleben. Über Zudringlichkeiten gegenüber Studentinnen beispielsweise.

Für die Richter und Staatsanwälte jedoch hatte sich Schröder als ein verlässlicher Zuarbeiter erwiesen: Seine erwartbaren Prognosen, auf kalter Logik gründend, hatten die Gefahr reduziert, jemanden irrtümlich freizulassen. Und damit auch die Gefahr, dem eigenen Namen und Foto irgendwann auf der Titelseite der BILD-Zeitung zu begegnen: *Dieser Richter ließ das Monster frei!*

Schröder war auch für Nora kein Unbekannter. Sie hatte an der Uni ein Fallseminar über die Praxis der forensisch-psychiatrischen Begutachtung bei ihm belegt. In Noras letztem Semester hatte sich ihr eine Kommilitonin aus diesem Seminar anvertraut, die wusste, dass Nora Polizistin war. Sie hatte durchblicken lassen, dass sie um ein Haar von einem ihrer Dozenten vergewaltigt worden war. Zwar hatte sie Schröders Namen nie genannt, aber Nora hatte auch so gewusst, von wem sie redete. Die junge Frau wollte wissen, welche Mechanismen sie mit einer Anzeige in Gang setzen würde. Was das für seine Karriere bedeutete – rein hypothetisch natürlich. Nora hatte der Kommilitonin geraten, sich darüber keine Gedanken zu machen und Strafantrag zu stellen. Schon der Versuch einer Vergewaltigung sei strafbar und absolut nicht hinzunehmen, unter keinen Umständen. Auch nicht, wenn eine Seminarnote oder gar eine Wissenschaftskarriere davon abhing. Nach dem zweistündigen Gespräch auf einer Parkbank im Riederwald hatte Nora die Kommilitonin nie wieder gesehen. Weder in Schröders Seminar, noch überhaupt an der Frankfurter Uni. Dem Professor war Nora nach Ende des Fallseminars ebenfalls nicht mehr über den Weg gelaufen.

Bis sie heute seine Unterschrift unter den drei Gutachten gelesen hatte.

Sie würde ihren ehemaligen Professor befragen.

Und während sie den Blick noch einmal über die endlos lange Aktenwand wandern ließ, fasste sie den Entschluss, das Aktenstudium auf die Durchsicht der Gefährlichkeitsgutachten zu beschränken. Die gewonnene Zeit würde sie für Gespräche mit den Häftlingen sowie mit dem Gefängnispersonal einsetzen, das mit den Männern direkten Kontakt gehabt hatte. Eine Prognose über die Gefährlichkeit von Adam Lefeber, Heinz Rosen und Wolfgang Tibursky gründete sich am zuverlässigsten auf ihrem Verhalten im Gefängnisalltag.

Doch zuerst musste sie einer ganz bestimmten Person einen Besuch abstatten.

Donnerstag, 17. Oktober

Ina Franke trug inzwischen eine Kurzhaarfrisur. Obwohl sie schon auf die fünfzig zuging, war in ihren roten Haaren keine einzige silberne Strähne zu entdecken. Vielleicht half sie mit Chemie nach. Sie war, falls überhaupt, sehr dezent geschminkt. Auch die randlose Brille hatte sie auf dem Foto, das Nora aus dem Jahr 1992 vorlag, nicht getragen.

Franke trug ein breites Seidenhalstuch. Es wirkte seltsam deplatziert zu dieser Tageszeit und in dieser Umgebung, einem heruntergekommenen Mietshaus in einer Nebengasse der Leipziger Straße. Eine Katze huschte hinter Nora die Treppe hinauf, es roch nach gebratenen Zwiebeln und Knoblauch, Kinderstimmen tönten vom Nachbarhaus herüber.

Franke stand in der offenen Tür und sah Nora neugierig an; hinter ihr verschwand ein Teenager mit kupferroter Lockenmähne und Handy am Ohr mit lautem Türknallen in einem der Räume.

»Guten Tag, Frau Franke. Nora Winter von der Polizei. Hätten Sie einen Moment Zeit für mich?«

Die Frau verzog keine Miene, sondern griff hinter die Tür, angelte Jacke und Schlüssel und rief mit Blick über die Schulter, sie sei gleich wieder da. Als Reaktion öffnete sich eine Tür, ein Mann lugte heraus und fragte mit besorgtem Blick, ob alles in Ordnung sei.

»Alles bestens«, beruhigte Franke ihn. »Gehen wir doch ein Stück«, forderte sie Nora auf. Ihre Stimme klang seltsam heiser.

Die beiden Frauen gingen schweigend die Leipziger Straße entlang. Immer wieder begegnete Franke Freunden oder Bekannten, man grüßte sich knapp.

»Ich bin froh, dass Sie endlich kommen«, sagte Franke zu Noras Verwunderung, nachdem sie ihren Weg eine Weile unbehelligt fortgesetzt hatten.

»Adam Lefeber wird freikommen, nicht wahr? Ich habe es in der Zeitung gelesen.«

»Macht Ihnen das Sorgen?«

Franke blieb stehen und sah Nora an. Sie lächelte. »Jetzt, wo Sie da sind, nicht mehr.«

Nora fragte sich verwirrt, was Franke von diesem Gespräch erwartete. Sie nahmen ihren Spaziergang wieder auf.

»Sie müssen bitte nur so unauffällig wie möglich vorgehen. Mein Mann und meine Kinder dürfen absolut nichts davon mitbekommen. Meine Tochter macht sich sehr große Sorgen um mich.«

Nora fröstelte. »Was meinen Sie mit ›vorgehen‹, Frau Franke?«

»Na, Ihre Überwachungsaktion. Personenschutz, oder wie Sie das bei der Polizei nennen.«

»Frau Franke, ich fürchte, hier liegt ein Missverständnis vor.«

Die Frauen blieben erneut stehen. Nora holte tief Luft. Ihr gefiel überhaupt nicht, in welche Richtung sich dieses Gespräch entwickelte. Sie würde die Bombe gleich hochgehen lassen.

»Ich bin Psychologin. Ich soll ein Gerichtsgutachten über Adam Lefeber erstellen. Er ist es auch, der überwacht werden soll, sobald er sich in Freiheit befindet.«

Franke starrte Nora fassungslos an, ihre Miene versteinert. »Ich fasse es nicht. Sie wollen Lefeber bewachen? Um ihn vor dem aufgebrachten Mob zu schützen? Und wer schützt mich vor diesem …« Sie stockte. »Und meinen Mann und meine Kinder?«

»Lefeber wird von der Polizei überwacht. Er bekommt hohe Auflagen, vermutlich wird er sich Ihnen und Ihrer Familie nicht nähern dürfen. Es ist so gut wie ausgeschlossen, dass Sie ihm …«

»Auflagen – da kann ich doch nur lachen! Als ob er sich an so etwas halten würde. Das mit dem Drohbrief wissen Sie, oder?«

Nora nickte.

Franke schien einen Moment zu überlegen. Sie sah sich um, die nächsten Passanten waren ziemlich weit entfernt. Dann knotete sie das Halstuch auf und nahm es ab.

Die rote Linie, etwa zwei Millimeter breit, zog sich fast über den gesamten Hals. Das Narbengewebe war wulstig, bei genauerer Betrachtung konnte man an den Stellen, an denen der Schnitt vernäht worden war, die Einstiche erkennen.

»Reicht es nicht, was er mit den beiden Jungen und mir gemacht hat? Lernen Sie nichts aus der Vergangenheit?«

»Ich kann verstehen, dass Sie erregt sind, Frau Franke. Lefebers Freilassung ist ein juristisches …«

»Wissen Sie, was mich am meisten aufregt, Frau Winter? Dass es immer nur um den Täter geht. Lefeber hier, Lefeber da. Ich habe von Ihnen noch kein einziges Mal das Wort ›Opfer‹ gehört. Adam hat zwei Jungen getötet. Die Familie zerstört. Die Ehe der Eltern ist in die Brüche gegangen, die Mutter hat mehrere Suizidversuche hinter sich und befindet sich in einer psychiatrischen Klinik. Ich habe zwei Jahre lang an einer Verhaltenstherapie teilgenommen, bis ich endlich wieder eine Schule betreten konnte. Und Sie stehen hier vor mir und reden nur von Lefeber.«

Nora beschloss, zu warten, bis die Frau ihrer Wut Luft gemacht hatte. In ihrem jetzigen Zustand war an ein sachliches Gespräch nicht zu denken.

Franke holte tief Luft. Dann band sie das Halstuch wieder um und räusperte sich. »Es tut mir leid. Ist ja nicht Ihre Schuld, was da im Moment passiert. Weshalb sind Sie also gekommen?«

Obwohl Frankes Stimme unverändert hart klang, war Nora erleichtert. »Ich soll Empfehlungen für die Polizei und für die Bewährungshelfer vorlegen«, sagte sie. »Welche Maßnahmen bezüglich der Sicherheit ergriffen werden müssen, aber auch Möglichkeiten der Resozialisierung.«

Franke rang um Fassung. »Glauben Sie im Ernst, jemanden wie Adam Lefeber resozialisieren zu können?«

»Er hat im Gefängnis große Anstrengungen unternommen, therapiert zu werden. Außerdem befürchte ich, wir haben keine andere Wahl. Lefeber muss freigelassen werden, so lautet das geltende Recht, also müssen wir uns Gedanken über seine Integration in die Gesellschaft machen.«

»Warum lassen Sie ihn nicht einfach im Gefängnis, wo er hingehört? Schreiben Sie in Ihrem Gutachten, dass Lefeber weiterhin eine Gefahr für die Gesellschaft darstellt.«

»Das geht nicht, Frau Franke. So sehr ich Sie verstehen kann. Tut mir leid.«

Franke sah sie lange an. Dann straffte sie die Schultern und seufzte tief. »Bewachen Sie ihn. Rund um die Uhr. Lassen Sie ihn keinen Moment aus den Augen. Lassen Sie sich nicht von ihm einlullen. Sorgen Sie dafür, dass Sie ständig wissen, wo er ist und was er tut.«

»Das werden wir.«

»Ich warne Sie: Wenn es irgendwie möglich ist, werde ich mir eine Waffe besorgen. Und falls Adam Lefeber in meiner Nähe auftaucht oder in der Nähe meiner Tochter oder meines Mannes, erschieße ich ihn. Ohne Vorwarnung. Das können Sie mir glauben.«

»Frau Franke …«

»Und noch eins: Sollte der Vater der beiden Jungen herausfinden, dass Sie als Sachverständige Lefebers Freilassung befürwortet haben, besorgen Sie sich besser selbst ein paar Leibwächter.«

Mit diesen Worten wandte Franke sich ab und eilte ohne Abschiedsgruß davon.

Nora verstand die Frau nur allzu gut. Ihrem Ziel, etwas über den Menschen Adam Lefeber zu erfahren, war sie jedoch keinen Schritt näher gekommen.

Freitag, 18. Oktober

Professor Doktor Ernst Schröder wohnte in unmittelbarer Nähe von Noras Vater in einer der teuersten Gegenden Frankfurts, dem Holzhausenviertel. Vor den Villen in der Justinianstraße standen jedoch keine Nobelkarossen, sondern Kleinwagen; die teuren Schlitten parkten in der Doppelgarage. Es war das Hauspersonal, das seine Fahrzeuge auf der Straße abstellen musste.

Schröder besaß zwei Dobermänner, die auf Noras Klingeln um die Ecke des Hauses schossen und knurrend und bellend an dem schmiedeeisernen Tor hochsprangen. Es sah ganz so aus, als wollte sich Schröder vor einem nächtlichen Überraschungsbesuch eines seiner Klienten schützen. Vielleicht traute er seinen eigenen Prognosen nicht.

Die auf Hochglanz polierte schwarze Eingangstür mit der goldenen Hausnummer öffnete sich und Schröder – ein stämmiger älterer Herr mit Halbglatze und randloser Brille – trat heraus. Er trug quietschbunte Golfkleidung und ein Paar beigefarbene Lederhandschuhe locker in der linken Hand.

Er blickte Nora irritiert an, dann rief er die Hunde zurück und kam ans Tor, sobald diese sich neben der Eingangstür abgelegt hatten.

»Herr Schröder?«

»Professor Doktor Schröder. Ja, ganz recht.«

»Mein Name ist Nora Winter vom ZPD. Ich bin gerichtlich bestellte Sachverständige.«

Schröder musterte Nora von Kopf bis Fuß. »Ach ja? Und womit kann ich Ihnen dienen?«

»Sie haben in den Neunzigerjahren drei Männer begutachtet: Adam Lefeber, Heinz Rosen und Wolfgang Tibursky.«

»Sie werden sicher verstehen, dass ich mich nicht mehr an jeden einzelnen Fall erinnern kann.«

»Über die Sache ›Haidn gegen den deutschen Staat‹, 2011 sind Sie doch sicher im Bilde.«

Schröder starrte sie mit seinen kalten blauen Augen an. »Sie haben mein Interesse geweckt, Frau Kollegin.«

Der Spott in seiner Stimme entging Nora nicht.

Im nächsten Moment ertönte der Summer, das Tor sprang auf und Schröder forderte sie auf, einzutreten.

Sie gingen in die Villa, die Hunde lagen zu beiden Seiten der Eingangstür wie Anubisstatuen, die Köpfe hoch erhoben; die bernsteinfarbenen Augen folgten Nora auf Schritt und Tritt.

»Fritz und Jürgen sind ganz harmlos. Solange man sie nicht reizt.«

Schröder führte sie in sein Arbeitszimmer. Auf einer Vitrine stand ein gerahmtes Foto, das eine Frau Mitte fünfzig zeigte, mit Lachfalten in den Augenwinkeln, grauem langem Haar, zu einem Zopf geflochten. Ein warmherziges Lächeln.

Schröder schloss die Tür und begab sich hinter den Schreibtisch, von wo aus er Nora mit einer Geste aufforderte, ihm gegenüber Platz zu nehmen. Als er ihr Interesse an dem Foto gewahrte, erklärte er: »Meine Frau. Vor neun Jahren verstorben.«

Noch bevor Nora etwas erwidern konnte, fuhr Schröder fort. »Lefeber, Rosen und der kleine Heiratsschwindler Tibursky sollen also freigelassen werden.«

Interessant, die Amnesie des Professors war urplötzlich verschwunden, dachte Nora. Offenbar waren das nicht gerade Routinefälle gewesen. Oder er hatte ihren Besuch erwartet.

»Ich soll die Risikoprognose erstellen, Herr Schröder. Darum würde ich gern Ihre Einschätzung in diesen drei Fällen hören.«

»Wie gehen Sie vor? Nach ILRV oder statistischer Methode?«

»Weder noch. Ich bevorzuge das freie Interview.«

»Das freie Interview, soso.« Auf Schröders Gesicht erschien ein spöttisches Lächeln. »Haben Sie kein Vertrauen in die bereits angefertigten Gutachten?«

»Ich bilde mir meine Meinung lieber aus erster Hand.«

»Darf ich fragen, wie viele Gefährlichkeitsprognosen Sie bereits erstellt haben?«

Nora hatte nicht die geringste Lust, sich von Schröder vorführen zu lassen. »Herr Schröder, ich bin gekommen, um Ihre Meinung über die drei Sicherungsverwahrten zu hören, und nicht, um mich für meine Arbeitsweise zu rechtfertigen.«

»Wie alt sind Sie eigentlich, Frau Winter?«

Nora stand abrupt auf und schüttelte den Kopf. »Tut mir leid, dass ich Ihre Zeit verschwendet habe, Herr Professor.«

Sie öffnete die Tür, schickte sich zum Gehen an. Die beiden Dobermänner, die ihnen ins Haus gefolgt waren, wandten ruckartig ihre Köpfe in Noras Richtung und begannen, leise zu knurren. Na toll. Seit sie in den ZPD gewechselt hatte, trug sie keine Dienstwaffe mehr. Doch Schröders Entschuldigung machte der heiklen Situation ein Ende.

»Tut mir leid, Frau Kollegin, das war eine«, ihr Gastgeber räusperte sich, »indiskrete Frage.«

Nora drehte sich um, Schröder deutete einladend auf den Besucherstuhl. Auf einmal wirkte er nicht mehr ganz so überheblich. »Vielleicht möchten Sie eine Tasse Kaffee? Oder einen Gin Tonic? Und dann fangen wir noch einmal ganz von vorne an. Wie Erwachsene.«

Nora nahm wieder Platz und atmete tief durch. »Ein Kaffee wäre nett.«

Schröder kehrte ein paar Augenblicke später mit einem Tablett zurück, auf dem sich eine Kaffeetasse und ein Cocktailglas befanden. Nora konnte nicht mit Sicherheit sagen, ob es mit Gin Tonic oder Sprudelwasser gefüllt war. Sie tranken schweigend, dann zog der Professor nach kurzer Suche drei Aktenordner aus dem Regal und legte sie auf den Tisch. Nach einem Moment des Nachdenkens öffnete er den Ordner, der mit *03/1992* und *LEFEBER* gekennzeichnet war.

»Ich habe von diesen Altfällen nur ein paar Schlüsseldokumente aufbewahrt.« Er vertiefte sich in den Inhalt, blätterte vor und wieder zurück, dann endlich nickte er. »Sexuell motivierter Sadismus. Stark progrediente Paraphilie. Ein Intelligenzquotient von hundertfünfundvierzig, seit 1990 Mitglied bei *Mensa.*«

Er öffnete den Verschluss und nahm ein einzelnes Blatt heraus, eine Kohlezeichnung. Nora betrachtete sie und verglich sie mit dem Original – Lefeber hatte ein perfektes Porträt des Gutachters gezeichnet.

»Eine ruhige Hand. Braucht man vermutlich auch, wenn man einen Heranwachsenden bei vollem Bewusstsein mit chirurgischer Präzision verstümmelt.« Schröder reichte ihr ein weiteres Blatt. Nach einem kurzen Blick auf das Tatortfoto mit den blutigen Details gab Nora es ihm zurück.

Der Professor verschränkte die Finger wie zum Gebet. »Was einen Mann wie Lefeber umtreibt, kann man nicht heilen. Und ich habe ernsthafte Zweifel, dass er diesen Trieb jemals hundertprozentig unter Kontrolle bringen kann. Verhaltenstherapie hin oder her.«

»Er hat sich einer Kastration unterzogen.«

»Hat er Ihnen das erzählt? Nein, Lefeber ist bei seiner Festnahme so schwer im Genitalbereich verletzt worden, dass man seine Hoden entfernen musste. Ironie des Schicksals, finden Sie nicht? *Paria paribus respondere*, wie Cicero sagte. Er wurde als Kastrat inhaftiert. Lefeber, nicht Cicero.«

Nora versuchte, sich zu erinnern. Hatte sie die Unterlagen falsch interpretiert? Oder hatte Lefeber sie in die Irre geführt?

»Er hat von sich aus so ziemlich alle Möglichkeiten ausgeschöpft, die ihm angeboten wurden«, entgegnete sie. »Sein Bewährungshelfer hat sich sehr positiv geäußert. Über einen befreundeten Tierarzt hält Lefeber regelmäßigen Kontakt nach draußen. Klingt für mich alles nach ernst gemeintem Besserungswillen.«

»Die Statistik spricht gegen ihn, das muss ich Ihnen nicht erst erklären. Ich bin ein leidenschaftlicher Verfechter der statistisch basierten Prognose und Lefebers Faktoren lassen keine andere Schlussfolgerung zu: Er sollte bis an sein Lebensende weggesperrt bleiben.«

»Sie müssen den Leuten doch zugestehen, dass sie an sich arbeiten, dass sie bereit sind, sich zu bessern. Oder sind Ihre Statistiken und Ihr Computerprogramm völlig frei von Fehlprognosen?«

»Nein.« Nora ertappte Schröder bei einem versonnenen Blick auf das Bild seiner Frau. »Leider ist nichts auf der Welt frei von Fehlern. Nicht einmal ein von mir entworfenes Computerprogramm«, fügte er leise hinzu.

Eine Weile herrschte Schweigen.

»Letztlich ist auch das nur eine Frage der Entscheidungsökonomie«, sagte Schröder schließlich. »Sehen Sie: Auf tausend Gutachten kommen hundert Fehlprognosen. Davon sind zwanzig fälschlicherweise Freigelassene, die erneut Straftaten begehen. Und achtzig fälschlicherweise Eingesperrte, die harmlos sind. Das ist statistisch einigermaßen erwiesen. Sie müssen sich nur fragen: Ist der Preis von achtzig armen Teufeln, die grundlos in Sicherungsverwahrung sitzen, angemessen, um die Rückfälle von zwanzig fälschlicherweise Freigelassenen zu verhindern? Ich finde, er ist mehr als angemessen. Ich bin nicht der Einzige, der gerne bereit ist, diesen Preis zu zahlen.«

»Man könnte sich auch fragen: Würden die zwanzig Freigelassenen auch dann wieder rückfällig, wenn man ihnen eine angemessene psychologische Betreuung zuteilwerden ließe? Wenn man sie mit Lockerungen oder Freigang auf die Wiedereingliederung vorbereiten würde? Und wie viele von den zwanzig gefährlichen Straftätern gehören eigentlich in psychiatrische Behandlung, statt sie wegzuschließen und sich selbst zu überlassen, so wie es heute in der Sicherungsverwahrung läuft? Außerdem: Wie wollen Sie beurteilen, wie sich ein Mensch in Freiheit verhalten wird, der die Freiheit seit fünfundzwanzig Jahren nur aus dem Fernsehen kennt?«

»Sicherheit gegen Freiheit. Und deshalb rate ich dazu, äußerst konservativ vorzugehen. Denn der potenzielle Schaden – und ich meine nicht nur den finanziellen –, den ein psychisch gestörter Straftäter anrichten kann, ist meines Erachtens wesentlich höher als die Kosten der Unterbringung von vier harmlosen Delinquenten. Um bei unserem Verhältnis zwanzig zu achtzig zu bleiben.«

»Diese Sichtweise hat dazu geführt, dass sich die Zahl der Sicherungsverwahrten seit den Achtzigerjahren verdreifacht hat, die Zahl der Gewaltverbrechen aber rückläufig ist. Für mich geht es bei dem Motto ›Sicherheit gegen Freiheit‹ um politisches Kalkül.«

»Haben Sie Kinder?«

Nora hielt Schröders Blick stand. »Das spielt hier nicht die geringste Rolle.«

»Fragen Sie mal die Mutter eines ermordeten Kindes, was sie von Verhaltenstherapien und Lockerungen im Strafvollzug hält.«

»Seit den Sechzigerjahren werden pro Jahr in der Regel

drei bis fünf Kinder Opfer eines sexuell motivierten Tötungsdeliktes. Sie müssen dann in solchen Diskussionen immer herhalten, als ginge es nur um Extremfälle. Werfen Sie bitte nicht alle Sicherungsverwahrten in einen Topf!«

Nora wunderte sich zusehends über Professor Schröder. Der Mann war von einem neutralen Gutachter so weit entfernt wie ein Pinguin vom Nordpol. Natürlich war das ganz im Sinne vorsichtiger Richter, die unliebsame Überraschungen während der Verhandlung zu vermeiden suchten. Aber Schröder wurde schon seit Jahren nicht mehr als Gutachter herangezogen, seine letzte Beteiligung an einem Verfahren war um den Jahrtausendwechsel gewesen. Offensichtlich hatte ihn das Alter nicht milder gestimmt.

»Also ist das Ihre Empfehlung für Lefeber: wegsperren?«

»Einschließen und den Schlüssel wegwerfen.«

Nora seufzte und machte sich eine Notiz.

Schröder klappte den Aktenordner zu und ergriff den nächsten. »Rosen. Sozial verroht. Retardiert. Extrem hohes Gewaltpotenzial. Er hat nicht nur seine Komplizen bei der Entführung umgebracht, sondern auch seine Pflegeeltern.«

»Das Motiv wurde nie hundertprozentig geklärt.«

»Er wollte sich die Sozialleistungen unter den Nagel reißen.«

»Und darum hat er seine Pflegeeltern enthauptet?«

»Einen Mithäftling hat er ebenfalls erschlagen.«

»Rosen behauptet, das sei Notwehr gewesen.«

»Frau Winter, Ihr Mitgefühl in Ehren, aber dieser Mann ist psychisch schwer gestört, er hat fünf Menschen auf dem Gewissen. Wollen Sie die Verantwortung übernehmen, wenn Rosen am Tag nach seiner Entlassung auf einen Spielplatz geht und einem Kind den Kopf abreißt?«

Nora machte sich eine weitere Notiz.

»Keine Therapieangebote angenommen. Keine Lockerungen, kein Freigang. Geht immerhin einer geregelten Arbeit in der Anstaltsküche nach. Tut mir leid, aber dieser Mann ist in meinen Augen kein Kandidat für die Freiheit.«

»Und Tibursky?«

»Ein Opfer der aufkeimenden Hysterie, als der damalige Bundeskanzler den verschärften Umgang mit Sexualstraftätern forderte. Normalerweise hätte man so jemanden freigelassen, aber damals wurden alle Sicherungsverwahrten über einen Kamm geschoren. Dem gönne ich die Freiheit.«

Dass jemand wie Tibursky, ein Betrüger, der noch nicht einmal ein Menschenleben auf dem Gewissen hatte, überhaupt in der Sicherungsverwahrung hatte landen können, gehörte für Nora zu den großen Kuriositäten des Justizbetriebs.

Aber so waren die Regeln: Wer wegen bestimmter schwerer Straftaten bereits zwei Mal im Gefängnis saß, für den konnte Sicherungsverwahrung angeordnet werden. Sogar wenn seine Opfer keinen körperlichen Schaden davontrugen.

»Auch«, fuhr Schröder fort, »wenn für mich völlig klar ist, dass Tibursky drei Monate später eine weitere verliebte Rentnerin um ihre Ersparnisse gebracht haben und zum wievielten Male auch immer wegen Veruntreuung vor einem Richter stehen wird.«

Beim Gedanken an Tibursky, der in seinem hessischen Singsang einer rüstigen Seniorin Liebesschwüre ins Ohr hauchte, musste Nora lachen.

Schröder stand auf und ging an Nora vorbei zur Tür, das leere Glas in der Hand. Er strömte einen scharfen Duft nach Wacholderbeeren aus. Also doch kein Mineralwasser.

»Sie sind viel hübscher, wenn Sie lachen, Frau Kollegin. Ich hole mir noch etwas zu trinken. Noch einen Kaffee? Oder diesmal etwas … Härteres?«

Machte er sie etwa an, dieser stockkonservative alte Mann in seiner lächerlichen Golfkluft?

Nora lehnte ab. Nachdem Schröder mit einem weiteren Gin Tonic zurückgekehrt war, rollte er seinen Stuhl hinter dem Schreibtisch hervor und setzte sich ihr direkt gegenüber. Sich vorbeugend, bedachte er Nora mit einem alkoholisierten Blick.

»Auch wenn viele Leute Heiratsschwindel für ein Kavaliersdelikt halten: Tibursky ist ein astreiner Psychopath. Er hat kein Mitleid mit seinen Opfern, kein Schuldbewusstsein, auch wenn er die Damen immerhin nicht ihres Lebens, sondern nur ihres Vermögens beraubt. Gibt es eigentlich auch einen Herrn Winter?«

Der Themenwechsel erfolgte so abrupt, dass Nora einen Moment brauchte, um die Frage zu begreifen.

»Den gibt es: Wilfried Winter. Zeitungsverleger.«

»Ach? *Der* Wilfried Winter? Sie mögen also ältere Männer.«

Jetzt fiel Nora auf, dass Schröder, während er in der Küche die Getränke geholt hatte, die obersten beiden Hemdknöpfe geöffnet hatte. Unter seinem faltigen Hals blitzte ein Goldkreuz.

»Ein älterer Mann kann einer jungen Frau sehr viel … bieten«, hauchte Schröder.

Nora sah fassungslos zu, wie der Herr Professor eine Hand auf ihre Stuhllehne legte. Der Wacholdergeruch wurde stärker. Bevor Schröder zudringlich werden konnte, schnellte sie hoch und schob seine Hand beiseite. Sie raffte ihre Sachen zusammen und stürmte aus dem Zimmer.

Schröders Dobermänner knurrten und ließen die Muskeln spielen.

Nora drehte sich vor dem Büro zu ihrem Gastgeber um. »Es laufen viel mehr Psychopathen unerkannt frei herum, als man meint.«

Schröder blieb mit offenem Mund zurück. Offensichtlich hatte er noch nie jemanden getroffen, der seinem Charme widerstehen konnte.

Als sie Richtung Haustür lief, sprangen die Hunde auf. Ihr Knurren wurde lauter.

»Aus!«, fuhr Nora die Dobermänner an, die erschrocken zurückwichen.

Und so verließ Nora Schröders Haus: kopfschüttelnd und fassungslos. »Dieser alte Mistkerl«, murmelte sie zornig, während das Tor scheppernd hinter ihr ins Schloss fiel.

Samstag, 19. Oktober

Ceyda Baran saß auf dem Balkon in der Gartenstraße und grinste übers ganze Gesicht. »Jetzt ruf ihn endlich zurück, deinen Pferdedoktor. Bevor er es sich anders überlegt.«

Der Balkon ging auf einen Hinterhof hinaus, wie bei den umliegenden Häusern, und an einem sonnigen Wochenende herrschte rundum so reges Treiben, dass man kaum sein eigenes Wort verstand.

Nora sah sie entsetzt an. »Du meinst jetzt? Sofort?«

Ceyda verdrehte die Augen. »Ich schwöre: Gleich morgen suche ich mir eine neue Datingberaterin.«

Nora atmete tief durch, dann nahm sie ihr Handy und tippte Albrechts Nummer ein. Sie ging in die Küche.

Es klingelte.

Jemand nahm ab.

Sie schloss die Augen.

»Hallo, Frau Winter.«

»Kennen Sie meine Nummer etwa auswendig?«

»Ich habe ein gutes Zahlengedächtnis.«

»Sie baten um Rückruf.«

»Haben Sie schon etwas vor?«

»Wann?«

»Jetzt.«

Nora sah sich Hilfe suchend um. Aber Ceyda bot ihr keine Unterstützung: Sie saß draußen auf dem Balkon und gab vor, zu lesen, obwohl Nora sicher war, dass sie sich die Ohren verrenkte, um jedes einzelne Wort mitzuhören.

»Sitzen Sie den ganzen Tag herum und warten auf meinen Anruf?«

»Ja, aber nur, wenn ich nicht arbeite. Schockiert Sie das?«

»Na ja«, wiegelte Nora ab. »Sollen wir uns zum Mittagessen treffen?«

»Fein. Haben Sie einen Vorschlag?«

Nora dachte nach. Ihre alte Joggingstrecke führte durch den Huthpark hoch zum Lohrberg. Eine beinahe ländliche Gegend direkt an der Peripherie von Frankfurt, keine zwei Kilometer Luftlinie von der Berger Straße entfernt. Seit sie nach Sachsenhausen gezogen war, vermisste sie den Ausblick, den die grüne, hoch gelegene Oase auf die Stadt gewährte.

»Kennen Sie die *Lohrberg-Schänke*?«

»Vermutlich liegt die auf dem Lohrberg?«

»In einer Dreiviertelstunde?«

»Ich fliege.«

Nora kehrte auf den Balkon zurück. Ceyda vertiefte sich mit Nachdruck in ihre Frauenzeitschrift, aber sobald Nora wieder Platz genommen hatte, konnte sie sich nicht verkneifen, ihre Freundin nachzuäffen: »Kennen Sie meine Nummer etwa auswendig?« Ceyda lachte heiser.

Diesmal war es Nora, die ihre Augen verdrehte.

»Aber eines sage ich dir: Heute Abend möchte ich ein Foto von diesem Pferdedoktor sehen.«

*

Sie waren per Du, noch bevor die Kellnerin die Getränkebestellung aufgenommen hatte. Bruno Albrecht trug dunkle Jeans, ein weißes Hemd und ein schwarzes Sakko. Mit der Sonnenbrille im asketischen, braun gebrannten Gesicht sah er umwerfend sexy aus.

Er bestellte Frankfurter grüne Soße mit Kartoffeln. Nora gefiel das. Männer, die sich für die regionale Küche entschieden, obwohl die Speisekarte auch Thai-Curry oder Ribeye-Steaks bot, waren bodenständig. Dass Bruno Albrecht weder einen Ehering trug noch einen verräterischen Abdruck am Ringfinger hatte, war Nora schon in den ersten Minuten aufgefallen. Wenn sie etwas gar nicht gebrauchen konnte, war das ein verheirateter Endvierziger auf der Suche nach sexueller Zerstreuung.

»Wie kommst du mit den Gutachten voran?«

Nora schlug die Beine übereinander. »Ach, ist das etwa der wahre Grund, warum du mich treffen wolltest?«

»Natürlich nicht. Entschuldige bitte. Ich weiß nicht sehr viel über dich, außer dass du Sachverständige beim Zentralen Polizeipsychologischen Dienst bist. Ist doch naheliegend, dass ich unsere Konversation mit einer höflichen Frage beginne.«

»Du hast immerhin meine Handynummer herausgefunden. Wie dir dieses Kunststück gelungen ist, würde mich brennend interessieren.«

»Betriebsgeheimnis.« Bruno lächelte so geheimnisvoll, dass Noras Nackenhaare sich ein weiteres Mal aufstellten. Aber dann verriet er ihr, dass man ihm beim ZPD ihre Nummer gegeben hatte, nachdem er sich als Kontaktperson von Rosen mit einer dringenden Information ausgegeben hatte. Es handelte sich dabei um Noras private Handynummer, weil sie noch kein Diensthandy besaß. Über die Auskunft hatte er dann Noras Adresse und Festnetznummer herausgefunden.

»Du würdest einen guten Polizisten abgeben«, sagte Nora, der Albrechts Hartnäckigkeit ein wenig unheimlich wurde.

»Nein danke. Stadthunden eine Wurmkur und gelegentlich eine Impfung zu verpassen, reicht mir vollauf.«

»Jedenfalls weißt du wesentlich mehr über mich als ich über dich.«

Das Essen kam: Nora erhielt eine große Schüssel Salat mit gebratenem Putenfilet und Bruno einen Teller, groß wie ein Wagenrad, mit Grüner Soße, gekochten Eiern und Pellkartoffeln.

»Erst einmal guten Appetit«, sagte er, während er seine Serviette entfaltete.

Dann begann er, von sich zu erzählen. Sein Vater war ein hohes Tier bei einer Privatbank gewesen, die Mutter Hausfrau; er hatte eine Schwester. Bereits mit sieben Jahren hatte er gewusst, dass er später einmal einen Beruf ergreifen wollte, der etwas mit Tieren zu tun hatte. Zwar hatte er damals davon geträumt, Zirkusdirektor zu werden oder Löwendompteur, aber das Leben als Tierarzt gefiel ihm.

Er war verheiratet gewesen, doch an der Frage ›Kinder ja oder nein?‹ war die Ehe zerbrochen.

Nach dem Essen schlenderten sie den Lohrberg hinunter nach Südwesten, Richtung Bornheim. Der schmale geteerte Weg wand sich wie ein graues Band durch den Park und strahlte die Wärme ab, mit der die Sonne ihn am Vormittag aufgeladen hatte.

Just in dem Moment, als Nora ein herbstlich gefärbtes Ahornblatt vom Boden aufhob, huschte keine zwei Meter vor ihr ein Schatten über den Weg. Erschrocken fuhr sie zurück und stieß dabei mit Bruno zusammen.

»Eine Blindschleiche«, lachte er. »Von denen gibt es hier oben einige. Die meisten Leute halten sie für Schlangen, aber Schleichen zählen zu den Echsen.« Er hechtete über die Wiese und hob das Reptil vorsichtig hoch, um es Nora in seiner ganzen Pracht zu zeigen.

»Sie können ihren Schwanz an mehreren Sollbruchstellen abwerfen, wenn sie sich zum Beispiel in den Fängen eines Raubtiers befinden.«

»Und der wächst dann wieder nach?«, wollte Nora wissen.

»Bei Eidechsen schon, aber nicht bei Blindschleichen. Schau, diese hier hat einen kugelförmigen Stumpf. Sie hat schon einmal um ihr Leben gekämpft und ein Stück von sich verloren.«

»Das geht manchen Menschen ganz ähnlich«, sagte Nora versonnen und dachte an ihre Gefangenschaft in einem abrissreifen Papierrollenlager in Bockenheim, in der Gewalt zweier Psychopathen.

Bruno legte die Schleiche wieder ins Gras und wischte sich die Hände an einem feuchten Taschentuch aus Noras Handtasche ab. Er sah sie lange an. Offenbar spürte er den Schatten, der sich urplötzlich auf sie gelegt hatte. Mit dem Daumen strich er zärtlich über ihre Wange. Sein Lächeln war so offen und liebevoll, dass Nora sich mit einem Mal wünschte, er würde sie küssen. Hier und jetzt, auf der Stelle. Aber er tat es nicht. Stattdessen griff er in die Innentasche seines Sakkos und holte zwei Eintrittskarten hervor.

»*La Bohème*. Heute Abend. In der Frankfurter Oper.«

Nora sah ihn erstaunt an. »Und wenn ich … schon etwas vorhabe? Oder Opern grundsätzlich nicht leiden kann und lieber Black Metal höre?«

»Dann verfällt die Karte. Nein, dann verfallen beide Karten. Alleine habe ich keine Lust.« Bruno grinste. »Aber Black Metal kann ich mir bei dir nicht so recht vorstellen.«

Nora dachte nach. Eigentlich ging ihr das alles viel zu schnell, sie kannte Bruno Albrecht kaum. Aber manchmal sollte man nicht auf den Kopf, sondern auf den Bauch hören. Und ihr Bauch gab in dieser Hinsicht ziemlich eindeutige Signale von sich.

»Also gut. Wann beginnt die Vorstellung?«

»Halb acht. Soll ich dich um halb sieben mit dem Auto abholen?«

»Das kann ich mit meinem ökologischen Gewissen nicht vereinbaren. Wir treffen uns um sieben vor dem Opernhaus.«

O Gott, sie brauchte dringend ein geeignetes Outfit für den Abend. Ceydas Garderobe fiel aus, die Abendkleider der attraktivsten kleinsten Frau Frankfurts gingen bei Nora höchstens als Miniröcke durch. Sie selbst besaß nur Hosenanzüge und Kostüme für den Arbeitsalltag. Es gab eigentlich nur ein einziges Kleid, das für diesen Anlass angemessen wäre, und das hing in einem Kleiderschrank in der Villa Winter, dem Haus ihres Vaters im Nordend. Und sie wusste noch nicht einmal, ob es ihr überhaupt noch passte.

*

Wilfried Winter stand mit ratloser Miene in dem begehbaren Kleiderschrank im ersten Stock seines Hauses, das Handy ans Ohr gedrückt.

»Wie, sagst du, sieht das Abendkleid aus? Aus dunkelblauer Seide? Mit Stehkragen?«

Lustlos schob er ein paar Kleiderbügel hin und her. Er hatte sich schon im Kleiderschrank seiner Frau nicht zurechtgefunden, da kannte er sich mit der Garderobe seiner Tochter schon gar nicht aus.

»MA-NING-NING!«, brüllte er durch die offene Tür. Ein leises Trappeln von Füßen, dann stand die Hausangestellte vor ihm. Er drückte der kleinen rundlichen Filipina, die nach dem Tod seiner Frau Noras Vertraute, ja fast schon ein Muttersatz gewesen war, das Handy in die Hand.

Maningning lauschte mit gespannter Miene; auf einmal strahlte ihr Gesicht, dann drehte sie sich um die eigene Achse und zog mit sicherem Griff einen Bügel aus dem Kleiderschrank. Daran hing ein maßgeschneiderter, mitternachtsblauer vietnamesischer *Áo dài,* den Nora sich vor vielen Jahren in Hanoi zugelegt hatte, als sie ihren Vater auf eine Geschäftsreise begleitet hatte.

Na also, dachte Wilfried, man musste nur die richtigen Leute fragen.

Maningning gab ihrem Arbeitgeber das Handy zurück. »Sie ist halbe Stunde da.«

»In einer halben Stunde«, verbesserte sie Wilfried, dem Maningnings freie Interpretation der deutschen Grammatik ein Gräuel war. Und obwohl sie seit dreißig Jahren Deutsch radebrechte, ohne etwas dazuzulernen, gab er nicht auf. Es stand sogar zu befürchten, dass er Maningnings Trauerrede bei seinem eigenen Begräbnis korrigieren würde.

Fünfundzwanzig Minuten später stürmte Nora die Eingangstreppe zur Villa hinauf. Bevor sie hineinging, sah sie jedoch noch einmal auf den Park hinunter und ließ sich vom Farbenspiel des Herbstes verzaubern: den fließenden Gelb- und Rottönen und ihren Schattierungen, die Bäume und Sträucher wie ein Teppich aus glühender Lava überzogen. Noch ließ die Oktobersonne die Farben in freundlichem Licht erstrahlen. Doch die bevorstehenden Veränderungen kündigten sich bereits an: Bald würden graue, nasse und windige Tage folgen und das Laub würde sich verfärben, von leuchtendem Orange zu schmutzigem Braun.

Ihr Vater und Maningning nötigten Nora, wenigstens noch einen Kaffee zu trinken, bevor sie sich wieder verabschiedete. Also setzte sie sich in die Küche an einen kleinen polierten Holztisch und schlürfte Cappuccino. Auf einem Teller lagen Bethmännchen. Das Marzipankonfekt stammte aus der Konditorei *Hollhorst* am Römer, von der Noras Vater behauptete, sie sei die einzige, die Bethmännchen herstellen konnte, die auch den Namen verdienten.

»Ich habe dich im Fernsehen gesehen«, sagte Wilfried und sah zu, wie Nora sich ein Stück Konfekt in den Mund schob.

»Das hätte ich gern verhindert.«

»Es könnte Probleme geben, wenn man die drei feinen Herren in die Freiheit entlässt. Dann wird man dir den Schwarzen Peter zuschieben, falls etwas schiefgeht. Die Gutachterin, die einen Pakt mit dem Teufel geschlossen hat … Das hat Broussier schlau eingefädelt. Kein Wunder, dass der Junge es so weit gebracht hat.«

»Der Junge?«

»Ich kenne seine Eltern. Flüchtig.«

»Was ich nicht verstehe: Nach außen hin gibt er den Hardliner, der die Gefangenen dort lassen will, wo sie sind. In der JVA setzt er mich aber unter Druck, die Sache möglichst schnell über die Bühne zu bringen. Ich hatte fast den Eindruck, als wollte er die drei Männer sofort auf freien Fuß setzen. Was der für einen Aufstand gemacht hat, als ich mir die ganze Sache noch einmal genauer anschauen wollte!«

Winter lächelte milde. »Es liegt ja in seinem Interesse, dass sie freikommen.«

Als Winter die verständnislose Miene seiner Tochter gewahrte, ging er in sein Arbeitszimmer und kehrte mit einer Tageszeitung zurück. Er blätterte darin, bis er gefunden hatte was er suchte:

BROUSSIER MACHT SICHERHEIT ZUM TOPTHEMA

Dr. Alexander Broussier, designierter Innenminister im Falle einer konservativen Mehrheit bei der anstehenden Landtagswahl, strebt mehr Stellen und Mittel für die Polizei an. Aufgrund der verschärften Sicherheitslage müssten die Organe der Exekutive dringend besser ausgestattet werden, erklärte Broussier am Rande einer Konferenz der Innenminister. Für die anstehende Rund-um-die-Uhr-Überwachung von mehr als achtzig Sicherungsverwahrten bundesweit und die Bekämpfung der erhöhten Terrorgefahr stünden nicht einmal annähernd genug Ressourcen zur Verfügung.

»Die Angst der Menschen ist Broussiers stärkster Wahlhelfer. Drei Sicherungsverwahrte, die ihre potenziellen Nachbarn auf die Barrikaden bringen, kommen ihm da gerade recht. Mit denen lässt sich ausgezeichnet Politik machen. Wisst ihr schon, wo ihr die Männer unterbringen werdet?«

Nora hatte keine Ahnung. Es war Aufgabe der Bewährungshelfer, sich um ein Quartier für die Entlassenen zu kümmern. Aber sie hatten oft mehr als fünfzig Klienten gleichzeitig zu betreuen und waren dementsprechend überfordert. Wahrscheinlich würde alles wieder auf eine Hauruck-Aktion hinauslaufen.

»Diesen Heinz Rosen würde ich übrigens besonders scharf im Auge behalten.«

»Rosen ist schwer zuckerkrank, Papa. Und er hat panische Angst vor der Freiheit. Würde mich wundern, wenn der überhaupt jemals seine vier Wände verlässt.«

»Das meine ich nicht.«

»Sondern?«

»Es gab Gerüchte um einen vierten Mann bei der Entführung von Katharina von Kolbach. Einen Komplizen, der nie gefasst wurde.«

»Und du glaubst, dass er Kontakt zu Rosen aufnehmen könnte?«

»Falls er das nicht schon längst hat, ja.«

Noras Handy gab einen Signalton von sich. Eine SMS – von Albrecht. *Komme zehn Minuten später, Notfall in der Praxis.*

Sie registrierte erschrocken, dass es bereits kurz nach halb sechs war. Nur noch eineinhalb Stunden, bis sie in der Oper sein musste, und sie war noch nicht einmal umgezogen! Schnell stürzte sie den letzten Rest Kaffee hinunter, verabschiedete sich und stürmte hinaus, das Kleid in einer raschelnden Schutzhülle am Bügel.

Sonntag, 20. Oktober

Nora kam lediglich mit Boxershorts und T-Shirt bekleidet in die Küche und schenkte sich eine Tasse Tee ein. Dann setzte sie sich an den Tisch zu Ceyda, die gerade von der Nachtschicht zurückgekehrt war und nun, noch in ihrer Schwesternuniform, E-Mails am Laptop beantwortete, um abzuschalten. Ihr Adrenalinspiegel war nach ihrer Rückkehr aus dem Krankenhaus immer ziemlich hoch, wie Ceyda ihr einmal erklärt hatte, sodass sie nicht direkt schlafen könne. Die meist langweiligen, oft anzüglichen, aber stets einfallslosen Nachrichten der Möchtegern-Casanovas im Internet verschafften ihr die nötige Bettschwere und einen erholsamen Schlaf.

Doch Ceydas Blick ruhte heute Morgen nicht auf dem Bildschirm, sondern auf dem Paar handgemachter Budapester, die im Flur standen.

»War wohl nett im *Rigoletto.*«

»La Bohème«, antwortete Nora einsilbig.

Eine Zimmertür knarrte, dann tauchte Bruno Albrecht in der Küchentür auf, fix und fertig angezogen bis auf die Schuhe. Er gesellte sich zu ihnen, stellte sich kurz vor und entschuldigte sich, er müsse gleich los. Nora brachte ihn zur Tür und sie verabschiedeten sich mit einem flüchtigen Kuss.

Ceyda starrte auf den Bildschirm. Dann prustete sie los. »Ein Foto hätte schon gereicht«, japste sie.

»Er hat sich ausgesperrt«, erwiderte Nora.

»Ausgesperrt?« Ceyda bemühte sich vergebens, ernst zu bleiben. »Meine Typen haben sich auch immer ausgesperrt. Die älteste Ausrede der Geschichte.«

Nora konnte nicht umhin, in Ceydas Gelächter einzustimmen. Sie fühlte sich wie ein verliebter Teenager.

Ceyda fuhr fort, ihre elektronische Post zu sortieren. »Mich hat noch nie einer in die Oper eingeladen«, seufzte sie.

»Seit wann interessierst du dich für Opernmusik?«

»Ist doch egal. Es geht ums Prinzip. Übrigens, ist er so nett wie er aussieht?«

»Noch ein bisschen netter.«

»Ach, Nora, ich beneide dich. Der hat nicht zufällig noch einen Zwillingsbruder?«

»Leider nein.« Nora umrundete den Tisch, trat hinter ihre Freundin und legte tröstend den Arm um sie. Dabei fiel ihr Blick auf den Bildschirm und das Foto eines Mannes, der sich Ceyda auf einem Datingportal vorgestellt hatte.

Auch ohne Bart erkannte Nora ihn auf Anhieb wieder. Das Profil war nüchtern abgefasst, einfallslos, aber nicht zudringlich. Nora war klar, dass diese Bewerbung ohne ihre Unterstützung wie die meisten anderen dieser Art im elektronischen Papierkorb landen würde.

»Was hältst du davon, wenn wir zum Frühstück ins *Depot* gehen? Ich würde noch jemanden bitten, sich uns anzuschließen.«

»Ich weiß nicht Nora, ich bin ziemlich fertig. Eigentlich wollte ich gleich schlafen gehen.«

»Na komm schon, auf einen Kaffee und ein Croissant. Eine Stunde. Höchstens. Wirst es sicher nicht bereuen.«

»Jetzt machst du mich aber neugierig«, erwiderte Ceyda und gähnte.

Nora musste erst einmal ihr Adressbuch durchforsten, die Nummer war ihr nicht mehr geläufig. Nach mehrmaligem Klingeln wurde endlich abgenommen.

»Das ist aber eine nette Überraschung!«

»Hast du Lust, mit mir und einer Freundin frühstücken zu gehen, Gitte?«

»Um eins beginnt mein Dienst im KDD.«

Nora bot ihre gesamten Überredungskünste auf und ein paar Minuten später hatte sie Erfolg. Sie verabredeten sich vor dem Lokal.

»Aber nenn mich nicht immer Gitte, du weißt, dass ich das nicht leiden kann«, mahnte die Stimme.

*

Das *Depot* am Südbahnhof platzte aus allen Nähten, wie wahrscheinlich jedes Lokal, das einen Sonntagsbrunch in Sachsenhausen anbot. Als Nora um die Ecke bog, lehnte ihre Verabredung bereits lässig an der Mauer neben der Eingangstür.

Noras Herz schlug ein wenig schneller. Und Ceyda machte große Augen.

Bevor sie Nora zur Rede stellen konnte, machte diese sie miteinander bekannt: »Gideon, darf ich dir Ceyda vorstellen, meine Mitbewohnerin. Sie ist Krankenschwester im Bürgerhospital und Single. Aber das weißt du ja schon.«

Dafür erntete Nora einen Knuff in die Seite. In Richters Miene machte sich Ratlosigkeit breit.

»Ceyda, das ist mein ehemaliger Kollege Gideon Richter, genannt Gitte. Leitet jetzt die fünfte Mordkommission. Hatte früher mal einen grauenhaften Henriquatre, so einen Altmännerbart. Und ist ebenfalls Single.«

»Genauso Single wie du, alte Kupplerin«, erwiderte Gideon mit einem kalten Lächeln auf dem glatt rasierten Gesicht.

Die beiden Frauen warfen sich einen verstohlenen Blick zu.

»Hab ich was Falsches gesagt?«

»Der sogenannte Kuppeleiparagraf wurde 1969 abgeschafft. Sollen wir reingehen?«, schlug Nora vor, bemüht, das Thema zu wechseln.

Sie hatten Glück: Ein Pärchen an einem Fenstertisch war im Begriff zu zahlen. Gideon besorgte einen dritten Stuhl, aber es verging eine Ewigkeit, bis sich eine Bedienung bequemte, die Bestellung aufzunehmen.

Ceyda gähnte abermals herzhaft, was Nora peinlich war. Aber Gideon schien es nicht zu bemerken, er hatte nur Augen für sie. »Was macht dein neuer Job beim ZPD?«

»Der stellt eine echte Herausforderung dar.«

»Mir ist zu Ohren gekommen, dass du mit diesen drei Knastbrüdern zu tun hast, die bald rauskommen sollen.«

»Das sind keine Knastbrüder, sondern Sicherungsverwahrte.«

»Einige Leute haben es sehr bedauert, dass Nora das Präsidium verließ, um nach Wiesbaden zu gehen«, erklärte Gideon, an Ceyda gewandt.

»Und du wohl besonders«, erwiderte sie mit einem schiefen Lächeln.

»Wir haben gut zusammengearbeitet«, meinte Gideon und schenkte Nora einen etwas zu langen und zu tiefen Blick. Plötzlich klingelte das Handy in seiner Jackentasche. Er warf einen Blick auf das Display, dann stand er auf, entschuldigte sich kurz und ging nach draußen: ein Anruf aus dem Präsidium.

Ceyda und Nora beobachteten durch die Fensterscheibe, wie er wild gestikulierte. Die Bedienung brachte den Kaffee.

»Na das kann ja heiter werden«, seufzte Ceyda.

Nora verstand kein Wort.

»Finde ich ja nett, dass du mir die Bewerber aus meinem Datingportal gleich persönlich präsentierst. Aber ich glaube, der steht mehr auf dich.«

»Ich bin nicht interessiert. Außerdem hat er dir doch schon eine Mail geschrieben.«

»Tja, das liegt wohl an meinem schlechten Karma. Ich ziehe die Arschkarte und bei dir stehen die Kerle Schlange.«

Gideon kam an den Tisch zurück und hängte sein Sakko über die Stuhllehne. Ceyda musterte sein breites Kreuz, Gideon musterte Nora.

»In der Oper gibt es gerade *La Bohème*«, sagte er.

»Aha«, antwortete Nora matt.

»Hast du Lust, hinzugehen?«

»Ich … habe gerade ein bisschen viel um die Ohren, Gitte.«

Ceyda sprang von ihrem Stuhl auf und gähnte demonstrativ. »Tut mir echt leid, Leute, ich bin total übermüdet und muss dringend ins Bett. Ihr kommt sicher auch ohne mich zurecht.« Und im nächsten Moment stapfte sie zur Tür hinaus.

Die Bedienung stellte zwei Latte macchiato und einen Tee auf den Tisch. »Wer kriegt den Chai?«

Nora sah Ceyda nach. »Ich. Und den Kaffee auch.« Die Bedienung schob ihr mit neugierigem Blick beide Tassen hin.

»Ist die immer so komisch?«, fragte Gideon.

»Nur wenn sie schlechte Laune hat.«

Gideon löffelte den Schaum von seinem Kaffee, während er auf einen Punkt hinter Noras Rücken starrte. »Kaum spricht man vom Teufel.«

Nora drehte sich um. An der Wand gegenüber hing ein großer Flachbildschirm, der Ton war stumm geschaltet. Es lief eine Diskussionssendung. Oben links waren unvorteilhafte Bilder von drei Männern eingeblendet: Lefeber, Rosen, Tibursky. Den Rest des Bildschirms füllte ein Sitzkreis mit Broussier, Professor Schröder und zwei weiteren Männern, zu denen Rosens Bewährungshelfer gehörte. Broussiers Mund klappte lautlos auf und zu.

Nora stand auf und schnappte sich die Fernbedienung, kurz darauf übertönte Broussiers Stimme den Lärm im Lokal. Die Gäste verstummten, drehten die Köpfe zum Fernseher.

»Ich sage es noch einmal in aller Deutlichkeit«, erklärte Broussier mit näselnder Stimme und machte das Dreieck, eine Handhaltung, die er sich von der Kanzlerin abgeschaut hatte. »Diese Männer dürfen keinesfalls freigelassen werden. Andernfalls müsste der Etat für die Sicherheitsbehörden aufgestockt werden, dieser immense Kostenaufwand der Überwachung wäre sonst untragbar. Es kostet annähernd achtzigtausend Euro im Monat, auch nur einen dieser Herren rund um die Uhr zu überwachen. Macht unter dem Strich eine Viertelmillion Euro.«

Nora wunderte sich, wie ein Mann, dem die politische Verantwortung offiziell noch nicht übertragen war, im Fernsehen seine Meinung zu einem Thema kundtun durfte, das Sache des Innenministers war.

Der Bewährungshelfer meldete sich zu Wort: »Hier handelt es sich nicht um Gefangene, sondern …«

»Es ist mir völlig egal, wie sie diese Leute nennen«, fuhr ihm Broussier über den Mund. »Sie stellen eine Gefahr für die Sicherheit der hessischen Bevölkerung dar!«

Beifall im Studio. Schröder pflichtete Broussier mit einem Nicken bei.

Der Bewährungshelfer wollte gerade den Sinn einer nach seinem Dafürhalten völlig übertriebenen Dauerüberwachung infrage stellen, als der Moderator die Gesprächsrunde für eine Werbeeinblendung unterbrach.

Auch im Lokal klatschte jemand Beifall.

Nora sah sich bestürzt um, konnte den Claqueur aber nirgends entdecken. Sie drehte den Ton wieder ab und kehrte schweigend zum Tisch zurück. Gideon wartete, bis sie das Wort ergriff.

»Die tun gerade so, als würden die drei den Nächstbesten umbringen, der ihren Weg kreuzt, sobald sie einen Schritt in Freiheit getan haben.«

»Kannst du garantieren, dass sie das nicht tun?«

»Eine hundertprozentige Sicherheit gibt es nicht. Aber einen Teil des Geldes für die Rund-um-die-Uhr-Überwachung sollte man lieber in eine vernünftige Verhaltenstherapie stecken.«

»Wenig populär.«

»Weil Boulevardzeitungen und Fernsehen die Bevölkerung aufwiegeln. Die drei haben nicht den Hauch einer Chance, wenn sie rauskommen. Sobald sie irgendwo auftauchen, beginnt der Spießrutenlauf.«

»Dann solltest du vielleicht in deinem Gutachten die Freilassung ablehnen. Das wäre für alle das Beste.«

»Das wäre sogar Rosens Wunsch. Er hat ernsthaft angeboten, für seinen weiteren Aufenthalt in der JVA zu zahlen.« Nora bestellte sich einen Tequila und kippte den Inhalt in einem Zug hinunter.

Gideon sah sie verwundert an.

»Die haben mich bewusst für den Job ausgesucht. Das war kein Zufall.«

»Wie kommst du darauf?«

»Schreyer und Broussier wollten jemanden ohne Erfahrung, dem sie den Schwarzen Peter zuschieben können. Das Erste, was Schreyer von mir wissen wollte, war, was ich von der Resozialisierung halte. Er wusste, dass die Kollegen bei ZÜRS wesentlich weniger liberal eingestellt sind. Die sind genauso vorsichtig wie Schröder. Man stelle sich vor, die hätten das Gutachten geschrieben. Oder gar Schröder selbst.«

»Dieser Professor Schröder arbeitet schon seit Jahren nicht mehr als Gerichtssachverständiger.«

»Woher weißt du das?« Diesmal war es Nora, die sich wunderte.

»In der MK2 haben sie letzten Sommer, als es etwas ruhiger zuging, mal wieder einen Blick in die Akte seiner Frau geworfen. Schröder war wohl nicht immer so ein harter Knochen. Allem Anschein nach ist einer von den wenigen Jungs, die auf seine Empfehlung hin zwecks Resozialisierung entlassen wurden, in sein Haus eingedrungen und hat seine Frau umgebracht, während sich der Professor auf Dienstreise befand. Nachdem er sie – na ja, das muss man ja hier nicht näher erläutern. Seitdem gilt der Professor als befangen und übernimmt keine Gutachten mehr.«

Noras Herz klopfte zum Zerspringen. Das erklärte einige Facetten von Schröders Verhalten.

»Und warum weiß ich nichts davon?«

»Weil ich Teamleiter war und das Thema nur kurz in einer Teamleiterbesprechung auf den Tisch kam.«

Nora bestellte einen weiteren Tequila.

Als er kam, beugte sich Gideon vor und sagte: »Noch einen solltest du lieber nicht trinken. Sonst geht's dir morgen früh ziemlich dreckig.«

Nora leerte den Schnaps auf einen Zug und fühlte sich danach mutig genug. Sie holte tief Luft.

»Ich … habe da jemanden kennengelernt.«

Irrte sie sich oder zuckte Gideon kaum merklich zusammen?

Er strich sich durchs Haar. »Und warum erzählst du mir das?«

»Ich dachte, es interessiert dich.«

Gideon sah auf die Uhr und räusperte sich. »Es wird Zeit. Ich muss los.«

»Gitte? Was würdest du an meiner Stelle tun?«

»Heirate ihn und kriegt Kinder. Meinen Segen habt ihr.«

»Das meinte ich nicht.«

Er seufzte. »Wenn du auf das Gutachten anspielst: Lass dich krankschreiben. Ich habe den Eindruck, dass du wieder mal viel zu tief in der Sache drinsteckst. Das typische Nora-Winter-Syndrom.«

Gitte legte einen Fünfeuroschein auf den Tisch. »Kannst du für mich mitbezahlen? Ich muss dringend weg.«

Bevor Nora recht wusste, wie ihr geschah, war ihr Exkollege auf und davon. Und sie saß angetrunken in einer Szenekneipe in Sachsenhausen und dachte mit Schrecken daran, dass sie heute, am geheiligen Sonntag, noch ins Büro musste.

Ihr blieben zwei Tage, bis sie Schreyer das Gutachten vorlegen musste.

Dienstag, 22. Oktober

Schreyers Lippen verzogen sich zu einem Lächeln. Er blätterte in dem zweihundertfünfzig Seiten starken Dokument und hakte die Liste der Fragen ab, die er sich zurechtgelegt und die Nora so gut es ging beantwortet hatte. Nun saß sie ihm wortlos gegenüber.

Schreyer öffnete eine kleine Metalldose und hielt sie Nora hin. »Mint?«

Nora nahm ein Pfefferminzbonbon.

Ihr Chef lehnte sich auf seinem Stuhl zurück. »Ausgezeichnete Arbeit. Ich bin sehr zufrieden.«

»Kann ich mir denken. Sie bekommen schließlich genau das, worauf Broussier und Sie es von Anfang an angelegt haben.«

Schreyer zog fragend die Schultern hoch. »Ich verstehe nicht?«

»Was hätte Herr Broussier wohl davon gehalten, wenn ich empfohlen hätte, Lefeber und Rosen in die geschlossene Psychiatrie einzuweisen?«

Schreyer sah sie lange an.

Nora wusste, dass er seinen Parteigenossen anrufen und ihn von der Entwicklung in Kenntnis setzen würde, sobald sie zur Tür hinaus war.

»Sie sind als unabhängige Sachverständige dazu angehalten, das Gutachten nach bestem Wissen und Gewissen zu erstellen. Ich gehe davon aus, dass Sie Ihre Empfehlungen eins zu eins vor dem Richter vertreten werden.«

»Und Sie sind dazu angehalten, die Aufgaben in der Dienststelle nicht nach parteipolitischen Gesichtspunkten zu verteilen.«

Schreyer spitzte die Lippen und betrachtete Nora mit starrem Blick. Dann entspannte er sich. »Wie auch immer, eine hervorragende Arbeit. Von dieser ADS-Technologie habe ich noch nie etwas gehört. Gibt es da bereits ein hessisches Pilotprojekt?«

»Unsere Kandidaten wären das Pilotprojekt.«

»Na, wir werden sehen, wie das Gericht entscheidet. Es ist ja sowieso kaum mehr als eine Pro-forma-Veranstaltung. Sonst noch was?«

»Warum gab es keinerlei Resozialisierungsmaßnahmen? Kein Übergangsmanagement, nicht einmal als längst feststand, dass man die Männer auf freien Fuß setzen würde?«

»Das müssen Sie schon Doktor Rauch fragen.«

»Ich bin überzeugt, dass vor allem Rosen und Lefeber nur dann erfolgreich wieder in die Gesellschaft eingegliedert werden können, wenn man in den nächsten Monaten intensiv mit ihnen arbeitet. Ein Bewährungshelfer alleine kann das nicht schaffen. Ich wäre bereit, die Männer psychologisch zu betreuen.«

Schreyer schüttelte energisch den Kopf. »Kommt nicht infrage. Ich brauche Sie dringend hier in der Dienststelle.«

Zur Bestätigung tippte er mit der Hand auf einen Aktenberg, der sich zu seiner Linken auftürmte.

»Ich könnte unbezahlten Urlaub nehmen.«

»Ich sagte bereits, dass ich Sie hier brauche.« Schreyers Miene war so abweisend wie die Mauern, hinter denen Lefeber, Rosen und Tibursky derzeit noch ihren Alltag fristeten.

Nora bezwang ihren Zorn, stand auf, klemmte sich den Laptop unter den Arm und verließ seufzend das Büro.

»Sie wissen ja, wo Sie mich finden, Herr Schreyer.«

Kaum hatte sie das Vorzimmer verlassen, da machte sie auch schon wieder kehrt und legte den Laptop auf Siggis Schreibtisch.

»Nach vier Wochen ist gestern endlich mein eigener Rechner gekommen«, erklärte sie mit demonstrativer Fröhlichkeit. »Vielen Dank für die Leihgabe.«

Die Sekretärin würdigte sie keines Blickes.

Mittwoch, 30. Oktober

Acht, vier, zweiundzwanzig, drei.

Rosen hört die Schritte auf dem Gang. Acht Stiefel, die über den Betonboden stampfen. Vier Männer, die sich nähern. Rosen weiß, warum sie kommen, aber er ignoriert es. Er ist fertig fürs Zubettgehen. Trägt seinen Schlafanzug, hat die Zähne geputzt, sitzt auf dem Bett, die Hände wie zum Gebet verschränkt. Über Willis Käfig hat er eine Decke gebreitet. Zweiundzwanzig Uhr. Willi schläft auch noch nicht. Rosen hört ihn aufgeregt mit den Flügeln schlagen. Auch Willi spürt, dass etwas nicht stimmt. Dass Rosen Angst hat. Panische Angst.

Die Nachrichten sind zu Ende. Rosen hat das Radio ganz leise gedreht, um niemanden zu stören. Er hat gute Ohren, hört jedes Wort. Sie haben von ihm gesprochen, von Adam, von Tibursky. Gewaltverbrecher wurden sie genannt.

Tillich und zwei andere kommen durch die Tür, den Direktor im Schlepptau, gefolgt von einer jungen Frau mit Brille. Sie trägt einen Pappkarton.

Dr. Rauch schaut verdutzt, als er Rosen im Schlafanzug auf dem Bett sitzen sieht.

»Hat man Sie nicht aufgefordert, zu packen?«

»Haben wir, Herr Direktor, aber der Herr stellt sich stur«, erklärt Tillich eilends.

Rauch klingt ungehalten. »Herr Rosen, packen Sie bitte Ihre Sachen. Die beiden anderen Herren warten bereits im Wagen!«

Rosen schüttelt stumm den Kopf. Hier bekommen sie ihn nur mit Gewalt heraus.

Rauch seufzt. Er nickt Tillich zu. Der Schließer öffnet den Schrank. Er zieht einen Koffer aus dem unteren Fach, der erst vor ein paar Tagen geliefert wurde. Er riecht nach Plastik und irgendwie säuerlich, der Anhänger mit den Pflegehinweisen ist noch daran befestigt. Tillich knallt den Koffer auf den Tisch. Aus dem Käfig hört man wildes Flügelschlagen.

Rosen springt auf, um Willi zu beruhigen. Tillich weicht erschrocken zurück. Zwei starke Hände drücken Rosen aufs Bett. Er will etwas sagen, aber er bekommt keinen Ton heraus.

Tillich wirft Rosens Kleidung achtlos in den Koffer, dann räumt er die Schreibtischschublade aus. Mit hochgezogenen Brauen mustert er die zerfledderte Chewbacca-Puppe, bevor er sie in den Koffer legt. Er zieht den Reißverschluss zu und sieht seinen Chef erwartungsvoll an.

»Herr Rosen, ziehen Sie sich bitte an. Sie halten die ganze Aktion auf.«

Rosen schüttelt heftig den Kopf. Die Schließer grinsen, sie scheinen sich zu amüsieren, wie über ein unfolgsames Kind.

Rauch räuspert sich. »Also gut. Meine Herren!«

Auf Rauchs Signal hin packen zwei Schließer Rosen, drehen ihm die Arme auf den Rücken. Tillich tritt vor und lächelt süffisant, während er Rosens Schlafanzugoberteil aufknöpft.

Rosen holt tief Luft, dann schüttelt er sich wie ein nasser Hund, befreit sich aus dem Klammergriff der Schließer und stößt Tillich beiseite.

Tillich zieht den Schlagstock. Dr. Rauch bedeutet ihm, die Waffe wieder einzustecken. Rosen setzt sich aufs Bett und starrt verbissen zu Boden. Er wird diese Zelle nicht verlassen, koste es, was es wolle.

Dr. Rauch spricht in sein Handy. Rosen beobachtet ihn.

»Wir brauchen hier noch einen Moment.«

Er lauscht konzentriert.

»Was für ein Vorschlag?«

Er nimmt Rosen ins Visier, nickt.

»Na gut, schicken Sie ihn her.«

Wenige Augenblicke später betritt Lefeber die Zelle. Setzt sich neben Rosen aufs Bett und streicht ihm über den Rücken.

»Wir machen das zusammen, Heinz«, sagt er. »Ich helfe dir. Es gibt keine andere Möglichkeit.«

Rosen spürt, wie ihm die Tränen kommen. Es ist ihm peinlich, weckt Erinnerungen an den Pflegevater, der ihn schlug, wenn er weinte, so lange, bis er die Strafe stoisch ertrug. Seit fünfundzwanzig Jahren hat er keine Träne mehr vergossen. Er wischt sich mit dem Ärmel über die Augen. Dann zieht er sich um, ohne Scham und schniefend, vor dem Schließer, vor Tillich, Dr. Rauch, der jungen Frau und Adam Lefeber.

Der Direktor bittet ihn, seine Armbanduhr abzunehmen. Rosen sieht Lefeber erwartungsvoll an. Der nickt und hält wie zur Bestätigung seine linke Hand vor Rosens Gesicht. Eine neue Uhr, dunkelblau, ein wenig klobig. Das Band hat keinen Verschluss. Es scheint verschweißt zu sein.

Rosen nimmt die billige Digitaluhr ab, die ihm viele Jahre

wertvolle Dienste geleistet hat, und streckt den Arm aus. Die junge Frau mit der Brille nimmt die neue Uhr aus dem Karton, legt sie Rosen an, schließt das Band mit einer Zange und aktiviert die Uhr mit einem Knopfdruck. Ein Piepen ertönt, die Zeiger drehen sich wie von Geisterhand und bleiben dann auf der korrekten Zeit stehen. Die Frau nickt. Rauch bedeutet Rosen, die Zelle endlich zu verlassen.

Er nimmt den Käfig und trottet hinter Lefeber her auf den Gang. Er wird nicht zurückschauen, unter gar keinen Umständen – er muss sein Zuhause aus dem Gedächtnis verbannen.

»Sie nehmen den Koffer, Tillich«, hört er Dr. Rauch sagen.

Ein VW-Bus mit getönten Scheiben wartet an einem Nebenausgang, die Schiebetüren sind geöffnet. Durch die feuchtkalte Nachtluft waren die Scheiben beschlagen, Wassertropfen rinnen über den Lack, Rosen fröstelt. Die Luft riecht nach Zigarettenqualm, Kohl und Fleisch aus der Anstaltsküche – die Öffnungen der Abluftschächte liegen nur wenige Meter neben dem Lieferanteneingang. Weit entfernt ist Stimmengewirr zu vernehmen, hin und wieder erhellt der Strahl eines Scheinwerfers die Dunkelheit.

»Schnell«, drängt jemand.

»Wo fahren wir hin?«, fragt Rosen.

Seine Stimme klingt laut, übertönt die Lüftungsgeräusche. Die Schließer halten erschrocken den Zeigefinger an die Lippen.

Adam hilft ihm mit dem Vogelkäfig, das Einsteigen fällt Rosen bei seiner Körpergröße schwer. Erschöpft sinkt er in die Polster.

Wo ist Tibursky?

Er späht aus dem Fenster. Ein paar Meter vom Bus entfernt glimmt ein roter Punkt auf und wird schwächer.

»Beeilung, Tibursky!«, fordert eine Stimme ungehalten.

Rosen und Lefeber sitzen schweigend nebeneinander. Der Fahrer blickt sich immer wieder nervös um.

Endlich landet der rote Punkt auf der Erde, Funken stieben hoch, der Punkt erlischt. In der Dunkelheit sind Schritte zu vernehmen.

In diesem Moment flammt gleißendes Licht auf, ein Motor heult und ein Wagen schießt um die Ecke. Auf dem Dach des Kleintransporters zwei Satellitenschüsseln, an der Tür das Logo eines Privatsenders. Die Schiebetür steht offen, ein Bärtiger hängt halb heraus, die Fernsehkamera auf seiner Schulter weist in Rosens Richtung.

»Kommen Sie, Mann!«, ruft jemand laut durch die Dunkelheit. Rosen sieht einen Schatten vor dem Wagen vorbeihuschen, Bremsen quietschen, ein dumpfer Aufprall, dann ein Schrei. Die Schließer laufen um den Ü-Wagen herum.

»Scheiße, Tibursky hat es erwischt!«

Der Fahrer des Wagens springt heraus, beugt sich zu dem Verletzten hinunter, der Bärtige filmt unverdrossen weiter. Polizisten und Schließer eilen herbei, versperren Rosen die Sicht.

»Was ist passiert, Adam?«, fragt Rosen zitternd.

Dann hört er auf einmal Tiburskys unverkennbare Stimme: »Es is nix, ihr Aschlöscher! Haut endlisch ab.«

Lachen brandet auf, plötzlich taucht Tibursky an der Tür auf und steigt ein. Er presst ein blutiges Tuch gegen die Stirn.

»Guggt ned so blöd«, sagt er und lässt sich in die letzte Sitzreihe fallen.

Die Schiebetür fällt ins Schloss, der Wagen setzt sich in Bewegung. Rosen widersteht dem Impuls, die Tür aufzureißen und zurückzulaufen, in das ummauerte Gebäude, in die Abgeschiedenheit seiner Zelle, wo er sich die Decke über den Kopf ziehen und sich einreden kann, das alles sei nur ein böser Traum, aus dem er jeden Moment erwachen wird.

Der Mann auf dem Beifahrersitz meldet den Aufbruch per Funk. Dann dreht er sich zu seinen Fahrgästen um. Er informiert sie, dass die Reise mindestens eine Stunde oder länger dauern wird. Es sei ratsam, die Chance zu nutzen und ein Nickerchen zu machen. Die Nacht könne kurz werden.

Über dem Parkplatz steigt eine Feuerwerksrakete auf und taucht die gespenstische Szenerie in blutrotes Licht.

*

Tobin Kiefer saß auf der weißen Ledercouch in seinem Wohnzimmer und stocherte lustlos in einer Schüssel Salat herum. Gleichzeitig versuchte er erfolglos, die anstehenden Beschlussvorlagen des Gemeinderats zu studieren und dem Geschehen im Fernseher zu folgen. Vor einem halben Jahr hatte er aus heiterem Himmel Herzrhythmusstörungen bekommen, weshalb ihm sein Arzt geraten hatte, sich gesünder zu ernähren und mehr zu bewegen, ansonsten wäre der erste Infarkt nur eine Frage der Zeit. Seitdem servierte ihm seine Frau abends Hasen- und Vogelfutter statt Essen. Anna strickte stumm und kontrollierte mit einem Seitenblick gelegentlich den Fortschritt seiner Mahlzeit.

Die Europäische Zentralbank zauberte einmal mehr irgendwelche Fiskaltricks aus dem Hut, um die abrutschenden Krisenländer der EU zu stützen und Deutschland noch mehr Schulden aufzuhalsen.

In Angola war ein Flugzeug abgestürzt. Oder war es Aserbaidschan?

In der JVA Schwalmstadt entließ man mithilfe eines Großaufgebots der Polizei drei Sträflinge, um sie zu einem ehemaligen Altersheim im Frankfurter Stadtteil Schwanheim zu bringen. Rund um das Gebäude hatte sich eine Menschenkette gebildet – die Anwohner wehrten sich mit allen ihnen zur Verfügung stehenden Mitteln gegen den Zuzug der Männer. Der Moderator kündigte eine Liveschaltung zum Ort des Geschehens an.

Kiefer biss in ein Radieschen und sah auf.

Eine Frau mit leuchtend buntem Schal und einem Kleinkind auf dem Arm ereiferte sich mit verzerrtem Gesichtsausdruck. »Keine hundertfünfzig Meter von hier befindet sich ein Kindergarten! Mein Gott, was da passieren kann!«

Kiefer wunderte sich, warum der Knirps um diese Uhrzeit noch nicht im Bett lag.

»Aber diese Männer werden doch vierundzwanzig Stunden lang von der Polizei überwacht«, gab der Reporter zu bedenken.

»Wir sind eine eingeschworene Gemeinschaft. Für Kinderschänder ist hier kein Platz. Die sollen sich woanders häuslich niederlassen!«

Der Reporter lauschte einer Ansage über Kopfhörer und machte eine abwartende Geste: »Wie ich gerade höre, gab es einen Zwischenfall vor der JVA, bei dem einer der Männer angefahren und verletzt wurde. Hier ein Einspieler.«

Ein paar undeutliche Bilder folgten – im Dunkeln war kaum mehr zu erkennen als Schatten, dann flackerten Lampen auf und jemand humpelte davon, ein Taschentuch gegen die Stirn gepresst.

Es gab eine Konferenzschaltung mit einem Reporter vor Ort nebst Diskussionen und Spekulationen darüber, wie schwer der Mann, der nur Wolfgang T. genannt wurde, verletzt war. Und das Versprechen, die Zuschauer auf dem Laufenden zu halten.

Annas Stricknadeln gönnten sich eine kurze Pause. »Der Ärmste.«

Kiefer schnaubte verächtlich. »An die Wand stellen sollte man die Kerle. So hat man das früher gemacht, kurzen Prozess, zack – Rübe runter.«

»Trotzdem tut er mir leid. Der hatte furchtbare Angst, das hat man ganz deutlich gesehen.«

»Angst hatten auch die, die der unter die Erde gebracht hat.«

»Angeblich war er kein Mörder, sondern ein Heiratsschwindler.«

»Quatsch, einen Heiratsschwindler sperren die doch nicht zwanzig Jahre weg.« Tobin betrachtete versonnen einen Paprikastreifen.

»Eine Viertelmillion kostet es im Jahr, diese Arschlöcher rund um die Uhr zu bewachen. Zweihundertfünfzig Mille. Das zahle ich alles mit meinen Steuergeldern!«

»Ausgerechnet du«, mokierte sich Anna, bevor das Klappern der Stricknadeln wieder einsetzte.

Kiefer legte den Paprikastreifen angewidert in die Schüssel zurück. Während er über Annas Kommentar nachsann, betrachtete er auf dem Bildschirm die verschwommenen roten Rücklichter des Busses, der von Nacht und Nebel verschluckt wurde, gefolgt von Streifenwagen, Fernsehübertragungswagen, Privatfahrzeugen. Eine verdammte Karawane setzte sich da Richtung Frankfurt in Bewegung.

»Gott sei Dank sind wir von so was verschont geblieben«, sagte Anna.

»Denen würden wir in Scheelbach schon Beine machen«, meinte Tobin. »So etwas gibt es nur in der Stadt.«

Seufzend schob er die Schüssel beiseite. Den Rest sollten die Hasen im Stall hinter dem Haus fressen. Für die hatte Gott das Grünzeug ja auch gemacht.

*

Nora saß vor dem Fernseher und sah ebenfalls Nachrichten. Ceyda war vor ein paar Stunden zu einem weiteren Nachtdienst in der Uniklinik aufgebrochen. Nora hatte den Staubsauger angeworfen, aber immer wieder unterbrochen, weil sie fürchtete, das Telefon zu überhören. Zum Beispiel einen Anruf von Bruno Albrecht. Aber das Telefon blieb stumm. Also hatte sie sich frustriert im Pyjama mit einer Tasse Tee auf die Couch gelegt und die schlechte Laune und Unentschlossenheit der letzten Tage noch durch Grübelei untermauert.

Dann hatte sie den Fernseher eingeschaltet. Und war aus allen Wolken gefallen.

Sie sah, wie Tibursky vor einen Ü-Wagen lief und nur aufgrund der Wachsamkeit seines Schutzengels mit ein paar Schrammen davonkam.

Sie sah, wie Rosens schreckgeweitete Augen hinter einem Autofenster in die Welt hinausspähten, während der Bus mit aufheulendem Motor an einem Pulk Reporter vorbeischoss.

Und sie sah, wie der Gefängnisdirektor Dr. Rauch den wartenden Journalisten die immer gleichen lapidaren Fragen beantwortete: was Rosen gerne zum Frühstück aß, ob es im Gefängnis einen Friseur gab, wann damit zu rechnen sei, dass Lefeber das nächste Kind umbrachte.

Das Telefon klingelte. *Anrufer unbekannt.*

Nora nahm ab.

»Frau Winter?«

»Ja bitte? Mit wem spreche ich?«

»Radio 106.6 – Frau Winter, warum haben Sie als Sachverständige der Entlassung dieser drei Schwerverbrecher zugestimmt?«

»Woher haben Sie meine Nummer? Wer sind Sie?«

»Sie sind live auf Sendung.«

»Das ist mir egal. Geben Sie mir sofort Ihren Vorgesetzten.«

Die Verbindung wurde unterbrochen. So ein Affe!

Nora brummte der Schädel. Am liebsten hätte sie sich umgehend ins Bett verkrochen. Das Telefon klingelte erneut, doch es war wieder nicht Bruno. Nora zog den Stecker aus der Wand. Und riskierte einen weiteren Blick auf den Fernseher.

Die Fahrzeuge hatten inzwischen offensichtlich ihr Ziel erreicht. Im Schritttempo fuhren sie auf das verlassene Gebäude zu, das von einem Dutzend Scheinwerfer in gleißendes Licht getaucht war.

Nora erkannte das ehemalige Seniorenheim in Schwanheim auf Anhieb. Maningnings demenzkranker Vater war dort einige Jahre bis zu seinem Tod untergebracht gewesen, lange bevor das Haus wegen diverser Pflegeskandale schließen musste und nun auf seinen Abriss wartete.

Offenbar hatte man es einem neuen Zweck zugeführt.

Rund um das Gelände hatte sich eine Menschenkette gebildet. Hunderte Anwohner hatten einander untergehakt, skandierten lautstark irgendwelche Parolen – entweder um die Kälte der Nacht zu vertreiben oder sich angesichts der anrückenden Polizei Mut zu machen. Letzteres schien unbegründet, denn Uniformierte sah man nur wenige, und sie schienen mehr mit sich selbst beschäftigt als mit der Deeskalation der Situation. Die Augen der Demonstranten glänzten im Fackelschein. Sie waren von der Rechtmäßigkeit ihres Anliegens voll überzeugt.

Plötzlich beschlich Nora der Verdacht, dass man die Unterkunft der Männer inmitten einer engagierten Nachbarschaft mit voller Absicht gewählt hatte. Die Bewohner würden jeden Schritt von Lefeber, Rosen und Tibursky mit Argusaugen verfolgen. Die Überwachung würde daher ein Kinderspiel sein. Aber vielleicht sah sie schon Gespenster.

Als die Wagen anrollten, schwoll der Sprechgesang zu einem ohrenbetäubenden Gebrüll an.

Wir sind Aussätzige. Niemand will uns in seiner Nähe haben. Lefebers Worte schwirrten in Noras Kopf herum.

Auf einmal gab es einen dumpfen Schlag, dann ein Klirren, Reifen quietschten, die Kamera wurde herumgerissen: Irgendetwas Hartes flog gegen die hintere Seitenscheibe eines der Busse. Das Geschoss, vielleicht ein Stein, prallte vom Sicherheitsglas ab, Risse durchzogen die Scheibe wie ein Spinnennetz.

Im Hintergrund hörte Nora das Johlen und Klatschen der Menge. Sie erwartete, dass die Polizei einen Kordon rund um die Wagenkolonne bilden würde. Aber nichts geschah. Vielmehr lief jemand mit einer Fackel vorbei; im Feuerschein, der vom Glasmosaik der gerissenen Scheibe hundertfach reflektiert wurde, war sein Gesicht zu einer Fratze verzerrt.

Nora sprang vom Sofa auf. Das war ja nicht auszuhalten. Sie konnte unmöglich tatenlos zusehen, wie die Situation aus dem Ruder lief. Unangekündigt vor dem Altersheim aufkreuzen und den Kollegen – die offensichtlich damit überfordert waren, ihre Schäfchen beieinanderzuhalten – ihre Hilfe aufdrängen wollte sie jedoch auch nicht.

Nora zog die Visitenkarte hervor, die Dr. Rauch ihr bei ihrem letzten Besuch überreicht und auf der Rückseite handschriftlich mit einer Handynummer ergänzt hatte. Das Telefon war abgeklemmt, aber ihr Handy funktionierte.

Rauch hob nach dem fünften Klingeln ab. Wenige Augenblicke später hatte Nora erfahren, dass die Situation noch viel schlimmer war, als sie sich im Fernsehen darstellte: Rosen hatte sich geweigert, das Altersheim zu betreten. Man konnte ihn nicht zwingen, dort Unterkunft zu nehmen, er war ab sofort ein freier Mann. In blinder Panik war er – sein Gepäck bei Dr. Rauch zurücklassend – davongelaufen, gefolgt von einem Tross Polizisten, die den Auftrag hatten, auf ihn achtzugeben.

Donnerstag, 31. Oktober

Begemann, der eine Fuhre petrochemischer Katalysatoren zu einer Chemiefabrik nach Wiesbaden brachte, entdeckte den Mann auf der A 66 bei Kilometer sechzehn. Offenbar hatte sich bisher niemand erboten, den Anhalter mitzunehmen. Der Mann war ein Hüne, wog mit Sicherheit mehr als hundert Kilo – der Vogelkäfig, mit einer Decke verhängt, sah wie ein Spielzeug in seinen Pranken aus.

Der Kerl nahm den Daumen herunter und setzte seinen Fußmarsch fort. Hatte er aufgegeben? Er maß jeden Schritt ab, setzte vorsichtig einen Fuß vor den anderen, wie ein

Bergsteiger, der einen gefährlichen Gipfel bezwang und sich keinen Fehltritt leisten konnte, ohne einen tödlichen Sturz zu riskieren.

Vielleicht war der Mann krank.

Oder nicht ganz bei Trost.

Alles in allem ein komischer Kauz, fand Begemann, den die Kollegen ebenfalls für einen komischen Kauz hielten, seit ihnen zu Ohren gekommen war, dass er schon seit Jahren Oboe spielte. Begemann hatte folglich eine Schwäche für Menschen, die nicht ganz bei Trost waren.

Als der Mann mit dem Vogelkäfig noch dreihundert Meter entfernt war, trat Begemann auf die Bremse und brachte den Vierzigtonner neben ihm zum Stehen.

Er ließ die Scheibe auf der Beifahrerseite herunter.

»Wohin soll's denn gehen?«

Die Antwort ließ eine Weile auf sich warten.

»Nach Wiesbaden.«

»Bis Erbenheim kannste mitfahren.«

Begemann hörte es rumpeln, dann schwang die Tür auf und der Vogelkäfig wurde auf den Sitz gehoben. Der Besitzer kletterte hinterher und schloss ächzend die Tür der Fahrerkabine. Dann bedankte er sich verlegen.

Als Begemann in den Rückspiegel sah, entdeckte er mit einigem Abstand einen Streifenwagen der Polizei hinter sich. Begemann überlegte fieberhaft, ob er sich etwas zuschulden hatte kommen lassen, stieß aber nur auf ein reines Gewissen.

Er fuhr los, fädelte sich in den Verkehr ein.

»Anschnallen nich verjessen.«

Sein Fahrgast griff zum Sicherheitsgurt.

»Man lebt jefährlich uff Deutschlands Straßen«, kommentierte Begemann.

Sie fuhren schweigend eine Weile. Aus dem Käfig drang das gedämpfte Klingeln eines Glöckchens.

»Wat is denn da drin?«, sagte Begemann, ohne den Blick von der Straße zu nehmen.

»Willi. Der Willi ist da drin.«

Der Mann nahm die Decke vom Käfig. Innen saß ein grün-gelber Wellensittich und pickte verängstigt unter seinen Flügeln herum.

»Haste sonst keen Jepäck?«

Der Anhalter hauchte gegen das Seitenfenster, malte einen Smiley und sagte: »Meinen Koffer hat der Gefängnisdirektor.«

*

Die beiden Streifenbeamten, die mit nunmehr zwei Autos Abstand dem Lkw folgten, der Rosen aufgegabelt hatte, waren in gleichgültiges Schweigen verfallen. So wie es Menschen tun, die außer einem gemeinsamen Auftrag nichts haben, was sie verbindet.

Der Mann auf dem Beifahrersitz hatte den Ellbogen aufgestützt und massierte alle paar Sekunden seine Schläfen. Dabei ächzte er leise.

Der Fahrer trommelte mit den Fingern im Gleichtakt gegen das Lenkrad und fuhr sich mit der Zunge über die Lippen. Sein Mund fühlte sich trocken an von der Heizungsluft. Das Motorengeräusch machte ihn schläfrig. Sein Kollege und er waren seit halb drei Uhr morgens auf den Beinen. Während er einen Blick auf die Uhr riskierte, dachte er daran, dass seine Frau jetzt wohl gerade die Kinder für die Schule fertig machte.

Keine drei Minuten, nachdem der Lkw Rosen mitgenommen hatte, leuchteten die Bremslichter auf, dann der Warnblinker. Vielleicht ein Stau? Was vor dem Lkw lag, war nicht zu erkennen. Der Anhänger scherte unerwartet nach rechts aus und kam mit einem Ruck auf dem Standstreifen zum Stehen. Die beiden Pkws hinter ihm zogen vorbei, der Fahrer des Streifenwagens stieg in die Eisen. Rosens Koffer rutschte vom Rücksitz und verkeilte sich polternd hinter der

Rückenlehne. Der Streifenwagen verließ ebenfalls die Fahrspur und reihte sich hinter dem Lkw ein. Die beiden Insassen warfen sich einen fragenden Blick zu. Das Adagio, das der Fahrer gegen das Lenkrad trommelte, steigerte sich zum Allegro.

Der Wind trieb Qualmwolken aus dem Auspuff nach vorne. Im Schein der Bremslichter und der Warnblinkanlage waberten sie rot und gelb und versperrten den Polizisten die Sicht.

Die Umrisse von Rosens Gestalt lösten sich aus dem Dunst. Der Polizist auf der Beifahrerseite strich mit der linken Hand über den Verschluss seines Pistolenhalfters. Mit unergründlicher Miene blickte Rosen zum Einsatzwagen herüber, den Vogelkäfig im Arm wie ein Baby. Eine Weile stand er reglos da und starrte auf das Auto und seine Insassen. Aufheulend setzte sich der Lkw in Bewegung und tauchte hinter Rosens massiger Gestalt in den Strom der Pendler auf der A 66 ein.

Der Beifahrer räusperte sich. »Und jetzt?«

»Abwarten«, erwiderte sein Kollege.

Rosen setzte sich in Bewegung, marschierte auf den Wagen zu und klopfte an die Scheibe. Der Beifahrer ließ widerwillig die Scheibe herunter.

»Können Sie mich ein Stück mitnehmen?«

»Haben Sie schon mal'n Taxi mit Blaulicht gesehen?«

»Ich dachte nur. Wenn Sie mir doch sowieso die ganze Zeit hinterherfahren.«

»Das ist unser Job, Herr Rosen: Sie nicht aus den Augen zu lassen. Damit Sie keine Dummheiten machen.«

»Auf Ihrem Rücksitz stelle ich bestimmt nichts an.«

»Trollen Sie sich, Mann. Die hessische Polizei ist kein Taxiunternehmen. Und ich mache Sie darauf aufmerksam, dass Sie sich strafbar machen, wenn Sie die Autobahn nicht bei nächster Gelegenheit …«

»Lass mal gut sein«, würgte der Fahrer die Drohung seines

Kollegen ab. »Steigen Sie ein, Herr Rosen. Wo wollen Sie denn hin?«

Rosen lächelte dankbar und öffnete die Tür zum Fond. Er zwängte sich auf den Rücksitz und schob den Koffer zur Seite.

»Nach Wiesbaden«, sagte er. »In die Schönbergstraße.«

Der Mann auf dem Beifahrersitz schüttelte den Kopf und stöhnte.

*

Die Polizeiakademie Hessen, die das ZPD beherbergte, war eine kasernenartige Ansammlung nüchterner Zweckbauten aus den Siebzigerjahren im Stadtteil Wiesbaden-Dotzheim. Die Büros des Zentralen Polizeipsychologischen Dienstes befanden sich in einem gelb angestrichenen lang gestreckten Bau nur ein paar Schritte von der Pförtnerloge am Haupteingang entfernt, der wegen seiner breiten Flure, der klar geschnittenen Grundrisse und der hohen Decken von innen weit freundlicher wirkte als von außen.

Nora betrat das Gebäude wie jeden Morgen um kurz nach sieben Uhr durch den Haupteingang. Ihre Vorliebe für den frühen Arbeitsbeginn hatte sie aus ihrer Zeit bei der MK5 beibehalten.

Der Empfang war bereits ab sieben Uhr morgens besetzt und der Pförtner wickelte gerade sein Frühstück aus. Als Nora mit einem Nicken an ihm vorbeieilen wollte, winkte er sie zu sich heran.

»Frau Winter vom ZPD?« Der Mann mit dem Walrossschnurrbart und dem tadellos gebügelten Uniformhemd sah sie verschwörerisch an. »Sie haben Besuch.«

»Um fünf Minuten nach sieben?«, fragte sie erstaunt.

Der Pförtner deutete auf die Besucherstühle hinter einem angedeuteten Sichtschutz.

Heinz Rosen hatte sich in einen der Freischwinger gequetscht und schaukelte vor und zurück. Den Vogelkäfig hatte er auf dem Schoß, neben ihm stand ein großer schwarzer Rollenkoffer. Ein paar Stühle weiter saßen zwei Streifenbeamte und beobachteten die Szenerie mit süffisanter Miene. Der Kleinere der beiden gähnte herzhaft.

Als Rosen Nora entdeckte, versuchte er ein Lächeln, das aussah, als wäre ihm unlängst jemand auf die Zehen getreten.

Nora stellte ihre Aktentasche ab. Was um Himmels willen wollte der Mann hier an ihrem Arbeitsplatz?

»Guten Morgen, Herr Rosen. Wollen Sie etwa zu mir?«

Rosen bot ihr die Hand zum Gruß. Sie war groß und klobig, jedoch angenehm warm.

»Haben Sie Herrn Rosen hergebracht?«, wandte Nora sich an die Polizisten.

»Nur die letzten paar Kilometer. Wir haben ihn auf der Autobahn aufgegriffen«, erwiderte der größere der beiden, ein knochiger Mann, der unablässig mit den Fingern auf sein Knie trommelte.

»Sie haben gesagt, wenn ich Hilfe brauche, darf ich mich bei Ihnen melden«, meinte Rosen kleinlaut.

»Richtig, das war, als Sie in der JVA saßen«, erklärte Nora. »Sie haben doch einen Bewährungshelfer, Herrn Neumann, kümmert der sich nicht um Sie?«

»Die wollen uns in dieses Altersheim sperren, ein riesengroßes, verlassenes Haus. Nur für uns drei. Und draußen überall Menschen, die uns hassen, die uns vertreiben wollen.«

»Die Polizei beschützt Sie vor diesen Leuten. Und Adam Lefeber, der kümmert sich doch auch um Sie.«

Rosen senkte den Kopf und starrte zu Boden. »Ich habe Angst. Vor dem Haus. Vor den Leuten. Und vor der Polizei.«

»Ich gehöre auch zur Polizei.«

»Ja, aber ...« Seine Stimme versagte. Wie ein Häufchen Elend drückte er sich noch ein wenig tiefer in den Sitz. Seine Schultern zuckten. Gleich würde er in Tränen ausbrechen. »Kann ich ... nicht bei Ihnen ...?«

»Bei mir was?«

»Bei Ihnen wohnen«, schniefte er.

Nora hörte den kleineren der beiden Polizisten lachen. Doch nach Scherzen war ihr nicht zumute. Sie warf dem Uniformierten einen Blick zu, dass ihm das Lachen verging.

»Herr Rosen, deswegen sind Sie von Frankfurt nach Wiesbaden gekommen?«

»Ich kann für Sie kochen. Ich bin ein guter Koch.«

»Ich brauche keinen Koch, Herr Rosen! Und es kann keine Rede davon sein, dass Sie bei mir wohnen!« Nora war laut geworden. Ihre Stimme erzeugte einen Widerhall in der Eingangshalle und ein paar Kollegen, die gerade das Gebäude betreten hatten, sahen interessiert herüber.

»Tut mir leid, ich wollte Sie nicht anschreien.« Nora schloss die Augen, aber als sie sie wieder öffnete, saß Rosen immer noch reglos da, den Blick zu Boden gerichtet. Aus irgendeinem Grund fand sie seine Unterwürfigkeit noch schlimmer, als wenn er wütend geworden wäre.

»Die Herren bringen Sie sicher gerne nach Frankfurt zurück. Sie und Ihren Vincent.«

»Willi.«

»Von mir aus auch Willi.«

Kopfschütteln.

»Möchten Sie lieber, dass ich Sie zurückfahre?«

Abermals Kopfschütteln.

»Kann ich denn sonst irgendetwas für Sie tun, Herr Rosen?«

Schulterzucken. »Wenn ich nicht zu Ihnen kommen kann.«

»Nein, können Sie nicht.«

Rosen machte keinerlei Anstalten, zu gehen.

Nora überlegte fieberhaft, was sie unternehmen konnte, um die Situation zu entschärfen. »Also gut. Ich schlage Ihnen Folgendes vor: Sie fahren zurück nach Frankfurt und ich komme noch diese Woche zu Ihnen und Ihren beiden Kollegen. Wir setzen uns mit Herrn Neumann zusammen.

Vielleicht können wir gemeinsam eine andere Unterkunft für Sie finden, die Ihnen besser gefällt.«

Rosen schüttelte energisch den Kopf.

Was für ein unglaublicher Dickschädel! »Tut mir leid, Herr Rosen. Wenn Sie sich nicht helfen lassen wollen, kann ich auch nichts für Sie tun. Leben Sie wohl.« Nora nahm ihre Aktentasche und begab sich auf den Weg zum Fahrstuhl. Kurz bevor sich die Türen schlossen, sah sie noch einmal zum Wartebereich hinüber. Rosen saß in derselben Haltung da, in der sie ihn zurückgelassen hatte. Er tätschelte den Vogelkäfig. Und schaukelte monoton vor und zurück.

Vor und zurück.

Vor und zurück.

Um kurz vor zehn verließ Nora ihr Büro, um eine Kaffeepause einzulegen. Dazu musste sie nicht zwingend an der Pforte vorbei, aber sie wollte sich, zu ihrer eigenen Beruhigung, überzeugen, dass Rosen und seine Begleiter verschwunden waren. Bestimmt waren sie längst zurück in Frankfurt. Sie fuhr mit dem Fahrstuhl ins Erdgeschoss. Als sich die Türen öffneten, beschleunigte sich ihr Herzschlag.

Rosen saß immer noch auf seinem Stuhl. Der lange Polizist blies seinen Kaffeedampf weg, sein Kollege blätterte in einer BILD-Zeitung. Als Nora aus dem Fahrstuhl trat, hellte sich Rosens Miene auf. Demonstrativ ging sie an ihm vorbei, nickte ihm und seinen Begleitern zu, ließ sich aber nicht auf ein Gespräch ein.

Nach der Mittagspause spähte sie kurz um die Ecke und sah Rosen und die Bewacher unverändert auf ihrem Platz. Der Kleine hatte sich zur Abwechslung in ein Rätselheft mit Sudokus vertieft. Nora machte einen großen Bogen um die Eingangshalle.

Um kurz vor sechs klingelte Noras Telefon – die Pforte.

»Frau Winter, wir machen jetzt hier unten dicht.«

»Ja?«, antwortete sie verwirrt, begriff nicht, worauf ihr Gesprächspartner hinauswollte.

»Würden Sie noch einmal mit Ihrem Besucher reden?«

Rosen war also immer noch da. Meine Güte, der Kerl hatte wirklich Sitzfleisch.

»Moment, ich bin sofort unten.« Nora packte eilig ihre Sachen und verließ das Büro. Diesmal nahm sie statt des Aufzugs die Treppe, in der Hoffnung, mit der Bewegung die aufkeimende Nervosität abzubauen. Sie hatte nicht die geringste Vorstellung, was sie mit Rosen anfangen sollte.

Die beiden Uniformierten hatten sich am Nachmittag in zwei Zivilbeamte verwandelt – eine junge Frau mit gegelter Stachelfrisur und ein behäbiger Schnauzbartträger mit Siebzigerjahre-Koteletten, dunkelbrauner Lederjacke und dichter Wolle auf den Handrücken.

Rosen war auf dem Stuhl eingenickt. Er blinzelte und gähnte herzhaft, als Nora ihn ansprach. »Herr Rosen, Sie müssen jetzt gehen. Wir schließen.«

Er blickte sie an wie ein Hund, der etwas angestellt hatte und eine Gardinenpredigt erwartete. Doch Nora war sicher, dass der Mann sich keiner Schuld bewusst war. Sie ließ sich nicht erweichen. Gewiss tat er ihr leid, aber sie wusste, wenn Sie ihm auch nur einen Strohhalm bot, würde er sich an ihn klammern wie ein Ertrinkender. Ein hundertzwanzig Kilo schwerer Ertrinkender, der sie in seiner Panik unter Wasser ziehen und ihr gefährlich werden konnte.

»Herr Rosen? Haben Sie gehört, was ich gesagt habe?«

Er nickte beklommen. Sie gab seinen Bewachern ein Zeichen.

Die Kollegen erhoben sich von ihren Sitzen. »Kommen Sie, Rosen. Hier ist jetzt Schicht im Schacht.«

Mit einem Ächzen und der Hilfe der Beamten hievte er sich aus dem Sitz. Nachdem er Nora einen letzten Blick zugeworfen hatte, stapfte er wie ein geprügelter Hund zur Tür hinaus. Der Rollenkoffer stand noch in der Besucherecke. Die Polizistin mit der Stachelfrisur verdrehte die Augen, packte ihn am Griff und fragte Nora, wo Herr Rosen nun die Nacht verbringen sollte.

»Probieren Sie es im *Biwak* in der Rheinstraße. Das ist eine Notunterkunft der Diakonie.«

Die Polizisten hefteten sich an Rosens Fersen und Nora folgte ihnen. Rosen stand ein paar Schritte neben ihrem grünen Mini. Nora verfluchte ihren Fernsehauftritt, bei dem auch ihr fahrbarer Untersatz zu sehen gewesen war.

Schweigend beobachtete er, wie Nora in den Wagen stieg, den Motor anließ und rückwärts aus der Parklücke stieß. Er sah sie nur stumm an, mit vorwurfsvollem Blick, der ihr im Rückspiegel folgte, bis sie das Gelände verließ und in die Schönbergstraße einbog.

Erleichtert atmete Nora auf. Doch als sie an diesem Abend beim Zähneputzen in den Spiegel sah, hatte sie das Gefühl, als folgte ihr Rosens stummer Vorwurf auf Schritt und Tritt.

*

Es klopfte an der Tür von Tobin Kiefers Büro, das sich im ersten Stock des Verwaltungsgebäudes von *Kieferbräu* befand. Einen Augenblick später stand Henk Wawerzinek vor dem dunklen Eichenschreibtisch und knetete nervös die Kappe, mit der er seine Glatze vor der Kälte zu schützen pflegte.

Der kleine Finger der linken Hand steckte in einem unförmigen Verband, der an den Rändern bereits ausfranste und speckig aussah. Beim Spannen der Fallen am Wochenende hatte sich einer der Verschlüsse unverhofft gelöst. Es grenzte an ein Wunder, dass Wawerzinek für seine Unachtsamkeit nur mit dem ersten Glied seines kleinen Fingers bezahlt und nicht, wie von Kiefer aufgrund des ohrenbetäubenden Schreis befürchtet, den kompletten Unterarm eingebüßt hatte. In diesem Fall hätte Kiefer einen neuen Braugehilfen einstellen müssen.

»Ich hoffe, es ist was Dringendes«, brummte er und spähte

kurz am Bildschirm vorbei, während er lustlos an einer Excel-Tabelle herumtippte.

»Es geht um die Wahlen, Scheff.«

»Die Politik bleibt draußen vor dem Werkstor, Henk.«

»Weiß ich doch. Aber anders kommt man ja nich an dich ran. Dauert auch nich lange.«

Seufzend ließ Kiefer von der Tabelle ab. »Also was?«

»Die Kameraden und ich ...«, Henk druckste herum, »... also unsere Gruppe, wir wollen einen Kandidaten für den Gemeinderat aufstellen.«

Kiefer verschluckte sich vor Überraschung und hustete. »Einen Gemeinderatskandidaten?«, wiederholte er, nachdem er sich wieder gefangen hatte.

»Wieso nich? Unsere Gruppe will sich für die Belange der heimischen Bevölkerung einsetzen«, sagte Wawerzinek mit einem schiefen Grinsen. Sein lädiertes Gebiss wies verschiedene Brauntöne auf.

»Aus welcher Wahlkampagne hast du den Spruch denn geklaut?«

»Wir wollen verhindern, dass sich hier noch mehr von diesen Muftis ansiedeln«, fuhr sein Mitarbeiter tapfer fort.

»Aha, die Dönerbude habt ihr ja schon sehr erfolgreich verhindert. Schade eigentlich, denn ab und zu esse ich das türkische Zeug ganz gerne.«

»Dann fahr doch nach Großwallstadt, da gibt's die besten.«

Kiefer grinste: »Na, ihr seid mir ja saubere Nationalisten. Die Türken aus dem Dorf verjagen und dann in der Kreisstadt Döner essen gehen.«

»Die können sich ansiedeln wo sie wollen ...«, erwiderte Wawerzinek mit einem unschuldigen Schulterzucken.

»... nur nicht bei uns«, ergänzte Kiefer den Satz. »Und was habe ich mit der ganzen Geschichte zu tun?«

»Wir brauchen deine Hilfe. Wenn du als angesehener Bürger unsere Kandidatur offiziell unterstützt, sitzen wir praktisch schon drin im Gemeinderat.«

Fassungslos lachte Kiefer auf. »Das ist nicht dein Ernst, oder?«

»Also, ehrlich gesagt, schon.«

»Was meinst du wohl, was mit meinem Umsatz passiert, wenn herauskommt, dass *Kieferbräu* Rechtsradikale unterstützt?«

»Wir sind keine Rechtsradikalen.«

»Ach nein? Sich im Hinterzimmer vom *Kalb* treffen und das Horst-Wessel-Lied grölen, wie würdest du das denn sonst nennen?«

»Wir sind national gesinnt. Und bewahren deutsches Kulturgut. Das Horst-Wessel-Lied singen wir außerdem gar nicht.«

»Kommt jedenfalls nicht infrage, gemeinsame Sache mit euch zu machen. Es wird schon genug getuschelt, weil du hier arbeitest. Als Ortsvorsteher kann ich mir das Gerede nicht leisten. Und als Unternehmer erst recht nicht. Richte das deinen ›Kameraden‹ aus.«

»Wir ...«

»Das war mein letztes Wort, Henk. Noch was?«

Henk stand unschlüssig da. Er strich sich nervös über die Glatze. Tobin konnte sich denken, dass er nicht gerade erpicht darauf war, seinen Nazikumpels die schlechte Nachricht zu überbringen. Er genoss es, zuzuschauen, wie Henks Spatzengehirn auf Hochtouren arbeitete.

»Henk?«

Sein Braugehilfe stampfte einmal kurz mit dem Fuß auf, eine Art unterdrückter Wutausbruch, dann verließ er wortlos das Büro und knallte die Tür hinter sich zu.

Freitag, 1. November

Nora fühlte sich wie gerädert. Selbst im Schlaf hatte Rosen sie noch verfolgt. In ihrem wirren Traum war er in der Küchentür aufgetaucht, ein Silbertablett in der Hand, und hatte den Deckel hochgehoben, in dem sich sein feistes Grinsen spiegelte. Auf dem Tablett lag in einer Blutlache ein abgetrennter menschlicher Kopf. Ceyda Barans Augen und Mund waren in stummem Entsetzen aufgerissen.

Nora war aus dem Schlaf hochgeschreckt, hatte ein Glas Wasser getrunken und noch lange wach gelegen, innerlich fröstelnd.

An diesem Morgen kämpfte sie sich trotz Kopfschmerzen und Erschöpfung durch den morgendlichen Stau nach Wiesbaden vor. Sie hoffte, der Tag würde sie so vereinnahmen, dass sie den hünenhaften Mann und seine Verlorenheit schnell vergessen konnte. Aber als sie auf dem Parkplatz des ZPD erneut den Streifenwagen stehen sah, dessen Kennzeichen auf seine Zugehörigkeit zum Frankfurter Polizeipräsidium verwies, kroch die Beklemmung wieder in ihr hoch. Nachdem sie ausgestiegen war, ballte sie die Fäuste, spürte dem Kribbeln nach, bis sie sich ruhiger fühlte, und eilte dann entschlossen auf den Eingang zu. Sie steuerte direkt die Besucherecke an.

Noch bevor Rosen einen Ton von sich geben konnte, ergriff einer der beiden Polizisten das Wort. »Wenn er Sie belästigt, Frau Kollegin, dann …«

»Schon gut«, entgegnete Nora, während sie Rosen von oben bis unten musterte. Der Mann sah, man konnte es nicht anders sagen, zum Kotzen aus. Zu seiner ohnehin schon teigigen, ungesunden Gesichtsfarbe gesellten sich nun noch dunkle Augenringe und ein Geruch wie von einem Sack ungewaschener Kleidung.

»Sie sind ja ganz schön hartnäckig«, sagte Nora, doch es klang weniger tadelnd, als sie geplant hatte.

Rosen lächelte schwach. Dann stieß er ein bellendes Husten hervor.

»Haben Sie in der Notunterkunft übernachtet?«

Er schüttelte den Kopf.

»Herr Rosen hat es vorgezogen, die Nacht auf einer Parkbank zu verbringen«, antwortete einer der Polizisten.

Nora schüttelte verständnislos den Kopf und strich sich über das kantige Kinn. »Bei den Temperaturen? Was mache ich denn jetzt mit Ihnen?«

So sehr sie sich auch dagegen wehrte, Rosen tat ihr schlicht und ergreifend leid. Ihn erneut abzuweisen, brachte sie nicht übers Herz. Also schnalzte sie mit der Zunge und sagte: »Haben Sie schon gefrühstückt?« In diesem Moment hätte sie nicht sagen können, wer dankbarer dreinschaute: Rosen oder seine beiden Bewacher.

Eine halbe Stunde später standen auf dem Tisch in der Cafeteria benutztes Frühstücksgeschirr, eine leere Kaffeekanne und ein Vogelkäfig. Rosen hatte sich nicht dazu bewegen lassen, Willi auf dem Boden abzustellen.

»Nur noch mal zur Erinnerung, Herr Rosen, damit Sie sich keine falschen Hoffnungen machen: Sie werden *nicht* bei mir wohnen und *nicht* für mich kochen.«

Rosen nickte ergeben, er ahnte, dass das noch nicht das Ende der Geschichte war. Nora ließ sich die Nummer von Rosens Bewährungshelfer geben und als der ihr erklärte, dass er Rosen unmöglich so kurzfristig in einer Wohngruppe oder sogar in einer eigenen Wohnung unterbringen konnte, wählte sie eine weitere Nummer.

Ihr Gesprächspartner ging gleich beim ersten Klingeln ran. Während des gesamten Gesprächs ließ Nora Rosen nicht aus den Augen.

»Ich bin es, Nora. Ich möchte dich um einen Gefallen bitten.« Nach einer Pause fügte sie hinzu: »Einen großen Gefallen.«

Eine Angestellte der Cafeteria räumte das Geschirr ab, dabei fiel ein Löffel zu Boden. Rosen bückte sich und reichte ihn der kleinen korpulenten Frau in der hellblauen Uniform. Die Frau bedankte sich erfreut. Rosen mied ihren Blick.

»Ich möchte dich bitten, für ein paar Tage einen Bekannten von mir aufzunehmen. Eine Übergangslösung, bis wir eine endgültige Unterkunft gefunden haben.«

Nora lauschte der Stimme am anderen Ende der Leitung, dann sagte sie: »Der Mann ist«, sie räusperte sich, »völlig harmlos.«

Die beiden Polizisten warfen sich einen vielsagenden Blick zu.

»Habe ich harmlos gesagt? Nein ich meinte, er ist ganz normal. Hör zu, kann ich ihn heute noch vorbeibringen? Wie wäre es mit – jetzt gleich? Ich weiß, es ist ein bisschen plötzlich, aber du bist der Einzige, der mir im Moment helfen kann.«

Nora sagte noch ein paar Mal »Ja«, »Nein« und »Natürlich«, dann beendete sie das Gespräch und steckte das Handy endgültig in die Tasche.

»Haben Sie fertig gefrühstückt?«, wandte Nora sich an Rosen. »Ich werde Sie bei einem Freund unterbringen. Für ein paar Tage, bis wir einen Platz im Wohnheim für Sie gefunden haben.«

Rosen strahlte sie dankbar an.

»Siehst du, Willi«, sagte er zu seinem Wellensittich, »ich hab dir doch gesagt: Die gute Frau Doktor Winter lässt uns nicht im Stich.«

*

Dreiundfünfzig. Zwei. Vier.

Dreiundfünfzig Schritte vom Auto bis zur Haustür. Frau Doktor Winter klingelt zwei Mal. Vier Treppen bis zur Wohnung.

G. Richter steht am Klingelschild. Ein schwarzes Kunststoffband, die Rückseite mit Klebefilm beschichtet, mit weißen, reliefartig geprägten Großbuchstaben. Man stellt sie mit einer Beschriftungsmaschine her, eine von der Art, die sie auch in der JVA haben. Wenn man die Hebel zusammendrückt, kann man gleichsam fühlen, wie sich die Buchstaben in das weiche Plastik pressen, bevor sie sich schmatzend daraus lösen.

Rosen hat mehrere Hundert Plastikbehälter für Lebensmittel mit einer solchen Maschine beschriftet und die Arbeit hat ihm bei aller Eintönigkeit immer Spaß gemacht. Wie aus der schwarzen Leere Namen und Bezeichnungen auftauchten, dieser Gedanke fasziniert ihn noch heute. Das Klingelschild von *G. Richter* erinnert ihn daran und verleiht ihm ein gutes Gefühl.

Der Mann in der Tür ist glatt rasiert, vierschrötig, breitschultrig, hochgewachsen – beinahe so groß wie Rosen selbst. Seine Miene wirkt, was Rosen nicht überrascht, wenig einladend. Beim Anblick der beiden Besucher flackert so etwas wie Erkennen in seinen Augen auf, bevor er seine Arme vor der muskulösen Brust verschränkt.

»Das hättest du mir sagen müssen, Nora.«

Die gute Frau Doktor setzt ein schuldbewusstes Gesicht auf. »Hättest du mir dann überhaupt die Tür geöffnet? Oder ihm?«

Rosen möchte am liebsten umkehren. Hier ist er nicht erwünscht. Vielleicht kann er doch bei Frau Doktor unterkommen? Er ahnt, dass ein Vorstoß in dieser Richtung auf wenig Gegenliebe stoßen wird.

»Du und dein verdammtes Mitgefühl«, schimpft Richter. »Wenn du so weitermachst, hast du bald die halbe Frankfurter Unterwelt unter deine Fittiche genommen.«

»Dürfen wir trotzdem reinkommen?«

Nach kurzem Überlegen gibt Richter den Eingang frei, geht mit großen Schritten in Richtung Gästezimmer voran.

Er klopft auf das frisch bezogene Bett. »Eine Woche. Keinen Tag länger.«

»Vielen Dank, Gitte, ich weiß deine Hilfe wirklich zu schätzen.« Nach einem überraschten Blick auf ihre Armbanduhr verabschiedet sich Nora von Rosen und Richter und eilt zur Wohnungstür hinaus.

Richter sieht ihr auffallend lange nach. Er öffnet die Türen des schmucklosen Kleiderschranks in dem gleichermaßen schmucklosen Raum.

»Hier können Sie Ihre Sachen einräumen.«

»Danke«, sagt Rosen, und noch einmal »Vielen Dank«. Doppelt hält besser. Er muss sich zusammenreißen, um nicht gleich wieder in Tränen auszubrechen. Rosen sieht sich im Zimmer um. In der Ecke ein alter Sekretär mit einem Computer und mehren Papierstapeln; Rosen glaubt zumindest, dass es sich um einen Computer handelt, er kennt so ein Gerät nur aus dem Fernsehen. Der Raum ist höchstens zehn Quadratmeter groß, das sind drei mehr als in der JVA; die Tapeten an den Wänden sehen aus, als seien sie vor dreißig Jahren angebracht worden. Ein Jugendbett, der Sekretär mit Schreibtischstuhl und der Kleiderschrank sind die einzigen Möbelstücke. An der Wand über dem Bett hängt ein verblichenes *Star-Wars*-Plakat. Rosen denkt an die Chewbacca-Puppe im Seitenfach des schwarzen Rollenkoffers und spürt zum ersten Mal, seit er das Gefängnis verlassen hat, wie die Anspannung abflaut.

Als hätte Richter seine Gedanken gelesen, sagt er mit einem drohenden Unterton: »Bis nächsten Freitag, dann sind Sie wieder weg.« Sein Blick ist genauso frostig wie seine Stimme.

Dann fügt er eine Spur freundlicher hinzu: »Kaffee?«

Rosen nickt und streicht mit der flachen Hand über das frisch gewaschene Bettzeug. Doch so etwas wie ein Zuhause. Für ein paar Tage wenigstens.

Auf dem Fensterbrett steht ein Kaktus mit einer zartgelben Blüte. Erst jetzt nimmt Rosen das Fenster bewusst wahr. Ein Fenster mit Griff und ohne Gitter. Es drängt ihn, den Himmel zu sehen, ohne trennende Glasscheibe zwischen ihm und dem Blau. Rosen öffnet das Fenster, es klemmt und die Scharniere knirschen. Von draußen fährt ein eisiger Windstoß herein, zwei gelbe Lindenblätter wehen durch die Öffnung, bleiben auf der Fensterbank liegen.

Rosen stützt sich auf das Fensterbrett, lehnt sich hinaus, reckt die Nase zum Himmel empor und schnuppert. Die Außenluft mischt sich spürbar mit der Wärme und dem Menschengeruch im Innern des Raumes, er lehnt sich weiter aus dem Fenster, will die Luft unverfälscht genießen und stellt sich die Frage, wer und was dieser Richter für die gute Frau Doktor sein mag.

Noch weiter lehnt er sich hinaus, doch in dem Moment, als er aus dem Gleichgewicht zu geraten droht, zieht ihn eine kräftige Hand zurück und Richter sagt: »Der Kaffee ist fertig.«

Später sitzen sie sich schweigend am Küchentisch gegenüber. Rosen pustet, der Kaffee ist so heiß. Sein Gastgeber macht ein finsteres Gesicht.

Rosen will gut Wetter machen. »Sind Sie ihr Freund?«

»Wessen Freund?«

G. Richter weiß durchaus, was Rosen meint, er sieht es an seinen Augen, aber er stellt sich dumm. Sicher hat er einen guten Grund dafür. Wie kommt Rosen aus dieser Nummer wieder heraus?

»Ach nichts«, sagt er.

»*Wessen* Freund?«, wiederholt Richter mit Nachdruck.

»Der Freund der … Frau Doktor.«

Richter sieht ihn belustigt an: »Sie ist keine Ärztin.«

»Für mich ist sie eine.«

»Ich bin *ein* Freund. Nicht *ihr* Freund«, sagt *G. Richter* und blickt auf die Uhr. »Ich muss los.« Er nimmt sein Jackett von der Lehne und stellt die Kaffeetasse ins Spülbecken, in den knisternden Schaum. »Die Schubladen zu durchstöbern, können Sie sich übrigens sparen, hier gibt es keine Wertsachen.«

Rosen spürt Hitze aufsteigen, seine Ohren fühlen sich

heiß an vor Scham, sicher sind sie feuerrot. Richter hält ihn offensichtlich für einen Dieb.

»Und wenn Sie die volle Zeit bleiben möchten, mischen Sie sich besser nicht in Angelegenheiten, die Sie nichts angehen.« Ohne ihn eines weiteren Blickes zu würdigen, verlässt *G. Richter* die Küche. Kurz darauf hört Rosen, wie die Wohnungstür ins Schloss fällt.

Er wirft einen Blick auf die Uhr. O Gott, kurz vor elf. Gleich kommen die Nachrichten. Er läuft in sein Zimmer, reißt den Koffer auf, zieht einen altertümlichen Radiowecker heraus und steckt ihn mit fahrigen Bewegungen in die Steckdose neben der Tür. Die roten Leuchtziffern blinken, zeigen *00:00* an. Aus dem Lautsprecher dringt nur ein atmosphärisches Rauschen statt eines menschlichen Tons. Mit klopfendem Herzen sucht Rosen einen Sender, hört endlich ein Zeitsignal und einen Nachrichtensprecher, der von Wahlergebnissen und Brandkatastrophen redet, aber dann auch die drei entlassenen Straftäter erwähnt, die nun alle Welt in Angst und Schrecken versetzen.

Sobald die Verkehrsnachrichten und der Wetterbericht vorüber sind, spürt Rosen, wie ihn eine bleierne Schwere überkommt. Er legt sich auf das Bett und fällt trotz des Kaffees augenblicklich in einen totenähnlichen Schlaf.

*

Das Seniorenheim im Stadtteil Schwanheim und der daran angrenzende Garten, der sich Park nannte, wiesen alle Anzeichen eines schleichenden Verfalls auf. Bäume und Sträucher, seit Jahren sich selbst überlassen, wucherten vor sich hin und machten sich gegenseitig Platz und Sonne streitig. Die Mauern des Gebäudes waren mit wüsten Schmierereien verunstaltet, die Fenstergitter verrostet und auf dem Empfangstresen in der Eingangshalle blätterte bereits die Farbe ab. Die Zimmer, die den Männern zur Verfügung gestellt worden waren, hatte man notdürftig hergerichtet. Jedem war klar, dass diese Unterkunft nur eine Übergangslösung sein konnte.

Tibursky hörte die aufgeregten Stimmen draußen auf dem Gang und wusste, sie bedeuteten nichts Gutes. Er war hundemüde. Obwohl das Geschrei der Demonstranten auf Dr. Rauchs Eingreifen hin zu nachtschlafender Zeit geendet hatte, waren die Anrainer mit Fackeln um das Gebäude gelaufen, bis die Dämmerung anbrach. Sie wollten die Männer zermürben, was ihnen hervorragend gelungen war.

Die bedrohlichen Stimmen im Flur wurden lauter. Einen irrwitzigen Moment lang stellte Tibursky sich vor, wie sie die Tür aufrissen, ihn hinauszerrten, hinunter zum Fluss, und ihn ohne großes Federlesen an einem der Bäume neben dem Radweg aufknüpften. Er würde den Fluss sehen, während er erstickte, immerhin ein tröstlicher Gedanke.

Aber die Stimmen blieben draußen. Sie entfernten sich, eine Tür schlug zu, die Geräusche verstummten. Tibursky sah sich hilflos im Zimmer um. Er musste etwas tun, deswegen ging er zu den vier Umzugskartons, die seine Habseligkeiten enthielten. Lohnte es sich überhaupt, sie auszupacken?

Wenn es nach dem aufgebrachten Mob da draußen ging, würde man sie ohnehin bald fortschaffen müssen an einen anderen Ort. Mit anderen Menschen, die mit ihren Parolen und brennenden Fackeln ihren Protest kundtaten. Bis sie irgendwann eine feste Bleibe gefunden hatten, konnte er die Kisten geschlossen lassen oder am besten gleich auf den Müll schmeißen.

Trotzig riss er den obersten Karton auf, den er vor ein paar Tagen mit einem dicken Rotstift als *Vorsicht! Zerbrechlich!* gekennzeichnet hatte. Ein Haufen Krepppapier quoll ihm entgegen.

Er griff hinein und holte das eingewickelte Bündel heraus, das zuoberst lag. Ein Knirschen ertönte. Es versetzte Tibursky einen Stich. Mit zitternden Händen legte er das

Päckchen auf den Tisch und faltete das Papier auseinander. Er merkte, wie ihn die Kraft verließ, wie immer, wenn eine seiner Kreaturen zu Schaden kam.

Die grüne Baumpython, die Nora Winter ihm abgekauft und nicht mitgenommen hatte, sei es aus Gedankenlosigkeit oder Gleichgültigkeit. Gleich hinter den Augenhöckern war der Kopf vom Körper abgetrennt, die Bruchstellen von einem dumpfen Karmesinrot, ein unnatürlicher Kontrast zum grünen, glänzenden Leib.

Eine Träne fiel auf den Schlangenkopf und Tibursky wischte sich mit dem Handrücken über die Augen. Dabei zog er sich mit der klobigen blauen Armbanduhr einen Kratzer an der Stirn zu. Während er den roten Striemen im Spiegel betrachtete, breitete sich ein pulsierender Schmerz über seinen Brauen aus.

In den Tagen unmittelbar vor seiner Freilassung hatte er oft davon geträumt, wie er – endlich frei – ein Flugzeug der staatlichen brasilianischen Airline TAM besteigen und nach São Paulo fliegen würde. Von dort würde er weiter Richtung Manaus über einem endlosen grünen Meer schweben, bevor die Maschine in die bleierne Hitze rund um den Amazonas eintauchte.

Aber dieses klobige blaue Ding an seinem Arm macht seine Pläne zunichte. Damit würden sie ihn überall aufspüren und einsperren, lange bevor er den Flughafen erreicht hatte. Und die Auflagen waren eindeutig.

Aus der Traum von Südamerika.

Ohne lange zu überlegen, holte er aus und schlug die Uhr gegen den Rand des Waschbeckens. Einmal, zweimal, immer heftiger, bis ihn die Kräfte verließen.

Am Ende fand er sich selbst auf dem Boden wieder, saß da wie ein trotziges Kleinkind und betrachtete die Uhr an seinem schmerzenden Handgelenk, die offenbar keinen Kratzer abbekommen hatte. Mit grausamer Gleichgültigkeit zeigte sie die Zeit an, während sie, unter der unscheinbaren

Oberfläche verborgen, jede Minute per GPS die Koordinaten seines Aufenthaltsortes ermittelte und via Handynetz an einen Zentralrechner weiterleitete.

Tibursky war ein Mensch ohne jegliche Privatsphäre. Und der sich nach der Intimität zurücksehnte, die ihm seine Zelle im Trakt der JVA Schwalmstadt geboten hatte.

*

»Ich hab immer noch kein Geschenk«, sagte Nora, rückte die Sonnenblende über dem Beifahrersitz zurecht, bis sie ihren Mund im Spiegel sah, und zog den Lippenstift nach.

Bruno lächelte und drehte die Lautstärke herunter. *La Bohème*, ein Mitschnitt der Aufführung, die Nora vor ein paar Tagen gemeinsam mit ihm besucht hatte. Die Frankfurter Oper bot diese neue Dienstleistung an: Am Ende der Vorstellung bestellte man und am übernächsten Tag lag eine edel gestaltete, personalisierte Box, die Audio-CD und DVD enthielt, im Briefkasten. Besonders kundenfreundlich – wenn man vom Preis einmal absah.

»Keine Zeit gehabt, etwas zu besorgen?«

»Eher keine Ahnung, was man seinem ehemaligen Chef zum Ausstand schenkt.«

Brunos Landrover Defender pflügte schwerfällig wie ein Raddampfer durch den Frankfurter Abendverkehr, am Architekturmuseum vorbei und über die Untermainbrücke. Hoch droben glänzte in der Abendsonne die typische Bogenform des Dachaufbaus mit dem leuchtend blauen Schriftzug *Oper Frankfurt.*

Sì. Mi chiamano Mimì,
ma il mio nome è Lucia.

Grazia Doronzio sang die Mimi, für ihre grandiose Darbietung hatte man sie am Ende der Aufführung mit Standing Ovations bedacht.

Bruno bog unverhofft ab und brachte den Wagen direkt

neben dem Eingang zur U-Bahn zum Stehen – in der verkehrsfreien Zone. Er riss die Fahrertür auf, erklärte, er sei gleich wieder da und eilte zum Haupteingang.

Nora sah ihm völlig perplex nach. Eine grauhaarige, verwahrlost wirkende Frau schob einen mit Leergut gefüllten Einkaufswagen vorbei, am Griff hingen mindestens drei weitere prall gefüllte Plastiktüten. Direkt neben dem Beifahrerfenster legte sie eine Pause ein, starrte durch die Scheibe, zeigte Nora demonstrativ einen Vogel und setzte sich kopfschüttelnd wieder in Bewegung. Nora schloss die Augen und atmete tief durch.

La storia mia
è breve. A tela o a seta
ricamo in casa e fuori …

Eine Ewigkeit später kehrte Bruno zurück und ließ den Motor an.

»Was war denn das?«, wollte Nora wissen.

»Lass dich überraschen.«

Mehr war ihm nicht zu entlocken, bis sie vor dem Präsidium parkten.

Werner Hartmanns Ausstand fand in der Cafeteria des Frankfurter Polizeipräsidiums statt. Er selbst hatte einen bescheidenen Besprechungsraum in der Nähe seines Büros reserviert, doch als der Polizeipräsident Wind davon bekam, war der Abschied kurzerhand – und gegen Hartmanns Protest – in die weitläufige Halle im ersten Stock verlegt und um ein kaltes Buffet bereichert worden.

Eine kluge Entscheidung, wie sich zeigte: Mehr als hundert Kollegen drängten sich um Häppchen und Getränke und laufend trafen weitere ein. Hartmann kannte fast alle mit Namen, und mit den meisten hatte er während seiner fast vierzigjährigen Laufbahn im Polizeidienst zusammengearbeitet.

Nora bahnte sich ihren Weg durch die Besucher, von denen einige bereits mit geröteten Wangen und glasigen Augen ein wenig zu laut lachten.

Sie entdeckte Hartmann wenige Schritte neben der Bar, an der Seite seiner Frau, in ein Gespräch mit Gideon Richter vertieft. Noras Herz schlug schneller. Sie fasste Bruno, der sich hinter ihr durch die Menschenmenge zwängte, bei der Hand und zog ihn weiter. Weniger aus Sorge, ihn zu verlieren, sondern weil sie Halt bei ihm suchte.

Hartmann und Gitte blickten im selben Moment zu ihr herüber. Während Hartmann sich zu freuen schien, lächelte Gideon Richter nur so lange, bis er den Begleiter in ihrem Schlepptau entdeckte. Die Freude machte einer kühlen Arroganz Platz. Genau diesen Wesenszug hatte Nora vor Jahren als Erstes an ihm kennengelernt, auch wenn sich ihr Bild von ihm später gewandelt hatte.

Gideon starrte auf einen Punkt hinter ihr, fixierte Bruno, und Nora ahnte, dass dieser Blick ebenso herausfordernd erwidert wurde.

Endlich hatten sie sich zu Hartmann durchgekämpft. Sein Anblick stimmte sie wehmütig. Ständig schüttelte ihm jemand die Hand, musste er Small Talk, Gratulationen und Scherze über sich ergehen lassen – nun wo er im Ruhestand sei, könne er endlich Briefmarken sammeln. Nach einem kurzen Schnack ging jeder seiner Wege. Noras ehemaliger Vorgesetzter wirkte in dieser trubeligen Umgebung seltsam deplatziert.

Hartmanns abruptes Ausscheiden aus dem Dienst war nicht geplant. Vor einem Dreivierteljahr war eine seiner erwachsenen Zwillingstöchter nach einem schweren Autounfall ins Koma gefallen, aus dem sie bisher nicht erwacht war. Die Ärzte machten Hartmann und seiner Frau keine großen Hoffnungen, seine Tochter hatte massive Schädelverletzungen davongetragen. Acht Wochen später hatte ihr Exchef seinen vorzeitigen Abschied eingereicht. Er wollte mehr Zeit für seine Familie haben.

In der Zeit bis zu Noras Wechsel ins ZPD hatten sie einige lange Gespräche geführt und Nora hatte das Gefühl, als sei eine unverbrüchliche Beziehung zwischen ihnen entstanden. Zeitweilig hatte sie den Eindruck gehabt, Hartmann besser zu kennen als ihren eigenen Vater.

Nun schloss er sie in die Arme, wie es enge Freunde taten. Als sie kurz zur Seite blickte, entdeckte sie einen Anflug von Neid in Gittes Blick.

»Darf ich vorstellen – Bruno Albrecht, Werner Hartmann.«

Bruno begrüßte Hartmann mit einem festen Händedruck. Dann zog er aus der Innentasche seines Jacketts einen Umschlag, eingewickelt in Geschenkpapier und mit einer Schleife versehen, und reichte ihn Nora, die ein ziemlich überraschtes Gesicht machte.

Bruno zwinkerte ihr zu. »Von Nora und mir.«

Hartmann bemerkte Noras Unsicherheit, nahm aber den Umschlag und öffnete ihn. Zwei Opernkarten für *La Bohème* am übernächsten Freitag. Erster Rang, Reihe eins, Mitte. Der Preis war mit einem schwarzen Balken unkenntlich gemacht, aber Nora wusste, dass die Karten an die hundertvierzig Euro pro Stück kosteten. Hartmann und seine Frau sahen ebenso überrascht aus wie Nora. Jemand pfiff anerkennend.

»Das … ist sehr großzügig.«

Nora brachte kein Wort heraus, aber nahm sich vor, nachher im Auto ein ernstes Wörtchen mit Bruno zu reden.

»Eine hervorragende Aufführung. Nora und ich haben sie letzte Woche angeschaut.«

Nora bemerkte, wie sich Gideons Miene noch mehr verfinsterte. Jetzt kam zum Neid auch noch gekränkte Eitelkeit hinzu. Am liebsten wäre sie vor Scham im Boden versunken.

»Ich meinte gelesen zu haben, dass die Vorstellungen bis Weihnachten restlos ausverkauft sind«, sagte Hartmanns Frau.

»Manchmal hat man Glück und es werden Karten zurückgegeben«, erwiderte Bruno munter.

Nach einem weiteren Blick auf die Eintrittskarten meinte Hartmann: »Eigentlich ist freitags ja immer mein Doppelkopfabend.«

»Das wäre ja noch schöner«, rief seine Frau. »Einmal wirst du wohl auf deine Männerrunde verzichten können, um mit mir in die Oper zu gehen!«

Die Umstehenden lachten und Nora und Bruno wollten sich gerade auf den Weg zum Sektausschank machen, als sie Gideons Stimme in ihrem Rücken vernahm.

»Nora?«

Sie drehte sich um.

»Willst du uns nicht vorstellen?«

Nora wurde heiß. Doch bevor sie antworten konnte, war Bruno schon auf Gideon zugegangen und hatte seine Hand ausgestreckt. Gideon gab sich keine Blöße und erwiderte die Begrüßung, aber sein Blick machte deutlich, dass die Höflichkeit nur Fassade war.

»Du bist auch bei der Polizei?«, fragte Bruno.

»Mordkommission«, antwortete Gideon knapp. »Nora und ich waren eine Weile Kollegen. Aber du bist kein Polizist.«

»Sieht man das?«

»Sagen wir mal, man bekommt einen Blick dafür, wer zum Verein gehört.«

»Ich bin Tierarzt. Mit eigener Praxis in Bockenheim. Mit der Kriminalpolizei hatte ich, bis ich Nora begegnet bin, noch nie zu tun.«

»Was nicht ist, kann ja noch werden«, sagte Gideon und lächelte kühl.

»Ich hoffe nicht«, antwortete Bruno und mimte den Erschrockenen. Er nickte zum Abschied und ließ sich von Nora wegziehen.

Gideon sah den beiden lange nach. Als ihre Köpfe im Gedränge verschwunden waren, stellte er sein Glas ab, sagte zu

Hartmann »Ich bin gleich wieder da« und nahm den Fahrstuhl in den vierten Stock. Die Gänge und Büros waren verwaist, alles, was eine Polizeimarke trug, plünderte Buffet oder Bar, irgendwo klingelte trotzdem hartnäckig ein Telefon.

Richter nahm an seinem Schreibtisch in dem Büro Platz, das früher Werner Hartmann gehört hatte und neben dessen Tür nun ein Schild mit *seinem* Namen an der Wand hing. Er schaltete den Monitor ein. Der Computer lief ohnehin rund um die Uhr und wenige Sekunden später hatte er sich in die Datenbank des Einwohnermeldeamtes eingeloggt und suchte nach *Bruno Albrecht, Tierarzt, Frankfurt-Bockenheim*. Kurz darauf hatte er die vollständige Adresse der Praxis, Steuernummer, Telefonnummer und E-Mail-Adresse sowie Führerscheinnummer herausgefunden und wusste, dass Albrecht zweiundfünfzig Jahre alt, geschieden und kinderlos war und dass er weder Vorstrafen noch Punkte in Flensburg hatte. Beim Blick auf Albrechts Privatadresse stieß er einen Pfiff aus: Der Mann hatte offensichtlich nicht nur einen guten Geschmack, was Frauen betraf, sondern auch das nötige Kleingeld, um sie bei Laune zu halten.

Eine Suche bei Google lieferte außer einer Website der Tierarztpraxis keine nennenswerten Informationen.

Gideon starrte einige Minuten lang auf das freundliche Gesicht von Bruno Albrecht im weißen Arztkittel. Er spielte mit dem Gedanken, auch die übrigen Datenquellen anzuzapfen, die dem Leiter einer Mordkommission offenstanden, doch dann entschied er sich dagegen. Unten tobte das Leben und er würde den Abend nicht damit verbringen, Noras Stecher nachzuspionieren.

Nora hatte ihre guten Vorsätze über Bord geworfen und viel zu viel getrunken. Gideons überhebliches Getue, insbesondere die Art, wie er sie während der Umarmung gemustert hatte, hatte sie so empört, dass sie erst einmal drei Gläser Sekt auf nüchternen Magen hinuntergestürzt hatte. Denen weitere folgten. Bruno hatte nicht als Einziger ihre schlechte Laune zu spüren bekommen – sie hätte sich ebenso gut ein großes Schild mit der Aufschrift *Ihr könnte mich alle mal* umhängen können, sie hätte selbst nicht sagen können, was plötzlich in sie gefahren war. Gegen halb elf schlug Bruno vor, sie nach Hause zu bringen. Nora wusste nicht, ob sie ihm dankbar sein oder in Tränen ausbrechen sollte. Sie entschied sich diplomatisch für Dankbarkeit.

Nun saßen sie im Wagen. Es hatte angefangen zu regnen, in den Wassertropfen an der Scheibe brachen sich die Lichter der Stadt.

»Was sollte das vorhin mit dem Geschenk?«, fragte Nora, Brunos Gesicht von der Seite betrachtend.

»War es dir unangenehm?«

»Es war mir total peinlich. Werner und Gideon haben das auch gemerkt.«

Bruno entschuldigte sich und hüllte sich in Schweigen.

Doch Nora ließ noch nicht locker: »Und das Märchen mit den zurückgegebenen Karten?«

»Einer Polizeipsychologin kann man wohl nichts vormachen …«

Seine Zähne schimmerten in der Dunkelheit. Gleichmäßige weiße Zähne, ein schönes Gebiss. Bruno zeigte es gerne und oft, wenn er lachte.

»Also, wie bist du an die Karten gekommen?«

Eine weitere unangenehme Pause.

»Ich unterstütze das Opernhaus. Darum komme ich günstig an Vorzugskarten.«

»Du … unterstützt das Opernhaus? Meine Güte, deine Tierarztpraxis muss ja ziemlich gut laufen.«

»Eine Erbschaft«, erwiderte Bruno, und das war alles, was er sagte, bis der Wagen vor Noras Tür in der Gartenstraße hielt.

Ein paar Augenblicke lang saßen sie schweigend nebeneinander, Bruno hatte den Motor abgestellt und sah Nora offen ins Gesicht. Schon begannen die Scheiben, von innen zu beschlagen. Bruno streichelte ihren Nacken, fuhr mit dem Daumen über den Flaum und zog sie an sich. Sie küssten sich leidenschaftlich und lange, bevor sie sich voneinander lösten.

»Kann ich sonst noch was für dich tun?«

»Ich weiß nicht.« Nora fuhr mit dem Zeigefinger über die geschwungene Linie von Brunos Ohr. »Ich bin betrunken und verwirrt und sauer und deprimiert – alles gleichzeitig. Kein guter Zustand, um etwas für mich zu tun. Ich muss vielleicht erst einmal selbst etwas für mich tun.«

Bruno nickte verständnisvoll. Er wartete eine Weile, doch als es so schien, als wollte Nora nichts mehr hinzufügen, sagte er: »Also dann?«

»Also dann«, antwortete Nora und mit einem Mal war ihr zum Heulen zumute. Weil sie keinesfalls wollte, dass Bruno etwas davon mitbekam, öffnete sie die Tür und stieg aus. Bevor sie die Tür wieder zuschlagen konnte, sagte Bruno: »Dieser Gideon Richter, ist das eigentlich mehr als ein Kollege?«

»Richter?«, Noras Stimme klang lauter als beabsichtigt. »Gideon Richter ist ein arroganter Wichtigtuer.« Es tat ihr leid, noch bevor sie den Satz zu Ende gesprochen hatte, aber nun konnte sie ihre Worte nicht mehr zurücknehmen. Bruno lächelte, eher mitleidig als zufrieden. Nora knallte die Tür zu. Der Motor wurde angelassen, der Blinker gesetzt, dann schoss der Wagen davon.

Nora eilte durch den Regen auf die gegenüberliegende Straßenseite, wo sich der Hauseingang befand. Mit einem ohrenbetäubenden Kreischen näherte sich eine Straßenbahn. Eine schemenhafte Gestalt huschte über die Straße, das aufblitzende Licht gestattete einen flüchtigen Blick auf ein mädchenhaftes Gesicht. Kaum war die Frau auf Noras Seite angelangt, schickte sich eine zweite Gestalt an, die Straße zu überqueren, offenbar ihr Begleiter. Der Regen wurde stärker, die Passanten suchten Schutz unter ausladenden Balkonen und Ladenmarkisen. Nora erspähte im Bruchteil von Sekunden ein Kapuzenshirt, zerschlissene Jeans und Sneakers, doch nun war die Straßenbahn schon bedrohlich nah. Das ohrenbetäubende Klingeln und metallische Kreischen gellte in den Ohren, als der Fahrer das Warnsignal auslöste und eine Vollbremsung hinlegte. Es war nicht zu erkennen, ob der junge Mann erfasst worden war. Die Frau, die unmittelbar neben Nora stand, schrie in Panik auf, doch wie durch ein Wunder kam ihr Begleiter mit dem Schrecken davon und überquerte eilends die Straße. Die Tür der Straßenbahn öffnete sich und der Fahrer ließ eine Schimpfkanonade vom Stapel, doch das Paar machte sich bereits aus dem Staub.

Noras Herz klopfte wie verrückt. Sie sah dem Pärchen nach, aber die Dunkelheit hatte die beiden bereits verschluckt. Mit zitternden Fingern holte sie ihr Handy aus der Tasche und rief Bruno an. Nach dem dritten Läuten nahm er ab, das Dröhnen im Hintergrund wies darauf hin, dass er sich noch im Auto befand.

»Nora? Geht's dir nicht gut?«

Sie holte tief Luft. »Ich will mit dir schlafen. Jetzt.«

Eine Gruppe junger Männer, mit Bierflaschen bewaffnet, kam ihr entgegen, teilte sich und schloss sich wieder zusammen, nachdem man ihr Durchlass gewährt hatte.

»Sorry, die Verbindung ist schlecht, könntest du das noch mal wiederholen?«

»Ich will mit dir schlafen«, schrie Nora in den Hörer. »Vögeln, poppen, Sex machen – jetzt sofort.«

Die Jungs mit den Bierflaschen in der Hand drehten sich grinsend um.

Fünf Minuten später prosteten dieselben jungen Männer anerkennend einem vorbeibrausenden Landrover zu, in dessen Heck sich ein Schild mit der Aufschrift *Notfall!* befand.

*

Null null null null.

Halb eins.

Drei.

Rosen ist aufgewacht, er liegt auf dem gemachten Bett – angezogen, sein Mund staubtrocken. Er dreht den Kopf zum Radiowecker, die vier roten Ziffern der Zeitanzeige stehen immer noch auf *00:00*, das Blinken mutet wie eine Warnung an. In der JVA hat ihm Tillich immer die Zeit eingestellt, doch hier gibt es keinen Tillich mehr, nur *G. Richter*, und der sieht nicht so aus, als ob er ihm helfen würde. Rosen selbst hat keine Ahnung, wie man das Ding handhabt.

Er sieht auf seine neue Armbanduhr, das blaue Monstrum, es ist halb eins. Mühsam richtet Rosen sich auf, der Rücken schmerzt, das Bett quietscht unter ihm.

Als er endlich im Hier und Jetzt angekommen ist, geht er ins Bad und trinkt. Hält den Mund direkt unter den Strahl, spürt, wie das Wasser an den Mundwinkeln hinunterrinnt, das Kinn hinab. Ausschnitt und Kragen des T-Shirts werden nass und kalt. Rosen trocknet sich mit dem Gästehandtuch ab.

Er kehrt ins Zimmer zurück. *G. Richters* Jacke und Schuhe stehen nicht im Flur, also ist er noch unterwegs.

In der JVA hat Rosen zu dieser Zeit immer sein Mittagessen bekommen, doch hier stellt ihm niemand etwas hin, er muss sich selbst bedienen, aber er traut sich nicht, ohne Erlaubnis etwas aus dem Kühlschrank zu nehmen. Er ist hier ja nicht zu Hause.

Also setzt er sich wieder aufs Bett, misst seinen Insulinspiegel, öffnet das schwarze Lederetui und holt das Spritzenbesteck hervor. Doch irgendetwas läuft schief: Vielleicht zieht er die Nadel zu früh heraus oder er war bereits zu stark unterzuckert, ohne es zu merken; möglicherweise hat er auch versehentlich den Muskel erwischt, obwohl sich an dieser Stelle eigentlich keiner befindet. Wie auch immer, er fühlt sich hundeelend. Ihm wird heiß und kalt zugleich, seine Hände zittern und Schweiß sammelt sich in seinem Nacken, dann rast der Teppichboden geradewegs auf ihn zu. Bald darauf kommt er wieder zu sich, aber es ist mehr ein kurzes Auf- und wieder Abtauchen aus der Wirklichkeit. Er nimmt *G. Richters* Stimme wahr, die wütend klingt und erschrocken, er scheint mit jemandem zu sprechen, aber die Antwort hört Rosen nicht. Er lässt sich wieder in den Nebel sinken, bis jemand seinen Namen ruft und ihn zu antworten drängt – mit so viel Nachdruck, dass ihm gar nichts anderes übrig bleibt, als zu reagieren. »Lassen Sie mich, ich höre Sie doch!«, wehrt er ab.

Samstag, 2. November

Nora saß nackt auf der Bettkante und sah aus dem bodentiefen Fenster. Sie lauschte Brunos gleichmäßigem Atem und betrachtete ihr Spiegelbild in der Panoramascheibe. Sie hatten sich kurz und heftig geliebt, zwei Mal hintereinander, und unmittelbar danach war er keuchend in die Kissen gesunken, hatte mit der Fingerkuppe wortlos ein Herz auf ihren Hintern gezeichnet und war eingeschlummert.

Nora fand keinen Schlaf. Die Ereignisse des Tages hingen ihr nach, perlten nicht so leicht von ihr ab wie die Regentropfen an der Glasscheibe.

Fröstelnd hatte sie den Messeturm im Hintergrund und danach ihre schmalen Konturen im Vordergrund studiert. Schließlich stand sie lautlos auf, um Brunos Wohnung in Augenschein zu nehmen.

Er bewohnte ein hundertfünfundvierzig Quadratmeter großes Penthouse im Westhafen. Eine solche Luxusherberge in einem der angesagtesten Viertel von Frankfurt kostete gut und gerne zwei Millionen Euro oder mehr. Das und seine Geschichte vom Opernsponsoring beflügelten Noras Neugierde.

Auf Zehenspitzen schlich sie durch die weitläufigen Räume, wobei sie hin und wieder einen vorsichtigen Blick in Richtung Schlafzimmer warf. Sie versuchte, sich aus den wenigen persönlichen Gegenständen, die sie entdeckte, ein Bild von Bruno Albrecht zu machen. Alles wirkte seltsam arrangiert, als wäre es kein echtes Zuhause. Vielleicht wollte er bewusst diesen Eindruck erwecken.

Geschmack besaß Bruno Albrecht, keine Frage: Möbel, Lampen und ein paar handverlesene Skulpturen, die Nora an Chimären erinnerten, waren vom Feinsten und bestens aufeinander abgestimmt, soweit sie es im Halbdunkel erkennen konnte. Nichts deutete indes darauf hin, dass hier wirklich jemand lebte. Nirgendwo auch nur ein Hauch von Unordnung – von ihrer und seiner Unterwäsche und zwei leeren Kondomhüllen neben der Couch einmal abgesehen. Nichts, was auch nur entfernt an den Alltag erinnerte: keine Zeitung, keine Post, keine Notizen. Entweder waren solche banalen Dinge in seiner Wohnung verpönt oder die Putzfrau hatte ganze Arbeit geleistet. Nora erwartete fast, an einem der Möbelstücke noch ein Preisschild zu sehen.

Ihr Gaumen fühlte sich völlig ausgetrocknet an. Sie schlich in die Küche, die gemeinsam mit dem Ess- und Wohnbereich einen riesigen, etwa dreieinhalb Meter hohen Raum bildete, schenkte sich ein Glas Leitungswasser ein und leerte es in einem Zug.

In einem schmalen Fach unter der Arbeitsplatte schimmerte etwas in der Dunkelheit, ein einzelnes Blatt Papier, das in dieser Umgebung wie ein Fremdkörper wirkte und ihre Aufmerksamkeit weckte.

Nora warf einen raschen Blick in Richtung Schlafzimmer und spitzte die Ohren. Sie hörte Brunos leise Schnarchgeräusche. Beruhigt beugte sie sich hinunter und spähte in das Fach. Ein Geschäftsbrief? Sie bekämpfte den Drang, das Blatt herauszuziehen. Sie schenkte sich ein zweites Glas Wasser ein, trank einen Schluck und stellte es auf der Arbeitsplatte ab. Sie fuhr zusammen, als es laut klirrte; das Wasser schwappte über. Sie stand reglos da, doch als außer dem Klopfen ihres Herzens nichts zu hören war, siegte die Neugierde. Sie nahm das Blatt heraus, legte es vor sich auf den Tresen, konnte es im Halbdunkel aber nicht entziffern. Sie ging damit zur Schiebetür, die auf die gegenüberliegende Terrasse führte, und hielt das Schreiben hoch, um im diffusen Licht, das durch die Scheiben fiel, etwas zu erkennen.

Ein Kostenvoranschlag aus Großwallstadt. Das lag irgendwo im Spessart, wenn sie sich recht erinnerte. Eine Elektrofirma namens Kurz stellte Verkabelung und Kleingeräteinstallationen in Rechnung. Für einen fünfstelligen Betrag.

Nora spürte, wie eine Welle der Scham sie erfasste. Erst vögelst du mit ihm und dann schnüffelst du in seinen Handwerkerrechnungen herum? Was ist mit dir los, Nora? Treibt dich dein Bullen-Gen um? Oder ist das eine Unart, die man sich in dem Laden angewöhnt, sodass man irgendwann nicht mehr zwischen Privat- und Berufsleben zu unterscheiden vermag? Was nimmst du als Nächstes unter die Lupe, seine Brieftasche? Rufst du Gideon an, damit er seine Datenbanken für dich überprüft?

Nur gut, dass Bruno sie jetzt nicht sehen konnte. Hastig schob sie das Blatt an seinen Platz zurück und ging zur Couch hinüber, setzte sich, bis sie sich wieder gefangen hatte. Das Leder fühlte sich angenehm kühl an. Auf einem Vertiko neben der Eingangstür standen mehrere Bilderrahmen. Ein Scheinwerfer draußen durchschnitt die Dunkelheit, ließ einen der Rahmen aufblitzen. Ein Mädchengesicht: lange dunkelblonde Haare, eine Zahnspange, ein spitzes Kinn und ein Muttermal neben dem linken Auge. Etwas an dem Bild machte Nora neugierig.

Sie ging näher heran und nahm das Foto in die Hand, um es genauer zu betrachten. Überrascht musterte sie die Augen- und Mundpartie, schüttelte fassungslos den Kopf. Die

Ähnlichkeit mit Bruno war frappierend. Aber hatte er nicht gesagt, seine Ehe sei kinderlos geblieben? Wieder etwas, das leise Zweifel in ihr aufkeimen ließ.

Das Bild des Mädchens weckte eine vage Erinnerung. Doch im selben Moment, als sie das Gefühl hatte, zu wissen, was es damit auf sich hatte, packte eine Hand ihren Nacken. Sie stieß einen Schrei aus.

Bruno lachte.

»Du hast aber auch ein echtes Talent, dich von hinten anzuschleichen!«, entfuhr es ihr.

»Ich bin aufgewacht und du warst nicht da.«

»Ich konnte nicht schlafen. Da habe ich mich ein bisschen umgesehen, ich hoffe das ... stört dich nicht?«

Bruno grinste anzüglich. »Ist nur fair, wenn du vor deinem Einzug noch etwas anderes als das Schlafzimmer zu sehen bekommst.«

»So weit sind wir noch lange nicht«, konterte Nora. Die Handwerkerrechnung ragte ein Stück weit aus dem Fach heraus. Bruno bemerkte ihren Blick und drehte sich suchend um.

»Ich dachte, du hast keine Kinder?«, sagte Nora rasch und nahm das Foto in die Hand, um Bruno abzulenken.

Er warf einen Blick auf das Mädchen, dann nahm er Nora den Rahmen aus der Hand und stellte ihn an seinen Platz zurück.

»Das ist meine Schwester. Als sie zwölf war.«

»Ist sie jünger oder älter als du?«

»Wir sind Zwillinge.«

»Dann steht ihr euch sicher sehr nahe.«

»Kann man wohl sagen.«

»Lebt sie in der Nähe?«

»Leider nein, wir haben uns schon länger nicht mehr gesehen. Hast du Geschwister?«

»Ich bin ein typisches verwöhntes Einzelkind. Aber ich habe mir immer eine Schwester gewünscht. So eine wie deine, mit langen braunen Haaren und Zahnspange, mit der man durch dick und dünn gehen kann.«

»Ein tolles Mädchen«, sagte Bruno mit versonnener Miene.

Nora fand diese Aussage über eine erwachsene Frau ein wenig seltsam, doch bevor sie lange darüber nachdenken konnte, ertönte der gedämpfte Klingelton ihres Handys in ihrer Handtasche. Ein Blick auf die Uhr verriet ihr, dass es bereits nach Mitternacht war. Wer zum Teufel rief um diese Zeit noch bei ihr an? Nach sechsmaligem Klingeln verstummte der Ton, offenbar hatte sich die Mailbox eingeschaltet.

Keine dreißig Sekunden später klingelte es erneut. Nora holte das Handy heraus und sah auf das Display

Gideon Richter. O nein, das konnte nur eins bedeuten.

Nora schoss der Gedanke durch den Kopf, dass sie sich etwas anziehen sollte, aber das war lächerlich. Gideon konnte schließlich nicht sehen, dass sie nackt war.

»Du kommst jetzt augenblicklich her und schaffst mir diesen Drogi vom Hals.«

»Wieso Drogi?«

»Dein feiner Freund Rosen hat versucht, sich hier in meiner Wohnung den goldenen Schuss zu setzen. Genau das, was ein Bulle braucht. Gehört das zu deiner Mitleidstour? Mir heroinabhängige Obdachlose unterzujubeln, damit ich sie im Alleingang resozialisiere? Der Notarzt ist unterwegs, Nora. Und sobald er weg ist, packt Rosen seinen Koffer, falls er nicht sowieso auf der Intensivstation oder im Krematorium landet. Setz umgehend deinen hübschen Hintern in Bewegung.«

»Sag mal, in was für einem Ton redest du überhaupt mit …«

Aufgelegt.

Erst jetzt ging Nora auf, um was für ein Missverständnis es sich handelte. Bruno sah sie fragend an.

»Rosen ist zusammengebrochen, vielleicht wegen Unterzuckerung. Richter denkt, er sei drogenabhängig, und macht ein Riesentheater. Ich muss sofort los, um die Wogen zu glätten.«

»Ich fahre dich hin. Ist vielleicht ganz gut, wenn ich auch mal mit ihm rede.«

»Meinst du Rosen oder Richter?«

»Beide«, sagte Bruno grimmig und ging in Richtung Schlafzimmer, um sich anzuziehen.

Als er an der Arbeitsplatte vorüberkam, schob er beiläufig das herausstehende Blatt Papier wieder ins Fach zurück. Nora wurde siedendheiß.

*

Rosen sah bleich aus. Ein paar feuchte Haarsträhnen hingen ihm in die Stirn, aber es schien ihm wieder gut genug zu gehen, um auf dem Gästebett sitzend hin und her zu schaukeln. Der Notarzt ergriff seine Tasche und verschwand mit einem knappen Nicken aus dem Zimmer, aus der Wohnung, aus Rosens Leben. Für dieses Mal.

Gideon betrachtete Nora mit glasigem Blick, bevor er ihr mit einer Kopfbewegung bedeutete, ihm nach draußen zu folgen. Bruno, der neben Rosen auf der Bettkante saß und ihm die Hand tätschelte, erhob sich ebenfalls.

»Ich möchte einen Moment alleine mit Nora sprechen«, nuschelte Gideon mit grimmiger Miene; vermutlich hatte auch er auf Hartmanns Party zu viel getrunken. Bruno setzte sich wieder. Nora und Gideon gingen in die Küche und nahmen an dem kleinen Esstisch Platz. Gideon schenkte für beide ein Glas Cola ein.

Unwillkürlich verglich Nora Gideons Wohnung mit Brunos Luxusherberge: Gideons Küche war gemütlich, altmodisch, ein wenig chaotisch, wie man es von einem Junggesellen erwartete. Nur der große Schuhschrank im Flur, in dem sich ein knappes Dutzend handgenähte italienische

Schuhe befand, für die Gitte dem Anschein nach tief in die Tasche gegriffen hatte, fiel ein wenig aus dem Rahmen. Auch die Wohnung wirkte, im Gegensatz zu Brunos, bewohnt, wenngleich beide Männer selten zu Hause waren.

»Du musst ihn woanders unterbringen, Nora«, sagte Gideon. »Hier kann er auf keinen Fall bleiben.«

»Er ist nicht drogenabhängig, sondern Diabetiker. Solange er regelmäßig isst und sein Insulin nimmt, ist er pflegeleicht.«

»Ich kann nicht Kindermädchen bei ihm spielen, so selten, wie ich zu Hause bin. Wenn er sich nicht alleine versorgen kann, sollte er in einem Heim untergebracht werden. Das wäre für jemanden wie ihn ohnehin das Beste.«

»Die Bewährungshilfe ist dran, einen Platz für ihn zu organisieren, aber das geht nicht so schnell. Ein paar Tage noch Gideon, bitte, höchstens eine Woche. Oder zwei.«

»Zwei Wochen? Kommt nicht infrage!« Gideon stürzte die Cola so hastig hinunter, dass sie an den Mundwinkeln herablief und auf sein Hemd tropfte. Hektisch schnappte er ein Handtuch und rieb an den Flecken, wodurch sie nur noch größer wurden. Er stieß einen Fluch aus, von dem Nora nicht zu sagen wusste, ob er dem Missgeschick im Besonderen oder der Situation im Allgemeinen geschuldet war: »Verdammte Scheiße! Was ist denn mit deinem Pferdedoktor, diesem Albrecht? Ich denke, der ist mit dem Kopfabreißer und dem Kinderschänder so dick befreundet? Seit die drei draußen sind, hat er sich ja nicht gerade ein Bein für sie ausgerissen. Hatte wahrscheinlich genug damit zu tun, dich ins Bett zu kriegen.«

»Das war allerdings ein hartes Stück Arbeit«, sagte Bruno, der wie aus dem Nichts in der Tür aufgetaucht war. »Sorry, aber ich habe meinen Namen gehört und dachte, ich steige direkt in eure Diskussion ein.«

Nora blieb keine Zeit mehr, auf diese typisch männliche Eigenmächtigkeit zu reagieren, denn im selben Moment sprang Gideon auf, wobei der Stuhl umkippte, und wankte mit hochrotem Kopf auf Albrecht zu.

»Mit dir gibt es nichts zu diskutieren, du Arschloch!«

Und ehe Nora sich versah, hatten die Männer sich gegenseitig am Revers gepackt und schoben sich wie zwei Platzhirsche durch die Küche. Der Esstisch rutschte über die Fliesen, der zweite Stuhl kippte um, Colaflasche und Gläser fielen zu Boden. Gideon schlug mit der Faust zu und streifte Brunos Wange. Nora sprang auf.

Zum ersten Mal wurde sie Zeugin, wie sich zwei Männer um sie prügelten, und stand mit offenem Mund da. Doch gerade als Gideon ein weiteres Mal ausholte, packten zwei riesige behaarte Pranken Gideon und Bruno am Schlafittchen und trennten die Kampfhähne. Nachdem Nora die Stühle wieder aufgestellt hatte, hievte Rosen die beiden Männer scheinbar mühelos auf ihre Plätze. Sie musterten sich mit verkniffener Miene und es kostete sie sichtlich einiges an Beherrschung, nicht augenblicklich wieder aufeinander loszugehen.

»Ich packe meine Sachen und gehe«, sagte Rosen. »Jetzt sofort, dann gibt es keinen Grund mehr für Streit.«

»Ich glaube, es geht nicht um dich, Heinz«, keuchte Albrecht und wischte sich einen schmalen Blutfaden aus dem Mundwinkel. Gideon gab lediglich ein Knurren von sich, womit er umso deutlicher seine Zustimmung zum Ausdruck brachte.

Rosen blickte zuerst Albrecht, dann Nora ratlos an. Die zuckte mit den Schultern.

»Vielleicht habe ich eine Möglichkeit, Rosen und Lefeber unterzubringen«, sagte Albrecht.

»Wärst du ein paar Tage früher auf die Idee gekommen, wäre mir der ganze Schlamassel erspart geblieben«, zischte Gideon.

»Ich besitze einen Aussiedlerhof in einem kleinen Weiler im Spessart. Eigentlich hatte ich andere Pläne damit: Dort soll ein Therapiezentrum mit Streichelzoo für traumatisierte Kinder entstehen.«

»Prima, dann machst du jetzt ein Therapiezentrum mit Streichelzoo für Psychopathen daraus. Die dürfen dort Hamster zu Tode streicheln«, sagte Gideon, doch Bruno ignorierte seinen Sarkasmus.

»Die *Schreckenmühle* ist ein bisschen heruntergekommen, aber bewohnbar. Sie liegt am Rande von Scheelbach, ungefähr siebzig Kilometer östlich von Frankfurt, mitten in einem Spessarttal.«

»*Schreckenmühle* klingt doch passend«, kommentierte Gideon halblaut.

Nora sah zu Rosen hinüber, der auf einem der Küchenstühle saß, den Kopf in den Nacken gelegt, und laut schnarchte. Sie musste unwillkürlich gähnen und streckte sich. »Ich weiß nicht, ob ich das gut finden soll. Ich bin todmüde, Bruno, können wir Rosen ins Bett bringen und das morgen besprechen?«

Gideon rüttelte Rosen wach, der verwirrt blinzelte, und schickte ihn zu Bett. Auf Noras Frage, ob Rosen noch ein paar Tage bei ihm wohnen könne – wenigstens bis eine andere Unterkunft gefunden war –, knallte er wortlos hinter ihr und Albrecht die Wohnungstür zu.

Als Bruno Richtung Friedensbrücke fuhr, sagte Nora: »Könntest du mich bitte nach Hause bringen? Ich würde lieber in meinem eigenen Bett schlafen.«

Wortlos wendete Bruno und steuerte Sachsenhausen an.

In der Gartenstraße angekommen, parkte er den Wagen auf dem Gehsteig und stellte den Motor ab.

»Tut mir leid, das mit Gideon. Keine Ahnung, was in ihn gefahren ist«, sagte Nora.

»Aha.«

»Ich hab versucht, ihn mit Ceyda zu verkuppeln.«

»Hat nicht besonders gut funktioniert.«

»Nein, das hat es wohl nicht.«

Nora verspürte das Bedürfnis, das Thema zu wechseln. »Warum hast du das nicht schon früher vorgeschlagen? Das mit dem Haus im Spessart?«

»Habe ich. Ein paar Wochen vor der Entlassung habe ich Broussier und Dr. Rauch die Idee unterbreitet. Man wolle sie prüfen, hieß es.«

»Und dann hast du nie wieder was von ihnen gehört, nehme ich an? Typisch.«

»Deswegen habe ich beschlossen, mich bis auf Weiteres rauszuhalten. «

»Ich melde mich bei dir«, sagte Nora und sprang aus dem Auto. Auf eine innige Verabschiedung mit feuchten Küssen war ihr die Lust vergangen.

Montag, 4. November

Zwei Tage später fand eine Sitzung im ZPD statt, an der außer Nora Winter auch Dr. Broussier, Noras Chef Schreyer, der Sozialpädagoge Thorsten Neumann und Cornelius, der Leiter des Mobilen Einsatzkommandos III / K76 im Frankfurter Präsidium, das für die Überwachung der drei Männer zuständig war, teilnahmen. Neumann, von Amts wegen als Bewährungshelfer der Männer bestellt, war ein jugendlich wirkender Endvierziger mit schulterlangen Haaren und tiefen Krähenfüßen, der sich seinem deprimierenden Alltag zum Trotz ein jungenhaftes und offenes Lächeln bewahrt hatte.

Wie immer kam Broussier zu spät und blickte dann ständig und demonstrativ auf seine teure Uhr, während im Minutentakt sein Handy auf dem Tisch vibrierte und alle Anwesenden aus dem Konzept brachte.

Auch Nora wäre um ein Haar zu spät gekommen, denn als sie heute Morgen ins Auto steigen wollte, musste sie feststellen, dass Vandalen in der Nacht einen Reifen durchstochen und mit Edding *Verbrecherhure* auf die Motorhaube gekritzelt hatten. Glücklicherweise hatte Ceyda ihr ihren altersschwachen Fiesta geliehen, mit dem sie aufgelöst und mit klopfendem Herzen nach Wiesbaden gefahren war.

Schreyer bat Nora, die Teilnehmer der Sitzung von der aktuellen Entwicklung in Kenntnis zu setzen.

»Adam Lefeber und Wolfgang Tibursky wohnen in der *Mainblickresidenz*, einem ehemaligen Seniorenheim, Heinz Rosen ist bei Gideon Richter, einem Freund von mir, untergebracht. Die Situation ist für alle Beteiligten suboptimal. Leider ist ein Termin beim Wohnungsamt kurzfristig abgesagt worden, als bekannt wurde, in wessen Begleitung Herr Neumann den Termin wahrzunehmen gedachte. Dr. Bruno Albrecht, ein mit Lefeber und Rosen befreundeter Tierarzt, hat sich nun erboten, den Männern in einem ehemaligen Aussiedlerhof im Spessart vorläufig Unterkunft zu gewähren. Dieses Angebot wurde dem Vernehmen nach nicht zum ersten Mal gemacht.«

Schreyer und Broussier warfen sich einen vielsagenden Blick zu.

Nora schaltete den Projektor ein. Über die Wand huschten Fotos von einem Gehöft, bestehend aus mehreren Gebäuden mit vertrockneten Geranien in den Blumenkästen. Dann sah man das Einfahrtstor einer Brauerei, und – auf der letzten Aufnahme in Schwarz-Weiß – einen unbefestigten schlammigen Waldweg.

»Die sogenannte *Schreckenmühle* liegt etwa zwei Kilometer außerhalb eines kleinen Weilers mitten in einem Waldgebiet. Das Haus hat sechs Zimmer, zwei Bäder, eine geräumige Wohnküche, alles sehr einfach, aber ausreichend. Geheizt wird mit Holz, der Vorrat würde für diesen Winter ausreichen.«

»Was ist mit der Verkehrsanbindung?«, fragte Cornelius.

»Es gibt nur die eine Zufahrtsstraße.« An der Wand erschien ein Satellitenbild von Google Maps, auf dem deutlich das braune Band erkennbar war, das sich durch den Wald bis zu einer kleinen Ansammlung braunroter Dächer schlängelte. »Und natürlich einige Fußpfade durch den Wald, die aber im Winter kaum passierbar sind.«

Cornelius machte sich Notizen, es sah aus, als zeichnete er einen Lageplan.

»Ist es überhaupt sinnvoll, die drei Männer gemeinsam unterzubringen? Bezüglich der Resozialisierungsbemühungen meine ich?«, fragte Schreyer.

»Bis jetzt reden wir nur von Lefeber und Rosen. Die beiden sind miteinander befreundet.«

Broussier schüttelte den Kopf. »Und was ist mit Tibursky? Hier gibt es keine Extrawurst! Entweder ziehen alle drei dort ein oder keiner. Oder, Cornelius?«

»Zum Observieren wäre die Lösung ideal. Von den Kosten und vom Aufwand her«, pflichtete der MEK-Leiter ihm bei.

»Es geht hier nicht nur um die Kosten, Herr Broussier«, warf Nora ein. »Ich finde Herrn Schreyers Einwand durchaus berechtigt. Wie sehen Sie das, Herr Neumann?«

Der Sozialarbeiter fuhr sich durchs Haar. »Ich habe ein bisschen Sorge, dass die Männer dort ständig aufeinanderhocken. Für sie ist regelmäßiger Kontakt mit der Außenwelt wichtig, auch wenn er sich auf eine kurze Unterhaltung beim Bäcker beschränkt. Behördengänge, kulturelle Angebote, Therapeutenbesuche, alles wesentlich leichter in einer Großstadt. Und wie soll das im Winter werden? Da kommen sie bestimmt nicht so einfach weg, oder? Ohne Auto.«

»Wir sind eigentlich ganz froh, wenn sie nicht wegkommen, dann können wir sie leichter im Blick behalten.«

»Vielleicht sollten wir die Männer gleich in die Psychiatrie einweisen? Dann würde Ihnen gar kein Aufwand entstehen«, erwiderte Nora sarkastisch.

»Ja, das wäre natürlich das Beste«, sagte Cornelius, an dem die Ironie vorbeiging, und sah hilflos zu Broussier hinüber, der die Augen verdrehte.

»Arbeit gibt es dort vermutlich auch nur in homöopathischen Dosen?«, schoss sie ihren zweiten Pfeil ab.

Neumann blätterte in seinen Unterlagen. »Ich könnte mit dem Eigentümer der ortsansässigen Brauerei sprechen, einem Herrn Kiefer, ob der bereit wäre, einem oder allen dreien eine Chance zu geben.«

»Eine Arbeitsstelle zu finden, wird für die Männer schwierig wenn nicht gar unmöglich sein, ganz egal ob in der Stadt oder auf dem Land«, sagte Broussier. »Das ist für mich kein Maßstab.«

»Sie gehen also von vornherein davon aus, dass sie den Rest ihres Lebens am Tropf der Sozialhilfe hängen?«

»Ich bin Realist, Frau Winter.«

»Als Realist sollten Sie auch berücksichtigen, dass Tibursky und Rosen sich spinnefeind sind. Wenn Sie die beiden im Winter wochenlang auf engstem Raum in ein düsteres Bauernhaus sperren, ist es nur eine Frage der Zeit, bis sie sich an die Gurgel gehen.«

»Auf persönliche Animositäten können wir keine Rücksicht nehmen.«

Nora ging auf, dass es dem Politiker vermutlich mehr als recht war, wenn das Problem sich von selbst löste.

»Dass sich wie in Schwanheim buchstäblich aus dem Nichts eine Protestbewegung formiert, steht im tiefsten Spessart wohl kaum zu befürchten. Haben die dort überhaupt Internet?«, erkundigte sich Broussier.

»Dass Sie sich da mal nicht gewaltig irren«, entgegnete Nora.

Das Geplänkel ging noch eine Weile hin und her, doch im Prinzip waren alle Argumente auf dem Tisch: Broussier und Cornelius plädierten aus Kostengründen und der Bequemlichkeit halber für die angebotene Lösung, Nora und Neumann waren die Rahmenbedingungen für eine positive Entwicklung wichtiger und Schreyer schwieg salomonisch.

»Wie schätzen Sie Herrn Albrecht ein, Frau Winter? Ist er

vertrauenswürdig?«, ergriff Schreyer plötzlich das Wort und die Augen aller Anwesenden richteten sich auf Nora.

»Ich denke ja. Er kennt Lefeber und Rosen seit Jahren und hat sie bereits in der JVA unterstützt.« Sie machte sich eilends am Projektor zu schaffen, damit ihr niemand anmerkte, was sie sonst noch über ›Herrn Albrecht‹ wusste.

Broussier und Schreyer warfen sich einen verschwörerischen Blick zu, bevor es hieß: »Frau Winter und Herr Neumann, würde es Ihnen etwas ausmachen, kurz draußen vor der Tür zu warten?«

»Ich verstehe nicht?«, entgegnete Nora und sah auf.

Schreyer und Cornelius mieden ihren Blick. Broussier hielt ihm stand.

»Wir möchten uns im Führungskreis besprechen. Diese Angelegenheit betrifft Fragen der inneren Sicherheit.«

»Glauben Sie nicht, dass wir diese Entscheidung gemeinsam treffen sollten? Schließlich werden wir auch die Konsequenzen gemeinsam tragen.«

»Nein, das glaube ich nicht – weder das eine noch das andere«, entgegnete Broussier kühl.

Hilfe suchend sah sie Schreyer an, doch der nickte nur.

Eiskalte Wut stieg in ihr hoch.

»Ich werde ganz sicher *nicht* wie ein Schulmädchen vor der Tür warten, bis der Herr Direktor mich wieder hineinzitiert. Ich gehe jetzt in mein Büro, auf meinem Schreibtisch liegt mehr als genug Arbeit.«

Nora tippte mit dem Finger auf die Tischplatte. »Aber ich möchte, dass hier fürs Protokoll festgehalten wird, dass ich es für äußerst bedenklich halte, alle drei gemeinsam in dieser verlassenen Gegend unterzubringen. Lefeber und Rosen meinetwegen, auch wenn ich der Überzeugung bin, eine individuelle Betreuung wäre sinnvoller. Aber für Tibursky müssen Sie eine andere Lösung finden, sonst führt das früher oder später zu Konflikten. Wenn Sie – was ich befürchte – meine Empfehlung missachten, sollte die Gruppe wenigstens intensiv psychologisch und therapeutisch betreut werden.«

»Und dabei hatten Sie an sich selber gedacht?«, fragte Broussier scheinheilig.

»Mein Angebot steht. Aber wie ich die Lage einschätze, werden Sie auch das ausschlagen.« Nora raffte ihre Unterlagen zusammen und verschwand Funken sprühend durch die Tür.

Eine Viertelstunde später klopfte es vorsichtig; Neumann überbrachte, wie erwartet, die schlechte Nachricht. Doch entgegen ihrer Vermutung hatte Nora keine Lust, ihre Wut an ihm auszulassen – sie hatte bereits resigniert.

»Nächste Woche ziehen sie um.«

Nora seufzte und schüttelte den Kopf. »Ich drehe hier drinnen noch durch.«

Sie stand auf und ging zum Fenster, durch das sie auf den Parkplatz hinunterblicken konnte. Der Chauffeur der dunklen Limousine riss die Tür des Fonds auf; bevor sich Broussier in die Lederpolster fallen ließ, sah er kurz zur Fensterfront des ZPD empor. Hatte er Nora entdeckt? Vermutlich nicht. Und vermutlich galt auch das zufriedene Lächeln, dass nun über sein Gesicht huschte, während er telefonierte, nicht ihr.

»Eine intensivpsychologische Betreuung wird nicht für nötig erachtet«, sagte Neumann. »Schade. Ich hatte mich schon darauf gefreut, mit Ihnen zusammenzuarbeiten. Ihre Einstellung gefällt mir.« Er schenkte ihr einen aufmunternden Blick.

»Hoffentlich gibt das kein Fiasko«, seufzte Nora.

»Warten wir es ab. Ich habe in meiner beruflichen Laufbahn einige Hundert entlassene Straftäter betreut. Oft wachsen sie an den Herausforderungen. Es hängt viel davon ab, wie die Menschen gestrickt sind, denen sie im Spessart begegnen.«

Genau das war Noras größte Befürchtung, die sie vorerst

für sich behielt. Sobald Neumann sich verabschiedet hatte, rief sie Bruno an. Der war bereits über die Entwicklung im Bilde.

Broussier hatte keine Minute vergeudet.

II

Du sagst: »Ich werde in ein anderes Land fahren,
An ein anderes Meer. Ich werde eine bessere Stadt finden
Als diese, wo jede meiner Anstrengungen
zum Scheitern verurteilt ist,
wo mein Herz – wie eine Leiche – begraben liegt.«

Aus *Die Stadt* von Konstantinos Kavafis

Montag, 11. November

Acht.

Es geht zu wie auf einem Volksfest, denkt Rosen, als sein Blick durch die Glastür nach draußen fällt. Vor etwas mehr als einer Woche haben sie ihn aus *G. Richters* Wohnung wieder hierher zurückgebracht. Einige Unerschütterliche haben Tag für Tag Wache gehalten, aber seit bekannt wurde, dass ihr Aufenthalt nur noch von kurzer Dauer ist, schien es ruhiger zu werden. Zumindest bis heute.

Vor dem Seniorenheim hat sich inzwischen eine noch größere Menschenmenge eingefunden als bei ihrer Ankunft: Zwischen Vätern mit krakeelenden Sprösslingen auf den Schultern und jungen Frauen, die ihre Handys hoch über dem Kopf auf den Eingang richten, in der Hoffnung, ein Sensationsfoto zu erhaschen, blitzen die unvermeidlichen Fernsehkameras auf.

Im Verkehrsfunk wurde bereits empfohlen, Schwanheim großräumig zu umfahren, der Sprecher hatte etwas von einem ›Flashmob‹ und einer ›facebook-Party‹ gesagt, Begriffe, die Rosen völlig fremd sind.

Die Tür wird aufgestoßen – Lefeber, Tibursky, Rosen treten hinaus. Ein Windstoß fegt Tiburskys Käppi vom Kopf und wirbelt es durch die Luft, bis es in den Blumenrabatten neben dem Eingangstor landet. Ein Kind hebt die Mütze auf und streckt sie dem herbeieilenden Tibursky entgegen. Bevor er sie ihm abnehmen kann, reißt die Mutter ihr Kind zur Seite und die Kopfbedeckung landet in einer Pfütze, in der sich weiße Wolken vor einem blauen Hintergrund abzeichnen. Tibursky klopft das Wasser vom Käppi und zwinkert dem Kind zu.

Bald sitzen die drei im Bus, das wenige Gepäck ist ein weiteres Mal verstaut, die Türen schließen sich, der Wagen setzt sich in Bewegung. Plötzlich ertönt ein lautes Geräusch, das Rosen zuerst nicht zuordnen kann. Bis er sieht, wie sich die Hände der Menschen rhythmisch bewegen. Sie klatschen Beifall. Ihre Gesichter wirken wie erlöst, die Augen leuchten.

»Warum klatschen sie?«, will Rosen von Lefeber wissen.

»Für sie ist das heute ein Festtag«, sagt Adam. »Das Krebsgeschwür in ihrer Mitte ist entfernt. Als würde sich *das Böse* ausschließlich in drei ehemaligen Sicherungsverwahrten manifestieren.«

Was Adam sagt, klingt salbungsvoll, doch Rosen hat nur eine blasse Ahnung, was es bedeutet. Neumann, der vorne neben dem Fahrer sitzt und die Männer nach Scheelbach begleiten wird, schweigt.

Der Applaus verebbt hinter dem Bus und den beiden Zivilfahrzeugen des MEK, die aus der Zufahrt rollen. Ob er eine rauchen dürfe, fragt Tibursky.

Neumann verneint.

Wenn er nicht rauchen dürfe, würde ihm beim Autofahren schlecht, jammert Tibursky.

Wie er denn die Fahrt von Schwalmstadt nach Frankfurt überstanden habe, will Neumann wissen und reicht ihm eine Papiertüte nach hinten. Für alle Fälle.

Da habe er so starke Kopfschmerzen gehabt, dass er nicht gemerkt habe, wie ihm schlecht geworden sei, erklärt Tibursky und fingert demonstrativ an dem Pflaster auf seiner Stirn herum. Ein Andenken vom Fernsehen, feixt er. Der Fahrer grinst.

Rosen sieht aus dem Fenster und kneift sich in den Oberschenkel, um dem Drang zu widerstehen, Tibursky ins Gesicht zu schlagen.

Sie fahren eine Weile am Schwanheimer Ufer entlang, mit dem Main und der Frankfurter Skyline zur Linken. Nicht nur das Wasser trennt Rosen, Tibursky und Lefeber von der Welt auf der anderen Seite. An einer Straßenbahnhaltestelle warten Männer im Anzug, Mütter mit Kinderwagen, Jeans und auf Hochglanz polierten hochhackigen Lederstiefeln, japanische Touristinnen mit Sonnenschirmen.

Für Rosen fühlt es sich an, als schwebe er in einem Raumschiff über einen fremden Planeten. Wie in einer dieser *Star-Wars*-Geschichten, in einer Welt, deren Atmosphäre ihn zugrunde richtet, denkt er. Am besten wäre es, auf seinen Heimatplaneten zurückzukehren. Doch der ist zerstört. Trotzdem beneidet Rosen diese seltsamen Menschen nicht. Die Hochhäuser, die wie futuristische Kunstwerke in der Sonne blitzen, machen ihm Angst. Viel lieber beobachtet er den Doppelvierer ohne Steuermann, der wie ein Pfeil durch das grüne Mainwasser gleitet. Die Ruhe und Präzision, mit der die Männer ihre Ruder ins Wasser eintauchen und das Boot vorantreiben, faszinieren ihn.

Er hört Neumann telefonieren. Es geht um die Reporter und wie man sie am besten loswird. Neumann möchte unbedingt vermeiden, dass der ganze Tross mit ihnen wie ein Hornissenschwarm in das Dorf einfällt. Durch das Heckfenster sieht Rosen hinter den zivilen Polizeifahrzeugen mehrere Ü-Wagen vom Fernsehen. Vorhin waren sie noch nicht da. Vor ihnen liegt die Auffahrt zur A 5. Plötzlich werden Blaulichter auf dem Dach der Zivilfahrzeuge angebracht und eingeschaltet, Kellen zum Fenster hinausgehalten, die Polizeiwagen halten abrupt. Der erste Ü-Wagen muss so stark bremsen, dass die Reifen quietschen und die Schüssel auf dem Dach bedrohlich schaukelt. Ihr Bus prescht an Polizei und Presse vorbei. Rosen spürt, wie die Beschleunigung ihn in den Sitz drückt. Von der Beschleunigungsspur geht es direkt auf die Überholspur. Sie haben ihre Verfolger erfolgreich abgehängt.

Tibursky kotzt in die Papiertüte. Neumann und der Fahrer kurbeln die Fenster herunter, nun zieht es. Rosen streift die Kapuze über und schließt die Augen.

Am Frankfurter Kreuz geht es Richtung Würzburg, kurz vor Seligenstadt fahren sie ab auf die Bundesstraße nach

Hanau, dann weiter nach Langenselbold. Es ist wie der Wechsel von einer Vegetationszone zur anderen, von der neuen Welt in die alte. Die Hochhäuser des Frankfurter Bankenviertels sind kaum mehr ein Schatten im Dunst hinter ihnen. Die Häuser zu beiden Seiten der Straße werden spärlicher, dafür drängt die Natur immer mehr in den Vordergrund.

Hinter Gelnhausen tauchen sie in den Wald ein. Die Straße wird schmaler, ist vollständig bedeckt von nassem Laub, öfter säumen mächtige Baumstämme den Weg, von Forstarbeitern zur Abholung gestapelt. Noch immer ist die Holzwirtschaft ein wichtiger Erwerbszweig in dieser Gegend, in der uralte Eichen und Buchen stehen, doziert Neumann über das Brummen des Motors hinweg.

Rosen weiß nichts über den Spessart, über seine Flora und Fauna, seine Kulturlandschaften und seine Menschen, aber eines spürt er beim Anblick der hoch aufragenden Buchen und Eichen instinktiv: Das ist eine *alte* Landschaft, viel älter als das Stahl- und Glas-Revier der verwirrenden Großstadt, die sie soeben verlassen haben.

Der Wagen fährt rechts ran, damit Tibursky seine Tüte entsorgen kann. Rosen nutzt die Gelegenheit und springt aus dem Wagen.

Der Boden ist elastisch, unglaublich, wie weich er sich anfühlt! Wie ein Fünfjähriger hüpft Rosen auf und ab, um das Federn der Erde zu spüren. Er atmet tief durch, bis in die äußersten Spitzen seiner Lungenflügel saugt er die holzige, moosfeuchte Luft ein. Zum ersten Mal seit Langem hat er das Gefühl, dass Luft nach etwas anderem als abgestandenem Essen oder Autoabgasen schmecken könnte.

Tibursky zündet sich eine Zigarette an und vertreibt den Wohlgeruch.

Ein Windstoß fährt in einen Blätterhaufen, wirbelt die Blätter hoch und um Rosen herum. Wie in einer Schneekugel, die mit roten und orangefarbenen statt weißen Schneeflocken gefüllt ist, fühlt er sich. Er dreht sich im Kreis, greift nach den Blättern, fängt eines, zwei, drei aus der Luft und steckt sie in die Jackentasche.

Tibursky wirft ihm einen geringschätzigen Blick zu, nimmt einen letzten tiefen Atemzug und steigt wieder ins Auto.

Eine halbe Stunde später taucht das Ortsschild vor ihnen auf:

Scheelbach
Perle des Spessarts
Main-Kinzig-Kreis
741 m ü. N.N.

*

Scheelbach war ein sogenanntes Straßendorf. Dreizehn Häuser säumten rechts und links die Durchfahrtsstraße, die Lohrhaupten mit Rieneck verband und den Ruppertshüttener Forst, den Herrnwald und den Rienecker Forst durchquerte. Am Ortseingang, von der Lohrhauptener Seite her kommend, war an der Außenmauer der Gastwirtschaft *Zum Goldenen Kalb* eine Radarfalle installiert. In den letzten drei Jahren war sie mehr als ein Dutzend Mal das Opfer von Vandalen geworden, vermutlich aufgebrachte Autofahrer, die mit überhöhter Geschwindigkeit geblitzt worden waren.

Sechs der dreizehn Scheelbacher Wohnhäuser waren Gehöfte, die im weitesten Sinne mit Land- oder Forstwirtschaft zu tun hatten, lediglich zwei der Besitzer waren Vollerwerbslandwirte. Der Rest wurde von Familien bewohnt, in denen mindestens ein Elternteil in Kiefers Brauerei arbeitete. Oder von Pendlern, die in Aschaffenburg oder in der Sägemühle des nahe gelegenen Rienecker Gewerbegebiets Dürrhoffeld ihre Brötchen verdienten.

An der Strecke durch den Ruppertshüttener Forst standen drei hölzerne Gedenkkreuze, die Schwarz-Weiß-Fotografien und Hinweistafeln waren längst bis zur Unkenntlichkeit verwittert, doch der Blumenschmuck wurde alle zwei Wochen erneuert.

Scheelbach verfügte über ein Gemeindehaus, in dessen Keller die freiwillige Feuerwehr untergebracht war, dazu eine Bäckerei und einen Dorfkrug, der sein Bier aus der Brauerei Kiefer bezog. Außerdem gab es einen Geldautomaten der Volks- und Raiffeisenbank sowie zwei leer stehende Läden, von denen einer früher eine Metzgerei gewesen war. Als der Metzger das Geschäft aus Altersgründen und mangels Nachwuchs vor zehn Jahren aufgeben musste, hatte ein Anatolier aus Aschaffenburg versucht, mit einem türkischen Imbiss in Scheelbach Fuß zu fassen. Nach sechs Wochen hatte er sein Geschäft ohne Angabe von Gründen geschlossen und den Ort über Nacht mit seiner Familie verlassen.

Der zweite Laden hatte eine Drogerie beherbergt, bis die Kette vor Kurzem in Konkurs gegangen war und alle Filialen schließen mussten.

Direkt unter der Radarfalle kam der Bus zum Stehen, woraufhin die nachfolgenden Fahrzeuge ebenfalls rechts ran fuhren und die Warnblinkanlage einschalteten. Die Beifahrertür ging auf und ein Mann sprang auf den Gehsteig. Er eilte zum letzten Wagen, Neumann kurbelte das Fenster herunter.

»Weißt du, wo's langgeht?«, fragte sein Kollege. Beim Sprechen stieß er kleine weiße Wölkchen aus. Hier war es mindestens fünf Grad kälter als in Frankfurt, was nicht ausschließlich an der Höhe lag, sondern auch an dem Mikroklima, das in dem dichten Wald rund um das Dorf herrschte. Das Rauschen der Bäume war so laut, dass Neumann ihn bitten musste, seine Frage zu wiederholen. Dann fuhr er auf einem Computerausdruck mit dem Finger eine Linie entlang, die Route, die er sich im Internet zusammengesucht hatte, doch ab der Ortseinfahrt Scheelbach waren die Straßen nur noch schwer zu erkennen. Bruno Albrecht hätte den Weg gewusst, doch er konnte erst am späten Abend nach Scheelbach kommen. Seine Praxis war tagsüber so voll, dass er sie nicht einfach schließen konnte, um seine neuen Mieter zu begleiten. Und Neumann war nicht bereit gewesen, mit dem Umzug bis zum Wochenende zu warten.

»Kurz vor der Brauerei am Ortsausgang geht's links ab. Einen Waldweg entlang, etwa zwei Kilometer, sollte einfach zu finden sein.«

»Fahrt ihr voraus?«

Neumann nickte und kurbelte die Scheibe wieder hoch. Der Fahrer schaltete die Scheinwerfer ein. Obwohl es heller Tag war, ließen die umstehenden hohen Bäume kaum Licht durch.

Die Wagenkolonne setzte sich wieder in Bewegung. Hundert Meter vor ihnen tauchte gegenüber dem Schild der Brauerei *Kieferbräu* die letzte Möglichkeit auf, links abzubiegen, bevor der Ort endete. Sie versuchten ihr Glück.

Es ging an einigen schmucklosen Einfamilienhäusern vorbei, die schon bessere Zeiten gesehen hatten, bis nach einer Kurve rechter Hand plötzlich ein protziges Anwesen im Stil einer Südstaatenvilla auftauchte, Veranda und Doppelgarage inbegriffen.

An der Einfahrt kehrte eine kleine drahtige Frau Laub zusammen. Als sie die Busse und die nachfolgenden Fahrzeuge auf sich zukommen sah, blickte sie interessiert auf und hielt in ihrer Arbeit inne.

Neumann ließ rechts ran fahren und kurbelte das Fenster herunter.

»Entschuldigung, ist das der Weg zur *Schreckenmühle?*«

Die Frau spähte ins Wageninnere, ihr Blick blieb auf Tibursky haften, der ihn mit einem spitzbübischen Lächeln erwiderte.

»Was wollen Sie denn da?«, erwiderte die Frau.

»Mer ziehe da ein«, erwiderte Tibursky.

»Ist das denn der richtige Weg?«, schaltete sich Neumann ein, bevor Tibursky noch mehr ausplaudern konnte.

»Im Prinzip ja … folgen Sie einfach der Straße. Nach dem Waldrand sind es noch etwa eineinhalb Kilometer, immer geradeaus; der Waldweg macht ein paar Biegungen, lassen Sie sich dadurch nicht verunsichern.«

Neumann bedankte sich, schloss das Fenster und ordnete die Weiterfahrt an.

Rosen und Tibursky sahen aus dem Rückfenster. Die Frau rührte sich nicht von der Stelle und beobachtete die Wagenkolonne, bis sie hinter einer Wegbiegung verschwand.

Auf einer Wiese kurz vor dem Waldrand stand ein Traktor mit Anhänger. Ein Mann mit Schutzbrille stand in einem Berg Holzmehl und zersägte unter ohrenbetäubendem Lärm einen meterdicken Eichenstamm. Als die Fahrzeuge an ihm vorüberkamen, legte er die Motorsäge beiseite, zog ein Handy aus der Tasche und fotografierte die Prozession.

Rosen stutzte. Wenn er sich nicht getäuscht hatte, blitzte auf dem weißen Telefon das silberfarbene Emblem eines angebissenen Apfels. Er hörte seinen Magen knurren.

Die Straße, die sich inzwischen in eine Schotterpiste verwandelt hatte, wurde nun zu einem Waldweg mit Schlaglöchern, in denen das Wasser stand. Die Fahrzeuge kamen nur noch im Schritttempo voran und schaukelten wie Schiffe in der Dünung.

Tibursky stöhnte und bat um eine neue Papiertüte, doch Neumann hatte keine mehr. Sie müssten gleich da sein, vertröstete der Bewährungshelfer ihn, er solle versuchen, durchzuhalten.

Hinter der nächsten Wegbiegung passierten sie einen Aussichtsturm. Das Holz war dunkel wie Teer, die Streben waren mit Moosflechten bewachsen. Der Aufgang war mit Brettern vernagelt und ein gelbes Schild warnte potenzielle Besucher: *Betreten verboten. Einsturzgefahr!*

Wenige Augenblicke später sagte der Fahrer: »Da vorne ist es.«

Der Wald mündete in eine Lichtung, gab den Blick frei auf

ein vernachlässigtes Haus mit grauem Mauerwerk. An einigen Stellen war der Putz abgeblättert und darunter kamen rote Ziegelsteine zum Vorschein. Knapp unter dem Giebel befanden sich zwei kleine Fenster, schwarzen Löchern gleich, die den Eindruck erweckten, als ließe sich jeder, der sich dem Anwesen näherte, unbemerkt beobachten.

Als die Kolonne endlich in den Hof einfuhr, stürzte Tibursky, kreideweiß im Gesicht, ins Freie. Nachdem die Motoren verstummt waren, hörte man nur noch zwei Geräusche: das Rauschen der Tannen im Herbstwind und das Würgen von Tibursky.

*

Tobin Kiefer betrachtete entgeistert das Digitalfoto, das ihm vor ein paar Minuten per E-Mail zugeschickt worden war. Eine Kolonne, bestehend aus einem Personentransporter und zwei Limousinen, fuhr in den Scheelbacher Forst ein, in Richtung *Schreckenmühle.* Was hatte das zu bedeuten? Nahm dieser Albrecht sein Therapiezentrum, dessen Pläne er dem Gemeinderat vor einigen Monaten vorgelegt hatte, etwa schon in Betrieb? Das Haus war selbst für Erwachsene noch nicht bewohnbar, ganz zu schweigen von Kindern, die unter psychischen Störungen litten. Und was sollte der massive Begleitschutz?

Kiefer kämpfte gegen den inneren Drang, sein Büro umgehend zu verlassen, um sich vor Ort ein Bild von der Situation zu machen. Und er ärgerte sich über sich selbst. Denn bereits vor Wochen hatte er sich vorgenommen, Albrecht endlich aufzusuchen und zur Vernunft zu bringen. Doch es war bei diesem Vorsatz geblieben. Sei es, weil er sich davor scheute, um sein Elternhaus zu schachern wie um einen Sack Gerstenmalz, oder weil er einfach zu viel zu tun hatte. Nun war es zu spät: Albrecht machte offensichtlich Nägel mit Köpfen.

In diesem Moment klingelte das Telefon – es war Anna.

»Tobin, da haben gerade einige Männer nach dem Weg zur Mühle gefragt. Ich dachte, ich rufe dich lieber an.«

»Dieser Albrecht nimmt seinen Streichelzoo wohl schon etwas früher in Betrieb.«

»Da waren keine Kinder im Auto.«

»Nicht? Dann rücken vielleicht die Handwerker an.«

»Tobin, einen der Männer im Wagen habe ich wiedererkannt.«

Das atmosphärische Rauschen in der Leitung hallte in seinen Ohren.

»Aus dem Fernsehen.«

Anna sprach in Rätseln.

»Kannst du mal ein bisschen deutlicher werden? Wen hast du wiedererkannt?«

»Du erinnerst dich an die drei Männer, die man aus dem Gefängnis freilassen musste? Die angeblich gefährlich sind? Wo es in Frankfurt den Aufstand gab, weil die Leute sie weghaben wollten? Einer von denen saß in dem Auto. Und ich glaube, die anderen beiden ebenfalls.«

Wortlos legte Kiefer auf.

Er hatte das Gefühl, sich mitten in einem Albtraum zu befinden, das Blut rauschte in seinen Ohren, vor seinen Augen tanzten rote Flecken und er musste sich an der Tischkante festhalten.

Nachdem sich sein Blutdruck halbwegs normalisiert hatte, ging er zum Fenster und nahm den Aussichtsturm, dessen Dach schwarz aus den Baumwipfeln herauslugte, ins Visier. Er weigerte sich zu glauben, was Anna ihm berichtet hatte. Sie verfügte über eine lebhafte Fantasie, sicher hatte sie den Mann im Wagen verwechselt und es waren Arbeiter gewesen, die das Haus renovieren sollten. Oder Touristen, die Pilze suchten.

Mit Polizeischutz?

Das Rauschen in seinen Ohren schwoll wieder an.

Henk musste her. Jemand musste umgehend bei der *Schreckenmühle* nachsehen, was dort vor sich ging.

*

Der Aussiedlerhof *Schreckenmühle* bestand aus einem Wohnhaus mit angrenzendem Stall und Scheune sowie zwei Gebäuden, die um einen weitläufigen Hof herum angeordnet waren.

Eines der Wirtschaftsgebäude war die ehemalige wasserbetriebene Knochenmühle. Dort waren bis kurz vor dem Zweiten Weltkrieg Tierknochen in einer großen mit Stahlkugeln gefüllten Trommel zu mineralischem Dünger verarbeitet worden. Das wertvolle Mahlwerk aus Industriestahl war irgendwann im Laufe des Krieges demontiert und zu Kriegsgerät umgearbeitet worden, ansonsten befand sich die Mühle einschließlich des leer geräumten Knochenlagers weitgehend im Originalzustand. Sowohl der Bach hinter dem Gebäude als auch der künstlich angelegte Teich, der die Steuerung des Mahlvorgangs ermöglichte, waren seit Jahrzehnten ausgetrocknet.

Vor der Außenmauer der Mühle, im Hofbereich, befand sich ein riesiger Käfig, ein Drahtgeflecht aus rostigen Metallstäben, an denen Fetzen blauer Plastikfolie hingen. Die Tür, die den Zugang bildete – ein einfacher mit Draht bespannter Holzrahmen –, hing nur halb in den Angeln, das Holz war zersplittert, der Draht zerrissen. Die Voliere war ein Bild des Jammers. Seit der Aufgabe des Gehöfts war sie von Wanderern oder Jugendlichen als Müllabladeplatz und Toilette missbraucht worden. Brandspuren am Boden ließen auf längst erloschene Lagerfeuer schließen, in den Kohleresten lagen nass glänzend noch ein paar unversehrte Holzstücke. An einem, dem Ende eines Stuhlbeins, klebte noch ein Filzgleiter. Fetzen von Toilettenpapier schwammen in einer Pfütze.

Der Eingang zum Hauptgebäude befand sich auf der Nordseite. Als Neumann den Schlüssel umdrehte und die Tür öffnen wollte, fiel die Klinke ab und landete klappernd auf dem Boden. Kopfschüttelnd steckte er sie in die Halterung zurück und trat ein.

Zur Linken stand im Flur eine offensichtlich selbst gezimmerte Garderobe. An der rechten Wand führte eine schmale mit Teppichboden ausgelegte Holztreppe nach oben, direkt davor die Eingangstür zum Wohn- und Esszimmer.

Hinter der Treppe machte der Flur eine Biegung nach links, von dort aus gingen auf der Südseite je eine Tür in den Wirtschaftsraum, das Gästezimmer und das Badezimmer ab. An der Nordseite lag der Zugang zur Küche mit angrenzender Vorratskammer, die außerdem über eine Tür ins Freie verfügte.

An der Ostseite, zwischen Badezimmer und Vorratskammer, befand sich eine schwere breite Tür, die – so vermutete Neumann – in den Stall führte.

Neumann machte einen kurzen Rundgang durch die Räume im Erdgeschoss, die einigermaßen gut in Schuss waren. Offenbar hatte man den unteren Teil des Gebäudes im Lauf der Jahre mehrmals renoviert: Fliesenfußböden wechselten sich mit PVC und Laminat ab, die Aufputzleitungen für die Stromversorgung stammten nicht alle aus derselben Epoche, die Zimmertüren waren ein kunterbuntes Sammelsurium, was Stilrichtungen und Materialien betraf.

Dann ging es an die Zimmerverteilung im Obergeschoss. Hinter Neumann schleppten Rosen, Tibursky und Lefeber ihre Siebensachen die knarzende Treppe hinauf, ihnen folgten die Fahrer mit Umzugskartons. Selbst die zur Rund-um-die-Uhr-Bewachung abgestellten Polizeibeamten packten hilfsbereit mit an.

Im ersten Stock gab es vier Zimmer, mit knapp achtzehn Quadratmetern alle etwa gleich groß. In einem war eine

Bodendiele durchgebrochen, ob aus Altersschwäche oder als Folge von Zerstörungswut ließ sich nicht sagen; sie gab den Blick auf die Zwischendecke frei, weshalb dieser Raum unbewohnbar war. An der Tür klebte ein Pappschild, auf das jemand mit Rotstift ungelenk einen Totenkopf und die Worte *Vorsicht! Lebensgefar!* gekritzelt hatte. Die Verteilung der verbleibenden Räume erfolgte mit einigem Schulterzucken, lediglich Tibursky bat darum, das Zimmer im Südwesten beziehen zu dürfen, nachdem er entdeckt hatte, dass es eine in der Wand versteckte Tür zur Scheune besaß, die direkt über dem Stall lag.

Der Zustand der Räumlichkeiten im Obergeschoss war wesentlich schlechter als derjenigen im Erdgeschoss. Die Bodendielen waren abgestoßen, in der Mitte von Rosens Zimmer leuchtete auf dem Fußboden ein riesiger weißer Fleck – Neumann vermutete, dass hier einmal ein Eimer Farbe umgekippt und die Stelle nur notdürftig gereinigt worden war. Die Muster und Farben der Tapeten stammten aus den Siebzigerjahren, helle Vierecke kennzeichneten die Stellen, an denen Möbel gestanden und das Sonnenlicht ferngehalten hatten, und unzählige Dübellöcher, manche nur notdürftig verspachtelt, verliehen den Wänden das Aussehen eines Schweizer Käses.

In diesem Durcheinander wirkten die Rauchmelder, die allem Anschein nach erst unlängst an der Decke installiert worden waren, wie Fremdkörper. Die Kontrolllämpchen blitzte alle paar Minuten rot auf, zeigten ihre Bereitschaft an, die Bewohner vor dem heimtückischen Feuertod zu bewahren.

Sie benötigten gerade mal eine halbe Stunde, um sich notdürftig einzurichten, dann fanden sich alle im Wohnzimmer ein. Neumann hatte eine neue Kaffeemaschine spendiert, nun stellte er ein Tablett mit vier großen Tassen auf den Tisch, aus denen Dampf aufstieg. Obwohl er bereits die Fenster aufgerissen hatte, um frische Luft hereinzulassen, haftete Modergeruch in den feuchten Räumen. Es war kalt hier drinnen – kälter als draußen.

Neumann verteilte die Tassen und forderte die Männer auf, sich zu setzen. Lefeber holte einen Lappen aus der Küche und wischte den Stuhl ab, bevor er Platz nahm. Dann legte er den schmutzigen Lappen in die Mitte des Tisches, was Tibursky mit einem Grinsen zur Kenntnis nahm

»Wasser läuft, die Boiler in Küche und Bad sind ebenfalls eingeschaltet. Es wird wohl noch eine oder zwei Stunden dauern, bis Sie heißes Wasser haben. Die Sicherung für die Vorratskammer fliegt immer wieder raus, ich schicke einen Elektriker vorbei, ansonsten funktioniert alles. Geheizt wird mit Holz. Herr Albrecht meinte, dass Sie mit dem Holz im Stall gut eine Woche auskommen; in der Scheune liegen noch etliche trockene Scheite, die Sie nur hacken müssen. Der Vorrat dürfte für den ganzen Winter reichen. Wie man den Ofen anzündet, zeige ich Ihnen nach der Kaffeepause.«

»Womit hacken wir das Holz?«, wollte Lefeber wissen.

»Axt und Schleifstein finden Sie neben dem Holzstapel.«

Lefeber sah zu Rosen hinüber, doch der starrte aus dem Fenster, als ginge ihn das alles nichts an.

»Da draußen ist jemand«, sagte er unvermittelt.

Neumann ging zum Fenster. Am Ende des Waldweges lehnte ein geländegängiges Motorrad an einem Baum, die Reifen mit Schlamm verkrustet. Daneben stand breitbeinig und mit einem Fernglas vor den Augen ein gedrungener, muskulös wirkender Mann mit Glatze. Obwohl Neumann eine Weile hinausblickte, machte der Besucher keine Anstalten, zu grüßen. Erst als der Bewährungshelfer ein lautes »Hallo!« in den Wald rief, schwang der Mann sich auf seine Maschine und brauste unter lautem Knattern davon. Dem Motorrad fehlte das Nummernschild. Neumann kehrte an den Tisch zurück.

»Es befinden sich rund um die Uhr zwei zivile Streifenwagen mit je zwei Beamten in Ihrer Nähe. Die Beamten werden Sie nicht aus den Augen lassen, vierundzwanzig Stunden lang, sieben Tage die Woche. Wenn Sie die *Schreckenmühle* verlassen möchten, melden Sie sich ab, Sie werden dann begleitet. Ausflüge bitte einen Tag vorher anmelden, das ist keine Auflage, sondern ein Wunsch der Polizeibeamten, und ich rate Ihnen, sich mit den Herren gut zu stellen. Die können Ihnen das Leben nämlich richtig schwer machen, wenn sie es darauf anlegen. Es ist Ihnen ab sofort nicht mehr gestattet, sich frei und unbeaufsichtigt zu bewegen. Die Beamten sind darüber hinaus berechtigt, Personen, mit denen Sie in Kontakt treten, über Ihr Vorleben aufzuklären.«

»Des heißt«, fiel Tibursky ein, »wenn isch eine nedde Daame auf ein Likörsche einlade, komme die Uniformierde und …«

»… dürfen Ihre Herzdame vorbeugend darüber informieren, dass Sie wegen schweren Betrugs, Freiheitsberaubung und Körperverletzung mehrfach vorbestraft sind. Bei Herrn Rosen und Herrn Lefeber entsprechend.«

Tibursky stieß einen Pfiff aus.

Lefeber schüttelte fassungslos den Kopf. »So wird das aber nichts mit der Resozialisierung.«

»Das sind Kann-Regeln, die Umsetzung liegt im Ermessen der diensthabenden Polizisten und hängt nicht zuletzt davon ab, wie gut Sie mit ihnen kooperieren.«

Die Bemerkung entlockte Lefeber nur ein schwaches Lächeln. Kooperation mit Polizisten – das klang ja beinahe wie eine Geschäftsbeziehung.

»Als zusätzliche Sicherheitsmaßnahme«, Neumann kramte aus seiner Jackentasche eine dunkelblaue Armbanduhr, das gleiche Modell, das Rosen, Lefeber und Tibursky am Handgelenk trugen, »gibt es dieses ADS-System. Der dazugehörige Empfänger befindet sich im Einsatzwagen der Beamten und es gibt ein zweites mobiles Gerät, das benötigt wird, wenn Sie zum Beispiel einen Ausflug machen. Der Radius beträgt dreihundert Meter. Wenn Sie sich weiter vom

Empfänger entfernen, wird Alarm ausgelöst. Danach sind die Beamten berechtigt, Sie in Gewahrsam zu nehmen. Das könnte auch eine Rückführung in die JVA zur Folge haben. Aber so weit wird es ja hoffentlich nicht kommen.«

Neumann nippte an seinem Kaffee, bevor er fortfuhr.

»Bei Ihnen, Herr Lefeber, gilt eine zusätzliche Regelung. Zwar sind wir weit von Frankfurt entfernt, aber der Alarm wird auch dann ausgelöst, wenn Sie sich Frau Franke auf mehr als fünfhundert Meter nähern.«

Lefeber verzog keine Miene.

Dass Ina Franke in diesem Fall zur Warnung eine SMS mit der Anweisung erhalten würde, sich umgehend an die nächste Polizeidienststelle zu wenden, verschwieg Neumann wohlweislich.

»Sonst noch Fragen?«

»Wie kommen wir an Geld?«

Neumann schlug sich an die Stirn. »Danke für die Erinnerung. Hätte ich glatt vergessen.«

Er öffnete seine Ledertasche und zog drei beschriftete Umschläge heraus, die er den Männern einzeln überreichte. Jeder musste den Empfang des Geldes quittieren.

»Zählen Sie nach, spätere Reklamationen werden nicht berücksichtigt«, scherzte Neumann. »Sie haben ein Anrecht auf Grundsicherung für Arbeitssuchende nach dem SGB II. Gemeinhin auch Hartz IV genannt. Ich zahle Ihnen wöchentlich den Satz in bar aus. Außerdem schlage ich vor, Sie legen sich eine Gemeinschaftskasse zu. Für Dinge wie Toilettenpapier, Kaffee und so weiter.«

Er hatte vorausschauend ein kleines rosa Sparschwein besorgt, das er nun vor sich auf den Tisch stellte. Die Männer sahen ihn zögernd an, dann steckte jeder einen Geldschein in den Schlitz.

Neumann lachte. »Sie werden sich schon einigen. Früher oder später. Das Gericht hat, den Empfehlungen des Sachverständigengutachtens folgend, die intensivste Betreuungsstufe angeordnet. Das bedeutet, ich werde einmal pro Woche vorbeikommen, organisieren, was so anfällt und persönliche Gespräche mit Ihnen führen. Nächste Woche, nachdem Sie sich ein wenig eingelebt haben, fahren wir zur Arbeitsagentur nach Rieneck und sehen, was wir dort erreichen können. Ich muss noch mit einigen Firmen in der Umgebung sprechen.«

»Hier liesche die Stelle sischer auf der Straße«, meinte Tibursky sarkastisch.

»Man soll die Hoffnung nie aufgeben, Herr Tibursky«, sagte Neumann in einem Tonfall, der einstudiert klang. Er blickte auf die Uhr. »Ich muss los, sorry, der nächste Termin wartet. Sonst noch Fragen?«

Keine Fragen.

Neumann legte seine Visitenkarte auf den Tisch. »Wenn etwas ist – einfach anrufen.«

Lefeber sah ihn herausfordernd an. »Gibt es Telefon im Haus?«

»Nein, tut mir leid. In Scheelbach neben dem Gemeindehaus finden Sie eine Telefonzelle. Im *absoluten* Notfall geben Sie den Kollegen draußen Bescheid, die haben ein Handy.«

Neumann packte seine Sachen und reichte jedem der Männer die Hand. »Einen guten Einstand wünsche ich Ihnen.«

Die Männer nahmen die Ankündigung kommentarlos hin.

Bevor er das Wohnzimmer verließ, drehte Neumann sich noch einmal um. »Damit wir uns richtig verstehen: Das hier ist eine Chance. Die einzige, die Sie vermutlich bekommen werden. Machen Sie das Beste daraus.«

Fünf Minuten später sahen die Männer, wie sich eine Kolonne von drei Fahrzeugen in Bewegung setzte. Die Autos fuhren wesentlich schneller als auf dem Hinweg. Vielleicht weil sie ihre Fracht abgeladen hatten. Oder weil sie froh waren, diesen ungastlichen Ort endlich zu verlassen. Weitere fünf Minuten später war das rhythmische Quietschen von

Rosens Stuhl das einzige Geräusch, das die unheimliche Stille des Wohnzimmers durchbrach.

*

Es war bereits dunkel, als Bruno und Nora in Scheelbach eintrafen. Der Landrover bog links ab, passierte Kiefers Haus und rollte leicht bergab Richtung Wald. Nachdem sie den Aussichtsturm hinter sich gelassen hatten, tauchten drei einsame Lichter zwischen den Bäumen auf – die erleuchteten Fenster von Wohn- und Esszimmer sowie von Rosens Zimmer im ersten Stock.

Nora verspürte ein Kribbeln im Magen. Bruno hatte sie gebeten, ihn zur *Schreckenmühle* zu begleiten, ihr psychologischer Sachverstand sei gewiss von Nutzen, auch ohne offiziellen Auftrag.

Sie hatte es nicht übers Herz gebracht, ihm einen Korb zu geben, doch wohlfühlen musste sie sich deswegen ja noch lange nicht.

Wenigstens hatte sich Bruno als der ideale Beschützer erwiesen, von seinen Muskeln hatte sie sich am Abend zuvor noch einmal in allen Einzelheiten überzeugen dürfen. Obwohl keine physische Konfrontation zu befürchten stand, war es beruhigend, jemanden bei sich zu haben, der sie im Notfall tatkräftig unterstützen konnte.

Sie näherten sich dem Haus. Kurz bevor sie in den Hof einbogen, fuhren sie an zwei Opel-Limousinen vorbei, in denen eine Notbeleuchtung brannte.

Nora erwog kurz, sich von den Kollegen über den Tagesverlauf berichten zu lassen, aber dann fiel ihr wieder ein, dass sie nicht dienstlich hier war.

Bruno stellte den Wagen im Hof ab und hievte zwei prall gefüllte Einkaufstüten aus dem Kofferraum. Auf ihr Klopfen an der Haustür hin rief jemand: »Moment!« Topfgeklapper, Schritte, dann stand Lefeber mit Strickjacke und Mütze auf dem Kopf vor ihnen. Er hatte eine Küchenschürze umgebunden, die Hände steckten in gelben Gummihandschuhen. Beides stammte aus der Grundausstattung, die Neumann zum Einzug mitgebracht hatte. Ein Lächeln huschte über Lefebers Gesicht, er wirkte richtiggehend erleichtert über den Besuch.

»Kommen Sie rein. Ich putze gerade die Küche.«

Sie stellten die Einkäufe auf die Arbeitsplatte. Es war eiskalt im Haus und roch stark nach Rauch.

»Gibt es hier drinnen keine Heizung?«, fragte Nora.

»Neumann wollte uns eigentlich noch zeigen, wie man den Kachelofen einheizt, doch dann hat er es vergessen. Ich hab es zwei Mal erfolglos probiert und dabei die ganze Bude vollgequalmt. Vielleicht haben Sie mehr Glück.«

Nora und Bruno folgten Lefeber ins Wohnzimmer. Die Ofenklappe stand offen, im Inneren erahnte man ein Durcheinander aus Papier, Zunder und Holzscheiten.

Bruno legte einen Hebel oben am Ofenrohr um. »Sie müssen erst den Abzug öffnen. Wenn der Ofen aus ist, schließt man den Abzug, damit keine kalte Luft durch den Kamin eindringt.« Er ging in die Hocke und zündete das Papier im Ofen an. Innerhalb weniger Sekunden loderten die Flammen hoch. Albrecht schloss die Klappe.

»Sind Sie ganz allein für die Hausarbeit zuständig? Wo sind denn die beiden anderen?«, wollte Nora wissen.

Lefeber, der inzwischen die Gummihandschuhe ausgezogen hatte und sich händereibend vor dem Ofen aufwärmte, sagte: »Rosen hat sein Zimmer den ganzen Tag nicht verlassen. Außer, um sein Insulin in den schimmeligen Kühlschrank zu stellen. Den ich übrigens gerade reinige. Und Tibursky ist direkt nach unserer Ankunft im Wald verschwunden.«

Nora und Bruno warfen sich einen fragenden Blick zu. Mit einem flauen Gefühl im Magen eilte Nora nach draußen, um sich über Tiburskys Verbleib zu erkundigen.

»Mein Kollege folgt dem sauberen Herrn bereits auf dem Fuße«, sagte der Streifenbeamte, der alleine im Wagen saß. Er trank einen Schluck aus seiner Thermoskanne, dann nahm er sein Funkgerät und betätigte die Sendetaste: »Waldschrat eins an Waldschrat zwei. Wo steckt ihr?«

Nora konnte sich ein Grinsen nicht verkneifen. Die Kollegen hatten manchmal einen ziemlich abartigen Humor.

Keine Antwort.

»Waldschrat eins an Waldschrat zwei, bitte kommen!«

Nach einer Ewigkeit, in der nur atmosphärisches Knistern zu hören war, ertönte eine verzerrte Stimme: »Wir sind auf dem Heimweg, Dieter. Herr Tibursky, machen Sie mal langsam. Oder legen Sie es etwa darauf an, dass ich mich im dunklen Wald verlaufe und vom bösen Wolf gefressen werde?«

Nach einer Pause fuhr die Stimme fort: »Der Witzbold fragt, ob ich keine Brotkrumen ausgestreut hätte. Hat aber einen unglaublichen Orientierungssinn.«

Nora stellte sich vor, wie Tibursky durch den Wald streifte, auf der Suche nach Ruhe und Erholung in der Natur, und dabei auf Schritt und Tritt von einem Uniformierten mit einem schnarrenden Funkgerät verfolgt wurde.

Kurze Zeit später stapften die beiden Ausflügler auf sie zu. Tibursky, der einen Gegenstand in der Größe eines Handballs trug, lief schnurstracks Richtung Haustür. Nora folgte ihm. Als sie den Flur betrat, war aus dem Wohnzimmer ein lautes Streitgespräch zu vernehmen.

»Nehmen Sie das sofort hier weg, Tibursky. Das ist ja ekelhaft!«, hörte sie Lefebers Stimme, die einen hysterischen Unterton enthielt.

Tibursky kam ihr grinsend entgegen. In der Hand hielt er ein weißes, eiförmiges Spinnennest, in dessen verschlungenen Fäden es nur so wimmelte. Offenbar grauste es dem Kerl vor gar nichts. Nora schauderte. Tibursky lief bereits die Treppe hinauf.

»Was haben Sie damit vor?«, rief sie ihm nach.

»Des kommt in mein Zimmer«, antwortete Tibursky.

»Ich glaube nicht, dass Lefeber damit einverstanden ist. Bringen Sie es bitte nach draußen. Oder in den Stall meinetwegen, damit es geschützt ist.«

Tibursky zog die Stirn kraus. Dann kehrte er um und lief an der zurückweichenden Nora vorbei, den Gang hinunter und bog um die Ecke; wenige Augenblicke später hörte sie die Verbindungstür zwischen Haus und Stall quietschen.

Nora atmete auf. Sie ging die Treppe hinauf und klopfte an Rosens Tür. Im Zimmer waren leise Stimmen zu vernehmen. Erst nach dem zweiten Klopfen bat Rosen sie herein. Er saß an einem kleinen Tisch, auf dem sein Kofferradio stand, und hörte einen Sender, der Schlager brachte. Der Boden um ihn herum war mit leeren Zwiebackpackungen übersät. Offensichtlich hatte er sich den ganzen Nachmittag ausschließlich davon ernährt.

»Kommen Sie nach unten, Rosen, wir brauchen Unterstützung beim Putzen. Und dann koche ich uns etwas.«

Rosen sah sie ratlos an und rührte sich keinen Millimeter.

»Na los, hier müssen alle mit anpacken!«

Endlich stemmte er sich an der Tischplatte hoch, schaltete das Radio aus und setzte sich in Bewegung. Er blieb vor Nora stehen, trotz seines Alters und seiner Krankheit eine imposante Erscheinung mit mehr als zwei Metern Körpergröße und dem Kreuz eines Preisboxers.

Er lächelte scheu. »Darf ich beim Kochen helfen? Ich kann das gut.«

Dienstag, 12. November

Zwölf. Dreißig. Vier.

Es ist spät, als er die Rücklichter des Landrovers zwischen den Bäumen verschwinden sieht. Richtung Scheelbach, dann fahren sie zurück nach Frankfurt, hat die Frau Doktor gesagt. Es ist halb ein Uhr nachts, wie Rosen weiß, denn seine neue blaue Uhr zeigt es ihm auf die Sekunde genau an. Eigentlich ist er froh über die neue Uhr. Sie hat Zeiger und das wirkt irgendwie elegant. Dass die Polizisten ihn damit überwachen können, stört ihn nicht. Viel eher beruhigt ihn der Gedanke, vier Aufpasser zu haben.

Bevor Bruno Albrecht und die Frau Doktor gefahren sind, haben sie gemeinsam mit Adam und ihm aufgeräumt, geputzt, gekocht, eingeheizt. Beim Essen haben die beiden sich verstohlene Blicke zugeworfen – Rosen glaubt, sie haben Sex miteinander gemacht. Wenn er das denkt, kann er die Frau Doktor nicht ansehen, denn er hat Angst, sie könnte vielleicht seine Gedanken lesen. Seine Gedanken, was Bruno und Frau Doktor miteinander tun, wenn sie alleine sind, sind nicht fein. Es wäre ihm peinlich, wenn irgendjemand davon erfahren würde.

Bevor sie gegangen sind, hat Bruno ihm gezeigt, wie man ein Kohlebrikett in nasses Zeitungspapier einwickelt und in den Ofen legt, damit die Glut bis zum Morgen erhalten bleibt.

Tibursky, das Wiesel, hat sich den ganzen Abend nicht blicken lassen, vermutlich studiert er in der Scheune das ekelhafte Getier, das er aus dem Wald mitgebracht hat.

Rosen bekommt in dieser Nacht kaum Schlaf. Er wacht stündlich auf und läuft ins Bad am Ende des Ganges, um Wasser zu trinken und zu pinkeln. Der Fliesenboden im Bad ist eiskalt unter den nackten Füßen. Seine Hausschuhe sind in den Kisten nicht aufgetaucht, vielleicht hat er sie bei *G. Richter* stehen lassen. Die Frau Doktor wird sich erkundigen, hat sie versprochen. Rosen ist nicht der Einzige, der nicht schlafen kann. Unten in der Küche hört er Lefeber herumwerkeln. Und nach einem seiner Toilettengänge – um Viertel vor vier – kommt Tibursky die Treppe rauf und schleicht wortlos in sein Zimmer, das sich direkt neben dem Bad befindet.

Rosen legt sich wieder ins Bett und lauscht. Ihn beunruhigt die Stille des Hauses, auch wenn der Wald um die Mühle herum nachts alles andere als still ist. Alleine das Rauschen der Bäume im Wind ist schon so laut, als würde eine Flutwelle auf ihn zurollen. Doch es ist das Fehlen menschlicher Geräusche, das Rosen ängstigt. In der JVA waren die Räume erfüllt von den Geräuschen schlafender, essender, streitender Männer. Wenn er Lefeber wieder husten hört, wird er sich gleich besser fühlen. Aber unten bleibt alles totenstill – Adam ist zu Bett gegangen. Willi schläft in seinem Käfig. Auch für ihn war die Reise anstrengend.

Rosen steht abermals auf. Er sieht aus dem Fenster. Starrt in die Schwärze des Waldes. Die Bäume zeichnen sich wie graue Linien vor der alles verschlingenden Dunkelheit ab. Wie Gitterstäbe. Unter sich, auf der gegenüberliegenden Seite des Hofes, sieht er die Voliere, oder was davon übrig ist. Ein Jammer, dass Willi nicht darin herumfliegen kann, sondern in seinem beengten Käfig hausen muss.

War das ein Licht am Ende des Weges, das kurz aufgeblitzt ist? Rosen steht wie erstarrt am Fenster. Er versucht, etwas zu erkennen, doch je mehr er in die Finsternis stiert, desto mehr Lichtpunkte tanzen vor seinen Augen. Aber diese Irrlichter sind offenbar nur ein Trugbild seiner Fantasie und nachdem er minutenlang gesucht und nichts entdeckt hat, hört er seine Zähne klappern. Vor Kälte oder Angst kann er nicht sagen.

Endlich fällt ihm Chewbacca ein. Er liegt noch im Koffer. Rosen fischt ihn heraus, nimmt ihn mit ins Bett und schmiegt sich an sein verfilztes Fell. Er spürt die Stärke des Wookie und die Spannung, die seit Beginn des Abends auf ihm lastet, beginnt, sich zu lösen.

In Sekundenschnelle schläft er ein.

Seine erste Nacht in der *Schreckenmühle.*

*

Am Morgen fand Lefeber in der Scheune ein Fahrrad. Ein rostiges Damenrad ohne Gangschaltung, dafür mit zwei Plattfüßen, doch er konnte dieses Problem durch den Einsatz der direkt danebenliegenden Luftpumpe schnell beheben. Noch bevor Lefeber den Hof verlassen hatte, musste er feststellen, dass man Fahrradfahren entgegen der landläufigen Auffassung durchaus verlernen kann. Zumindest nach mehr als zwanzig Jahren im Gefängnis. Wie ein Betrunkener schlingerte er auf seinem Gefährt über den Hof und stürzte bei der ersten Unebenheit. Die Polizisten saßen in ihrem Wagen und äugten neugierig herüber.

Lefeber rappelte sich hoch und winkte ihnen zu. *Alles in Ordnung, nichts passiert.* Es schien sie nicht großartig zu interessieren, ob er sich den Hals brach.

Er klopfte die Blätter von der Jacke und hob das Fahrrad vom Boden auf. Die Lampe war verbogen, der Bremshebel verrutscht, Lefeber behob den Schaden notdürftig und setzte sich in Bewegung. Bis an den Waldrand, vielleicht sogar bis zum Ortseingang, wo die Straße geteert war, würde er schieben müssen. Erst wenn er sich wieder an diese Art der Fortbewegung gewöhnt hatte, würde er sich auch fahrend den Waldweg entlangtrauen.

Aus dem Haus war kein Laut zu vernehmen. Kurz vor der Biegung drehte er sich noch einmal um und musterte die graue Fassade, die wenig einladend wirkte. Ein dünner Rauchfaden stieg aus dem Kamin empor, eine Pfütze im Hof war zu Eis gefroren – es war kalt an diesem Morgen, bitterkalt und wolkenlos. Er setzte seinen Weg in Richtung Dorf fort. Keine fünf Meter weiter hörte er ein Hupen. Lefeber drehte sich um.

Einer der Polizisten war ausgestiegen und lehnte an der offenen Wagentür. »Wohin wollen Sie, Herr Lefeber?«, rief er ihm zu.

»Ins Dorf. Zum Bäcker.«

»Sie müssen uns vorher Bescheid geben.«

»Entschuldigung. Das hatte ich vergessen.«

»Warten Sie, wir kommen.«

Der Polizist stieg ein und ließ den Motor an. Dann setzten sie sich in Bewegung: Lefeber, der sein Fahrrad durch den Wald schob, und der dunkelblaue Wagen, der ihm in fünfzig Metern Abstand wie ein Schatten folgte.

Kurz vor dem villenähnlichen Einfamilienhaus, an dem Neumann gestern nach dem Weg gefragt hatte, ging die Schotterpiste in eine geteerte Straße über. Lefeber sah außer seinen Aufpassern niemanden auf der Straße. Zum zweiten Mal an diesem Tag bestieg er mit klopfendem Herzen den Drahtesel. Er trat kräftig in die Pedale und das Zusammenspiel der Kräfte verlieh ihm Stabilität. Er grinste, als er beschleunigte und ihm der kalte Wind um die Ohren pfiff. Sein Herz klopfte immer noch, aber dieses Mal vor Freude, aus einem Gefühl der Freiheit heraus. Die Polizeieskorte hinter ihm ignorierte er.

Die Bäckerei befand sich etwa in der Mitte des Ortes, direkt an der Durchfahrtsstraße. Das Erscheinungsbild des Hauses verströmte Vergangenheit aus jeder Pore, angefangen beim Schild über der Eingangstür mit einer ungelenk gemalten Brezel und der Aufschrift *Bäckerei Ludwig*.

Vor dem Zigarettenautomaten neben dem Eingang vertraten sich drei Heranwachsende die Beine. Sie erwiderten Lefebers Gruß nicht, beobachteten ihn stattdessen neugierig, und als er die Stufen zum Eingang hinaufging und sich die Tür mit einem Klingeln öffnete, hörte er sie in seinem Rücken lachen.

Das Innere der Bäckerei entpuppte sich als Überraschung. So altbacken die Fassade des Geschäftes auch wirken mochte – hier gab es alles, was das kosmopolitische Herz begehrte. In einem Korb direkt neben der Kasse lag genau das, wonach Lefeber der Sinn stand, seit er heute Morgen das Fahrrad aus der Scheune geschoben hatte: Croissants.

Eine ganze Weile fixierte er stumm die französischen

Hörnchen, bevor er merkte, dass jemand mit ihm sprach. Eine dralle blonde Frau mit Doppelkinn sah ihn freundlich an: »Kann ich Ihnen helfen?«

»Ich ... ja ...« Lefeber räusperte sich und fuhr sich verlegen durch die Haare. »Entschuldigen Sie, Ihr Sortiment überfordert mich gerade ein wenig.«

Er erwiderte ihren Blick und dann passierte das, was immer passierte, wenn ihm jemand in die tiefgründigen grünen Augen sah. Die Frau hielt in der Bewegung inne.

Sobald Lefeber lächelte, fiel die Erstarrung von ihr ab und sie erwiderte das Lächeln.

»Lassen Sie sich nur Zeit«, sagte sie und verschwand rasch hinter einem Vorhang, der offenbar ins Hinterzimmer führte.

Lefeber ließ den Blick über die Auslagen schweifen. Auf der Theke lag ein Stapel BILD-Zeitungen. Fotos von ihm und seinen beiden Mitbewohnern auf Seite eins, allerdings zwanzig Jahre alte Bilder, auf denen er sich nicht besonders ähnlich sah. *Wo verstecken sich die Kinderschänder?* lautete die Schlagzeile in roten reißerischen Großbuchstaben. Lefeber überflog den Text. Die Zeitung bot eine nicht zu verachtende Belohnung für Hinweise über den Aufenthalt der Männer. Schnappschüsse sollten sogar mit tausend Euro honoriert werden. Grimmig spielte er mit dem Gedanken, selbst in Berlin anzurufen und die Belohnung zu kassieren. Über kurz oder lang würden die Reporter ohnehin vor der *Schreckenmühle* aufkreuzen.

Als sich der Vorhang erneut teilte, trat nicht die dralle Blondine heraus, sondern ein Junge. Er war siebzehn oder achtzehn, wirkte kräftig, aber nicht dick; blonde Locken hingen ihm in die Stirn und seine roten Wangen rührten wohl von der Wärme in der Backstube her. Die Ähnlichkeit mit seiner Mutter war unverkennbar. Sein Gang hatte das Ungelenke eines Kindes und gleichzeitig das Großspurige eines Machos. Der Kerl war ausnehmend hübsch, dachte Lefeber und ihm wurde warm ums Herz. Doch dieses Gefühl machte ihm Angst und er lenkte seine Aufmerksamkeit schnell auf die Croissants und die verlockenden Düfte im Raum.

»Hallo.«

Lefeber sah hoch, die Stimme des Jungen klang kindlich, weit weniger erwachsen als erwartet. Er sah ihn offen an. Seine Augen waren grau und sein klarer Blick schien Lefebers Seele bis auf den Grund zu durchdringen. Er war aufgeregt wie vor einer Prüfung, als er antwortete.

»Hallo auch.«

»Machen Sie hier Urlaub?«

»Ich ... ja ... kann man so sagen.« Was redete er da für einen Unsinn? Lefeber wollte den Jungen nicht mit komplizierten Erklärungen langweilen. Nein, er wollte ihn *keinesfalls* langweilen. Aber ihm auch nicht die Wahrheit gestehen.

»Probieren Sie die Krusti, unsere Spezialität.« Der Junge deutete auf einen Korb, in dem sich gebräunte, kunstvoll gedrehte Teiggebilde türmten.

In diesem Moment huschte die Mutter des Jungen wieder durch den Vorhang und gesellte sich zu ihnen. Als sie Lefebers Miene sah – verwirrt und unentschlossen – musste sie lachen. »Hat Timm Sie ›beraten‹? Entschuldigen Sie, er kann manchmal ein wenig aufdringlich sein.« Mit einem freundlichen Klaps auf den Rücken schickte sie ihren Sohn in die Backstube zurück. Bevor sich der Vorhang endgültig hinter ihm schloss, drehte sich der Junge noch einmal um und sagte mit einem schiefen Lächeln: »Sie sind schön.«

Dann war er verschwunden.

»Mit ›schön‹ meint er ›nett‹«, erklärte die Frau. Das schiefe Lächeln der eigenartige Satz und die ungelenken Bewegungen öffneten Lefeber die Augen: Der Junge war allem Anschein nach geistig behindert. Durfte man das heute überhaupt noch sagen, ›geistig behindert‹? So viele Dinge hatten sich in den zwanzig Jahren seiner Abwesenheit geändert. Vielleicht gab es heute einen korrekteren Begriff?

»Timm ist ein ganz besonderes Kind«, sagte die Blonde, »Ich hoffe, Sie nehmen ihm seine direkte Art nicht übel. Er ist ziemlich zutraulich, manchmal ein bisschen zu sehr für meinen Geschmack.«

»Das ist schon in Ordnung. Ich finde ihn sehr sympathisch.«

Die Frau lächelte dankbar. »Haben Sie sich schon entschieden?«

Lefeber sah sie verwirrt an.

»Was Sie zum Frühstück mitnehmen möchten?«

»Ach ja – Frühstück!« Er schlug sich mit der Hand gegen die Stirn. Dann kaufte er vier Krustis, zahlte und verließ eilends die Bäckerei. Die Croissants, auf die er es ursprünglich abgesehen hatte, waren vergessen.

Draußen, auf der gegenüberliegenden Straßenseite, stand das Polizeifahrzeug. Jetzt erst fiel ihm auf, dass die Beamten darauf verzichtet hatten, ihm in die Bäckerei zu folgen. Immerhin gönnten Sie ihm einen Anhauch von Freiheit: Croissants – oder vielmehr Krustis – zu erstehen und dabei ein paar Worte mit der Verkäuferin zu wechseln. Das Leben konnte bisweilen wundervoll sein.

Vor der Bäckerei erwartete ihn die nächste Überraschung. Die Fahrradreifen waren wieder platt. Vermutlich hatten sie doch ein Loch gehabt und mussten geflickt werden. Doch als er sich hinunterbeugte, um den Schaden in Augenschein zu nehmen, sah er die Ventile mitsamt den Verschlusskappen auf dem Boden liegen. Lefeber richtete sich auf und ging wütend zu den Polizisten, die in ihrem Wagen saßen.

»Haben Sie jemanden bemerkt, der sich an meinem Fahrrad zu schaffen gemacht hat?«

Die Herren zuckten ratlos mit den Schultern. Woran sie auch gedacht haben mochten, jedenfalls nicht an Lefeber und sein Fortbewegungsmittel. Immerhin erklärten sie sich bereit, das Rad in den Kofferraum zu laden und Lefeber nach Hause zu fahren. Als er hinten einstieg, entdeckte er die Gesichter von Mutter und Sohn, die ihn neugierig durch die Scheibe beobachteten. Dieses Mal wurde sein Lächeln nicht erwidert.

*

Die Herrschaften von der Presse hatten nicht lange gebraucht, um die ›Kinderschänder‹ zu finden. Kurz vor dem Aussichtsturm war der erste Übertragungswagen im weichen Waldboden stecken geblieben und versperrte den Weg. Vom Rücksitz aus sah Lefeber, wie die Hinterräder des Transporters durchdrehten und Matsch hochschleuderten. Der zivile Streifenwagen, auf dessen Motorhaube er landete, setzte zurück und hupte. Die Hinterräder des havarierten Gefährtes fraßen sich fest, ein schlaksiger Kerl mit langen Haaren stieg aus und lief auf sie zu. Lefeber duckte sich auf seinem Sitz, in der Hoffnung, sich unsichtbar zu machen.

»Wir stecken fest«, erklärte der Typ vom Fernsehen, nachdem der Fahrer das Fenster heruntergelassen hatte.

»Tatsächlich?«, tat der Beamte überrascht.

»Können Sie uns Schieben helfen?«

»Leider nein. Rufen Sie doch den Abschleppdienst.«

»Haben wir schon. Die können frühestens in zwei Stunden hier sein.«

Die Polizisten beschlossen nach Rücksprache mit Lefeber, umzukehren und im Ort zu warten, bis der Weg geräumt war. Gerade als sie wenden wollten, rollte hinter ihnen das nächste Ungetüm heran, noch monströser als das Fahrzeug vor ihnen. Es lag auf der Hand, dass es nicht rückwärts durch den ganzen Wald bis zur nächsten Wendemöglichkeit fahren konnte. Lefeber fragte sich, wie die Leute ihre ausladenden Karren jemals wieder aus dem Wald herausbringen wollten.

Grimmig änderten die Polizisten ihre Meinung und stiegen aus, um doch noch Hand anzulegen. Als sie Lefeber zusammengesunken auf dem Rücksitz sahen, klopften sie an die Scheibe und forderten ihn gestenreich auf, mitzuhelfen. Keine Chance, sich zu verkriechen.

Einer seiner Bewacher hinderte den Schlaksigen daran, wieder in die Kabine einzusteigen. Stattdessen ließ er sich die Schlüssel aushändigen und schwang sich selber auf den Fahrersitz. »Ich fahre, Sie schieben!«, befahl er.

Sein Kollege legte die Basecap auf die Motorhaube des Opels, zog die Jacke aus und legte sie daneben. Das Lederholster mit der Dienstwaffe kam zum Vorschein, schien aber niemanden sonderlich zu beeindrucken.

Gemeinsam mit der dreiköpfigen Fernsehcrew aus dem hinteren Wagen, einer jungen Frau und zwei Männern, stemmten sich acht Menschen gegen die Rückwand des Fahrzeugs. Der Polizist gab Gas und während ein rhythmisches »Ho! Ho! Ho!« durch den Wald schallte, schaukelte sich das Auto aus der Grube, die es sich selbst gegraben hatte. Mit einem letzten Stoß kam der Wagen frei und ruckelte ein paar Meter weiter, bevor die Rücklichter aufflammten.

Lefeber wischte sich den Schmutz von den Händen. Die junge Frau, die direkt neben ihm geschoben hatte, lächelte ihn an und fragte: »Wer hat euch den Tipp gegeben?«

Noch bevor er antworten konnte, näherte sich der Polizist mit der deutlich sichtbaren Pistolentasche und tippte ihm auf die Schulter. »Kommen Sie, Lefeber! Wir können weiter.«

Er eilte zum Wagen. Als er sich umblickte, stand die junge Frau wie versteinert mit offenem Mund da. Das Licht der Morgensonne ließ ihr rotbraunes Haar aufleuchten. Sie war einem der gesuchten Kinderschänder für ihren Geschmack offenbar zu nahe gekommen.

Als sie auf den Auslöser ihrer Kamera drückte, saß Lefeber längst wieder im Wagen.

*

Kiefer hörte, wie sein Name über die Sprechanlage der Praxis aufgerufen wurde. Er schlängelte sich zwischen altersschwachen Katzen hindurch, die auf dem Schoß ihrer nicht minder gebrechlichen Besitzerinnen argwöhnisch einen am Fußboden dösenden Dackel musterten. Der Kopf des Tieres steckte in einem Trichter, der Schwanz in einem Verband. Den Blick, mit dem er Kiefer ansah, konnte man nur als unterwürfig bezeichnen.

Kiefer verließ das Wartezimmer und betrat den Behandlungsraum, der Anweisung der Arzthelferin folgend.

Obwohl das Fenster weit offen stand, stank es nach Tierkot, Krankheit und panischer Angst. Kiefer versuchte, sich vorzustellen, wie auf dem Untersuchungstisch ein krankes Haustier eingeschläfert wurde. Er hatte in seiner Laufbahn viele Tiere sterben sehen, aber keines friedlich.

Albrecht hatte ihm den Rücken zugewandt. Er warf ein paar blutige Handschuhe in den Abfalleimer, bevor er begann, sich die Hände zu waschen.

Als er fertig war, drehte er sich zu seinem Besucher – und stutzte.

»Waren Sie schon mal in meiner Praxis?«

Kiefer verneinte.

»Ihr Gesicht kommt mir bekannt vor. Was kann ich für Sie tun?«

Albrecht trat einen Schritt vor und blickte suchend auf den Boden. Doch der Mann hatte weder einen Käfig noch eine Transportbox dabei. Stattdessen griff er in die Innentasche seines Mantels, holte einen dunkelbraunen Gegenstand hervor und legte ihn auf den Tisch: ein Teddybär.

Das Tier hatte seine besten Zeiten hinter sich. Ein Auge fehlte und obwohl die Naht an einer Seite mehrfach geflickt war, klebten kleine weiße Flocken am Fell, die von der Füllung stammten.

Albrecht nahm das Kuscheltier hoch. Er strich ihm liebevoll über die Ohren und sagte: »Ich fürchte, diesen Patienten muss ich an einen Spezialisten überweisen.« Er hielt Kiefer den Bären hin. Doch der rührte sich nicht. Er fand das Getue des Arztes zum Kotzen.

»Also: Wer sind Sie und was führt Sie her?«, fragte Albrecht.

»Ich bin Tobin Kiefer. Ich möchte mit Ihnen reden.«

»Worüber?«

»Über das Haus.«

»Welches ...« In diesem Moment fiel es ihm blitzartig wieder ein. »*Sie* waren das, Sie haben damals bei der Versteigerung der *Schreckenmühle* mitgeboten, richtig?«

»Darum geht es nicht«, erklärte Kiefer.

»Ich verkaufe nicht, falls es darum geht«, sagte Albrecht.

»Ich bin hier, weil ich die Interessen der Scheelbacher als Ortsvorsteher vertrete.«

»Ist das ein Bürgermeister?«

»So etwas in der Art.«

»Und was wollen Sie von mir, Herr Sowas-in-der-Art-Bürgermeister?«, fragte Albrecht, einen ungeduldigen Blick auf die Armbanduhr werfend.

»Sie hatten vor, ein Therapiezentrum in der Mühle einzurichten. Einen Streichelzoo für Kinder, die Opfer von Gewaltverbrechen wurden. Gestern sind drei Männer in die *Schreckenmühle* eingezogen. Straftäter, die schwere Gewaltverbrechen begangen haben. Was soll das?«

»Diese Verbrechen liegen zwanzig Jahre zurück. Die Männer haben ihre Strafen verbüßt, sie haben an therapeutischen Maßnahmen teilgenommen, um einer Wiederholung vorzubeugen. Es besteht kein Grund zur Sorge, Herr Kiefer. Außer einem gelegentlichen Einkauf im Dorf werden die Männer Sie nicht behelligen.«

»Sie haben meine Frage nicht beantwortet. Warum haben Sie Ihre Pläne geändert?«

Für einen Moment hatte Kiefer den Eindruck, als ob Albrecht um eine Antwort verlegen war.

»Es war eine Notsituation. Wir brauchten dringend eine Unterkunft für die Männer.«

»Weil man sie in Frankfurt nicht haben wollte.«

»Sie sind gut informiert.«

Albrecht hielt ihn offenbar für einen Bauernburschen, der hinter dem Mond lebte. »Wir haben Fernsehen in Scheelbach. Sogar Internet. Highspeed. Nur weil es im Spessart Wälder aus Holz gibt statt Klötze aus Stahl, Glas und Beton, müssen Sie uns nicht für dumm verkaufen.«

Albrecht lächelte wieder. »Das war auch nicht meine Absicht. Ich möchte Sie nur um etwas mehr Toleranz bitten. Sie wissen doch, was das ist: Toleranz?«

Kiefer hatte gute Lust, Henk herzuzitieren, damit er diesem arroganten Idioten die Fresse polierte. Aber das musste warten. »Und wie lange sollen die Männer bleiben? Das ist doch sicher eine Übergangslösung?«

»Ich fürchte nein. Wir haben keine Frist gesetzt.«

»Und Ihre Pläne mit dem Therapiezentrum?«

»Sind vorerst auf Eis gelegt.«

Kiefer fühlte das Blut in seinen Ohren rauschen. Sein Gesicht brannte, vermutlich lief er wieder knallrot an. Nun blieb ihm nichts anderes übrig, als sich aus dem Fenster zu lehnen. »Hören Sie, Albrecht: Die Scheelbacher haben dem Verkauf der *Schreckenmühle* unter völlig anderen Bedingungen zugestimmt. Eine Nutzung als Unterkunft für ehemalige Straftäter hätten wir niemals akzeptiert.«

»Jetzt hören *Sie* mal zu, Herr Kiefer: Dass Sie als Stammeshäuptling oder Nachbarschaftssprecher dem Erwerb des Aussiedlerhofes zustimmen müssen, ist mir völlig neu. Davon war während der gesamten Verkaufsabwicklung kein einziges Mal die Rede. Ich habe das Anwesen ordnungsgemäß erworben und bezahlt. Alles, worum ich Sie bitte, ist etwas Verständnis für die Situation der Männer. Es sind Menschen, die das Gleiche wollen, wie Sie auch: ein ruhiges und sicheres Zuhause.«

Kiefer schnaubte erbost. Dieser Frankfurter Tierarzt war nicht so leicht einzuschüchtern, wie er gehofft hatte.

»Scheelbach ist *unser* Zuhause. Dort wohnen Familien mit Kindern; was meinen Sie, wie die sich fühlen, mit Mördern und Kinderschändern in unmittelbarer Nachbarschaft?«

»Die Männer haben für ihre Jahrzehnte zurückliegenden Taten bezahlt. Außerdem ist es ja nicht so, dass sie gleich nebenan einziehen. Die *Schreckenmühle* liegt einige Kilometer vom Dorf entfernt.«

»Die Kinder spielen im Scheelbacher Forst, die Frauen sammeln dort im Herbst Pilze und Beeren.«

»Die Männer werden rund um die Uhr bewacht. Was soll denn passieren? Seien Sie doch froh – Sie bekommen eine mobile Polizeistation, zum Nulltarif.«

»Das haben wir in Scheelbach ganz sicher nicht nötig!«

Kiefer war laut geworden. Die Tür ging hinter ihm auf, Albrechts Assistentin fragte, ob sie behilflich sein könne. Der Arzt schickte sie wieder hinaus, bat sie aber, die Tür offen zu lassen.

»Kann ich sonst noch etwas für Sie tun?«

Kiefer sah seine Felle davonschwimmen. Mit vernünftigen Argumenten war dem Kerl offensichtlich nicht beizukommen. Dann musste er auf Plan B zurückgreifen. Und falls der ebenfalls nicht zum Ziel führte, hatte er noch Plan C in der Schublade. Oder besser gesagt, Plan H. H wie Henk.

Kiefer legte ein Scheckbuch auf den Untersuchungstisch, das in einer Lederhülle steckte, und holte einen Kugelschreiber aus der Brusttasche.

»Ich erhöhe den Betrag, den Sie bei der Auktion für den Hof bezahlt haben, um fünfzigtausend Euro. Sie machen ein gutes Geschäft. Für das Geld können Sie ein nettes Häuschen für Ihre Freunde kaufen – frisch renoviert. Und weit weg von Scheelbach.«

»Also sind Sie doch deswegen hier. Sie können es nicht ertragen, zu verlieren.«

»Fünfundsiebzigtausend. Mein letztes Wort.«

»Gehen Sie, Herr Kiefer, und finden Sie sich mit der Situation ab. Das ist *mein* letztes Wort.«

Kiefer ballte die Fäuste. »Ich gebe Ihren Schützlingen einen guten Rat«, zischte er. »Jetzt im Herbst ist Schusszeit – Jagdsaison, falls Ihnen das mehr sagt. Es wäre besser, wenn sie im Haus bleiben und sich nicht allzu lange im Wald aufhalten. Die Jäger legen im Moment auf alles an, was sich bewegt.« Kiefer wusste, dass es nicht besonders klug war, Albrecht zu drohen. Sollte wirklich etwas passieren – Gott bewahre! –, würde die Polizei zuallererst vor seiner Tür stehen.

»Das ist ja wie in der guten alten Zeit: Die Frauen sammeln Pilze und Beeren und die Männer gehen auf die Jagd. Sind Sie sicher, dass Sie schon Telefon und elektrischen Strom haben?« Albrecht grinste.

Wütend stapfte Kiefer aus der Praxis. Er riss den Strafzettel von der Windschutzscheibe, setzte sich hinters Steuer und brauste los.

*

Tibursky ruckte am Einkaufswagen. Doch der rührte sich nicht, denn er war scheinbar untrennbar mit einer Kette an seinem Vordermann befestigt.

»Wenn die wolle, dass mer hier eikaufd, warum schließe die dann ihre Wägelscher fest?«, murmelte er kopfschüttelnd.

Auch den zweiten Versuch quittierte der Einkaufswagen mit Blockade. Einer der beiden Zivilbeamten, die im Bus von Scheelbach nach Rieneck in der Reihe hinter ihm gesessen hatten, tippte Tibursky auf die Schulter. Seit er die *Schreckenmühle* verlassen hatte, ließen sie ihn keine Sekunde aus den Augen.

»Sie müssen einen Euro hineinstecken, Herr Tibursky«, sagte der Mann und deutete auf den Griff, in dem ein Schlitz in der Größe eines Daumennagels angebracht war.

Tibursky wühlte in seiner Hosentasche, förderte aber nur einen Zwanzigeuroschein zutage.

»Könne Sie wechsle?«

Die Lederjacke konnte nicht. Eine Frau in der Reihe nebenan war damit beschäftigt, ebenfalls einen Wagen zu lösen. Erst als sie aufsah, erkannte Tibursky das Gesicht.

»Oh, guden Daach, Frau Nachbarin.«

Die Frau war einen Moment unschlüssig, doch dann grüßte sie zurück.

»Sie könne net zufällig wechsle?«

Als sie ihr Portemonnaie aus der Handtasche holte, wedelte Tibursky mit dem Zwanzigeuroschein: »Aber lasse sie den Schein besser durschleuschde, isch bin nämlisch wesche Betruchs mehrfach vorbestrafd. Des werde Ihne die beide Herre hier gleisch brühwarm erzähle. Stimmts, Herr Oberbolizeirat?«

Der Beamte, dem Tibursky sich zugewandt hatte, gab zu erkennen, was er von dieser Charmeoffensive hielt. Die Hände in der Lederjacke vergraben, beobachtete er die Szenerie gleichmütig.

Die Frau lächelte: »Na, mit zwei Polizisten im Kreuz werden Sie mich wohl nicht übers Ohr hauen.«

Sie überreichte ihm fünfzehn Euro in Scheinen und eine Handvoll Münzen, dann schob sie ihren Einkaufswagen durch die Tür und verschwand im Supermarkt.

Tibursky stellte sich keine Sekunde die Frage, warum die Frau nicht schreiend davongelaufen war. Er war ihr heute erst zum zweiten Mal begegnet, aber sie kam ihm vertraut vor – ein Gefühl, dass er durch den Aufenthalt im Gefängnis längst verschüttet geglaubt hatte. Mit manchen Menschen verband einen so etwas wie Seelenverwandtschaft.

Wenige Augenblicke später glitt die Eingangstür auf und Tibursky trat ein – ins Paradies.

Schon als rechts und links von ihm die ersten riesigen Regale mit Weinkartons, Kaffee und Marmeladen auftauchten, verlor er die Fassung. Mit offenem Mund stand er mitten im Gang, überwältigt von den schier unbegrenzten Wahlmöglichkeiten, die sich ihm boten. Kunden, die sich an Tibursky vorbeidrängeln mussten, schimpften leise vor sich hin, bis endlich einer der Beamten seinen Schützling zur Seite nahm und sagte: »Ihr Einkaufszettel, Herr Tibursky?«

»Hab isch net«, hauchte dieser.

»Dann sollten Sie sich langsam mal Gedanken machen, was Sie kaufen wollen. Der Laden macht um acht Uhr zu.«

»Die habbe bis achd uff? Wahnsinn! Jetz saache Sie bloß noch, die habbe auch sonntags auf?«

»Na, das nun gerade nicht.«

Tibursky setzte den Einkaufswagen in Bewegung. Die anderen Besucher des Supermarktes merkten schnell, dass es sich bei diesem merkwürdigen Gespann – bestehend aus einem kleinen, sehnigen altmodisch gekleideten Mann und den beiden Schatten, die ihm in wenigen Metern Abstand folgten – nicht um gewöhnliche Kunden handelte. Blieb der Mann stehen, um ein Produkt aus dem Regal zu nehmen und zu begutachten, taten es die beiden ihm gleich. Als die Verkäuferin an der Wursttheke Tibursky eine Scheibe Lyoner zum Probieren reichte, schauten seine beiden Begleiter so hungrig drein, dass die gute Frau gleich noch zwei Scheiben zusammenrollte und anbot – für die ›Kollegen‹.

Nur an einem kleinen Stand, an dem man Apfelsaft probieren konnte, machte die Werbedame bei Tiburskys Anblick Augen und drehte sich dann schnell zur Seite, um zu telefonieren. Doch das bewahrte sie nicht vor einem Angriff auf ihre Auslage. Einen Becher nach dem anderen leerte Wolfgang Tibursky, zehn an der Zahl. Seine Begleiter hatten ihn in die Mitte genommen, griffen aber nicht ein.

»Sehr lecker«, lobte er. »Aus was issen der?«

»Aus Äpfeln«, entgegnete die Frau, ohne eine Miene zu verziehen.

»Ach. Nur Äpfel, sonst nix?«

»Darum heißt er Apfelsaft.«

»Ach. Und den verkaufe Sie hier?«

»Einsneunundvierzig die Flasche«, erwiderte die Frau gepresst.

Tibursky zückte sein Portemonnaie und beugte sich vor. »Ich bin wesche Heiratsschwindelei vorbestraft. Nur der Vollschdändischkeit halber.«

Die Frau schluckte.

»Ich sachs lieber gleisch, weil immer, wenn isch meinen Geldbeudel raushole, breite diese beide Herre hier meinen Werdegang vor unschuldische Fraue aus.«

»Bezahlen bitte an der Kasse.«

Tibursky wünschte einen schönen Tag und trollte sich. Als er die Kasse erreichte, war sein Einkaufswagen randvoll, überwiegend mit Knabbereien, Softdrinks und Süßigkeiten. Und dazu eine Flasche Apfelsaft.

»Wollen Sie nicht noch was ›Richtiges‹ zum Essen kaufen, Herr Tibursky? Etwas Gesundes?«, regte einer der Begleiter behutsam an. Neben der Kasse stand ein Wühltisch. Tibursky überlegte kurz und zog dann eine Schachtel Vitamintabletten heraus, die er seinem Begleiter triumphierend unter die Nase hielt, bevor er sie aufs Band legte.

Während sich der Inhalt seines Wagens Richtung Kassiererin bewegte, spähte Tibursky unablässig zu der Frau hinüber, der Nachbarin, die ihm Geld gewechselt hatte und nun in der benachbarten Schlange anstand. Ihre zarte Statur und Stimme weckten seinen Beschützerinstinkt. Er ertappte sich bei dem Gedanken, mit ihr in einer Konditorei zu sitzen und Bienenstich zu essen. Oder einen Waldspaziergang zu machen. Er würde ihr, natürlich um sie zu beeindrucken, alle Pflanzen erklären, jeden Baum, Farn oder Pilz benennen. Sein Vater war zwar nur ein einfacher Waldarbeiter gewesen, doch hatte er den kleinen Wolfgang jedes Wochenende an seinen Arbeitsplatz mitgenommen und ihm Fauna und Flora nahegebracht. Seitdem saß er lieber auf einer moosbedeckten Baumwurzel als auf einem Stuhl und stand lieber auf einem Teppich aus welken Blättern als auf einem weichen Wollläufer. Während seines Gefängnisaufenthalts hatte ihm das Bild eines Waldes im Fernsehen oder in einer Zeitschrift jedes Mal die Tränen in die Augen getrieben.

»Spessart-Card?« Die Worte der Verkäuferin rissen ihn aus seinen Gedanken. Tibursky sah sie verständnislos an.

»Haben Sie eine Spessart-Card?«, wiederholte sie ihre Frage und verzog dabei unwillig das Gesicht.

Tibursky drehte sich zu seinen Begleitern um, die direkt hinter ihm standen und argwöhnische Blicke ernteten. Einer der beiden schüttelte den Kopf.

»Leider nein«, sagte Tibursky.

»Ihre Postleitzahl?«

Wieder wandte sich Tibursky an seine Begleiter. Schulterzucken. Wozu zum Kuckuck wollten die seine Postleitzahl wissen? »Wir sind gerade erst hergezoche.«

»Und wo ist ›her‹?«, fragte die Dame an der Kasse und seufzte.

»*Schreckenmühle*«, antwortete Tibursky.

Die Kassiererin seufzte noch tiefer.

»Tippe sie doch eifach irgendeine Zahl«, schlug Tibursky vor.

»Ohne gültige Postleitzahl kann ich nicht kassieren.«

»Scheelbach«, ertönte es in Tiburskys Rücken.

»63639!« Mit erleichterter Miene tippte die Frau die Postleitzahl ein.

Kurz darauf standen Tibursky und die Zivilbeamten mit fünf Plastiktüten vor dem Laden, die jeden Moment zu platzen drohten.

»Und wie wollen Sie die jetzt nach Hause bekommen?«, fragte einer der Beamten.

»Na, jeder von Ihne nimmt zwei Tüde und isch nehm die annere«, hielt Tibursky fröhlich entgegen.

*

Fünfzehn. Vier.

Seit einer Viertelstunde schimpft Adam über Tibursky, der zwar eingekauft, die Tüten dann aber einfach in die Küche gestellt hat und verschwunden ist. Wenigstens hätte er das Zeug in die Vorratskammer räumen können, sagt Adam und haut mit der flachen Hand auf die Arbeitsplatte, dass es klatscht.

Rosen zuckt zusammen – so unbeherrscht kennt er Adam gar nicht.

Nachdem Adam sich entschuldigt hat, schickt er Rosen auf die Suche nach Tibursky. Im Haus ist er nicht, auch nicht in der Scheune oder im Stall. Und obwohl ihm davor graut, weil Tibursky vor ein paar Tagen erklärt hat, dort habe man früher einmal Menschenknochen aufbewahrt, sieht er sogar im Mühlengebäude nach. Fehlanzeige – weit und breit kein Tibursky. Rosen kehrt mit der schlechten Nachricht zu Lefeber zurück.

Es sei nicht gut, dass sich Tibursky einfach in Luft auflöst, überhaupt nicht gut, meint Adam.

Da hat Rosen einen Einfall. Er will zu den Polizisten gehen, vielleicht wissen die, wo Tibursky steckt. Sie müssten ja etwas bemerkt haben, auf ihrem Beobachtungsposten.

Das werde er schön bleiben lassen, sagt Lefeber. Rosen solle vielmehr einen Ausflug für morgen früh ins Dorf anmelden und dabei zählen, wie viele Polizisten noch im Auto säßen.

Rosen führte den Auftrag aus: vier Uniformierte. Zwei im vorderen Auto, zwei im hinteren. Und jetzt versteht er auch: Wenn *kein* Überwacher, sondern *ein* Überwachter fehlt, stimmt etwas nicht.

Adam nimmt die Nachricht mit düsterer Miene auf. Und weil er lange Zeit schweigt, bekommt Rosen es mit der Angst zu tun.

»Wir werden einfach warten«, beschließt Adam. »Wenn er zurückkommt, stellen wir ihn zur Rede.«

Sie sitzen eine Stunde im Wohnzimmer und trinken Kaffee, bis sie Tiburskys Schritte auf der Treppe hören. Er ist im Begriff, ein Objekt mit hellen und dunklen Streifen und sonderbaren Ausbuchtungen in sein Zimmer zu schaffen.

»Ein Wespennest«, erklärt Tibursky ungefragt.

»Schaffen Sie das raus und dann kommen Sie ins Wohnzimmer«, befiehlt Lefeber.

»Was iss eusch denn über die Lebber gelaufe?«, fragt Tibursky und liebkost das Wespennest wie ein exotisches Kuscheltier.

»Das besprechen wir gleich«, sagt Adam.

Sie sitzen alle an dem schweren Esstisch aus Eiche. Jeder hat einen dampfenden Pott Kaffee vor sich stehen. Tibursky rührt seinen nicht an. Seine Hände stecken trotzig in den Hosentaschen. Er sieht aus wie jemand, der etwas ausgefressen hat und befürchtet, dass die anderen ihm auf die Schliche gekommen sind.

»Wir haben Sie gesucht, aber nirgendwo auf dem Hof gefunden.«

»Bin isch eusch in irgendeiner Weise Reschenschaft schuldisch, wann isch wohin gehe?«

»*Wann* und *wohin* interessiert uns nicht. Wohl aber *wie*«, sagt Adam.

»Keine Ahnung, wovon Sie babbeln.«

Lefeber trinkt einen Schluck von seinem Kaffee. »Soll ich die vier Herren da draußen fragen, ob die wissen, wo Sie sich in den letzten drei Stunden aufgehalten haben? Weil Sie nämlich definitiv nicht hier im Haus oder irgendwo anders auf dem Grundstück waren.«

Tibursky rutscht unruhig auf seinem Stuhl hin und her. »Kameradenschweine seid ihr«, presst er hervor.

»Das Kameradenschwein sind *Sie*, Tibursky. Was meinen Sie wohl, was passiert, wenn die Polizei oder Neumann herausfinden, dass einer ihrer Schützlinge sich den Überwachungsmaßnahmen entzieht?«

Tibursky zuckt mit den Schultern.

»Ich sage es Ihnen.« Adam beugt sich über den Tisch. Er spricht leise, so leise, dass Rosen unheimlich zumute wird. »Dann ist Schluss mit diesem Experiment. Dann sperren die uns alle wieder ein. Das war's mit Ausflügen ins Dorf. Oder in den Wald. Oder *irgendwohin*.«

»Wenn einem so ein Bulle ständisch im Nacke sitzt, macht der Wald eh kein Spaß.«

Zum zweiten Mal an diesem Tag lässt Lefeber völlig überraschend die flache Hand auf den Tisch sausen. Rosen fährt zusammen. Tiburskys Tasse hüpft hoch und fällt beinahe um, der heiße Kaffee schwappt auf die Tischplatte.

Tibursky springt fluchend auf und kann gerade noch der heißen Flüssigkeit ausweichen, die nun an der Tischkante herabläuft.

»Sind Sie völlisch verrückt worn?«

Adam packt Tibursky am Kragen und drückt ihn gegen die Wand. »*Sie* sind derjenige, der verrückt geworden ist!«

Rosen ist aufgestanden und legt Adam die Hand auf die Schulter. Er muss etwas tun, sonst begeht Adam eine Dummheit, und obwohl Rosen die ganze Situation sehr verwirrend findet, weiß er instinktiv, dass sich alle beruhigen und die Sache im Gespräch klären müssen.

Adam lässt Tibursky los. Er fährt sich durchs Haar, das ihm wirr in die Stirn hängt, dann dreht er sich zu Rosen um. Der Blick aus seinen grünen Augen ist verschleiert, aber auch irgendwie dankbar.

Er wendet sich wieder an Tibursky. »Ich lasse nicht zu, dass Sie mich oder Heinz mit ihren Unüberlegtheiten wieder ins Gefängnis zurückbringen. Mir liegt etwas an meiner Freiheit.«

»Mir aach«, keucht Tibursky.

Ich hätte nichts dagegen, wieder zurück nach Schwalmstadt zu gehen, denkt Rosen, aber das sagt er jetzt lieber nicht. Er weiß, dass es das Letzte ist, was Adam hören will.

»Dann benehmen Sie sich auch so, Mann!« Adam holt Eimer und Lappen aus der Küche, um den Kaffee aufzuwischen.

Als er fertig ist, sagt er: »Und jetzt zeigen Sie uns, wie Sie unbeobachtet hier rausgekommen sind.«

Tibursky sieht ihn mit großen Augen an. Dann schüttelt er trotzig den Kopf.

»Entweder das, oder ich geh raus und verrate Sie«, erpresst ihn Lefeber.

Endlich setzt Tibursky sich in Bewegung. Das Innere des Mühlengebäudes wirkt baufällig. In den Ecken hängen Spinnweben voller Staub, eine Schicht über der anderen. Holzbalken mit Traversen voller Wurmlöcher stützen das Dach, in eine der Stützen ist ein Nagel eingeschlagen, an dem ein eingerollter orangefarbener Spanngurt hängt; sonst gibt es hier kein Werkzeug oder Material. Auf einem Sockel in der Mitte steht eine seltsame Konstruktion aus neun parallel verlaufenden Holzstelen, umfasst von einem Rahmen. Direkt daneben, ebenfalls auf einem Sockel, ein steinernes Becken, dessen kurze Wand teilweise herausgebrochen ist. Im Becken liegt eine zerdrückte Bierdose.

Tibursky führt sie die steile Holztreppe hinunter in den Kühlkeller und zeigt auf die gegenüberliegende unverputzte Mauer: Es gibt einen unterirdischen Tunnel, dessen Einstieg sich hinter der Holztür in der Wand befindet. Der Gang ist etwa einen Meter siebzig hoch und zweihundertfünfzig Meter lang, er führt vom Mühlengebäude in den Wald hinaus, sagt Tibursky. Er habe ihn bereits mehrmals benutzt, immer nur für kurze Ausflüge, heute ist er zum ersten Mal mehrere Stunden am Stück stiften gegangen. Aber er schwört hoch und heilig, er habe sich in der nahen Umgebung aufgehalten. Auf Lefebers Einwand, sonst hätte er ja auch den Alarm bei der Polizei ausgelöst, antwortet er nur mit einem Grinsen.

Für Rosen ist der Tunnel zu klein. Schon beim Blick in

das schwarze Loch ergreift ihn Beklemmung. Er muss auf die Knie hinunter und kriechen, doch bereits auf den ersten Metern befällt ihn eine Panikattacke und er weigert sich, auch nur einen Schritt weiterzugehen. Adam schickt ihn zurück, er muss rückwärtskrabbeln, weil er sich in dem engen Gang nicht umdrehen kann. Die Lichtkegel von Lefebers und Tiburskys Taschenlampen werfen unruhige Schatten an die Wände des Tunnels, hinter einer Biegung verschwinden sie plötzlich.

Nun ist Rosen allein. Er hört seinen hektischen Atem, reibt sich die kalten Hände. Unschlüssig bleibt er zehn Minuten lang am Eingang des Tunnels stehen. Was ist, wenn die beiden nicht mehr zurückkehren? Sich absetzen und ihn alleine zurücklassen? Nein, so etwas würde Adam nicht tun.

Er hört ihre Stimmen, bevor er die beiden Männer sehen kann. Dann plötzlich wieder Licht im Tunnel. Rosen seufzt und klatscht vor Freude in die Hände. Sie sind wieder da! Adam sagt, der Tunnel endet an einer Lichtung, etwa fünfzig Meter vom Zufahrtsweg entfernt, jedoch hinter einem mit Moos bewachsenen Felsblock und Büschen verborgen. Durch das Dickicht hätten sie die Polizeiautos ausmachen können. Niemand hätte sie bemerkt.

Vor Freude klatscht Rosen ein zweites Mal in die Hände. Das klingt nach einem Abenteuer, auch wenn er selbst nicht daran teilnehmen kann, weil er sich nicht in den Tunnel traut.

Tibursky steht, die Hände lässig in den Hosentaschen vergraben, hoch aufgerichtet da und mimt den Helden. Der Entdecker des geheimen Fluchttunnels!

Adam drückt die Holztür zu, er muss mit dem Fuß dagegentreten, damit sie richtig schließt. Dann dreht er sich zu Rosen um. »Geh in die Scheune. Dort liegen noch ein paar alte Dachlatten. Im Vorratsraum findest du einen Zimmerhammer und lange Nägel. Bring alles her. Und dann nagelst du den Eingang zu.«

Tiburskys Gesicht verzieht sich. Dann stapft er wutschnaubend davon.

Mittwoch, 13. November

Einen Tag nach Tobin Kiefers missglücktem Gespräch in Albrechts Praxis erhielten die Scheelbacher ›offiziellen‹ Besuch. Henk Wawerzinek überbrachte allen Haushalten im Dorf eine mündliche Einladung zu einer Informationsveranstaltung im Gemeindehaus. Die Art, wie diese Einladung vorgebracht wurde, ließ keinen Zweifel daran, dass mit der Anwesenheit jedes Einwohners gerechnet wurde. Dem Ruf ihres Ortsvorstands folgten die Scheelbacher bereitwillig – schon seit 1508, als der Weiler auf einer gerodeten Waldfläche entstand.

Am selben Abend saßen die meisten ›Haushaltsvorstände‹ und einige Ehefrauen an Eichentischen aus heimischem Holz im Gemeindesaal über der Feuerwache, in lebhafte Gespräche vertieft. Abgesehen von den Dorffesten bot sich den Nachbarn nur selten die Gelegenheit für eine Zusammenkunft aller und folglich gab es immer viel zu bereden. Die Brauerei Kiefer hatte einige Kisten Bier und Apfelwein gestiftet, wie üblich bei Versammlungen dieser Art. An der Eingangstür am gegenüberliegenden Ende des Raumes hatte jemand eine Leinwand aufgebaut und einen Beamer installiert, dessen Anschlusskabel lose auf dem Tisch lag. Ein Lämpchen leuchtete an einem kabellosen Mikrofon, das sich neben dem Beamer befand.

Das Gemeindehaus und seine Ausstattung hatten sich die Scheelbacher anlässlich der Fünfhundertjahrfeier vor fünf Jahren mit einer kräftigen Finanzspritze der Brauerei gegönnt, doch wurde das Haus nur sehr selten genutzt. Der nächste Anlass war das alljährliche Dorffest, das in ein paar Tagen stattfand. Dass Kiefers ›Informationsabend‹ in irgendeiner Weise mit der bevorstehenden Festivität zu tun hatte, daran zweifelte niemand.

Doch der Veranstalter ließ auf sich warten. Dafür betrat Henk Wawerzinek den Saal. Kiefers rechte Hand lebte gemeinsam mit seiner jüngeren Schwester Mette und ihrem geistig behinderten Sohn Timm in einer Wohnung direkt neben der *Bäckerei Ludwig*, wo Mette als Verkäuferin arbeitete und Timm leichte Hilfsarbeiten erledigte. Und obwohl die meisten Scheelbacher Angst vor Henk Wawerzinek hatten, wussten sie zu schätzen, dass er seine Schwester bei ihrem schweren Los unterstützte.

Wawerzinek hatte vier junge Männer im Schlepptau: Zwei von ihnen wohnten ebenfalls in Scheelbach und waren offiziell als arbeitssuchend gemeldet. Die beiden anderen waren ortsfremd. Doch wer in Wawerzineks Begleitung kam, hatte eine Einladung und damit Anwesenheitsrecht. Die Männer versorgten sich mit Bier und setzten sich schweigend an einen freien Tisch ganz hinten im Saal.

Die nächsten Besucher waren weit weniger willkommen: Drei Männer, die sich mit ihren Vollbärten, langen Haaren und taschenreichen Kakiwesten auffallend glichen, betraten den Raum und begannen sofort, an der Rückwand des Gebäudes Kamerastative aufzubauen und Kabel zu verlegen.

Das Stimmengetöse im Saal schwoll an. Erste Fragen wurden laut, was die Fernsehleute hier suchten und woher sie von dem Treffen erfahren hatten. Die Männer am hintersten Tisch im Saal standen auf und gingen mit drohenden Mienen auf sie zu. Sie forderten die Besucher auf, zu verschwinden. Und zwar zügig. Es folgte ein hitziger Wortwechsel.

Im selben Moment, als Henk Wawerzinek ein Stativ packte, um es mitsamt seinem Besitzer an die frische Luft zu befördern, traf Tobin Kiefer in Begleitung seiner Frau ein. Nachdem er die Auseinandersetzung beobachtet hatte, vermittelte er zwischen den streitenden Parteien. Henk und seine Begleiter kehrten daraufhin zu ihrem Tisch zurück, wo sie sich vieldeutige Blicke zuwarfen, während die Fernsehteams unbehelligt mit dem Aufbau der Ausrüstung fortfuhren.

Doch die Stimmung im Saal blieb angespannt. Inzwischen hatte jeder begriffen, dass die Fernsehsender ihre Mitarbeiter nicht geschickt hatten, um über die Vorbereitung des Scheelbacher Dorffestes zu berichten.

Kiefer schloss seinen Laptop an den Beamer an, dann begrüßte er die Anwesenden und kam ohne Umschweife zur Sache.

Auf der Leinwand erschien eine Aufnahme von mehreren Fahrzeugen mit Frankfurter Kennzeichen vor einem gleichermaßen dunklen Waldrand – es war das Foto, das er selbst vor wenigen Tagen per E-Mail erhalten hatte. Kiefer tippte auf die Tastatur und die gleiche Aufnahme erschien – dieses Mal als Titelbild auf der ersten Seite der BILD-Zeitung.

Darüber die Schlagzeile: *Versteckspiel!*

Und darunter in kleinerer Schrift: *Kinderschänder in Spessartdorf untergetaucht.*

Ein Raunen ging durch den Saal. Jemand stieß einen lautstarken Fluch aus.

»Ich betrachte es als meine Pflicht, euch davon in Kenntnis zu setzen, dass in der *Schreckenmühle* drei gefährliche Schwerverbrecher untergebracht sind, die vorzeitig aus der Sicherungsverwahrung entlassen wurden«, begann Kiefer seine Rede. »Werden mussten.«

Er projizierte großformatige Fotos von Lefeber, Rosen und Tibursky auf die Leinwand, und während er die grimmigen Gesichter auf die Mitglieder seiner Gemeinde wirken ließ, fasste er an Informationen zusammen, was er im Internet – bei Wikipedia, in Zeitungsarchiven und den entsprechenden Blogs – gefunden hatte.

Den von Lefeber und Rosen begangenen Gräueltaten räumte er besonders viel Aufmerksamkeit ein, schilderte sie in allen Details, die der Öffentlichkeit damals zugänglich gemacht worden waren. Selbst grobkörnige Fotos von Peter und Paul Grießbach, den beiden Schülern, die Lefeber gefoltert und getötet hatte, hatte er aufgetrieben. Angesichts der blonden Locken und offenen Gesichter fühlten sich nicht wenige im Saal an Mettes Sohn Timm erinnert.

Beklemmung machte sich breit.

»Herr Albrecht, der Eigentümer der *Schreckenmühle* und ein Freund der ehemaligen Häftlinge, ist für eine Diskussion leider nicht zugänglich. Von seinen ursprünglichen Plänen, auf dem Hof ein Therapiezentrum für Kinder einzurichten, will er nichts mehr wissen. Albrecht hat uns Scheelbacher kaltblütig hintergangen.«

»Scheißfrankfurter!«, schallte es durch den Saal, ein Lachen brach sich Bahn und löste die Spannung, man sah sich suchend um, doch der Rufer gab sich nicht zu erkennen.

»Aber die Männer werden doch von Polizisten bewacht!«

Der Einwand kam von Stephan Ludwig, dem Eigentümer der Bäckerei, in der Mette und Timm arbeiteten. Ludwig war ein kleiner Mann mit einer großen Nase und triefäugigem Blick, der von einer chronischen Bindehautentzündung herrührte, einer typischen Berufskrankheit der Bäcker.

Kiefer lächelte. »Vier Polizisten für drei Männer. Wollt ihr euch darauf verlassen, dass die in jeder Sekunde aufmerksam sind?«

Die Scheelbacher schüttelten die Köpfe. Was konnten vier Bewaffnete schon gegen solche Massenmörder und Kinderschänder ausrichten?

»Und was schlägst du vor, Kiefer? Was sollen wir deiner Meinung nach unternehmen?«

Kiefer holte die Porträts von Lefeber, Rosen und Tibursky zurück auf die Leinwand. Zur Bekräftigung seiner Aussagen tippte er mit dem Zeigefinger auf den weißen Stoff.

»Seid wachsam. Haltet euch untereinander auf dem Laufenden, sobald diese ungebetenen Gäste irgendwo im Dorf auftauchen. Lasst sie nicht in eure Häuser und am besten auch nicht in eure Geschäfte. Dieser Tibursky saß häufiger wegen Betrugsdelikten im Knast als du auf dem Pott, Ludwig. Der hat seine Finger überall. Wenn du nicht aufpasst, auch in deiner Kasse.«

Erneutes Lachen. Die Stimmung im Saal sagte Tobin Kiefer zu, es herrschte die richtige Mischung aus Aufgeregtheit und Ausgelassenheit, um die letzte Bombe hochgehen zu lassen. »Danke für euer Kommen. Wenn wir im Dorf zusammenhalten und diesen Männern deutlich machen, dass sie hier nicht willkommen sind, werden sie sich bald einen anderen Ort suchen, an dem sie ihren Perversionen nachgehen können.«

Die ersten schoben bereits die Stühle zurück, bereit zum Aufbruch.

»Ach ja, eins hätte ich fast vergessen.«

Kiefer legte bewusst eine Pause ein.

»Aus Sicherheitsgründen sollten wir das Dorffest in diesem Jahr ausfallen lassen.«

Zuerst herrschte Grabesstille im Saal. Dann brach der Tumult los.

*

Nora erfuhr von dem Treffen in Scheelbach, als sie mit Agniezka Anghel und ihren Pflegeeltern und -geschwistern im Garten der Familie Riva saß und Apfelkuchen aß. Die Mutter des Mädchens – eine moldawische Prostituierte – war vor drei Jahren vor Agniezkas Augen von einem Serientäter ermordet worden und die Sechsjährige hatte sich für die Ermittler der Frankfurter Kripo als wichtige Zeugin entpuppt. Für eine Ermittlerin aus der fünften Mordkommission war sie allerdings mehr als eine Zeugin gewesen – Noras Helfersyndrom hatte sich mit voller Wucht bemerkbar gemacht.

Heute feierte ihr Schützling den neunten Geburtstag und die Rivas – Agniezkas Pflegefamilie in Aschaffenburg – hatten Nora zu Kaffee und Kuchen eingeladen. Sie fand es faszinierend, wie schnell Agniezka sich eingelebt hatte. Nur sehr selten, beispielsweise wenn sie wütend war, brach sich ihr osteuropäischer Akzent die Bahn, ansonsten sprach sie astreines Hessisch. Auch ihre schulischen Leistungen konnten sich sehen lassen und darüber hinaus turnte sie erfolgreich im Mädchenkader des TVA 1860.

Ihre Psychotherapie hatte Agniezka vor einem Jahr beendet. Nur die hin und wieder auftretenden Albträume zeugten davon, dass ihre Psyche das Trauma rund um den Drachentöter noch nicht bewältigt hatte. Gleiches galt auch für Nora, was sowohl die Therapie als auch die Albträume betraf.

Das Display ihres Handys konnte den Anrufer nicht zuordnen, aber sie erkannte ihn sofort an seiner behäbigen Aussprache.

»Dein Vater hat mir die Nummer gegeben«, entschuldigte sich Martin Kanther.

»Was gibt's denn Wichtiges? Ich bin gerade auf einer Geburtstagsfeier.«

»Um die Zeit?«

Es war kurz nach halb sechs.

»Ein Kindergeburtstag. Du erinnerst dich an Agniezka Anghel?«

Natürlich erinnerte er sich, auch wenn er Agniezka persönlich nie kennengelernt hatte.

»Ein Kollege hat mich angerufen. Er ist im Moment bei einem Einsatz im Hochspessart. Was er mir erzählt hat, ist vielleicht interessant für dich: Deinen Schützlingen in Scheelbach weht augenblicklich eine ganz schön steife Brise ins Gesicht.«

»Erstens: Das sind nicht meine Schützlinge. Zweitens: Was meinst du genau mit ›steife Brise‹?«

»Zurzeit findet im Gemeindehaus von Scheelbach eine sogenannte Informationsveranstaltung statt. Wohl eher eine Hetzkampagne. Der Bürgermeister will deine Leute rausekeln. ›Scheelbacher – verkauft nicht an Knackis‹ oder so ähnlich lautet sein Motto. Bis vor ein paar Sekunden lief alles recht gesittet ab. Aber dann hat er den Dörflern damit gedroht, das alljährlich stattfindende Dorffest abzusagen. Sicherheitsbedenken.« Kanther lachte. »Jetzt drehen die total durch.«

In Noras Fantasie formte sich ein Bild aus der Vergangenheit: Eine Horde aufgebrachter Bauern marschiert mit Mistgabeln und Fackeln bewehrt durch den Wald, um eine unliebsame Alte aus ihrer Kate und auf einen Scheiterhaufen zu zerren.

»Vielleicht sollte eine ausgebildete Psychologin hinfahren und zu schlichten versuchen. Bevor sie die drei im Wald aufknüpfen«, sagte Kanther, als hätte er ihre Gedanken gelesen.

Nora bedankte sich für seinen Anruf und legte auf, nicht ohne den Mitarbeiter ihres Vaters noch einmal darauf hinzuweisen, dass es sich nicht um ›ihre Leute‹ handelte und die ganze Geschichte sowieso nicht in ihrem Einflussbereich lag.

Frau Riva, eine matronenhafte brünette Kinderkrankenschwester, bot ihr ein zweites Stück Kuchen an, das Nora jedoch dankend ablehnte. Sie bugsierte Agniezka in Richtung Schaukel, die an einem Ast des alten Apfelbaums hing.

Während Agniezka jauchzend durch die Luft schwang, ging Nora im Geiste die Optionen durch. Eigentlich sollte sie sich aus der Sache heraushalten. Selbst der Besuch in der *Schreckenmühle* vor zwei Tagen war ihr Privatvergnügen gewesen, eines, das Schreyer sicher nicht goutierte. Neumann und sie hatten aus gutem Grund gegen die Unterbringung votiert.

Broussiers Auffassung, in Scheelbach tickten die Uhren so langsam, dass man die Männer lange Zeit gar nicht bemerken würde, hatte sich als kolossale Fehleinschätzung entpuppt. Und dafür sollte sie nun den Kopf hinhalten?

Doch dann sah sie Lefeber vor sich, wie er hilflos im verqualmten, eiskalten Wohnzimmer stand, unfähig, ohne fremde Hilfe den Ofen einzuschüren. Rosen, der inmitten seines vermüllten Zimmers saß und apathisch auf das Radio starrte, in dem Udo Jürgens gerade *Ein ehrenwertes Haus* sang. Tibursky, der mit kindlicher Freude ein Spinnennest studierte. Die Männer hatten ohne Frage schwere Straftaten begangen. Aber sie hatten sich nicht ausgesucht, auf diese Weise entlassen zu werden, und konnten nur versuchen, so gut es ging, mit der Situation umzugehen. Niemand stand zu ihnen und wenn man sie mit ihren Problemen alleine ließ, würde alles nur noch schlimmer werden. Nora dachte daran, was Gideon dazu sagen würde, dass sie sich wieder einmal in Dinge einmischte, die sie nichts angingen. Dann erinnerte sie sich daran, was Bruno in Lefebers Zelle zu ihr gesagt hatte: »Jeder hat eine zweite Chance verdient.« Was würde er von ihr halten, wenn den Männern etwas zustieß und sie wider besseres Wissen nichts unternommen hatte!

»Nora? Schubst du mich noch mal an?«

Agniezka saß auf der Schaukel, scharrte mit den Sandalen im Gras und sah sie mit ihren braunen Rehaugen an, dass es Nora einen Stich versetzte.

»Agni, ich muss leider noch mal weg. Vielleicht kann ich später wiederkommen, ich kann aber nichts versprechen. Es ist etwas Wichtiges. Das verstehst du doch, oder?«

Agniezka nickte stumm, doch aus ihrem Blick sprach deutlich der Vorwurf: Nicht mal an meinem Geburtstag hast du Zeit. Nora drückte das Mädchen an sich.

Dann rief sie Bruno an und eilte nach kurzer Verabschiedung zum Auto. Bis Scheelbach waren es etwa vierzig Kilometer. Wenn sie sich beeilte, kam sie gerade noch rechtzeitig.

*

Als Nora fünfunddreißig Minuten später den Gemeindesaal in Scheelbach betrat, hatte sich die Aufregung keinesfalls gelegt – ganz im Gegenteil: Die Dorfbewohner hatten sich in Rage geredet. Niemand hatte es auf seinem Stuhl ausgehalten, stattdessen standen die Menschen in Gruppen zusammen und diskutierten mit roten Köpfen, wild gestikulierend. Dass die Bierkästen größtenteils geleert waren, trug erheblich zur aufgeheizten Stimmung bei.

Wie ein Fremdkörper fühlte sich Nora in dieser geschlossenen Welt, die sie von der Eingangstür bis zum Beamer energisch durchschritt. Sie wünschte sich Bruno an ihrer Seite, der sie unterstützen und beschützen konnte, falls ihr Eingreifen außer Kontrolle geriet. Aber Bruno hatte einen wichtigen OP-Termin, wie er am Telefon erklärt hatte. Er wollte nachkommen, sobald es ging.

Einer der Fernsehleute, die ihre Kameras auf die Versammlung gerichtet hatten, rief: »Da ist ja die Gutachterin!« Die Objektive richteten sich schlagartig auf sie, wie Satelliten auf ein Funksignal aus dem Weltraum. Doch im Eifer des Gefechts schien das zum Glück niemand mitbekommen zu haben.

Ganz kurz sehnte sie das stete Drücken des Holsters an ihren Rippen herbei. Aber in dieser Situation bewaffnet zu erscheinen, war wesentlich gefährlicher, als schutzlos zu sein, wenn die Bierflaschen flogen.

An der Kopfseite des Saals warf ein Beamer die Bilder von Lefeber, Rosen und Tibursky an die Wand. *Folter und Doppelmord* waren sie untertitelt, *Entführung und mehrfacher Mord,* sowie *Raub, Betrug, Geiselnahme.* Plakativer ging es nicht mehr.

Neben dem Beamer stand ein beleibter Mann, den Nora auf Ende vierzig, Anfang fünfzig schätzte, sein markantes Gesicht war von Schweißperlen benetzt. Seltsamerweise wirkte er im Gegensatz zu den übrigen Anwesenden im Saal keineswegs beunruhigt, sondern schien das Chaos vielmehr zu genießen. Seine Lippen umspielte ein sphinxartiges Lächeln. Dieses verschwand schlagartig, als Nora das Mikrofon ergriff und prüfend gegen das Gitter klopfte. Dumpfes Pochen ertönte im Saal. Die Anwesenden drehten sich neugierig zu ihr um.

»Guten Abend, mein Name ist Nora Winter. Ich bin Polizeipsychologin aus Frankfurt und hatte beruflich mit Herrn Lefeber, Herrn Rosen und Herrn Tibursky zu tun.«

Murmeln, Kopfschütteln, skeptische Blicke.

»Würde es Ihnen etwas ausmachen, sich noch einmal hinzusetzen? Ich möchte etwas Wichtiges mit Ihnen besprechen.«

Nach einer Denkpause nahmen die Ersten Platz und der Rest folgte kurz darauf.

»Ich kann absolut nachvollziehen, dass es Sie beunruhigt, solche Menschen in Ihrer Nachbarschaft vorzufinden. Sie sorgen sich um Ihre Kinder, Ihre Frauen und Ihren Frieden.«

Zustimmung, aber auch Wachsamkeit. Was will sie uns sagen?, las Nora auf den Gesichtern in der ersten Reihe.

»Ich will nichts beschönigen: Lefeber, Rosen und Tibursky haben in ihrer Vergangenheit sehr schlimme Dinge getan, Menschen großes Leid zugefügt. Das kann man nicht wiedergutmachen. Ich habe mit allen dreien ausführliche Gespräche geführt und kann Ihnen versichern, dass die Männer sich dessen bewusst sind. Dass sie Reue empfinden und alles in ihrer Macht Stehende tun, damit so etwas nie wieder vorkommt.«

»Die Typen sind total krank! Die kann man nicht heilen.« Der Rufer zog es vor, anonym zu bleiben.

»Ich geben Ihnen recht: Woran die Männer leiden, kann man nach dem heutigen Erkenntnisstand nicht mit einer Therapie heilen. Aber sie haben gelernt, ihr Verhalten zu kontrollieren. Sie werden Situationen, die eine Rückfallgefahr bergen könnten, bewusst aus dem Weg gehen. Abgesehen davon ist Herr Rosen nicht mehr in der körperlichen Verfassung, jemandem gefährlich zu werden.«

Beruht das jetzt noch auf wissenschaftlichen Fakten oder redest du dir die Situation schön, fragte Nora sich selbst. Sie schob den Gedanken beiseite, als jemand rief: »Muss ich jetzt etwa auch noch Mitleid mit denen haben?«

Lacher, geringschätziges Prusten.

»Nein. Mitleid erwarte ich nicht von Ihnen. Aber Toleranz den Männern gegenüber. Dass Sie ihnen eine Chance geben. Jeder hat eine zweite Chance verdient.«

»Diese Dreckschweine nicht!«, brüllte jemand und klang dabei schon ziemlich unartikuliert.

Ein Sturm der Entrüstung brach los.

Nora klopfte auf ihr Mikro, von Mal zu Mal lauter, nur mit Mühe brachte sie den Saal zur Ruhe. Jetzt würde sie sich sehr weit vorwagen müssen, und das vor laufenden Fernsehkameras.

»Ich möchte Ihnen Folgendes anbieten: Solange Sie das wünschen, halten ein Kollege vom Zentralen psychologischen Dienst der hessischen Polizei oder ich regelmäßig Kontakt zu Ihnen. Als eine Art Verbindungsstelle zwischen diesen Männern« – sie deutete auf die Gesichter an der Leinwand – »und Ihnen. Wir sprechen über alle Bedenken, die Sie haben, alle Ängste. Wir versuchen, einen Weg zu skizzieren, der für alle annehmbar ist. Lösungen zu finden. Ich denke, mit ein bisschen Offenheit von beiden Seiten ist das möglich.«

Die Menschen im Saal sahen sich unschlüssig an. Noras Rede war offenbar nicht *nur* auf taube Ohren gestoßen. Es wurde diskutiert und für einen Moment sah es tatsächlich so aus, als wäre es ihr Vorschlag zumindest wert, in Erwägung gezogen zu werden.

Doch dann riss ihr der beleibte rotwangige Kerl, der hier das Sagen zu haben schien, das Mikro aus der Hand und machte alles zunichte.

»Schluss jetzt damit. Wir Scheelbacher wollen diese Verbrecher nicht in unserem Forst und nicht in unserem Ort.

Verschwinden Sie und nehmen Sie die Brut mit! Am besten heute Abend noch. Ansonsten garantiere ich für nichts.«

Der Wortführer sah fordernd in die Menge. Jemand fing an zu klatschen. Die Besucher fielen zaghaft ein.

»Die Veranstaltung ist hiermit beendet«, schloss er und steckte das Mikrofon in seine Jackentasche. In Windeseile standen die Scheelbacher auf, steckten die leeren Bierflaschen in die Kästen zurück und verließen ohne ein weiteres Wort das Gemeindehaus. Es war gespenstisch.

Die Fernsehleute drängten Nora zu einem Interview. »Kein Kommentar«, lautete ihre gebetsmühlenartige Antwort. Wenig später stand sie erschüttert alleine im Gemeindehaus und atmete tief durch.

Ein echter Volltreffer, ihr Auftritt!

Ein Mann in einem grauen Arbeitskittel klapperte mit den Schlüsseln. Zeit zu gehen. Nora warf ihre Jacke über und verließ den Saal.

Vor dem Eingang lief sie direkt Bruno Albrecht in die Arme. Der nichts Besseres zu tun hatte, als sie zu überrumpeln, indem er sie in die Arme schloss und küsste.

Aus dem Augenwinkel bemerkte sie den Mann, der die Versammlung aufgelöst hatte. Er beobachtete sie grinsend, dann stieg er in seine Audi-Limousine. Nun wusste er genau, wie er Nora einsortieren musste.

»Wer ist der Kerl da drüben?«, wollte sie von Bruno Albrecht wissen.

»Das ist Tobin Kiefer. Er bezeichnet sich als Ortsvorsteher von Scheelbach. So etwas wie ein Bürgermeister. In Wahrheit hält er sich wohl für einen absolutistischen Fürsten, der hier nach seinem Gutdünken schalten und walten kann.«

»Ein unangenehmer Typ.«

»Das kannst du laut sagen. Er hat mich gestern in der Praxis aufgesucht.«

»Und?«

»Und mir ein Angebot gemacht, dass ich nicht ablehnen konnte, wie es so schön heißt.«

»Wie hast du reagiert?«

»Ich habe abgelehnt«, lachte Bruno. Er schlug ihr vor, gemeinsam in seinem Auto zur *Schreckenmühle* zu fahren, jetzt wo sie schon mal da waren, und den Männern einen Besuch abzustatten. Auf dem Rückweg würde er sie wieder bei ihrem Wagen absetzen.

*

Der Motor des Audis schnurrte wie eine Katze, während das Tor zu Tobin Kiefers Zufahrt langsam zur Seite glitt. Abgesehen von den Abblendlichtern des Wagens war es stockfinster, denn die letzte funktionierende Straßenlampe stand hundert Meter weiter Richtung Ortskern. In einiger Entfernung neben dem Tor parkte Henk Wawerzineks Motorrad und daneben stand Henk selbst. Von ihm sah Kiefer in der Dunkelheit kaum mehr als einen gedrungenen Schatten und die Glut einer Zigarette, die in regelmäßigen Intervallen orangefarben aufleuchtete.

Kiefer fuhr auf den Vorplatz und in die Garage. Nachdem sie ausgestiegen waren, blieb Anna einen Moment neben ihm stehen, den Blick starr auf Henks Gestalt gerichtet.

»Geh rein, ich komme gleich«, sagte Kiefer. Und weil sie nicht gehorchte, packte er sie am Arm und schob sie ein Stück Richtung Haustür.

»Geh ins Haus. Sofort!«

Der Befehlston wirkte. Sobald im Haus das Licht anging, schlenderte Kiefer zu seinem Besucher.

»Später Besuch?«

»Du setzt dich wirklich voll für Scheelbach ein. Die Jungs waren schwer beeindruckt von deiner Rede. Das kannst du wirklich gut – Leute mitreißen. Rhetorisch und so.«

»Hast du extra deswegen einen Umweg gemacht? Um mir

Komplimente zu machen?« Er sah Henk in der Dunkelheit grinsen.

»Nicht nur. Die Kameraden und ich, wir wollen dir ein Angebot unterbreiten.«

Kiefer schwieg, starrte Henk nur herausfordernd an. Im Hintergrund brauste ein Übertragungswagen Richtung Wald. Kiefer erinnerte sich, das Auto vor der Gemeindehalle gesehen zu haben.

Sein Mitarbeiter räusperte sich.

»Wir sorgen dafür, dass die Männer gehen. Und zwar schnell. Für so etwas haben wir unsere Methoden.«

»Überzeugungsarbeit?«, sagte Kiefer.

»Genau«, sagte Henk, »Überzeugungsarbeit. Wie in der Politik.«

»Und was verlangt ihr im Gegenzug?«

»Unterstützung für unsere Kandidatur.«

Kiefer steckte die Hände in die Jackentaschen. Er sah zum Waldrand hinüber, wo nichts zu sehen, das Rauschen der Bäume aber umso deutlicher zu hören war.

»Wenn wir diese Leute aus Scheelbach vertreiben, möchte ich, dass die Dorfgemeinschaft geschlossen dahintersteht. Ein Gemeinschaftsprojekt sozusagen.«

»Aber wir arbeiten schneller. Und zuverlässiger. Am Wochenende bist du die Typen los.«

»Daran habe ich keinen Zweifel, Henk«, entgegnete Kiefer freundlich. »Trotzdem müssen wir in diesem Fall Geduld haben.«

»Warum?«, fragte Henk trotzig.

»Weil diese Sache das ganze Dorf angeht. Nicht nur dich und mich.«

Weil ich nicht will, dass man später hinter vorgehaltener Hand tuschelt, der Kiefer habe Nazischläger engagiert, um sein Haus zurückzubekommen, dachte er. Weil ich will, dass mein Ruf intakt bleibt. Und weil ich will, dass es die Scheelbacher sind, die gemeinsam diesen Albrecht und seine Brut davonjagen. Damit er später angekrochen kommt, um mir die *Schreckenmühle* für einen Appel und ein Ei zu verkaufen.

»Ist das so?« Wieder dieses unverschämte Grinsen auf Henks Gesicht.

»Fahr nach Hause. Du musst morgen früh raus.«

»Und der Sitz im Gemeinderat?«

Tobin Kiefer ersparte sich die Antwort. Er ließ seinen Mitarbeiter stehen und ging zur Haustür.

Henk warf sein Motorrad an, stülpte den Helm über und ließ den Motor wütend aufheulen, bevor er mit ausbrechendem Hinterrad davonbrauste.

*

Eins. Oder Zwei?

Rosen steht am Fenster seines Zimmers und schaut in den Wald hinaus. Er sieht Lichter auf sich zukommen. Scheinwerfer eines Autos oder vielleicht auch nur ein einzelnes Licht, das kann er nicht erkennen. Seine Augen sind schlechter geworden, nachts ist er fast blind. Längst bräuchte er eine Brille, aber er hat Angst, zum Augenarzt zu gehen.

Die Lichter schwenken auf und ab, während sie sich nähern; immer wenn sie hinter den Baumstämmen verschwinden, ist es einen kurzen Moment schwarz, und dann leuchtet ihm der Strahl wieder direkt in die Augen und Rosen muss blinzeln.

Dann erlöschen sie Lichter plötzlich, auch das Motorengeräusch verstummt. Rosen hört seinen eigenen Atem, hört sein Herz klopfen. Dann wummert es an der Eingangstür des Hauses.

Unten schreit Lefeber: »Moment!« Rosen hört seine Schritte auf dem Holzfußboden in der Diele. Die Eingangstür quietscht. Eine ganze Weile ist alles still.

Dann ruft Lefeber plötzlich die Treppe hinauf. »Kommt ihr mal runter? Sofort.«

Rosen schlüpft in einen Frotteebademantel und zieht die karierten Hausschuhe aus Filz über, die doch noch in einer Plastiktüte aufgetaucht sind. Das gleiche Modell hatte sein Opa früher. Sie sehen selbst für Rosens Verhältnisse furchtbar altmodisch aus, aber sie sind bequem und halten warm.

Unten sitzt Lefeber am Wohnzimmertisch. Die Glut im Ofen ist bereits erloschen, aber ein Nachklang der Wärme schwebt noch im Raum, auch wenn die Kälte bereits durch die Ritzen kriecht.

Lefeber gegenüber sitzen Nora Winter und Bruno Albrecht.

Rosen atmet auf. Die Anwesenheit von Frau Doktor wirkt enorm beruhigend auf ihn. Beruhigender noch als Willi oder Chewbacca, der jetzt in der Tasche seines Hausmantels steckt und von Rosen gekrault wird.

»Setzen Sie sich. Wo ist Tibursky?«, fragt Doktor Winter.

Tibursky fehlt, wie üblich. Nora Winter muss ihn holen. Endlich sitzen alle um den Tisch.

»Wir kommen gerade von einer sogenannten Informationsveranstaltung in Scheelbach. Die Bürger sind sehr besorgt über Ihre Anwesenheit hier in der *Schreckenmühle.* Man erwägt, das Dorffest abzusagen. Wir dachten, besser Sie erfahren es von uns als aus der Zeitung.«

»Und wie sollen wir uns nun verhalten? Weg können wir ja wohl nicht«, sagt Lefeber.

»Nein, mit diesem Problem müssen wir wohl an jedem Ort rechnen, an dem Sie sich aufhalten. Die Menschen haben eben Angst.«

»Ich habe auch Angst«, sagt Rosen.

»Sie sind halt ein Schisser«, sagt Tibursky und erntet dafür einen wütenden Blick von Rosen.

»Ich empfehle, im Moment den Ball flach zu halten«, sagt Nora Winter.

Welchen Ball? Und was meint sie mit ›flach halten‹? Rosen ist verwirrt, aber er traut sich nicht zu fragen. Tibursky würde sicher wieder eine Gemeinheit von sich geben.

»Bleiben Sie in der näheren Umgebung des Hofes, meiden Sie das Dorf. Einkaufen gehen Sie ohnehin nach Rieneck, das ist in Ordnung.«

»Die Bäckerei«, wirft Lefeber ein und etwas wie Sehnsucht klingt in seiner Stimme mit.

»Beim Discounter gibt es Aufbackbrötchen und sogar Croissants.«

Lefeber verzieht das Gesicht. Es wird deutlich, was er von abgepackten, aufgebackenen Croissants hält.

»Nur für eine Weile. Zwei, drei Wochen vielleicht. Bis die Gemüter sich beruhigt haben. Wenn die Scheelbacher begriffen haben, dass ihnen von der *Schreckenmühle* keine Gefahr droht, wird sich die Situation normalisieren.«

»Glauben Sie das wirklich? Oder ist das so eine Art Salamitaktik? Am Schluss leben wir hier wie früher die Vögel da draußen in der Voliere«, sagt Lefeber.

In diesem Moment passieren zwei Dinge gleichzeitig: Das Fenster hinter Lefebers Rücken zerspringt in tausend Scherben. Ein Pflasterstein kracht auf den Tisch, rutscht über die Platte und fällt auf der anderen Seite zu Boden. Ein Wunder, dass niemand getroffen oder verletzt wurde, denkt Rosen. Die anderen springen erschrocken auf.

»Sofort weg vom Fenster«, schreit Nora Winter.

Gleichzeitig hämmert jemand an die Eingangstür.

Bruno Albrecht sieht sich suchend um. Er ergreift den Schürhaken neben dem Kachelofen und rennt hinaus in den Gang.

Nora und Lefeber folgen ihm, Rosen hält sich dicht hinter Adam. Albrecht reißt, den Schürhaken hoch erhoben, die Tür auf. Auf dem Treppenabsatz steht eine Papiertüte. Sie brennt lichterloh. Hundert Meter weiter springt jemand in einen Wagen mit laufendem Motor, Dampf wabert aus dem Auspuff. Das Fahrzeug rast in halsbrecherischem Tempo über den Weg davon, die Rücklichter tanzen auf und ab. Obwohl Bruno einen Sprint einlegt, erreicht er den Wagen nicht mehr. Das Kennzeichen ist unbeleuchtet und im Dunkeln nicht zu erkennen.

Lefeber versucht, mit seinen Schuhen das Feuer auszutreten. Ein beißender Gestank breitet sich aus, Adam flucht. Derjenige, der die Tüte hier deponiert und angezündet hat, hat sie vorher mit Fäkalien gefüllt.

Zeitgleich mit den Reportern und ihren Kameras kommen die Polizisten angerannt. Sie halten ihre Waffen in den Händen.

»Wo sind Sie, wenn man Sie mal braucht? Haben Sie denn nicht mitbekommen, was hier passiert?«, schreit Lefeber.

Die Beamten stecken ihre Waffen ein. »Jetzt werden Sie mal nicht frech, Herr Lefeber. Das ging alles so schnell, wir hatten überhaupt keine Chance.«

»Worauf warten Sie denn? Verfolgen Sie den Wagen! Die sind gerade erst losgefahren.«

Einer der Polizisten spricht in sein Funkgerät und fordert Verstärkung an. Dann sagt er: »Tut mir leid, aber wir dürfen unseren Posten nicht verlassen. Anweisung von oben. Die Kollegen kommen sofort.«

»Während wir beide hierbleiben und aufpassen, können Sie hinterher«, bietet die gute Frau Doktor an.

»Es dauert nicht mehr lange«, sagt der Polizist.

Lefeber steht mit offenem Mund da. Nachdem er sich wieder gefasst hat, lässt er sich von Nora Winter und Bruno Albrecht ins Haus führen, Rosen und Tibursky folgen. Bruno besorgt Holz, Folie, Nägel und Klebeband, um das Loch im Fenster notdürftig zu flicken.

»Glauben Sie immer noch, dass Ihre Stillhaltetaktik reicht?«, fragt Lefeber mit vor Erregung zitternder Stimme die Frau Doktor. Doch darauf weiß sie keine Antwort.

Sie bückt sich und hebt den Stein auf. Er ist mit einem Stück Papier umwickelt, das mit Klebeband fixiert ist. Sie reißt das Band ab und faltet das Papier auseinander. Schüttelt den Kopf. Hält Rosen die Botschaft hin, die jemand mit Kugelschreiber darauf gekritzelt hat.

Haut ab ihr Kinderfiker.

»Adam?«, ruft Rosen. »Komm mal her. Ich glaube, das ist für dich.«

*

Anna lag im Bett und las. Tobin Kiefer schaltete das Licht im Bad aus, schloss die Schlafzimmertür und schlüpfte unter die Decke. Im Gegensatz zu seiner Frau, die Romane im Dutzend verschlang, las Kiefer keine Bücher. Wenn er überhaupt einmal etwas Gedrucktes zur Entspannung in die Hand nahm, dann höchstens den *Jäger* oder die *Auto-BILD*.

Seine Frau legte das Buch zur Seite. Sie starrte zur Decke. »Du nutzt sie schamlos aus.«

»Was?«

Kiefer nahm zuerst gar nicht wahr, dass er es war, mit dem sie sprach.

»Diese ganze Veranstaltung war reines Theater. Es geht dir gar nicht um die Sicherheit. Dass diese Männer gefährlich sind, glaubst du wahrscheinlich nicht mal selbst.«

Natürlich stellten die Männer eine Gefahr da, auf die eine oder andere Weise. Doch Kiefer behielt die Antwort für sich. Hoffentlich würde Anna das Licht löschen und es dabei bewenden lassen.

»Mit Ludwig bist du zur Schule und zum Fußballspielen gegangen, bis er die Bäckerei von seinem Vater übernahm.«

»Was soll das nun wieder bedeuten?«

»Die Scheelbacher vertrauen dir. Du bist einer von ihnen. Sie verlassen sich auf dich.«

»Bis jetzt sind sie damit nicht schlecht gefahren.«

»Du missbrauchst ihr Vertrauen. Es geht dir nicht um die Sicherheit im Dorf. Es geht dir allein um deinen eigenen Vorteil. Du willst, dass sie sich für dich die Hände schmutzig machen. Damit du die *Schreckenmühle* zurückbekommst.«

Kiefer spürte Wut in sich aufsteigen. Was nahm Anna sich ihm gegenüber überhaupt heraus?

»Schluss jetzt. Du redest über Dinge, von denen du keine Ahnung hast. Mach dein Licht aus und schlaf.«

»Mette ist nach der Sitzung zu mir gekommen.«

Kiefer nahm das Zittern in ihrer Stimme wahr. Das letzte Mal hatte er sie so erregt erlebt, als sich Ulf mit sechzehn bei einem Mopedunfall die Schulter ausgekugelt hatte.

»Sie hat mir gratuliert. Zu meinem feinen, beherzten Mann, der sich nichts gefallen lässt und sich hundertfünfzigprozentig für Scheelbach einsetzt.«

Dem Klang ihrer Stimme nach zu urteilen, war sie den Tränen nahe. »Ich habe mich so geschämt.«

Das undankbare Gejammer brachte Kiefer noch mehr in Rage. »Halt endlich den Mund! Kümmer dich um deine Angelegenheiten und halt dich aus meinen raus. Ich weiß, was ich tue, und das ist das Beste für das Dorf *und* für mich.«

»›Ich will den Menschen hier eine Zukunft geben. Arbeitsplätze schaffen.‹ Neunzehn warst du, als du das zu mir gesagt hast. Damals hattest du gerade die ersten Flaschen am Küchentisch deines Vaters abgefüllt und davon geträumt, eines Tages eine große Brauerei zu führen. Du warst schon so – erwachsen. Verantwortungsbewusst. Das hat mir imponiert. Und was ist davon übrig geblieben?«

Anna lachte verbittert. »Und alles wegen dieser Ruine.«

Kiefer richtete sich auf und beugte sich über seine Frau. Anna wich in ihr Kissen zurück.

»Kein Wort mehr, hörst du?«, fauchte er.

Mit einem Klicken versank das Schlafzimmer in Dunkelheit.

Kiefer ließ sich wieder auf seine Seite fallen. Sein Blutdruck war auf hundertachtzig. In diesem Zustand konnte er unmöglich einschlafen. Neben sich hörte er seine Frau leise atmen und gelegentlich schniefen. Das Licht eines Autoscheinwerfers fiel durch das Fenster an die Decke, huschte von einer Ecke zur anderen. Der Wagen kam aus dem Wald und fuhr in Richtung Dorf. Kiefer wunderte sich, dass so spät noch jemand auf diesem Saumpfad unterwegs war. Er stand auf und ging zum Fenster, aber das Auto war bereits verschwunden.

Die *Schreckenmühle* mochte eine Ruine sein, aber sie war der Ort, an dem er aufgewachsen war. Wo er als Knirps in einem Seitenarm des Mühlenbachs Steine zu einem Damm aufgeschichtet hatte. Wo er aus Vogelnestern zwanzig Meter über dem Waldboden Eier gestohlen und mit einer Mischung aus Scham und Faszination aufgeschlagen hatte, um dann zuzuschauen, wie das Eigelb in dicken Tropfen einen moosbewachsenen Fels hinablief. Wo er als Heranwachsender im Holzlager unter dem betäubenden Geruch von Harz zum ersten Mal ein Mädchen geküsst und seine Hand unter ihre Bluse geschoben hatte.

Ein Bild stahl sich in seine Gedanken, ein Wunschtraum: Er stand in Albrechts Praxis und füllte einen Scheck aus. Natürlich mit einem Betrag weit unter der Summe, die er bei der Versteigerung hätte berappen müssen. Und dann polierte er dem Kerl die Fresse. Die Vorstellung löste bei Tobin Kiefer ein warmes Gefühl in der Magengegend aus. Und eine Erektion.

Anna und Tobin Kiefer schliefen seit Jahren nicht mehr miteinander. Als Ulf zwei Jahre alt war, hatte sie eine Fehlgeburt gehabt, zwei Jahre später eine weitere und dann noch eine dritte; danach war ihr die Lust völlig vergangen. Immerhin konnte er sie alle paar Wochen dazu bewegen, ihn mit der Hand zu befriedigen.

Er holte tief Luft, dann suchte er ihre Hand unter der Decke und führte sie in seinen Schritt.

Sie zog ihre Hand weg. Das erste Mal in fünfundzwanzig Jahren Ehe.

Na gut. Er war grob gewesen. Ein bisschen angetrunken.

Kein Grund, sich zu verweigern.

Tobin suchte die Hand erneut, zog sie zu sich, diesmal schob er sie direkt in seine Pyjamahose.

Anna versuchte abermals, sich ihm zu entziehen, aber er hielt ihr Handgelenk eisern fest.

Ihre Finger lagen auf seinem steifen Glied, rührten sich jedoch keinen Millimeter.

Er begann, ihr Handgelenk auf und ab zu führen, aber sie tat rein gar nichts, um ihn zu unterstützen. Unverdrossen versuchte sie, sich aus seinem Klammergriff zu befreien.

Schließlich gab er ihre Hand mit einem Seufzer frei. Anna drehte sich augenblicklich zur Seite, kehrte ihm den Rücken zu.

Es dauerte eine geschlagene Viertelstunde, bis das Pfeifen in seinen Ohren verschwand.

*

Auf der Fahrt von Scheelbach zurück nach Frankfurt war Nora beim monotonen Röhren des Landrovers eingeschlafen. Obwohl Bruno sie nur sanft an der Schulter berührte, um sie zu wecken, schreckte sie hoch. Zwar wusste sie nicht mehr, was sie geträumt hatte, aber ihr wildes Herzklopfen war ein deutliches Anzeichen für einen Albtraum.

»Wir sind da.«

Die Gartenstraße lag vor ihr, es hatte wieder geregnet, und die Straßenbahnschienen glänzten im Licht der Straßenlaternen orangefarben, als wären sie aus glühendem Stahl frisch auf die Straße gegossen worden. Nora sah durch das Seitenfenster am Haus hoch. In der Küche brannte noch Licht. Ein Blick auf die Uhr: kurz vor halb elf.

Nora rekapitulierte, wie sie vor eineinhalb Stunden vor dem Gemeindehaus aus Brunos Wagen aus- und in ihren Mini eingestiegen war. Wie sie den Motor angelassen und den Rückwärtsgang eingelegt hatte und bereits nach wenigen Metern verwirrt wieder ausgestiegen war: Alle vier Reifen waren platt – vermutlich durchstochen. Zum zweiten Mal innerhalb von eineinhalb Wochen hatte sich jemand an ihrem Auto vergangen. Sie war spontan in Tränen ausgebrochen. Es war einfach alles zu viel – ihr missglücktes Engagement im Gemeindehaus, der Angriff auf die *Schreckenmühle* und nun auch noch das. Gott sei Dank hatte Bruno mit laufendem Motor gewartet, sonst hätte sie zu Fuß durch den Wald zum Hof zurücklaufen müssen, um dort zu übernachten – eine absolute Horrorvorstellung. Er hielt sie fest im Arm, beruhigte sie mit seiner warmen dunklen Stimme, und weil sie um diese Zeit ohnehin nichts mehr unternehmen konnten, hatte er sie in sein Auto verfrachtet und nach Hause gefahren.

Der Abschied in der Gartenstraße verlief knapp. Bruno hatte heute Abend seltsam unbeteiligt gewirkt. Vielleicht verließ er sich einfach auf ihre psychologische Sachkenntnis, um die Situation in den Griff zu bekommen. Nachdem er das Fenster notdürftig repariert hatte und die angeforderten Polizisten eingetroffen waren, um Spuren zu sichern und einen Haufen nutzloser Fragen zu stellen, statt auf die Suche nach dem Geländewagen und seinen Insassen zu gehen, hatte er einfach nur dagestanden, in Gedanken vertieft.

Immerhin bot Bruno ihr an, sich um die Rückführung und die Reparatur ihres Autos zu kümmern. Nora bedankte sich für die Hilfe. Sie sah ihm nach, bis sein Wagen auf die Europabrücke abbog, dann wechselte sie die Straßenseite und schloss die Haustür auf. An den Briefkästen machte sie Halt, um die Post mit nach oben zu nehmen. Als sie die ersten Treppenstufen nahm, ertönte eine Klingel, dann der Summer, jemand stieß die Haustür auf, und als sie im ersten Stock ankam, hörte sie unter sich die Treppe knarzen. In dem Moment, als sie den Schlüssel ins Schloss stecken wollte, wurde die Tür aufgerissen. Ceyda lächelte, dann sah sie überrascht drein.

»Nora, warum klingelst du, hast du keinen Schlüssel?«

»Das war ich«, ertönte eine Stimme hinter Nora. Es war Gideon Richter. Er hatte sich einen Dreitagebart stehen lassen, trug Sakko zu einem tief aufgeknöpften weißen Hemd mit großem Kragen und einer zerschlissenen Jeans über Bikerboots. Er sah unverschämt gut aus. Die Lachfältchen in seinen Augenwinkeln machten ihn älter, aber sie betonten auch sein maskulines Erscheinungsbild.

»Gitte?«

Er fasste sich verlegen ans Kinn. »Ich … äh … Ceyda und ich sind verabredet.«

Nun bemerkte Nora auch, dass Gideons Lächeln nicht ihr galt. Sie blickte fragend zwischen Ceyda und Gideon hin und her. »Um diese Zeit?«

Ihre Mitbewohnerin zuckte unschuldig die Schultern. Dann schnappte sie sich ihre schwarze Lederjacke und huschte an Nora vorbei zum Treppenabsatz.

»Im Kühlschrank ist noch Börek von meiner Oma, falls du Lust hast. Wir sehen uns wahrscheinlich heute nicht mehr.«

Ceyda warf ihr einen raschen Blick über die Schulter zu. Ihr Lächeln war voller Vorfreude. Nora zwang sich, das Lächeln zu erwidern, auch wenn es sie Kraft kostete. Als sie aus dem Augenwinkel sah, wie Gideon auf dem Weg die Treppe hinunter Ceydas Hand nahm, versetzte es ihr einen Stich. Irgendwie hatten es die beiden wohl doch geschafft – völlig an Nora vorbei –, in den letzten turbulenten Tagen zueinanderzufinden.

Freitag, 15. November

Drei.

Als wären sie wie Affen von den Bäumen gefallen, stehen drei Männer plötzlich vor Lefeber und dem Fahrrad, das er auf den Sattel gestellt hat, um die Kette zu ölen. Breitbeinig stehen sie da und reden mit einem frechen Grinsen im Gesicht auf Lefeber ein. Rosen kann nicht hören, was sie sagen, aber die angriffslustige Stimmung spürt er überdeutlich.

Die Männer reden viel, von Satz zu Satz werden sie lauter, Lefebers Antworten bleiben dagegen knapp.

Einer der drei hat eine Platte, die beiden anderen sehen ganz normal aus, beinahe adrett. Nur der Stock, mit dem einer der Besucher herumspielt, ist ein Prügel, der einem Angst einjagen kann.

Die Polizisten hocken seelenruhig in ihren Autos, keine dreißig Meter entfernt. Endlich steigt einer von ihnen aus; er geht zu der Gruppe, parliert, man schüttelt den Kopf, dann zieht er sich wieder zurück.

Ein Stück weiter haben sich die Zeitungs- und Fernsehleute postiert. Wie gigantische stielartige Insektenaugen wirken ihre rund um die Uhr auf das Haus und seine Bewohner gerichteten Objektive.

Rosen hat vor Ewigkeiten im Fernsehen einen Dokumentarfilm über Hyänen gesehen. Wie sie geduldig ihr Opfer umkreisen, bis es zu schwach ist, um sich zu wehren. Und es dann bei lebendigem Leib in Stücke zu reißen. Eine Orgie aus Blut und Agonie. Rosen kann verstehen, warum manche Menschen die Zeitungsleute Hyänen nennen. Denn sie üben sich lange in Geduld, bis sie überraschend und skrupellos zuschlagen.

Rosen beschließt, seinem Freund Adam zu helfen. Er tappt die Treppe hinunter, den Flur entlang und durch die Tür in den Stall, wo er nach einem kurzen Blick findet, was er sucht: Neben einem Stapel Brennholz steckt ein Beil im Hackblock. Mit einem Ruck zieht er das Werkzeug heraus und tritt hinaus ins Freie. Das Beil schwingt locker in seiner Hand, während er um die Ecke in den Hof biegt.

Der Gesichtsausdruck der drei Besucher verwandelt sich von Erstaunen in Belustigung, als sie Rosen mit dem Beil auf sich zukommen sehen. Lefeber, der neben seinem Fahrrad kniet, rappelt sich hoch und nimmt eine gebieterische Haltung an.

»Gib mir die Axt, Heinz.«

Rosen tut, als hätte er ihn nicht gehört.

»Na, Dicker, jetzt hab ich aber Angst vor dir!«, höhnt der Glatzkopf unter dem Gelächter seiner Kameraden. Rosen tritt ihm direkt gegenüber. Bis hierher ist das Sirren und Klicken der Auslöser zu hören, während die Zeitungsfritzen ein Bild nach dem anderen schießen.

»Gehen Sie weg hier. Das ist unser Haus.«

»Ist'n freies Land, Fettwanst. Den ganzen Tag kann ich hier stehen und die ganze Nacht dazu, wenn es mir passt.«

»Heinz! Gib mir sofort die Axt«, drängt Lefeber neben ihm. Rosen schüttelt den Kopf.

Nun öffnen sich auch die Autotüren der Polizeifahrzeuge. Vier Männer springen heraus und laufen auf Lefeber und Rosen zu.

»Wie ist das eigentlich, wenn man jemandem mit 'ner Axt den Kopf abschlägt? Du bist doch Spezialist auf dem Gebiet, wie ich höre«, feixt der Kahlkopf.

»Eine Säge war's, so eine wie die da«, antwortet Rosen gelassen und zeigt auf eine Astsäge, die an einer Wand neben dem Stall lehnt und vor sich hin rostet.

»Lass dich nicht provozieren, Heinz. Genau darauf legen die es an.«

»Hat 'ne ganze Weile gedauert, weil er so'nen dicken Hals hatte«, sagt Rosen. »Bei dir dauert's bestimmt auch so lange.«

Ohne es zu merken, hat er das Beil erhoben. Die Schneide weist jetzt genau auf den blank polierten Schädel.

»Herr Rosen, legen Sie die Axt auf den Boden. Sofort!« Die Stimme des Polizisten schreckt Rosen auf. Er blinzelt verwirrt, wie jemand, der aus einem bösen Traum erwacht. Adam nimmt ihm die Waffe aus der Hand und übergibt sie dem Polizisten, der sie wieder in den Stall bringt. Als er zurückkommt, wendet er sich an den Glatzkopf und seine beiden Begleiter. »Sie setzen sich auf Ihr Motorrad und verschwinden.«

»Das ist ein freies Land, Herr Oberwachtmeister.«

Der Polizist macht drohend einen Schritt auf die Besucher zu und senkt seine Stimme. »Ein Scheißdreck ist das, Freundchen. Wenn ich nicht innerhalb von sechzig Sekunden deine Rücklichter sehe, nehme ich dich und deine beiden hirnlosen Affen in Gewahrsam. Dann fahre ich euch ans andere Ende des Waldes, wo die Reporter uns nicht sehen, um jedem von euch einzeln und mit dem größten Vergnügen in die Eier zu treten. Und ich habe drei Polizeibeamte bei mir, die bezeugen, dass ihr euch der Festnahme widersetzt habt.«

Die Männer sehen sich an. Der Glatzkopf runzelt die fliehende Stirn.

»Hol die Handschellen aus dem Auto, Thorsten«, befiehlt der Polizist.

Mit einem Satz sprinten die Männer los, schwingen sich auf ihre Motorräder und knattern davon.

*

Tibursky war schon halb zur Tür hinaus. Wäre Lefeber nicht zufällig gerade die Treppe heruntergekommen, hätte er sich ein weiteres Mal in den Wald abgesetzt und vor der Hausarbeit gedrückt.

»Jemand muss sich um die Wäsche kümmern«, schrie Lefeber hinter ihm her.

Tibursky machte ein unschuldiges Gesicht. »Könne Sie des net übernemme?«

»Ich kümmere mich bereits um die Küche, räume im Wohnzimmer hinter Ihnen und Heinz her und bin offensichtlich der Einzige, der ab und zu das Klo putzt. Sie haben bis jetzt keinen Finger gerührt.«

»Kann isch des net heut Abend mache? Isch muss dringend ...«

»Dringend was? Auf Bäume klettern? Mittagessen fangen? Widerliches Getier ins Haus schleppen?«

»Heut Abend, isch verspresch's.«

»Das haben Sie gestern schon gesagt.«

Tibursky rollte theatralisch mit den Augen, aber dann besann er sich eines Besseren. »Also gut, Herr Direktor. Wo steht die Waschmaschine?«

Lefeber deutete stumm auf die Kellertreppe.

Während Tibursky provozierend langsam hinuntertrabte, machte Lefeber sich seufzend auf den Weg ins Obergeschoss, um die nächste Aufgabe zu delegieren. Oben am Treppenabsatz öffnete er im Vorbeigehen das Fenster, um durchzulüften.

Er klopfte an Rosens Zimmertür: ein Mal, zwei Mal – keine Antwort. Lefeber wunderte sich, denn Rosen war nach dem zweiten Frühstück hinaufgegangen und hatte sich nicht abgemeldet.

Er öffnete die Tür. Rosen saß auf seinem Bett, die Stimme von Udo Jürgens war sogar durch den Kopfhörer, den er aufgesetzt hatte, deutlich zu erkennen.

Etwas Grün-Gelbes schoss auf Lefeber zu. Mit einem Schrei riss er die Arme hoch. Willi, Rosens Wellensittich, flatterte an ihm vorbei in den Flur. Rosen sprang wie von der Tarantel gestochen auf, riss das Radio, an das der Kopfhörer angeschlossen war, zu Boden. Das Gerät im Schlepptau, rannte er in den Flur.

Er sprang an den Wänden hoch, um den panisch mit den Flügeln schlagenden Vogel einzufangen, seine Pranken öffneten und schlossen sich wie Baggerschaufeln. Aber er war viel zu langsam. Willi wirbelte Richtung Treppe, huschte durch das offene Fenster ins Freie, erhob sich über dem Mühlengebäude hoch in die Lüfte und verschwand zwischen den Bäumen.

Heinz Rosen stand mit schreckgeweiteten Augen am Fenster und schrie verzweifelt den Namen seines Wellensittichs in den Scheelbacher Forst hinaus.

*

Rosen war völlig aufgelöst. Mit verheulten Augen saß er am Esszimmertisch und murmelte immerzu Willis Namen, wenn er nicht gerade Lefeber einen vorwurfsvollen Blick zuwarf.

»Warum hast du ihn überhaupt aus dem Käfig rausgelassen?«, wollte dieser wissen.

»Wenn er schon nicht in der Voliere sein kann, sollte er doch wenigstens ab und zu ein bisschen fliegen dürfen.«

»Die Voliere hätten wir längst reparieren können.«

»Jetzt ist es zu spät«, jammerte Rosen.

»Nero würde ein bisschen Freigang auch nicht schaden.« Lefeber hielt seinem Freund ein frisches Taschentuch hin. »Willi kehrt bestimmt bald zurück, Heinz. Wellensittiche sind treue Tiere. Außerdem kommt der doch in Freiheit gar nicht klar.«

»So wie wir«, schniefte Rosen.

»Wie wahr«, pflichtete Lefeber ihm grimmig lächelnd bei.

Neben dem Tisch stand der Karton, in dem der neue Staubsauger noch originalverpackt auf seinen Einsatz wartete. Nun fiel Lefeber auch wieder ein, warum er Rosen aufgesucht hatte. Ein bisschen Ablenkung durch Hausarbeit täte ihm gut, schlug er vor. Rosen solle mit dem Wohnzimmer anfangen, sobald er das Ding zusammengesetzt habe.

Lefeber ging in die Küche, um Kaffee aufzusetzen. Er hasste Filterkaffee, so wie er ihn mehr als zwanzig Jahre lang im Gefängnis gehasst hatte, aber im Haus gab es keine Mokkakanne und so musste er sich mit dem Gebräu begnügen, das aus Neumanns rotem Plastikungetüm tröpfelte. Kurze Zeit später mischte sich in das Gluckern aus dem

Filter das gedämpfte Surren des Staubsaugers. Lefeber spülte das Frühstücksgeschirr ab, solange der Kaffee durchlief, dann schenkte er zwei Tassen für sie ein und kehrte ins Wohnzimmer zurück.

Rosen schob den Staubsauger vor sich her, dazu krähte er laut irgendeinen traurigen Schlager, in dem sich *Herz* auf *Schmerz* reimte, wenn er nicht gerade hustete. Die Luft war zum Schneiden dick. Der Dreck, den der Staubsauger vorne einzog, wurde am Lüftungsschlitz wieder ausgepustet; in den wenigen Sonnenstrahlen, die durch die Fenster fielen, sah man Staubpartikel tanzen.

Lefeber musste drei Mal laut rufen, bis Rosen ihn endlich hörte. Der Staubsauger verstummte.

»Sag mal, merkst du nicht, dass da was nicht stimmt?«

Der Hüne sah ihn mit großen Augen an.

»Tut mir leid, Adam.«

»Hast du in deinem ganzen Leben noch nie einen Staubsauger in der Hand gehabt?«

»Ist eine Weile her.«

»Mit was für Vollidioten bin ich hier gestrandet, verdammt noch mal?« Nun schrie Lefeber wirklich, obwohl es mucksmäuschenstill im Haus war und er gar keinen Grund mehr hatte. Hustend riss er das Fenster auf, schnappte seine Kaffeetasse vom Tisch und flüchtete in die Küche.

»Entschuldige bitte, Adam«, rief Rosen ihm kleinlaut hinterher und fing wieder an zu heulen, aber da war Lefeber schon verschwunden.

Zwei Stunden später stieg Lefeber in den Keller hinab, um nachzusehen, ob die Wäsche durchgelaufen war. Eine Welle aus schlechtem Gewissen und Scham überkam ihn beim Anblick von Rosen, der reglos am Esszimmertisch saß und aus dem Fenster blickte.

Entschlossen betrat er den Waschkeller. Er beugte sich hinunter und spähte durch die Sichtscheibe. Die Kleidungsstücke – ehemalige Weißwäsche, Helles, Dunkles, Unterwäsche, Socken und Jeans bunt gemischt – schwammen in einer graurosafarbenen Brühe.

Der Temperaturwahlschalter der Waschmaschine stand auf neunzig Grad. Die Waschpulverpackung stand ungeöffnet auf dem Gerät.

*

Sieben.

Das Abendessen wird schweigend eingenommen, was Rosen ganz recht ist. Denn wenn er reden müsste, würde er über kurz oder lang sowieso wieder anfangen zu heulen.

Zu allem Überfluss hat Adam die Titelseite der BILD-Zeitung auf dem Tisch ausgebreitet. Sie bekommen sie von den Polizisten draußen geschenkt, nachdem diese sie ausgelesen haben. Wieder einmal Fotos von ihnen, aber viel kleiner als die Aufnahme eines Mannes, der in einer Schlagzeile als ›Der Held von Scheelbach‹ gelobt wird. Er sieht aus wie ein Politiker und benimmt sich wohl auch wie einer: Tobin Kiefer, der Ortsvorsteher, kämpft unermüdlich gegen die Monster in der Nachbarschaft. Mit den Monstern meint die Zeitung sie.

Adam und er warten bis sieben, aber nachdem Tibursky nicht auftaucht, misst Rosen seinen Blutzucker und dann fangen sie ohne ihn an. Überraschend gesellt sich ihr Mitbewohner doch noch zu ihnen. Tibursky streicht sich über die feuchten Bartstoppeln und lässt sich auf einen Stuhl fallen. Er legt einen Handzettel auf den Tisch, Rosen muss sich anstrengen, um ihn zu entziffern, denn für ihn steht die Schrift auf dem Kopf.

Es ist eine Einladung zum Dorffest.

Hieß es nicht, das Dorffest sollte abgesagt werden?

Schmallippig konfrontiert Lefeber Tibursky mit dem Ergebnis seiner Wäsche. Er legt eine rosafarbene Socke auf den Tisch, direkt vor dessen Teller. Tibursky entschuldigt sich wenig überzeugend, worauf Lefeber ihn mit Vorwürfen bombardiert. Schweigend lässt Tibursky die Tiraden über sich ergehen.

Nachdem er sich beruhigt hat, erzählt Lefeber von Willis Flucht und bittet Tibursky, die Augen offen zu halten, wenn er draußen im Wald unterwegs ist.

Wortlos nimmt Tibursky eine Brotscheibe, häuft Wurst, Käse und Gurken darauf, bedient sich geradezu unverschämt. Er stopft sich den Mund voll und kaut mit dicken Backen. Rosen beobachtet ihn mit Abscheu, der Mann hat keinen Respekt vor den Lebensmitteln. Er frisst wie ein Tier, nur darauf bedacht, möglichst schnell seinen Hunger zu stillen. Rosen erinnert sich, was er im Gefängnis über ihn gehört hat: Tibursky hat Frauen versprochen, sie zu heiraten, und sie dann um ihr ganzes Vermögen gebracht. Viele Frauen sind auf ihn hereingefallen, immer wieder. Wie ihm das bei seinen Tischmanieren gelungen sein soll, bleibt Rosen unverständlich.

Als Tibursky gegessen hat, trennt er fein säuberlich einen Gutschein ab, der sich im unteren Teil des Handzettels befindet. Ein freies Getränk, 0,2 Liter, zur Verfügung gestellt von der Brauerei Kiefer, offizieller Sponsor des *Spessart Timbersports Tournament.* Rosen weiß nicht, was das bedeutet, aber neben dem Text erkennt er die Umrisslinien einer Kettensäge und eines Pokals. Tibursky lässt den Gutschein in seiner Hosentasche verschwinden.

»Was wollen Sie mit dem Gutschein?«, erkundigt sich Adam.

»Nix«, sagt Tibursky schnell. »Des is nur eine Marotte von mir.«

»Sie wollen nicht etwa auf das Fest gehen?«

»Würd mir im Läwe net einfalle.«

»Erinnern Sie sich, was Frau Winter uns geraten hat? Sich eine Weile unsichtbar zu machen? Den Dörflern Gelegenheit geben, sich zu beruhigen?«

»Isch bin ja ned taub.«

Lefeber fixiert Tibursky mit seinen grünen Augen, doch der starrt unverwandt zurück. Dann springt er auf, schiebt seinen Stuhl an den Tisch und räumt sein Geschirr zusammen, um es in die Küche zu tragen. Bevor Tibursky den Raum verlässt, wendet er sich an Rosen: »Tut mir leid, das mit Ihrem Willi.«

Rosen bedankt sich der Höflichkeit halber. Auch wenn er an der Aufrichtigkeit von Tiburskys Mitgefühl zweifelt.

»Heut Nachmittach hab isch ihn womöglisch sogar gesehe.«

Rosen horcht auf. Was hat er gesagt?

»Da war so ein kleiner, gelb-blauer auf einem Ast über mir gesesse, kaane zehn Meter von mir entfennt.«

Gelb-grün, korrigiert Rosen ihn. Willi habe ein gelb-grün gemustertes Federkleid.

»Ja, gelb-grün, jetzt wo Sie's sache! Ganz sischer. Net weit von hier.«

Rosens Herz schlägt bis zum Hals. Vielleicht ist doch nicht alles verloren. Ob er ihm die Stelle zeigen könne, jetzt sofort?

»Hören Sie auf damit, Tibursky!«, fährt Lefeber dazwischen. Er solle sich nicht über Rosen lustig machen.

Tibursky zuckt mit den Schultern. Er habe den Vogel gesehen, da sei er sich ganz sicher. Aber es dämmere bereits, jetzt könne man ohnehin nichts mehr erkennen. Und kaum hat er den Satz beendet, verschwindet er in die Küche.

Später am Abend, als alle sich in ihre Zimmer zurückgezogen haben, klopft Rosen noch einmal leise an Tiburskys Tür. Es kostet ihn große Überwindung, den Mann um einen Gefallen zu bitten, aber er muss mehr über den Vogel erfahren, den er im Wald gesehen hat. Rosen will hundertprozentig sicher sein, dass es Willi ist.

Doch aus Tiburskys Zimmer kommt keine Antwort. Auch unten ist er nicht zu finden.

Rosen probiert es an Lefebers Zimmer. Von drinnen

dringt ein gedämpftes »Moment!« an sein Ohr. Im Zimmer wird etwas verschoben, Quietschen von Holz auf Holz, dann öffnet Adam die Tür. Er trägt einen Arbeitsoverall, der genau wie seine Finger mit Farbe verschmiert ist. In der rechten Hand hält er einen Pinsel, die linke hat er hinter dem Rücken verborgen. An der Seite sieht Rosen die Staffelei stehen; Adam hat sie so an die Wand gerückt, dass nicht zu sehen ist, woran er arbeitet. Das war in der JVA schon so. Man durfte immer nur das fertige Bild sehen, nie den Entstehungsprozess.

Sobald Lefeber erfährt, dass von Tibursky wieder einmal jede Spur fehlt, wird er kreidebleich. Ihm schwant Schlimmes, er drängt darauf, seinen Verdacht sofort zu überprüfen; gemeinsam eilen sie die Treppe hinunter. Sie holen eine Taschenlampe aus der Küche, dann bedeutet er Rosen, ihm zum Mühlengebäude zu folgen.

Als sie am Ende des Kühlkellers stehen, ist aus Lefebers Verdacht Gewissheit geworden: Die Latten, mit denen Rosen erst vor ein paar Tagen den Eingang vernagelt hat, stehen in Reih und Glied nebeneinander an der Wand. Hammer, Zange und die herausgezogenen Nägel liegen ordentlich ausgebreitet auf der Erde.

Aus der sperrangelweit geöffneten Holztür, die in den Geheimgang führt, weht ihnen Eiseskälte entgegen.

Rosens Knie drohen nachzugeben. Sollte Tibursky tatsächlich auf das Fest gegangen sein, gibt es Ärger. Großen Ärger. Er steckt den Kopf in das finstere Loch hinein, ruft seinen Namen, aber es kommt keine Antwort.

»Diesmal ist er zu weit gegangen«, knurrt Lefeber. »Buchstäblich.«

Rosen scharrt mit den Füßen, als Reaktion auf die Anspannung. »Wir müssen ihn zurückholen.«

Lefeber schüttelt den Kopf. »Wir sagen den Polizisten Bescheid. Wir halten nicht den Kopf für Tibursky hin. Lauf zu, sag ihnen, dass er sich abgeseilt hat.«

»Wenn sie ihn fangen, nehmen sie ihn mit und sperren ihn ein.«

»Das will ich hoffen«, sagt Lefeber.

»Dann kann er mir aber nicht mehr zeigen, wo er Willi gesehen hat.«

Lefeber stutzt. »Das kann er sowieso nicht, Heinz! Er hat dich angelogen, um dich zu ärgern.«

»Vielleicht. Aber vielleicht auch nicht.«

»Herrgott noch mal, dann gehe ich eben selber.« Lefeber macht Anstalten, sich in Bewegung zu setzen.

Rosen überlegt nicht lange, er lässt seine schwere Hand auf Lefebers Schulter sinken.

»Nein, das will ich nicht. Wir holen ihn zurück.«

Lefeber klopft mit dem Zeigefinger auf seine blaue Armbanduhr. »Sie werden euch beide einfangen, sobald der Alarm losgeht, spätestens am Waldrand. Das ist Wahnsinn!«

»Willi alleine im Wald, das ist Wahnsinn«, schluchzt Rosen.

Bevor Lefeber sich wehren kann, reißt er ihm die Taschenlampe aus der Hand und quetscht sich wimmernd in den dunklen Tunnel. Wenn er sich beeilt, kriegt er Tibursky noch zu fassen, bevor er eine Dummheit begehen kann.

*

Zwei. Eins. Zwei.

Tief gebückt einen dunklen und feuchten Tunnel zu durchqueren, im trüben Lichtschein einer Taschenlampe, gehört zu den schlimmsten Erfahrungen, die Heinz Rosen in seinem Leben macht. Einmal stolpert er über etwas, das am Boden liegt – eine Wurzel möglicherweise –, und prallt gegen die Tunnelwand. Mit dem Gesicht streift er etwas Feuchtes, Schleimiges, das zuerst einen Angstschauder und danach Brechreiz auslöst. Mit letzter Kraft taumelt er durch den Ausgang ins Freie; schwer atmend lässt er sich neben den Fels sinken. Viel Zeit bleibt ihm nicht. Er wagt einen Blick zurück zum Haus: In unmittelbarer Nähe stehen die beiden Polizeiwagen, die Beamten verborgen im Dunkel, das im Inneren herrscht, nichts regt sich rundum. Etwas weiter entfernt parkt ein einzelner Übertragungswagen. Es sieht aus, als interessierten die anderen Fernsehsender sich inzwischen für aktuellere Themen. Darüber hinaus gibt es noch zwei einzelne Pkws, deren Insassen Rosen jedoch nirgends entdeckt. Zeitungsreporter vermutlich.

Sein Atem hat sich beruhigt, nun muss er dringend weiter. Wer weiß, wie weit Tibursky schon gekommen ist? Rosen hält sich in sicherer Entfernung vom Zufahrtsweg. Zwar hat er Angst, alleine durchs Unterholz zu laufen, doch noch größer ist die Angst, jemandem zu begegnen.

Die Umrisse der Bäume zeichnen Schatten auf den Waldboden, die Nacht ist sternenklar, so kann er wenigstens die Taschenlampe ausschalten. Es riecht harzig und klamm und manchmal nach Rauch, vermutlich vom Kamin auf dem Dach des Wohnhauses. Rosen hält sich etwa zwanzig Meter abseits des Weges, folgt dessen Windungen durch den Forst in einer parallelen Spur. Als zu seiner Rechten die dunklen Umrisse des baufälligen gesperrten Aussichtsturms auftauchen, legt er eine Pause ein. Er muss sich dringend hinsetzen, um zu verschnaufen. Seine Konstitution ist miserabel: Er hat Seitenstechen und Kopfschmerzen und schnappt nach Luft. Seit Jahren hat der Gefängnisarzt ihm dringend nahegelegt, sich mehr zu bewegen, gerade weil er Diabetiker ist, doch Rosen hat seine Worte ignoriert. Nun erhält er die Quittung dafür.

Mühsam richtet er sich auf, schickt sich an, weiterzugehen. Da sieht er auf dem Weg im Mondlicht eine Gestalt in seine Richtung laufen. Seine Augen sind nicht die besten, sind es mehrere Menschen? So leise wie möglich setzt er sich in Bewegung. Er versucht zu schleichen, aber das ist nicht so einfach, wenn bei jedem Schritt Äste knacken und Tannennadeln unter den Sohlen knistern. Ein dünner Ast prallt gegen sein Gesicht, Rosen stößt einen Schrei aus. Mit klopfendem Herzen bleibt er stehen und sieht sich um. Die Gestalt scheint verschwunden zu sein. Er hat sie abgehängt – Gott sei Dank!

Doch als er die nächste Baumwurzel umrundet hat, lehnt die Gestalt fünf Meter von ihm entfernt an einem Stamm. Sie sieht ihm direkt ins Gesicht.

*

Als Rosen im Tunnel verschwunden war, setzte Lefeber sich ins Wohnzimmer und starrte aus dem Fenster. Er wartete darauf, dass das Chaos losbrach.

Umgehend würden Motoren aufheulen, Blaulichter den Wald in kaltes Licht tauchen und die Hetzjagd würde beginnen. Tibursky musste längst den Sicherheitsbereich verlassen haben, so lange, wie er bereits abgängig war.

Aber zu seiner Verwunderung geschah nichts dergleichen. Die Einsatzwagen standen reglos am Wegrand.

Lefeber war verwirrt. Dann fasste er einen Entschluss.

Er zog etwas Warmes an, besorgte sich die zweite Taschenlampe – die andere hatte Rosen mitgenommen – und schlich zur Mühle. Er stieg hinab in den Kühlkeller, durchquerte innerhalb weniger Minuten den geheimen Tunnel und tauchte am anderen Ende hinter dem Findling wieder auf. Ein Blick zurück zum Haus bestätigte: Die Polizisten ahnten nach wie vor nichts davon, dass sich keiner der drei Bewohner mehr im Haus befand.

Lefeber rannte zum Weg, der sich im Mondlicht friedlich durch den Wald schlängelte. Trotz der vielen Windungen war das vermutlich die kürzeste Strecke nach Scheelbach. Und die Zeit drängte. Was immer Tibursky auf dem Dorffest zu schaffen hatte – die Scheelbacher würden ihn kaum mit offenen Armen empfangen.

Weit vor sich, an einem Stützpfosten des Aussichtsturms, sah er eine ausladende Gestalt kauern; das musste Heinz Rosen sein. Weit war er nicht gekommen, was bei seiner Statur und seinen körperlichen Gebrechen kein Wunder war.

Rosen blickte in seine Richtung und richtete sich auf. Dann tauchte die Silhouette hinter dem Turm ins Unterholz ein. Lefeber rannte los, er musste Rosen abfangen. Etwa zweihundert Meter hinter dem Turm zweigte ein Trampelpfad ab. Wenn Lefeber richtig lag, würde dieser Pfad Rosens Weg kreuzen.

Er lag richtig. Wenige Augenblicke später lief Rosen ihm direkt in die Arme. Keuchend und mit entsetztem Blick fiel er vor ihm auf die Knie, bis er erkannte, wen er vor sich hatte.

»Adam«, jammerte er, »ich bin zu langsam!«

»Sei still, du Trottel! Geh sofort zurück«, flüsterte Lefeber und half Rosen, aufzustehen. »Ich kümmere mich darum.«

Rosen sah ihn dankbar an. Er klappte den Mund auf, um etwas zu sagen, besann sich aber und machte sich augenblicklich auf den Rückweg, erleichtert, die heikle Aufgabe jemand anderem zu überlassen.

Lefeber sah den breiten Rücken zwischen den Baumstämmen verschwinden. Dann rannte er weiter – das Fest musste bereits in vollem Gang sein.

*

Der Dorfverschönerungsverein hatte ganze Arbeit geleistet: Pünktlich zum Fest hatten die Mitglieder den nüchternen Zweckbau, der normalerweise als Gemeindehalle diente, in einen Hort der Lebensfreude verwandelt. Die Wände waren mit Luftballons und Girlanden geschmückt. Die Kinder hatten tellergroße gebastelte Papiersonnenblumen am Rednerpult und an den Fenstern befestigt. Auf den Tischen standen Windlichter und kleine Blumensträuße mit Herbstgebinden, weiße Hussen verliehen den bescheidenen Brauereistühlen einen festlichen Glanz, und hoch droben unter der Decke schwebte die Fahne mit dem Scheelbacher Wappen: ein weißes Mühlrad auf rotem Hintergrund, darüber rotes Eichenlaub auf weißem Hintergrund.

Von der an einen Seitenausgang angrenzenden mobilen Küche roch es scharf nach Grillhähnchen, die Brauerei Kiefer belegte eine halbe Seitenwand mit dem Getränkeausschank und der *Moonlight-Bar,* und am gegenüberliegenden Ende des Saals hatte man einen Tanzboden aufgebaut, neben dem eine Band mit dem Namen *Rock & Fun* und ihre in die Jahre gekommene Sängerin sich an Drafi Deutschers *Marmor, Stein und Eisen bricht* versuchten.

Später wusste niemand mehr zu sagen, wie der sehnige Kerl mit dem spitzen Kinn, auf dessen Foto die Scheelbacher erst vor ein paar Tagen in derselben Gemeindehalle beklommen gestarrt hatten, an den Sicherheitsleuten vorbeigekommen war. Vielleicht lag es daran, dass das zwanzig Jahre alte Foto ihn noch mit Siebzigerjahre-Koteletten und Schnauzer gezeigt hatte. Vielleicht lag es an der Dunkelheit vor dem Eingang. Oder daran, dass die schwarz gewandeten Ordner, in Springerstiefeln rechts und links neben der Eingangstür, einfach nicht mit einer derartigen Dreistigkeit rechneten.

Tibursky machte jedenfalls sein offenstes und freundlichstes Gesicht, als er den Männern zunickte – der Versuch, sein Gesicht zu verbergen, hätte nur Aufmerksamkeit erregt – und mit Herzklopfen die Halle betrat. Der in schummriges Licht gehüllte Saal war gut gefüllt, die meisten Tische waren mittlerweile besetzt. Die Bar wurde von der Dorfjugend belagert und mehrere Paare im Rentenalter schoben zur Musik über den Tanzboden.

Tibursky hielt auf die Bar zu. Dort bestellte er ein Getränk, das *Coconut Kiss* hieß und sich als sämig weiße Flüssigkeit in einem Stielglas mit Schirmchen entpuppte. Es schmeckte weniger nach Alkohol als nach Fruchtsaft und stieg, wie Tibursky bald merkte, schnell zu Kopf.

Er leckte sich den Kokosnussgeschmack von den Lippen und ließ den Blick durch die Halle schweifen.

An einem Tisch unweit der Band saß die Frau, die er im Supermarkt getroffen hatte. Die Nachbarin. Mutterseelenalleine hockte sie an dem langen Tisch, zwischen den Fingern mit den rot lackierten Nägeln wartete eine Zigarette darauf, angezündet zu werden, während die Finger der anderen Hand den Takt der Musik auf ihr Knie trommelten. Tibursky warf sich in die Brust und durchquerte den Saal. Bevor sie ihm Einhalt gebieten konnte, hatte er sich schon neben sie gesetzt.

Auf dem Tisch stand ein Glas Rotwein. Er prostete ihr zu. »Wolfgang. Wolfi für meine Freunde.«

Sie sah sich um, als wollte sie sich vergewissern, ob der Mann, der sie angesprochen hatte, nicht jemand anderen meinte. Seine Geste erwiderte sie nicht.

»Hast du auch en Name?«

Ihre Zigarette zitterte. Die Nachbarin sah aus, als wäre sie zur Salzsäule erstarrt.

»Anna«, entgegnete sie, als sie sich wieder gefangen hatte. »Anna Kiefer.«

Tibursky trank einen Schluck und ließ seinen Blick auf Anna Kiefer ruhen. Ihr schmales Gesicht und ihre traurigen dunklen Augen weckten seinen Beschützerinstinkt. In der Grube unterhalb des Adamsapfels, dort wo die Haut besonders weich war, blitzte ein mit Granatsteinen besetztes goldenes Kreuz.

»Du weißt, wer ich bin, oder?«

»Sie sind – ich meine, du bist einer der Männer aus der *Schreckenmühle.*«

Sie sahen sich lange in die Augen.

»Hast du Angst vor mir?«

»Ich – nein. Sollte ich?«

Sie legte die Zigarette neben dem Weinglas ab.

»Nein«, lachte Tibursky. »Isch bin völlisch hammlos.«

»Das sehen die meisten Leute im Dorf anders«, flüsterte Anna Kiefer und räusperte sich.

Tibursky begriff. Eine Weile sah er Anna Kiefer neugierig an, doch sie mied seinen Blick. Er mochte ihre zarten Züge, ihre schmale Nase und ihre traurigen Augen, die gelegentlich aufblitzten. Und er bildete sich ein, dass sie gut roch, selbst in dem Dunst aus Alkohol, Schweiß und verbrauchter Luft. Tibursky meinte, Lachfältchen rund um ihre Augen zu erkennen, wo vorher keine gewesen waren.

Plötzlich hatte sie es eilig, ihr Glas zu leeren. Sie nahm ihre Handtasche, die an der Stuhllehne hing.

»Ich muss los.«

Tibursky suchte fieberhaft nach einer Möglichkeit, sie zum Bleiben zu bewegen. Er legte seine Hand auf ihren Oberarm. »Haste Lust zu tanze?«

Anna versuchte nicht, sich ihm zu entziehen. In ihrem Blick lag Fassungslosigkeit und ihr Goldkreuz hüpfte mit, als sie schluckte. »Das ist nicht dein Ernst, oder?«

Bevor sie ihm davonlaufen konnte, zog er sie auf die Tanzfläche.

Die Band spielte *Dancing Queen* von Abba.

*

Im Saal herrschte ›freiwilliges‹ Rauchverbot, die Frauen vom Dorfverschönerungsverein hatten es durchgesetzt und Tobin Kiefer somit nach draußen vor den Seiteneingang verbannt. In seinem Mund steckte eine *Montecristo No.1*, deren holzartiger Duft in Schwaden über der Gruppe von Männern lag, die hinter der Glut ihrer Zigaretten die letzten Fußballergebnisse kommentierten, und das umso angriffslustiger, je höher der Alkoholpegel stieg. Kiefer fühlte sich wunderbar, es lief alles zu seiner Zufriedenheit. Selbst die *vollbusige Sandy, 21, Aufn., AV, span., EL, NS, ZK, nur für kurze Zeit in Aschaffenburg* hatte für später in der Nacht noch einen Termin für ›Herrn Schmitz aus Hanau‹ freimachen können.

Die Tür zum Saal wurde von Henk Wawerzinek aufgerissen. »Scheff, kommst du mal?«

»Ist euch das Bier ausgegangen?«, feixte Kiefer und erntete ein paar devote Lacher von den Umstehenden.

»Es ist dringend.«

Kiefer legte die qualmende kubanische Zigarre auf einen Mauervorsprung. »Das Ding ist für euch tabu. Bin gleich wieder zurück.« Dann folgte er Henk in den Gemeindesaal.

Die Blicke aller Anwesenden waren auf die Tanzfläche gerichtet. Tobin Kiefers Frau tanzte mit einem anderen Mann. Dessen Augen waren halb geschlossen.

»Der Typ muss lebensmüde sein«, spottete Henk.

Das Paar drehte sich im Kreis. Der Mann, der Tobin Kiefers Frau im Arm hielt, wandte ihm für einen Moment das Gesicht zu. Nun endlich erkannte der Ortsvorsteher von Scheelbach, mit wem seine Frau das Tanzbein schwang. Das Rauschen in seinen Ohren schwoll zu einem Donnergrollen an, seine Hände ballten sich zu Fäusten.

»Erledige das«, presste er hervor. Er drückte Wawerzinek seinen Autoschlüssel in die Hand. »Setz ihn in mein Auto, wir machen einen Ausflug.« Dann drehte er sich auf dem Absatz um und kehrte zu seiner *Montecristo No. 1* zurück.

Wawerzinek bedeutete dem Bandleader, einen Moment Pause zu machen. Wer bislang noch nicht das Geschehen auf der Tanzfläche beobachtet hatte, tat es nun, überrascht von der jähen Stille. Henk hielt auf das Paar zu, das unschlüssig wartete, der Dinge harrend. Als Anna Kiefer ihn näher kommen sah, wich sie einen Schritt zurück, Tränen in den Augen. Tibursky versuchte, zu flüchten, doch Wawerzinek packte ihn am Ohr und schleifte ihn hinter sich her, von der

Tanzfläche herunter, quer durch den Scheelbacher Gemeindesaal. Vor den Augen von dreihundert oder mehr Besuchern stolperte Wolf Tibursky, wie ein ungezogener Zögling von einem strengen Lehrer gedemütigt, durch den Seiteneingang ins Freie. Die Tür fiel hinter ihm zu und im selben Moment setzten die Musik und der Lärm wieder ein. Dafür verstummten die Gespräche draußen. Auch Tibursky schwieg, das Gesicht zu Boden gerichtet. Tobin Kiefer sah dem ungewöhnlichen Gespann, das in Richtung Parkplatz verschwand, voller Vorfreude nach. Er sog den Rauch der Zigarre ein, bis die Glut knisterte, und stieß dann einen perfekten Ring aus. Er stach seinen Zeigefinger in die Mitte des Rauchkringels, der daraufhin zerfaserte und sich auflöste. Dann löschte er vorsichtig die Glut und legte die Zigarre abermals auf dem Mauervorsprung ab.

*

Im Schatten des Toilettenwagens auf dem Parkplatz kauerte Adam Lefeber. An sämtlichen Eingängen waren schwarz gekleidete Sicherheitsleute postiert. Für ein kleines Dorffest schien ihm das reichlich übertrieben, bis ihm dämmerte, dass er wohl selbst diese Situation mit ausgelöst hatte. Irgendwann musste Tibursky ja mal raus zum Pinkeln, außerdem konnte Lefeber von seinem Standort aus beide Eingänge überblicken.

Vor zwanzig Minuten war der Junge aus dem Bäckerladen aufgetaucht, doch bisher hatten weder er noch Tibursky das Gebäude verlassen.

Endlich erschien sein Mitbewohner am Seiteneingang – doch nicht, um seine Blase zu leeren. Er ging gebeugt, ein Glatzköpfiger zog ihn am Ohr hinter sich her, eine Geste tiefster Erniedrigung. Die Umstehenden sahen den beiden neugierig nach und steckten die Köpfe zusammen. Jetzt erinnerte Lefeber sich auch an den Mann: Er war es gewesen, der ihn mit seinen Kumpanen bedroht und provoziert hatte, als er das Fahrrad reparierte. Der Schläger, der erst abgehauen war, als die Polizisten eingegriffen hatten.

Der Kahlköpfige hob den linken Arm, auf dem Parkplatz flammten die Lichter einer Limousine auf, keine zwanzig Meter von Tibursky entfernt. Was immer sie mit ihm vorhatten – es sah nicht gerade nach einer Einladung zum Tee aus. Wenn Lefeber etwas unternehmen wollte, dann musste es sofort geschehen.

Er fasste sich ein Herz und rannte auf den Wagen zu. Der Kahlköpfige öffnete die Fondtür.

»Ist etwas nicht in Ordnung? Kann ich helfen?«, bot Lefeber mit klopfendem Herzen an.

Die Glatze stieß Tibursky auf den Rücksitz und ließ die Tür ins Schloss fallen. In diesem Moment hörte Lefeber die Stimme eines zweiten Mannes hinter sich.

»Wir fahren zu mir.«

Mit seinem Stiernacken, dem breiten Gesicht und den straff nach hinten gegelten Haaren sah er aus wie jemand, bei dem man auf alles gefasst sein musste. Die anthrazitfarbene Weste und das offene Hemd verliehen ihm eine trügerische Seriosität, wie man sie vom Paten einer sizilianischen ›Familie‹ erwartete. Unbewegt studierte er Lefebers Gesichtszüge. Schließlich zeigte er mit dem Finger auf ihn: »Der Typ gehört auch dazu. Den überlasse ich deinen Kameraden.«

Lefeber langte nach dem Türgriff, um Tibursky herauszulassen. Sein Mitbewohner sah ihn durch die Scheibe an wie ein vor Angst erstarrtes Insekt im Netz einer Spinne. Ein stechender Schmerz durchfuhr Lefebers Handgelenk. Der Glatzkopf ließ blitzschnell einen silberglänzenden Gegenstand in der Tasche verschwinden. Der pulsierende Schmerz, der nun einsetzte, trieb Lefeber die Tränen in die Augen.

Er wurde an der Schulter vom Wagen weggeschoben, in Richtung der öffentlichen Toilette. Widerstand war zwecklos, der Kahlköpfige hielt seine Schulter im eisernen Griff. Neben dem Eingang zum Pissoir standen zwei junge Männer, heftig an ihren Zigaretten ziehend, mit Bierflaschen in der anderen Hand. Auch ihre Gesichter kamen Lefeber bekannt vor – sie gehörten zur Schlägertruppe des Glatzköpfigen. Der offensichtliche Anführer stieß Lefeber mit einem höhnischen Lachen in Richtung seiner Kumpane. »Unser Freund hat sich wohl verlaufen. Der braucht dringend jemanden, der ihn auf den *rechten* Weg bringt.«

Einer der beiden legte ihm kumpelhaft den Arm um die Schulter und führte ihn vom Parkplatz weg auf einen Spielplatz zu. Vor dem dunklen Nachthimmel zeichnete sich ein drei Meter hohes Holzgerüst ab.

»Du schaukelst doch gerne, oder?«

Aus dem Augenwinkel bekam er mit, wie die Limousine den Parkplatz verließ. Tiburskys bleiches Gesicht leuchtete im Fond wie der Halbmond über der Festhalle. Lefeber spürte Übelkeit in sich aufsteigen. Er fragte sich insgeheim, wen von beiden das schlimmere Los getroffen hatte.

*

Der Lichtkegel des Audis streifte ein Eisentor. Gemächlich rollten die Gitterstäbe mit den Ornamenten und stilisierten Blättern aus schwarzem Eisen zur Seite, das Auto fuhr in den Hof, dann öffnete sich ein Garagentor wie das Maul eines Drachen. Der Fahrer stieg bei laufendem Motor aus, Sekunden später tauchte er in die Schwärze der Garage ein und trat mit einer Schaufel und einer Sprühdose in den Händen wieder heraus. Der Glatzköpfige blieb unbewegt neben Tibursky sitzen, tippte auf seinem Mobiltelefon herum. Tibursky beobachtete durch das Rückfenster, wie die Gegenstände im Kofferraum landeten und sich die Klappe wieder schloss. Der Fahrer stieg ein und ließ den Wagen aus dem Hof rollen.

»Wo fahrn mer hin?«, fragte Tibursky matt.

Auf die Antwort wartete er vergeblich.

Eine gefühlte Ewigkeit glitt der Audi durch die Nacht, die leise Stimme eines Radiomoderators, der begleitet von Oldie-Musik Liebesgrüße und Geburtstagswünsche an Angehörige überbrachte, die einzigen menschlichen Laute im Inneren.

Der Wagen verließ das Dorf, holperte über Feldwege in einen Wald hinein, der jedoch nicht der Scheelbacher Forst war. Das erkannte Wolfgang Tibursky, der den Wald ringsum inzwischen selbst bei Dunkelheit besser kannte als die meisten in der fünften Generation hier ansässigen Scheelbacher bei Tag.

»Hast du Angst?«, wollte der Kahlköpfige wissen.

»Nadürlisch«, flüsterte Tibursky, der einsah, dass jede andere Antwort Aufschneiderei gewesen wäre.

»Gut. Hätte ich an deiner Stelle auch. Angst kann einem den Arsch retten. Manchmal«, fügte er kichernd hinzu.

An einer kleinen Lichtung war die Fahrt zu Ende. Der Glatzköpfige stieg aus, umrundete den Wagen und zerrte Tibursky unsanft aus dem Auto. Er befahl ihm, sich mit beiden Händen am Wagen abzustützen.

Das metallische Klappern, als der Glatzkopf die Sprühflasche schüttelte, klang wie ein Trommelwirbel im Zirkus, kurz bevor der Artist den lebensgefährlichen Dreifachsalto in Angriff nahm.

»Pass bloß auf, dass mir nichts davon ans Auto kommt«, warnte der Fahrer.

»Keine Sorge, Scheff.«

Offenbar um der Warnung Folge zu leisten, wurde Tibursky vom Wagen weggezogen und an einen Baum gestellt. Was auch immer der Glatzkopf auf seinen Rücken sprühte, es dauerte eine ganze Weile, bis er ihm endlich gestattete, sich wieder umzudrehen. Der Fahrer holte die Schaufel und eine Nylontasche aus dem Kofferraum, legte die Schaufel ab, öffnete den Reißverschluss der Tasche und zog ein Gewehr heraus.

Tiburskys Beine gaben nach, er musste sich an den Baum klammern. Obwohl es in diesem Moment wahrscheinlich angebracht gewesen wäre, mit Engelszungen zu reden, um seinen Kopf aus der Schlinge zu befreien, brachte er keinen Ton heraus. Der Fahrer entnahm seelenruhig Patronen aus einer Pappschachtel und steckte sie in eine Öffnung an der Seite des Gewehrs. Schließlich zog er an einem Hebel, ließ etwas zuschnappen und nickte zufrieden. Dann sah er Tibursky wie etwas an, das man am liebsten vom Schuh kratzen würde, und richtete schließlich das Wort an ihn. »Was willst du von meiner Frau?«

Er war zu keinem klaren Gedanken fähig. Sein Gehirn versuchte gleichzeitig, eine unverfängliche Antwort auf die Frage und eine brauchbare Lösung zu finden, wie er sich aus seiner misslichen Lage befreien könnte. In seinen Ohren hallte ein Chor hysterischer Stimmen, die durcheinanderschrien und ihn wie versteinert dastehen ließen. Tibursky blieb stumm.

Der Glatzköpfige holte aus und schlug ihm mit der flachen Hand ins Gesicht. Tiburskys jaulte auf, seine Wange brannte wie Feuer.

»Der Scheff hat dich was gefragt.«

»Sie kann nix dafür«, keuchte Tibursky.

»Natürlich kann sie nichts dafür«, lachte der Fahrer. In Sekundenschnelle wurde sein Gesichtsausdruck todernst.

»Du hast meine Frage nicht beantwortet.«

»Isch wolld nix von ihr. Nur tanze.«

»Sonst nichts?«

»Es war ganz hammlos, werklisch.«

Der Fahrer beäugte den Glatzköpfigen. »Es war also ganz harmlos. Er wollte sie gar nicht ficken, meine Frau. Na, dann ist ja alles in Ordnung. Dann können wir ja umkehren und einen zusammen trinken.«

Tibursky sah nervös von einem zum anderen. Besser, er hielt den Mund in diesem Spiel, das er nicht verstand. Der Adjutant brach in wieherndes Gelächter aus, der Fahrer stimmte ein. Er lachte so heftig, dass Speicheltröpfchen auf Tiburskys Gesicht landeten. Als der Kerl sich wieder beruhigt hatte, sagte er: »Du hast sechzig Sekunden Vorsprung.«

Dann lud er die Waffe durch und legte an. Die Mündung des Gewehrs zeigte genau auf Wolfgang Tiburskys Kopf.

Sein Herz begann zu rasen, sein Verstand sagte ihm, es sei unvernünftig, stehen zu bleiben, wenn der Lauf einer Waffe auf einen gerichtet war und man ihm einen Vorsprung von einer Minute gewährte. Doch die Panik lähmte ihn und die Beine versagten ihren Dienst.

»Fünfundvierzig Sekunden«, zählte der Glatzkopf. »Wenn ich du wäre, würde ich Stoff geben.«

Tibursky rannte los – mitten in den stockdunklen Wald hinein.

*

Timm lehnte an der Bar und wartete auf den passenden Augenblick. Bis kurz vor neun hatte er Gläser gespült, unter den gestrengen Augen seiner Mutter, die glaubte, ihn vor der bösen Welt beschützen zu müssen. Er war sich bewusst, dass er nun, da er achtzehn geworden war, ›Dinge‹ tun konnte. Bier trinken beispielsweise, oder rauchen. Und genau das hatte er sich für heute Abend vorgenommen. Die Jungs draußen vor dem Eingang forsch um eine Zigarette zu bitten, sich an ein ruhiges Plätzchen zu verkrümeln und herauszufinden, ob einem wirklich schlecht wurde und ob man wirklich davon kotzen musste, wie seine Mutter immer wieder behauptete. Das Feuerzeug steckte einsatzbereit in seiner Jeanstasche, er konnte die harten Kanten spüren.

Er wartete, trank eine Cola und sah sich um. Auf der Tanzfläche herrschte bereits Hochbetrieb, die Band spielte

Highway to Hell, einen der besten Songs von AC/DC, seiner Lieblingsband.

»Timm, fass mal mit an!«

Der Mann von der Neunuhrschicht zeigte auf ein leeres Bierfass, das bereits auf dem Boden stand. Mette schenkte Rotwein ein und scherzte mit dem Kerl, der ihn bestellt hatte. Sie liebte ihre Arbeit, ging völlig in ihr auf.

Das leere Fass war ein Wink des Schicksals.

Timm packte mit an und die beiden schleppten das Holzfass nach draußen, wo sie es auf einen Pritschenwagen wuchteten. Der Mann bedankte sich und ging wieder hinein. Timms Herz klopfte. Ein wohliges Prickeln breitete sich in seinem Nacken aus. Er schlenderte lässig zum Haupteingang, wo sich eine ganze Traube Heranwachsender versammelt hatte und alle paar Sekunden Gelächter ertönte.

Mit einem flauen Gefühl im Magen stellte er sich neben Finn, den Sohn einer Nachbarin, der etwa gleich alt war. In den Ärmel seines kurzarmigen T-Shirts hatte er lässig eine Schachtel Zigaretten gewickelt, das Logo mit dem Trampeltier lugte noch hervor.

Timm stand eine ganze Weile stumm da, lachte mit, obwohl er die Witze nicht verstand, und versuchte, nicht aufzufallen. Erst als Finn meinte, er ginge wieder hinein, seine Freundin werde sonst unruhig, nahm Timm seinen ganzen Mut zusammen und bat ihn um eine Zigarette.

Finn sah ihn verblüfft an. »Fang besser gar nicht erst damit an.«

»Bist du etwa meine Mutter?«, beschwerte sich Timm. Die Umstehenden lachten. Finn verdrehte die Augen, hielt ihm aber schließlich doch die Schachtel hin. Timm bediente sich und spazierte mit seiner Eroberung an der öffentlichen Toilette vorbei, über den Parkplatz und in Richtung Spielplatz.

Er ging durch das kleine Holztor und setzte sich auf eine Bank. Lärm aus dem Festsaal drang zu ihm herüber, immer wieder dämpfte der Wind aus der gegenläufigen Richtung die Geräusche, doch sobald er nachließ, roch es nach der Holzglut, über der ein Spanferkel gegrillt wurde, und manchmal auch nach dem Urinal.

Timm steckte die Zigarette zwischen die Lippen und zündete sie an. Das Knistern des Tabaks hatte etwas Geheimnisvolles, im Schein der Glut beobachtete er, wie die Papierhülle von der Hitze versengt wurde. Er sog den Rauch tief ein, behielt ihn in der Lunge. Für einen Augenblick versank die Welt ringsum: Es war genauso, als würde man sich von einem Fünfmeterbrett in die Tiefe des Schwimmbeckens fallen lassen.

Hustend stieß er den Rauch wieder aus. Der Qualm verschlimmerte das Kratzen im Hals, die Lunge verkrampfte sich, immer mehr, bis er keine Luft mehr bekam. In hohem Boden warf er die Zigarette weg, die Glut stieb hoch, als sie unter der Schaukel landete.

Timm holte tief Luft, hustete erneut und bemerkte, dass die Zigarette auf etwas gelandet war, das unter der Schaukel lag. Bei näherem Hinsehen erkannte er eine dunkle Gestalt, die sich bewegte. Als sich seine Atmung normalisiert hatte, stellte er fest, das sich diese Gestalt nicht nur herumwälzte, sondern auch Geräusche von sich gab: Sie stöhnte.

Timm sprang auf und lief hinüber. Unter der Schaukel lag ein Mann rücklings auf dem Boden. Er krümmte sich, dann hustete er und erbrach im nächsten Moment. Das Erbrochene schwappte über die Mundwinkel, lief in den Rachen zurück. Der Mann gab erstickte Laute von sich. Timms Gedanken gerieten in Aufruhr. Was sollte er tun? Am besten Hilfe holen!

»Ich … ich hole jemanden, ja? Ich komme gleich wieder, bestimmt!«

Die Augen des Mannes traten aus den Höhlen. Seine Zunge schnellte vor, begleitet von Würgegeräuschen.

Timm wich zurück, machte kehrt und rannte durch das offene Holztor. Als er über den Parkplatz lief, kam ihm eine

Fernsehsendung über Bon Scott in den Sinn, den Sänger von AC/DC, der im Alkoholrausch an seinem Erbrochenen erstickt war. Der Moderator hatte erklärt, dass Scott noch leben könnte, wenn man ihn beizeiten auf die Seite gedreht und den Kopf überstreckt hätte. Die Entscheidung über Leben und Tod hing oft nur von Kleinigkeiten ab. Davon, dass man zum Beispiel im richtigen Moment das Richtige tat. Kurz blieb er unschlüssig stehen und rannte schließlich zurück. Wenn er den Mann gerettet hatte, blieb noch genug Zeit, um Hilfe zu holen.

Timm packte den reglosen Körper an der Schulter und drehte ihn zur Seite. Er streckte den Nacken nach hinten, so weit es ging. Der Mann hustete erneut – würgte den Inhalt von Mund oder Luftröhre heraus, der nun auf dem Rindenmulch landete, mit dem der Platz unter der Schaukel bedeckt war. Als er wieder frei atmen konnte, stemmte er sich auf Hände und Knie, bellte noch ein letztes Mal wie ein Hund und zog sich an Timms Schulter hoch, bis er schwankend an einem Stützpfeiler der Schaukel lehnte.

Timm hakte ihn unter und führte ihn zur Bank. Sie setzten sich. Der Mann schwieg eine ganze Weile.

»Sie sind der Mann, der neulich bei uns in der Bäckerei war, oder?«

»Bin ich. Danke auch«, nuschelte er.

»Keine Ursache. Sind Sie … von der Schaukel gefallen?«

Der Mann sah ihn erstaunt an. Dann lachte er heiser. »Ja, ich bin wohl von der Schaukel gefallen. Ich glaube, eine Rippe ist gebrochen. Hast du ein Taschentuch?«

Timm kramte ein weißes zerknülltes Etwas hervor. »Nur ein benutztes.«

Der Mann glättete es und wischte sich damit über Mund und Nase. Über seiner rechten Augenbraue klaffte eine Wunde, aus der Blut lief. Erschrocken hielt er das rot gefärbte Taschentuch vor seine Augen.

»Sie müssen aber hoch geschaukelt sein.«

»Ja, das war eine ziemlich wilde … Schaukelei«, bestätigte der Mann.

»Soll ich Sie reinbringen? Da sind Sanitäter.«

»Nein danke, ich gehe jetzt wohl besser nach Hause.«

»Soll ich Sie begleiten?«

»Keine gute Idee, glaube ich. Aber nochmals Danke für deine Hilfe.«

Der Mann erhob sich. Auf wackligen Knien schaffte er es gerade bis zum Holztor, bevor seine Beine nachgaben und er sich mit letzter Kraft an der Tür festhalten konnte.

»Ich glaube nicht, dass Sie das alleine schaffen«, sagte Timm, der aufgesprungen war, um ihn zu stützen.

»Da magst du recht haben«, sagte der Mann.

»Kommen Sie, ich bringe Sie. Wo müssen Sie hin?«

»Schreckenmühle«, sagte der Mann nach einiger Überlegung.

Timm bot ihm seine Schulter, um sich abzustützen. Dann machten sie sich auf den Weg. Die Straßen waren menschenleer und dunkel, genau wie die Fenster der Häuser. Die Einwohner von Scheelbach feierten ein ausgelassenes Fest.

Irgendwo in weiter Ferne ertönte das Echo eines Peitschenknalls oder ein Schusses. Dann folgte ein zweiter.

*

Heinz Rosen hatte den ganzen Abend reglos im Wohnzimmer gesessen und auf Lefebers und Tiburskys Rückkehr gewartet. Er war kreidebleich geworden, als Lefeber plötzlich im stockfinsteren Flur vor ihm stand: hinkend, verschmutzt, mit einer Platzwunde über dem Auge und einem ausgeschlagenen Eckzahn.

Er habe eine Auseinandersetzung mit Festgästen gehabt, Tibursky sei entführt worden, erklärte er. Falls er bis zum Morgen nicht auftauche, müsse man die Polizisten informieren. Rosen fuhr sich nervös durch die Haare. Sie müssten etwas unternehmen, sie könnten doch nicht einfach warten, bis man Tibursky im Leichensack ...

Er solle seine verdammte Fresse halten und tun, was man ihm sage, fuhr Lefeber ihn an. Rosen ließ sich eingeschüchtert auf den Stuhl zurücksinken.

Lefeber war froh, dass Rosen nicht wissen wollte, wie er es in seinem Zustand überhaupt bis hierher geschafft hatte. Den Jungen mit dem Namen Timm hatte er weit vor dem Eingang zum Tunnel zurückgeschickt, die letzten paar Hundert Meter musste er ohne Hilfe zurücklegen.

Beiden – Rosen und Lefeber – war nicht nach Schlaf zumute. Lefeber schickte den Riesen auf die Suche nach Schmerzmitteln und setzte Teewasser auf. Ab und zu blickte er aus dem Fenster, aber Tibursky ließ sich nicht blicken. Stundenlang saßen sie am Esstisch, starrten in ihre Teetassen und schwiegen sich an. Gegen halb drei Uhr morgens kippte Rosens Stirn auf die Tischplatte, ein lautes Schnarchen erfüllte den Raum.

Eine Stunde später hörte Lefeber Geräusche an der Eingangstür. Wie Bruno Albrecht zuvor, schnappte er sich den Schürhaken und schlich in den Flur. Die Tür ging mit quälender Langsamkeit auf. Wolfgang Tibursky kroch mehr in den Flur, als dass er ging. Keuchend ließ er sich auf den Hosenboden fallen und lehnte sich an eine Wand, bevor er aufschluchzte. Gesicht und Hände waren mit einer Dreckkruste und blutenden Kratzern überzogen. Der dunkle Fleck auf der Hose und der Gestank, der damit einherging, deuteten darauf hin, dass er sich eingenässt hatte.

Lefeber versuchte, etwas aus ihm herauszubekommen, aber Tibursky war kaum ansprechbar. Fortwährend brabbelte er etwas von »fünfundvierzig Sekunden« und brach wieder in Tränen aus. Dann sackte er auf einmal in sich zusammen und schlief an Ort und Stelle ein. Lefeber rüttelte ihn wach und hievte ihn – trotz seiner schmerzenden Rippen – am Ellbogen hoch, um ihn nach oben zu geleiten, wo er ihn aufs Bett zu legen gedachte. Als er ihn die Treppe hochschob, sah er, dass ihm jemand mit Leuchtfarbe zwei konzentrische Kreise und einen Punkt in der Mitte auf den Rücken gesprüht hatte.

Er sah aus wie eine lebende Zielscheibe.

*

Die *vollbusige Sandy, 21, Aufn., AV, span., EL, NS, ZK, nur für kurze Zeit in Aschaffenburg* hatte ihren Termin für ›Herrn Schmitz aus Hanau‹ ganz offensichtlich vergessen. Wie bestellt und nicht abgeholt stand Tobin Kiefer vor der Klingelanlage eines freudlosen Bürogebäudes in einem Aschaffenburger Industriegebiet und kochte vor Wut.

Dabei hatte der Abend so vielversprechend begonnen. Kaum etwas in den letzten Wochen hatte Kiefer so viel Spaß gemacht wie die Jagd auf das kleine Arschloch aus der *Schreckenmühle.*

Dass dieser Kerl es tatsächlich gewagt hatte, ihn zu demütigen, indem er seine Frau vor den Augen der versammelten Dorfgemeinschaft auf die Tanzfläche zerrte! Eine inszenierte Jagd wohlweislich – natürlich hatte er niemals vorgehabt, den Kerl wirklich zu erschießen. Für Henk würde er diesbezüglich nicht die Hand ins Feuer legen.

Kiefer jedenfalls hatte es vollauf genügt, sein vermeintliches Ziel wie einen aufgeschreckten Hasen Haken durch den Wald schlagen zu sehen. Die Schüsse in die Luft hatten ihren Teil dazu beigetragen, den Spaß an der Verfolgungsjagd zu steigern. Dann war der Kerl im Unterholz verschwunden. Kiefer hatte gespürt, wie sein Schwanz hart geworden war. Die Verabredung mit der Aschaffenburger Prostituierten kam ihm wieder in den Sinn – Gott, wie die Zeit verging, wenn man sich amüsierte.

Gleichwohl blieb sein Wunsch nach sexueller Befriedigung unerfüllt. Er harrte noch weitere zwanzig Minuten aus, doch das Klingeln blieb wie zuvor unbeantwortet. Frustriert fuhr er nach Hause.

Anna stand in einem Seidennachthemd vor dem Waschbecken und wusch sich das Gesicht. Als sie sich wieder aufrichtete, sah er ihr Gesicht im Spiegel, sie hatte dunkle Ringe unter den Augen.

»Wo warst du? Sie haben nach dir gefragt auf dem Fest.«

»Ich musste was erledigen.«

»So? Was denn?«

Kiefer antwortete nicht. Er streifte die Hosenträger ab, zog die Hose aus und legte sie über einen Bügel.

Annas Augen schimmerten feucht. »Was hast du mit ihm gemacht?«

Blitzschnell packte er seine Frau am Handgelenk und drückte sie gegen die Heizung. Er brachte sein Gesicht ganz nahe an ihres.

»Die Frage ist doch eher, was hast *du* mit ihm gemacht?«

»Wir haben getanzt, Tobin, nichts weiter.«

»Weißt du, wie du ihn angesehen hast, Anna? So hast du mich vor langer Zeit mal angesehen: beim Ficken!«

»Deine Sprache ist genauso widerlich wie deine Gedanken, Tobin Kiefer.«

»Im Gegensatz zu dir weiß ich wenigstens noch, was das Wort Ficken bedeutet.« Er presste seine ausgebeulte Unterhose gegen ihren Schoß, rieb sich an ihr, wollte, dass sie seine Geilheit spürte. »Na los, sag's mal, Anna: ficken. Oder ist dir das zu schmutzig?«

Seine Frau versuchte vergebens, sich seinem Griff zu entwinden, er griff in ihr volles schwarzes Haar und riss ihren Kopf in den Nacken, sodass sie zu ihm aufschauen musste.

»Sag es! Ficken. Sofort.«

Anna weigerte sich. Tobin Kiefers Wut und Wollust blendeten alles Menschliche aus. Er holte aus und schlug seiner Frau mit der freien Hand ins Gesicht. Dann zerrte er sie an den Haaren ins Schlafzimmer und warf sie auf das Ehebett.

Das Bett, in dem sie gemeinsam einen Sohn gezeugt und einige weitere Eizellen befruchtet hatten, in zärtlicher Vereinigung. An diesem Abend ging es ihm nur noch darum, seine Frau, die sich ihm widersetzte, zu unterwerfen – das einzige Mittel, das ihm einfiel, war, sie bis auf den Grund ihrer Seele zu erniedrigen.

»Wenn du es nicht sagen willst, dann willst du es wohl lieber tun.«

Er riss an ihrem seidenen Negligé, bis es in Fetzen herunterhing, presste sie mit roher Gewalt gegen die Bettkante, drückte ihre Schenkel auseinander und drang in sie ein.

Als Anna Kiefer zu schreien begann, hielt er ihr mit der Hand Mund und Nase zu.

Samstag, 16. November

Agniezka steckte vorsichtig die Hand mit den Futterpellets durch den Drahtzaun. In ihren großen braunen Augen spiegelten sich Angst und Vorfreude wider, als das Rotwild scheu einen Huf vor den anderen setzte, den Blick auf den willkommenen Imbiss gerichtet.

Nora hatte das Mädchen – gewissermaßen als Wiedergutmachung für den abgebrochenen Geburtstagsbesuch – in den Hirschgarten nach Dornholzhausen bei Bad Homburg eingeladen, wo sie Rehe fütterten und eine Kleinigkeit essen wollten. An diesem Samstagvormittag hatten sie das Gehege für sich.

Das Tier schnupperte misstrauisch und als Noras Handy läutete, sprang es erschrocken davon. Enttäuscht warf Agniezka das Futter ins Gebüsch. Nora strich ihr tröstend über den Kopf und drehte sich weg, um den Anruf entgegenzunehmen. Es war Bruno.

»Tut mir leid Nora, dass ich im Moment immer nur anrufe, wenn ich etwas von dir will.«

»Wer vorhat, mich wieder in die Oper einzuladen, darf jederzeit anrufen.«

»Um Schöngeistiges handelt es sich leider nicht. Ich habe einen Anruf von Heinz Rosen erhalten. Irgendetwas Schlimmes ist gestern vorgefallen. Er hat sich geweigert, mir zu sagen, um was es geht, und er will erst recht nicht, dass die Polizei eingeschaltet wird. Er will nur mit dir sprechen.«

»Ich bin auch Polizistin. Außerdem haben deine Freunde einen Bewährungshelfer. Der ist für genau diese Art von Problemen zuständig.«

»Rosen sagt, du bist die Einzige, der er vertraut.«

Nora entfernte sich ein paar Schritte von Agniezka, die einen zweiten Anlauf startete, ein Reh anzulocken. »Bruno, so geht das nicht. Dass ich zum Einzug mitgekommen bin und mich mitten zur besten Sendezeit auf der Dorfversammlung zum Affen gemacht habe, waren einmalige Aktionen. Ich habe mich bereits weit genug aus dem Fenster gelehnt. Von Schreyer habe ich einen Riesenanschiss kassiert, weil ich ohne vorherige Absprache mit ihm Zusicherungen im Namen des ZPD gemacht habe. Außerdem habe ich einen Job, der mich völlig auslastet.«

»Nora, bitte, dieses eine Mal noch. Ich verspreche dir, dann ist Schluss. Bitte!«

Nora seufzte und schloss die Augen.

Wenn ihr Vorgesetzter herausbekam, dass sie sich seinen Anordnungen trotz der angedrohten Konsequenzen widersetzte, hatte er vermutlich keine andere Wahl, als sie hinauszuwerfen. Andererseits ging es den ZPD nichts an, wie sie ihre Freizeit verbrachte.

Als sie die Augen wieder öffnete, sah sie Agniezka am Zaun stehen, die weichen Lippen des Rehs nahmen vorsichtig das Futter aus ihrer Hand. Mit einem Leuchten in den Augen drehte Agniezka sich zu Nora um.

»Ich will erst mit Neumann sprechen, bevor ich mich einmische. Seine Klienten, seine Entscheidung. Aber erst am

Nachmittag, im Moment bin ich beschäftigt. Ich ruf dich zurück, sobald ich etwas weiß.«

Bruno bedankte sich und legte auf.

Nora kniete sich neben das Mädchen und schüttete sich selbst ein wenig Futter in die hohle Hand. Aber das Reh war ihr nicht gewogen. Es sah sie lange skeptisch an, dann machte es kehrt, brach durch das Unterholz und schloss sich seiner Gruppe an.

*

Neumann hatte versprochen, Nora zurückzurufen, aber sie wartete vergebens. Als sie ihn am späten Nachmittag endlich an die Strippe bekommen hatte, sang er ein Klagelied von Überstunden, Unterbezahlung, Burn-out. Ihr Angebot, sich ›einzumischen‹, hatte er dankbar angenommen. Und dabei herzhaft gegähnt.

Nun saßen sie zu fünft um den Esstisch: Nora Winter, Bruno Albrecht, Adam Lefeber, Heinz Rosen und Wolfgang Tibursky. Tibursky war ungewöhnlich still, an seiner linken Wange und der linken Hand klebten Pflaster. Auch Adam Lefeber, der eine Baseballkappe tief in die Stirn gezogen hatte, brachte die Zähne nicht auseinander. Offensichtlich hatte Rosen Nora hergebeten, ohne sich mit den anderen abzusprechen.

»Jetzt erzähl doch, was passiert ist, Adam!«, drängte Rosen.

»Nichts ist passiert«, wehrte Lefeber ab. »Nichts, was wir hier ausbreiten müssen«, fügte er leise hinzu. Seine Aussprache war undeutlich und es sah aus, als sei seine Oberlippe geschwollen.

»Haben Sie mich dafür herkommen lassen?«, fragte Nora genervt.

Außer Rosen, der auf seinem Stuhl vor und zurück schaukelte, wollte sich offenbar keiner der Männer in die Karten schauen lassen.

Nora stand auf. »Komm Bruno, an einem Samstagabend habe ich wirklich etwas Besseres zu tun.«

»Warum sagst du nicht, dass sie dich zusammengeschlagen haben?«, wollte Rosen wissen.

»Halt doch endlich den Mund, Heinz! Merkst du nicht, dass du alles nur noch schlimmer machst?«

Rosen packte Lefeber am Nacken und riss ihm die Kappe vom Kopf. Die Stirn war dick bandagiert.

Unter Protest zog er Lefebers Poloshirt hoch. Auf Unterleib und Brust prangten ein gutes Dutzend Blutergüsse in leuchtenden Farben.

»O mein Gott«, entfuhr es Nora.

Bruno stieß einen Pfiff aus.

Endlich nahmen alle wieder Platz und weil Rosen keine Ruhe gab, berichteten Lefeber und Tibursky widerwillig, was ihnen zugestoßen war.

Dabei sparten sie Details über ihre Peiniger aus, darauf bestehend, dass Nora und Bruno keinesfalls die Polizeibeamten vor dem Haus hinzuzogen. Am Ende des Berichts war das Ticken der alten Pendeluhr an der Wand für lange Minuten das einzige Geräusch im Raum. Ihre Zeiger näherten sich Viertel vor neun.

»Wollen Sie denn keine Anzeige erstatten?«, erkundigte sich Nora.

Tibursky lachte verbissen. »Dann könne mir uns doch gleisch beerdische lasse.«

»Sie müssen sich das nicht gefallen lassen. Sie haben Rechte, wie fast alle Bürger dieses Landes.«

Aber Tibursky und Lefeber blieben bei ihrer Meinung. Sie hätten schon viel zu viel gesagt, meinte Lefeber.

»Wie haben sie das Ortungssystem ausgetrickst?«, wollte Nora wissen.

Lefeber und Rosen zeigten auf Tibursky.

Der grinste schief. »Des GPS funktioniert hier im Wald mit dene hohe Bäum ned rischdisch. Isch hab ihre Kollesche belauscht, die wo über die viele Fehlalarme geschimpft habbe.«

Nora schüttelte fassungslos den Kopf. Sie würde ein dringendes Wort mit den Herren wechseln müssen.

»Und wie kann ich Ihnen nun helfen?«, fragte sie.

Rosen malte rätselhafte Zeichen auf die Tischplatte. »Wir wollen hier nicht weg. Aber irgendwie kriegen wir es nicht hin, mit den Leuten auszukommen.«

»Geschweige denn miteinander«, sagte Lefeber.

»Vielleicht können Sie uns da …«, Rosen fehlten die passenden Worte.

»… beraten«, ergänzte Lefeber. »Sie werden unsere Resozialisierungsberaterin.«

»Na toll«, lachte Nora. »Und was wollen Sie, Tibursky?«

»Isch bin schon froh, wenn man net mehr uff misch schießt.«

Ein Lachen ging durch die Runde und bewirkte, dass die Anspannung der letzten vierundzwanzig Stunden ein wenig nachließ.

»Ich stelle eine Bedingung. Und bei Nichteinhaltung breche ich meine Unterstützung ohne Diskussion ab: Ab sofort geht keiner von Ihnen mehr ins Dorf. Das gilt besonders für Sie, Tibursky, und für Sie, Lefeber. Sie setzen keinen Fuß mehr nach Scheelbach, alle drei, unter gar keinen Umständen. Für die Einkäufe organisieren wir einen Lieferdienst. Sie bleiben im Haus, bis sich die Lage im Dorf beruhigt hat. Irgendwann werden die Menschen vielleicht vergessen haben, dass es Sie gibt. Dann können wir uns langsam wieder vortasten.«

»Das löst, falls überhaupt, nur unser ›Außenproblem‹«, wandte Lefeber ein. »Aber wie regeln wir den Umgang miteinander?«

»Erstens: Ich erstelle einen Plan für die Aufgabenverteilung im Haushalt. Bei Nichterledigung droht eine Geldstrafe. Ich werde mit Neumann reden, damit Geld vom Hartz-IV-

Satz einbehalten und in eine Gemeinschaftskasse eingezahlt wird. Damit können wir regelmäßig gemeinsame Freizeitaktivitäten finanzieren.«

»Ich melde mich freiwillig fürs Kochen«, bot Rosen an.

Tibursky legte die Stirn in Falten.

»Zweitens: Ich habe in meiner Studienzeit an einer Supervision teilgenommen. Das ist eine Form der Beratung für Mitarbeiter in sozialen Berufen. Es geht unter anderem darum, die Zusammenarbeit im Team zu verbessern. Eine ganz ähnliche Sitzung werden wir künftig zwei Mal wöchentlich abhalten. Auf diese Art lernen Sie sich besser kennen und Sie lernen, mit Kritik umzugehen.«

»Oder uns die Köpp einzuschlaache«, erwiderte Tibursky zur Erheiterung der Anwesenden.

»Drittens: Ich glaube, Sie brauchen eine gemeinsame Aufgabe. Etwas, das den Teamgeist fördert. Hat jemand eine gute Idee?«

Man grübelte.

Schließlich war es Bruno Albrecht, der den Vorschlag einbrachte: »Wir könnten ja die Voliere reparieren.«

Rosen brach ohne Vorwarnung in Tränen aus. Nora und Bruno sahen Lefeber fragend an.

»Willi ist abgehauen. Hauptsächlich durch meine Schuld«, erklärte er.

Bruno fuhr sich über den beinahe kahlen Schädel. Schließlich sagte er: »Eine Kundin von mir, eine alte Dame, die ins Pflegeheim muss, kann ihren Kanarienvogel nicht mitnehmen. Vielleicht willst du dich um ihn kümmern?«

»Willi ist Willi«, bockte Rosen und trompetete wie ein Elefant in ein kariertes Stofftaschentuch.

»Ja, natürlich. Willi kann man nicht ersetzen«, pflichtete Nora ihm bei. »Aber wenn Willi – nur mal angenommen – wieder auftaucht, hat er gleich eine neue Freundin. Das würde ihm doch gefallen, oder?«

Dieses Argument schien Rosen zu überzeugen. Mit einem

schiefen Lächeln steckte er das Taschentuch wieder ein. »Wann fangen wir an?«

»Morgen ist Sonntag. Also übermorgen«, sagte Nora und fügte in Gedanken an: Wenn ich es schaffe, von Schreyer so kurzfristig Urlaub zu bekommen.

Donnerstag, 21. November

Tobin Kiefer war beunruhigt. Das Dorffest und die anschließenden Ereignisse lagen fast eine Woche zurück. Die Fremden aus der *Schreckenmühle* waren wie vom Erdboden verschluckt. Der eine der Männer, dessen flaschengrüne Augen ihn flehentlich angesehen hatten, als er ihn Henks Kameraden übergeben hatte, hatte seine regelmäßigen Besuche in Ludwigs Bäckerei eingestellt. Der kleine Drahtige, dessen Kleider ihm immer ein wenig um den Körper schlotterten und mit dem Henk und er sich im Wald prächtig amüsiert hatten, war nicht mehr wie gewohnt an der Bushaltestelle Richtung Rieneck aufgetaucht. Und von dem Riesen, dem Einzigen, dessen Statur sogar Henk Respekt einflößte, hatte man im Dorf noch nie viel gehört oder gesehen, und erfreulicherweise blieb das so. Um ehrlich zu sein, legte Kiefer nicht einmal mehr seine Hand dafür ins Feuer, dass die Männer sich tatsächlich noch in der *Schreckenmühle* aufhielten.

Kiefer befürchtete, dass seine Schäfchen das Interesse am Thema verlieren könnten, das Gerede war seit dem Fest immer weniger geworden. Also rief er Henk zu sich und beauftragte ihn damit, die Situation auszukundschaften. Doch Henk kehrte unverrichteter Dinge zurück. Die Polizisten, die ihn und seine Kameraden bei ihrem ersten Besuch bis zum letzten Moment hatten gewähren lassen, hatten ihn nun bereits kurz nach dem Waldrand in Höhe des Aussichtsturms aufgehalten, ungefähr an der gleichen Stelle, an die sie die Zeitungs- und Fernsehleute verbannt hatten. Es schien, als hätte jemand einen Schutzwall rund um die *Schreckenmühle* errichtet.

Kiefer schickte Henk wieder an die Arbeit. Den verbliebenen Tag verbrachte er hauptsächlich mit Nachdenken. Am Abend setzte er sich in seinen Wagen und fuhr die zweihundert Meter zur Wirtschaft *Zum Goldenen Kalb*. Er ging durch den langen Gang an der Gaststube und den Toiletten vorbei, wo vergilbte Fotografien von Männern mit Schnauzbärten an den Wänden hingen, die mit einem irren Grinsen im Gesicht auf riesigen Holzschlitten talwärts rasten. Schließlich erreichte er das Hinterzimmer, vor dessen verschlossener Tür ein junger Mann mit Seitenscheitel und Brille in einem Buch las.

Aus dem Raum hinter der Tür drang gedämpfter Gesang, irgendein deutsches Volkslied, dessen Melodie Kiefer schon einmal gehört hatte, momentan aber nicht zuordnen konnte.

Sobald er den Besucher erblickte, öffnete der junge Mann die Tür einen Spalt breit und rief etwas hinein. Der Gesang verebbte, die Tür ging weiter auf und Kiefer durfte eintreten. Die Anwesenden, eine Gruppe von acht Männern, hatten Bierkrüge mit Zinndeckeln vor sich stehen. Die letzten Exemplare der Liederbücher, die sie für ihre Probe benutzt hatten, verschwanden unter verschwörerischen Blicken.

Henk saß in ihrer Mitte, sein einfältiges Grinsen stieß Kiefer ab. Er fand es entwürdigend genug, diesen primitiven Mann, der die Loyalität eines Hundes besaß, gelegentlich in sein Büro zu zitieren oder sich von ihm zur Jagd begleiten zu lassen. Als verlässlicher Partner bei ›Unternehmungen‹ aller Art war Henk auf seine Art unentbehrlich. Aber in diesem Hinterzimmer einer Dorfgaststätte, umgeben von seinen eigenen Speichelleckern, die alle mit gleich wenig Grips gesegnet waren, dafür mit umso mehr dumpfem Hass auf alles Andersartige, fühlte sich Kiefer schutzlos und ausgeliefert. Es half alles nichts – er hatte keine andere Wahl.

»Scheff! Was für eine Ehre. Sagen Sie bloß, Sie haben plötzlich Ihre Liebe zu altem deutschem Kulturgut entdeckt?«

Kiefer setzte sich auf einen Stuhl Henk gegenüber. »Können wir alleine reden?«

»Wir haben keine Geheimnisse voreinander, oder Jungs?«

Lachen. Henk zündete sich einen Glimmstängel an und musterte Kiefer herausfordernd.

Kiefer ergriff die Schachtel, die auf dem Tisch zwischen ihnen lag, und steckte sich, ohne zu fragen, eine Zigarette zwischen die Lippen.

Henk machte ein sorgenvolles Gesicht. »Hast du nicht vor zehn Jahren auf Zigarren umgestellt? Ist was passiert?«

»Was meinst du mit ›was passiert‹?« Kiefer fixierte Henk mit seinem kalten Blick, während er die Flamme an die Zigarette hielt.

Henk zog die Schultern ein und sah sich zu seinen Kameraden um. »War nur 'ne Frage, Scheff. Nich bös gemeint.«

Eine Ewigkeit sprach keiner im Raum. Alle warteten darauf, dass Kiefer das Wort ergriff. Schließlich drückte er die Zigarette aus, nahm seinen Hut ab, legte ihn auf den Tisch und sagte: »Ich will noch mal auf dein Angebot zurückkommen.«

»Ja?«, gab Henk zurück. Er klang gelassen, aber Kiefer bemerkte, dass sich seine Körperhaltung abrupt änderte. Das war es, was er seinen Kumpanen versprochen hatte, womit er in ihren Augen gescheitert war. Und nun spazierte die Chance zur Tür herein, landete unerwartet in ihrer Mitte.

»Ich werde sicher kein Statement für dich oder deine Truppe abgeben. Das kann ich mir nicht leisten. Aber ich kann mir vorstellen, euren Wahlkampf mit einer – sagen wir mal – vierstelligen Summe zu unterstützen. Einer vierstelligen Summe im unteren Bereich.«

Henk und seine Sängerkameraden sahen sich verwundert an. Aber es dauerte nicht lange, bis Wawerzinek Blut geleckt hatte. »Na ja, für einen vernünftigen Wahlkampf reden wir schon eher über einen mittleren bis oberen vierstelligen Betrag, Scheff. Handzettel, Plakate, kleine Geschenke für die älteren Mitbürger – das alles geht ganz schön ins Geld.«

»Wenn ich nicht sicher wüsste, dass deine Familie in fünfter Generation in Scheelbach lebt, Henk Wawerzinek, dann würde ich denken, deine Vorväter waren Händler auf dem großen Basar in Istanbul.«

Darauf hatte sein Gehilfe wieder nur ein freches Grinsen als Antwort. Auch wenn, wie Kiefer vermutete, der Vergleich ihn schmerzen musste.

»Also gut, sagen wir ein mittlerer vierstelliger Betrag. Bar und ohne Quittung. An dich auszuzahlen. Wie ihr das Geld verwendet, ist eure Angelegenheit.«

»Und dafür lösen wir dein Problem mit der *Schreckenmühle.*«

»Ja, aber auf meine Art.«

»Und wie sieht die aus?«

»Jedenfalls nicht so, dass ihr am helllichten Tag ins Haus reinmarschiert und die Männer totschlagt.«

Henk fuhr sich über den kahlen Schädel. »Das wird auch schwierig, Scheff. In die Mühle kommst du im Moment bei all der Bewachung nämlich gar nicht unbemerkt rein.«

»Das ist das geringste Problem, Henk. Es gibt einen Zugang, von dem weder die Bewohner noch die Polizei etwas wissen.«

Henks Augen begannen zu leuchten. Ein Blick zu seinen Kumpanen versicherte ihm, dass ihnen die gleichen Gedanken durch den Kopf gingen.

Kiefer ärgerte sich schon, dass er seinen Trumpf zu früh verspielt hatte. Nun würde sein Mitarbeiter ihm tagelang in den Ohren liegen, wo sich dieser geheime Zugang befand. »Aber so machen wir es nicht«, sagte er mit einem sardonischen Lächeln.

»Sondern?«

»Subtiler. Ich will nach wie vor, dass nicht eine kleine Vorhut von Schlägern – Entschuldigung: *Realpolitikern* – das Problem löst, sondern die gesamte Dorfgemeinschaft. Aber dazu brauche ich eure Hilfe.«

»Eine Hand wäscht die andere, Scheff.«

Die Tür ging auf und Adi Buck, der Wirt des *Goldenen Kalbs*, trat ein.

Kiefer wusste, dass er das Treiben in seinem Hinterzimmer nicht nur duldete, sondern den sogenannten ›Heimat-Sängerkreis‹ mit Freibier und einem kostenlosen Abendessen unterstützte. Er war es gewesen, der unter der Eröffnung des Dönerladens im Ort vor ein paar Jahren am meisten gelitten hatte. Entsprechend dankbar zeigte er sich den Menschen gegenüber, die ihm dieses Problem unbürokratisch vom Hals geschafft hatten.

Beim Anblick von Kiefer stutzte er. Das Tablett wurde auf dem Tisch abgestellt, volle Bierkrüge fanden den Weg zu ihren Besitzern, leere Behältnisse landeten auf dem Tablett. Einen Augenblick später ging erneut die Tür auf und Bucks Tochter, eine kräftig gebaute Brünette mit Augenbrauenpiercing, balancierte fünf Teller herein, auf denen sich Steaks, Spiegelei und Bratkartoffeln türmten. Es roch nach Kümmel und Zwiebeln. Kiefer lief das Wasser im Mund zusammen.

»Soll ich dir auch eine Portion bringen?«, fragte Adi Buck eher rhetorisch. Kiefer aß üblicherweise zu Hause, umso mehr, seit Anna ihn auf Diät gesetzt hatte.

Der Ortsvorsteher nickte. Nun zog er auch seinen Mantel aus und hängte ihn an die Garderobe.

»Wartet deine Frau nicht zu Hause auf dich?«, fragte Henk verwundert.

Anna leide im Moment unter Migräne, erklärte Kiefer. Sie verlasse das Haus nur äußerst ungern, nicht einmal zum Einkaufen. Er habe im Moment alle Freiheiten.

Adi Buck brachte Kiefer ein Bier und ein zusätzliches Essen.

Henk Wawerzinek hob sein Glas und brachte einen Trinkspruch aus: auf den großzügigen Sponsor.

Tobin Kiefer reagierte nicht. Grimmig säbelte er ein Stück von seinem Steak ab und stopfte sich den Mund voll.

Samstag, 23. November

Obwohl Tobin Kiefer Henk zum Abschluss seines Besuches im *Goldenen Kalb* ausdrücklich vor einem Alleingang gewarnt hatte, fuhren am darauf folgenden Samstagmorgen zwei Pick-ups in den Scheelbacher Forst; sie kamen von der Lohrhauptener Seite, sodass weder die Polizei noch die Journalisten etwas davon mitbekamen. Die Männer saßen schweigend auf der Ladefläche und ließen sich den Fahrtwind um die Nase wehen. Um sie herum verteilt lagen Holzpfähle, Latten, Bambusstangen, Äxte und die dazugehörigen Schleifsteine, Zimmererhämmer, Seile und Kabelbinder.

Die Pick-ups fuhren einen Holzweg entlang, am Rande lagen riesige Stapel gefällter Eichen, ausnahmslos mit derselben grellen Sprühfarbe markiert, mit der ›das Wiesel‹, wie Henk Wawerzinek und Kiefer den Mann inzwischen genannt hatten, gekennzeichnet worden war. An den Bäumen wiesen verwitterte Holzschilder auf Wanderwege hin, ab und zu sah man im Unterholz eine noch leere Futterkrippe, was sich allerdings mit dem ersten Schneefall ändern würde.

Vom Holzweg aus bogen die beiden Wagen in einen noch schmaleren überwucherten Weg ein, der sie umso tiefer ins Gehölz, aber näher an die Mühle heranführte, ohne dass sie entdeckt wurden. Hundertfünfzig Meter weiter endete der befahrbare Teil.

Schweigend stiegen die Insassen ab und umringten Henk Wawerzinek, dessen Glatze von der obligatorischen Wollmütze bedeckt wurde. Er breitete eine topografische Karte der Umgebung vor sich aus. Deutlich waren das Gehöft und der Aussichtsturm zu erkennen. Das verwirrende Netz der Höhenlinien verriet dem kartenkundigen Betrachter, dass es in der Umgebung Dutzende metertiefe Krater und Senken gab. Der Ortskundige wusste darüber hinaus, wie sie entstanden waren: als man nämlich vor zweihundertfünfzig Jahren riesige Felsbrocken aus dem Wald entfernt hatte, um das Fundament für das Schloss des Grafen von Rieneck zu errichten.

Henk zeichnete mit Rotstift sechs dicke Kreuze an verschiedenen Stellen des Plans ein. Die Männer teilten sich in vier Gruppen auf. Jede Gruppe versorgte sich aus dem mitgeführten Baumaterial und Werkzeug und machte sich – nachdem sie von Henk eine Kopie des Bauplans erhalten hatte – auf den Weg, um die ihr zugedachten Arbeiten zu erledigen.

Zur Mittagszeit fand man wieder zusammen. Ohne ein weiteres Wort hievten sich die Männer auf die Ladeflächen der Pick-ups und ließen sich in den Ort zurückchauffieren.

Die Wildschweine, die sich eine Stunde später aus dem Unterholz hervorwagten, entdeckten die eigenartigen Gebilde als Erste. Vorsichtig schnupperten sie daran. Der Geruch von Kunststoff und Bambus verunsicherte die Tiere. Ein Frischling geriet in einen Händel zwischen zwei Bachen und verletzte sich beim Ausbruchversuch an einem angespitzten Bambuspfahl. Die Wunde würde sich einige Tage später infizieren und das Jungtier an einer Blutvergiftung verenden.

Doch das alles geschah erst, nachdem die Scheelbacher längst wieder unter sich waren.

*

Etwa um dieselbe Zeit, als Henks Truppe den Scheelbacher Forst verließ, stolperten vier Männer und eine Frau lachend durch den Flur und ließen sich im Esszimmer auf die Stühle fallen. Tibursky wischte sich den Schweiß von der Stirn. »Isch hatt ganz vergesse, wie aastrengend körperlische Abbeit is.«

»Man wird halt nicht jünger«, pflichtete Lefeber ihm bei, während er mit der Hand seinen Rücken stützte. Der Verband um die Stirn war inzwischen einem Stück Leukoplast gewichen, das die Platzwunde über seinem Auge zusammenhielt. Doch die Zahnlücke, die beim Lachen neuerdings sichtbar wurde, konnte er nicht verbergen.

Der Tisch war gedeckt, Rosen stieß die Tür auf und stellte ein Tablett mit Koteletts, Bratkartoffeln und Mohrrüben ab. Als Tibursky, ohne abzuwarten, mit der Gabel nach einem Fleischstück angelte, schlug Rosen ihm auf die Finger: »Vor dem Essen Hände waschen.«

Nora hatte bei Schreyer unter dem Vorwand eines Trauerfalls in der Familie Urlaub eingereicht. Sein Blick, nachdem er ihren Antrag abgezeichnet hatte, war undurchschaubar gewesen, aber er hatte ihr glücklicherweise weitere Nachfragen erspart.

Zufrieden betrachtete sie die kleine Truppe, die Anfang der Woche begonnen hatte, die zerstörte Voliere wieder aufzubauen. Sie hatten den Müll weggeräumt, das alte Drahtgeflecht abgenommen, die schiefe Tür begradigt und sie mit Winkeln verstärkt. Die zwei Holzpfeiler, denen die Fäulnis bereits stark zugesetzt hatte, hatten sie austauschen müssen. Und heute Morgen war Bruno mit einer riesigen Rolle Volierendraht aus einem Baumarkt in Aschaffenburg eingetroffen, den sie nun aufziehen mussten, was sich schwieriger gestaltete als erwartet.

Rosen, der – wenn es seine eigene Arbeit erlaubte – ab und zu herauskam, um die Fortschritte beim Bau zu begutachten, warf jedes Mal einen sehnsüchtigen Blick hinaus in den Wald. Er hatte Willi noch nicht aufgegeben.

Während Tibursky auf dem Klo war, ging Nora in die Küche, um sich die Hände zu waschen. Am Kühlschrank hing der Dienstplan, dessen Struktur sie vorgegeben hatte, aber die Einzelheiten hatten die Männer ohne ihre Hilfe hinzugefügt. Kochen, Staubsaugen, Wischen, Bäder putzen, Wäsche waschen, Müll rausbringen, Abspülen, Holzhacken – alles war geregelt, jeder Bewohner hatte eine Woche lang eine festgelegte Aufgabe. Nichteinhaltung wurde mit fünf Euro in die Kasse bestraft. Bis jetzt hatte lediglich Tibursky ein Mal das Putzen der Toilette vergessen. Da Neumann am folgenden Tag das Taschengeld auszahlte, folgte die Strafe direkt auf dem Fuße. Alle weiteren Dienste hatte Tibursky zur Zufriedenheit erledigt.

Als Nora sich im Haus umsah, stellte sie fest, dass seit ein paar Tagen tatsächlich alles ein wenig heller und freundlicher wirkte. Auch wenn das weniger dem Mobiliar als der Stimmung der Bewohner geschuldet war. Nora dachte an das Kartenspiel, das noch in Folie verpackt in ihrer Jackentasche steckte. Sie hatte vor, mit den Männern heute Abend *Schafkopf* zu spielen. Ihrer Erfahrung nach wurde bei einem Kartenabend mehr und intensiver kommuniziert als in jeder Supervision.

Rosen eröffnete die Mahlzeit mit einem Gebet. Die ›Arbeiter‹ langten kräftig zu und der Koch saß zufrieden lächelnd und mit rosigen Wangen am Tisch, ohne einen Bissen anzurühren.

»Gut gekocht, Rosen, kann man net annerst sache«, sagte Tibursky schmatzend.

Auch Lefeber bedankte sich, nachdem er sich die Mundwinkel mit einer Serviette abgetupft hatte.

Bruno aß schweigend, die Grübchen, die gelegentlich erschienen, verrieten aber, dass er sich im Stillen über die positive Entwicklung freute. Nora fühlte sich gleichwohl durch seine Passivität ihr gegenüber irritiert. Sein Werben hatte unübersehbar abgenommen. Obwohl sie diese Woche auf den Fahrten nach und von Scheelbach mehrere Stunden gemeinsam im Auto verbracht hatten, hatten sich ihre Gespräche stets auf einem sehr oberflächlichen Niveau bewegt. Aber das mochte auch an dem lauten Innengeräusch des Landrovers liegen, das eine längere Unterhaltung schlicht unmöglich machte.

Rosen stand auf und betrachtete den Vogelkäfig, den Bruno mitgebracht hatte und in dem ein himbeerfarbener Kanarienvogel saß und ab und zu verängstigt piepste. Er nahm den Wasserspender ab und verließ das Zimmer, um ihn in der Küche aufzufüllen.

Tibursky starrte durch die Fensterscheibe auf irgendeinen Punkt im Wald. Ohne Vorwarnung sprang er auf und rannte aus dem Raum. Nora sah ihn heftig gestikulierend mit den Polizisten sprechen, die in ihren Autos saßen und sich die Zeit um die Ohren schlugen. Einer trabte schließlich hinter Tibursky her, der schon zwischen den Buchenstämmen verschwand.

Fünf Minuten später klapperte erneut die Haustür. Tibursky stürmte ins Esszimmer, eine Dreckspur auf dem Dielenboden hinterlassend. Nora wollte ihn gerade ins Gebet nehmen, als sie bemerkte, dass er etwas in Händen hielt. Etwas, das ein grün-gelbes Federkleid trug.

»Saß völlisch entkräftet auf einem Ast und hat sisch net gerührt. War ganz leischt einzufange«, keuchte Tibursky.

Rosen hatte sich nach oben in sein Zimmer zurückgezogen, um Mittagsschlaf zu halten. Tibursky stürmte die Stufen hinauf und hämmerte gegen die Tür.

Wenige Sekunden später hörten sie Rosens Freudenschrei: »Willi! Mein liebster Willi!«

Montag, 25. November

Tobin Kiefers Arbeitstag nahm um zehn Uhr vormittags eine abrupte Wendung: Henk Wawerzinek suchte ihn in seinem Büro auf, begleitet von seiner älteren Schwester Mette.

Er ließ sich in einem Besuchern vorbehaltenen Ledersessel fallen und knackte Pistazien, die in einer Schale bereitstanden.

Mette stand mit verweinten Augen vor Kiefers Eichenschreibtisch. Sie rang die Hände und berichtete – immer wieder unterbrochen von heftigen Schluchzern –, wie sie um halb sieben Uhr morgens das Licht in Timms Zimmer eingeschaltet und das Bett leer vorgefunden hatte.

»Was habt ihr unternommen?«, wollte er von Mette wissen.

»Henk und ich haben das Dorf abgesucht. Ludwig hat mir freundlicherweise freigegeben. An den üblichen Plätzen ist er nicht. Henk meinte, wir sollen auf jeden Fall zuerst mit Ihnen sprechen, bevor wir die Polizei einschalten.«

»Timm ist volljährig. Ich bezweifle, dass die Polizei sein Verschwinden überhaupt interessiert.«

»Er ist geistig zurückgeblieben.«

»Trotz seiner Behinderung kommt er doch ganz gut alleine zurecht. Er ist ja nicht gerade – entschuldige den Ausdruck – debil.«

Mette schniefte herzerweichend. Kiefer öffnete eine Schublade und hielt ihr eine Schachtel Papiertaschentücher hin.

»Ist Timm nicht vor zwei Jahren schon mal abgehauen?«, fragte er.

»Das war was ganz anderes, sein Vater hatte uns damals verlassen.«

Kiefer zog ein Päckchen Zigarillos aus der Schublade und zündete sich eine an. Der holzige Duft breitete sich in seinem Büro aus. Er inhalierte tief und stieß den Rauch mit gespitzten Lippen wieder aus.

»Henk meinte, Sie würden uns helfen, und jetzt stellen Sie nur einen Haufen komischer Fragen!«

»Ich kann absolut nachvollziehen, wie du dich als Mutter fühlst, Mette, glaub mir das. Ich frage mich nur, ob die Polizei die richtige Anlaufstelle für dein Problem ist.«

»Wen soll ich denn sonst um Hilfe bitten?«

Ihr Gesicht verzog sich aus Kummer und Verzweiflung.

Kiefer kam hinter seinem Schreibtisch hervor und legte ihr väterlich den Arm um die Schulter.

»Ich denke, mit Henk zu mir zu kommen, war die richtige Entscheidung. Hast du einen Verdacht, was Timm passiert sein könnte?«

Mette schüttelte den Kopf.

»Mit wem hat er sich in der letzten Zeit denn so herumgetrieben?«

Mette zuckte die Schultern. »Mit niemand besonderem. Die anderen Jungen behandeln ihn ja normalerweise wie Luft.«

»Beim Dorffest hat jemand Timm mit einem der Männer aus der Mühle durchs Dorf laufen sehen«, warf Henk ein.

Mette schlug die Hände vor den Mund.

Kiefer sah zuerst Henk an, dann Mette. »Ich denke, in diesem Fall sollten wir vielleicht doch die Polizei bemühen. Hast du ein Foto von deinem Sohn dabei?«

Mette zog ein zerknittertes Porträt aus ihrer Strickjacke und reichte es Kiefer.

»Ich kenne den Leiter der Rienecker Polizeiinspektion vom Schützenverein. Ich schlage vor, ihr setzt euch jetzt draußen hin und wartet, während ich mit ihm rede. Vielleicht kann ich ja doch etwas erreichen.«

Henk führte Mette aus Kiefers Büro und schloss die Tür hinter sich. Der Ortsvorsteher kehrte wieder an seinen Platz zurück. Er öffnete eine Schublade, legte das Foto neben das Päckchen mit den Zigarillos, schob die Schublade wieder zu und schloss ab. Den Schlüssel ließ er in seine Jackentasche gleiten. Nachdem er einige Minuten lang die Sportergebnisse im Internet studiert und vor sich hin gepafft hatte, trat er in den Vorraum hinaus, wo Mette und Henk sich, in zwei Klubsessel versunken, anschwiegen.

»Wie ich befürchtet hatte«, sagte Kiefer bedauernd. »Sie können nichts unternehmen, weil Timm volljährig ist. Wir sollen abwarten. Sie meinen, vermutlich wird er von alleine zurückkommen, wenn er Hunger hat.«

»Ich kann ihn doch nicht einfach sich selbst überlassen! Nachts hat es inzwischen fast null Grad. Und der Wetterbericht kündigt einen Sturm an.«

»Wir lassen ihn nicht alleine, Mette. Wenn die Polizei sich nicht darum kümmert, dann müssen wir das eben selbst in die Hand nehmen. Oder, Henk?«

»Meine Rede«, pflichtete sein Mitarbeiter ihm bei.

»Also gut!« Kiefer klatschte tatendurstig in die Hände. »Ich möchte, dass du heute an jeder Haustür im Dorf klingelst. Erzähl, was passiert ist. Finde heraus, ob noch jemand deinen Sohn mit einer dieser finsteren Gestalten aus der *Schreckenmühle* gesehen hat. Außerdem besuch noch einmal alle Orte, an denen Timm sich verstecken könnte. Um fünf Uhr kommst du wieder her und berichtest. Falls Timm morgen früh immer noch nicht da ist, berufen wir eine Dorfversammlung ein.«

»Können wir denn nicht gleich zur Mühle gehen? Ich hab solche Angst um meinen Jungen!«

Kiefer schüttelte den Kopf. »Geh jetzt und tu, was ich dir gesagt habe.«

Mette stand auf und schenkte Kiefer einen dankbaren Blick. »Vielen Dank für alles, Herr Kiefer.«

»Keine Ursache, Mette. Wir Scheelbacher müssen doch zusammenhalten.«

Mette verließ der Vorraum, Kiefer sah ihren Rücken gelegentlich unter heftigen Weinkrämpfen erbeben. Henk, der eine ganze Handvoll Pistazien in den Mund stopfte und auf dem grünen Brei herumkaute, häufte leere Schalen auf einen kleinen Berg, der auf dem Glastisch mit den Besucherzeitschriften angewachsen war.

»Was sitzt du hier herum?«, pflaumte Kiefer ihn an. »Du weißt, was du zu tun hast. Und räum gefälligst deinen Mist weg.«

Henk Wawerzinek schob die leeren Schalen grinsend in seine hohle Hand und warf sie in den Mülleimer, der neben der Sitzgruppe stand. Dann machte auch er sich auf den Weg.

*

Dreihundert. Fünf. Fünfundsiebzig.

Willi ruht in seiner Hand, die weichen Federn umschlossen von Rosens schützenden Fingern. Ganz entspannt liegt er da, sein kleines Herz schlägt dreihundert Mal pro Minute. Fühlen kann Rosen das natürlich nicht, er hat es in einem Buch über Wellensittiche gelesen. Fünf Schläge pro Sekunde, rasend wie eine winzige Nähmaschine. Rosens Herz schlägt im Ruhezustand fünfundsiebzig Mal pro Minute, das *kann* er fühlen. Das sind im Durchschnitt fünfzehn Schläge weniger pro Minute als in den Tagen, bevor die Frau Doktor kam und Ordnung in ihr Leben gebracht hat.

Zum ersten Mal seit einer Woche ist Rosen heute Morgen ohne Herzklopfen aufgewacht. Ohne schweißnasse Bettwäsche. Ohne Angst, vor die Tür zu gehen.

Rosen öffnet die Fensterläden, um frische Luft hereinzulassen. Es hat geregnet in der Nacht, aber jetzt fallen orangefarbene Sonnenstrahlen durch die Bäume auf den Waldboden. Das Rauschen der Bäume ist lauter geworden, die Äste schwanken hin und her, wie Arme, die ihn zu sich rufen, statt im Wind zu schaukeln. Der Wald lädt ihn ein.

Er schlüpft in seine Kleider und misst seinen Blutzucker. Dann steigt er die Treppe hinunter, isst einen Happen zum Frühstück und packt ein paar Sachen zusammen: einen Korb, ein scharfes Gemüsemesser, ein Handtuch. Er setzt eine Kappe auf, schnürt die Bundeswehrstiefel, die Bruno Albrecht ihm mitgebracht hat, und folgt dem Zufahrtsweg hinaus in den Wald. Bei den beiden Polizeiwagen meldet er sein Vorhaben an.

»Ich möchte Pilze sammeln.«

Die Polizisten entscheiden, wer ihn begleitet. Kurz darauf wandert Rosen mit einem Beamten im Schlepptau über schlammige Pfade tiefer und tiefer in den Scheelbacher Forst hinein.

Das Wetter ist günstig für Pilze: Es gibt Rotkappen und Goldröhrlinge, Hallimasche und Maronen, sogar ein paar mickrige Pfifferlinge landen in seinem Korb. Und eine Handvoll Pilze, bei denen er sich nicht hundertprozentig sicher ist. Die soll Tibursky bestimmen, der sich gut mit Pilzen auskennt. Behauptet er wenigstens.

Der Polizist behält ihn im Auge, bleibt jedoch ein Stück zurück; er telefoniert mit seiner Tochter, die bei seiner Exfrau lebt, wie er Rosen erzählt hat. Die Polizisten sind eigentlich ganz in Ordnung. Sie sind nett und sagen, ihre Arbeit hier sei allemal angenehmer, als am Frankfurter Flughafen Demonstranten wegzutragen.

Nun haben sie den befestigten Weg verlassen, Rosen lässt sich von seinem Instinkt leiten. Sobald er etwas erblickt, das schmackhaft aussieht, nimmt er den direkten Weg durch das Gehölz. Einmal bückt er sich, hört im Wind etwas über sich knacken, dann ein Rascheln, und neben ihm ins Laub fällt ein leeres Vogelnest, kaum größer als seine ausgestreckte Hand, mit Federn und Plastikfetzen im Geflecht. Der Wind hat es heruntergerissen. Erschrocken springt Rosen zur Seite. Der Polizist hinter ihm lacht. Rosen weiß nicht, ob das Lachen sich auf seine Ungeschicklichkeit bezieht oder auf das Telefonat mit seiner Tochter.

Es ist beinahe schon Mittag, als der Polizist über Hunger klagt. Der Korb ist gut gefüllt, sie machen sich auf den Rückweg. Kurz bevor sie den Trampelpfad erreichen, der in das Dickicht führt, sieht Rosen aus dem Augenwinkel etwas ungewöhnlich Helles auf dem Waldboden. Es hebt sich deutlich von den dunklen Braun- und Grüntönen ab, die hier vorherrschen.

Ein Steinpilz, denkt Rosen, heller Fuß unter brauner Kappe. Direkt hinter einem Totholz, einem abgestorbenen Baumstamm, der seine kahlen moosbedeckten Äste in alle Richtungen streckt, als wollte er mit letzter Kraft wegkriechen.

Der Polizist drängt auf Heimkehr.

»Nur einen Moment noch«, sagt Rosen, der diesen Schatz bergen will. Der Polizist holt erneut sein Handy heraus. Als Rosen vor dem Totholz steht, sieht er einen Haufen Erde, Blätter, Gestrüpp und Zweige. An der Stirnseite der Erhebung hat der Wind die Blätter und das Gestrüpp fortgeweht; Rosens Blick fällt auf einen menschlichen Fuß.

Er steht wie versteinert da, starrt die schmutzige Fußsohle an und spürt, wie sich sein Herzschlag beschleunigt.

»Herr Rosen, kommen Sie?«, hört er seinen Begleiter hinter sich rufen. Rosen sieht zurück. Der Mann hat das Handy zwischen Schulter und Ohr geklemmt und tippt mit dem Zeigefinger auf die Uhr.

Rosen hebt den Daumen. Dann scharrt er, seinem Instinkt folgend, Blätter und Erde auf die Stelle, bis der Fuß wieder verschwindet.

»Und? War's ein Steinpilz?«, fragt der Polizist, als Rosen sich wieder zu ihm gesellt.

»Nein«, antwortet Rosen. »Nur etwas Abgestorbenes.«

Zwanzig Minuten später kommt der Hof in Sicht.

Im Eingang steht Lefeber und blinzelt in die Sonne.

Dienstag, 26. November

Der Paketbote war stinksauer. Eine geschlagene halbe Stunde hatte er sich durchfragen müssen, hatte seinen Transporter mit einem riesigen Fragezeichen im Gesicht über eine holprige Waldpiste gelenkt, bis er endlich im Hof der *Schreckenmühle* den Motor abstellen konnte. Und zu allem Überfluss hatten die meisten Leute in Scheelbach ihn angeschaut, als sei er verrückt geworden, sobald er ihnen sein Ziel genannt hatte.

Nun hielt er dem Mann mit den auffallend leuchtenden Augen das elektronische Terminal hin. Von der gekritzelten Unterschrift konnte er lediglich das L am Anfang und das R am Ende entziffern.

Als der Paketbote wegfuhr, dachte Lefeber daran, wie Rosen ihn gestern Mittag aufgesucht hatte. Er war völlig außer sich gewesen. Ein menschlicher Fuß habe im Wald gelegen, beinahe hätte der Polizist ihn entdeckt. Der Fuß einer Leiche. Lefeber hatte sich Rosens Geschichte geduldig angehört, hatte ihn für seine umsichtige Reaktion gelobt. Es sei besser, im Moment keine schlafenden Hunde zu wecken. Er hatte zu bedenken gegeben, dass es sich möglicherweise um eine optische Täuschung gehandelt hatte. Und sich gefragt, wie lange eine Leiche im Wald unbemerkt bleiben konnte.

Danach hatte er umgehend die Bestellung aufgegeben, die soeben eingetroffen war.

Zurück im Wohnzimmer, riss Lefeber den Karton auf und holte vier kleine rote Pappschachteln hervor.

FIMO Modelliermasse, ofenhärtend, 10 Normalblöcke, farblich sortiert. Gemeinsam mit einigen Bildern, die er aus Fernsehzeitungen ausgeschnitten hatte, schob er den Stapel zu Tibursky hinüber, der ihm mit neugieriger Miene gegenüber am Tisch saß.

»Kannst du das, Wolf?«, fragte Lefeber.

Tibursky musterte die Ausschnitte. »Könne schon, aber was hast du dademit vor?«

Lefeber hatte Tibursky nichts von der Leiche im Wald verraten oder von dem, was Rosen dafür gehalten hatte. Es war beunruhigend genug, wenn zwei Leute im Haus langsam verrückt wurden. Vor Angst oder aus anderen Gründen.

»Es wird bald vorbei sein mit der Ruhe im Wald. Dann sollten wir vorbereitet sein«, sagte er.

»Solle mer net besser die … da drauße informiere?«

Lefeber ging lachend an ihm vorbei in die Küche.

»Willst du dich allen Ernstes auf die verlassen?«

Tibursky stimmte in sein Lachen ein.

In Lefebers Kopf drehte sich alles.

Er musste sich dringend hinlegen.

*

Gelb. Grün. Rosa. Blau.

Rosen hat das Gefühl, er steht am Ende des Regenbogens; die Farben tanzen um ihn herum durch die Luft. Die bunten Gefieder von Willi, dem namenlosen Kanarienvogel, den Bruno kürzlich als Ersatz für Willi mitgebracht hat, und von Nero, Adams Wellensittich, wirbeln herum und bringen etwas Farbe in den düsteren Tag. Die Sonne hat sich hinter dunkle Wolken verzogen, es kann jeden Moment zu regnen beginnen. Jetzt sind die Vögel Rosens Sonne. Lefeber und er haben die bezugsfertige Voliere betreten und die Türen des kleinen Käfigs geöffnet. Die Tiere flattern hinaus, genießen ihre neu gewonnene Freiheit. Oder was sie im Moment dafür halten.

Nero prallt gegen die Drahthülle der Voliere. Er taumelt, fällt, und einen winzigen Moment lang fürchtet Rosen, er habe sich verletzt. Doch dann fängt er sich und lässt sich auf einem Ast nieder, den Adam und er in der Mitte der Voliere angebracht haben. Das Blau seines Federkleides erinnert Rosen an die Armbanduhr.

Allmählich kommen die Vögel zur Ruhe. Willi und Namenlos nehmen neben Nero Platz und putzen sich. Adam zieht Rosen aus der Voliere, Wolf Tibursky schließt die Tür hinter ihnen. Ein Regentropfen platscht auf Rosens Stirn, dann ein zweiter.

Doktor Winter treibt sie ins Haus, doch bis sie die Eingangstür erreichen, sind alle nass bis auf die Haut. Drinnen verteilt Lefeber Handtücher.

Doktor Winter ist gekommen, um die neue Voliere einzuweihen.

»Wie alt wird so ein Wellensittich eigentlich?«, will sie von Rosen wissen.

»Fünf bis zehn Jahre. Willi und Nero sind vier«, sagt Lefeber.

»Wie alt sind Sie?«, fragt Rosen.

»Das fragt man eine Dame nicht«, sagt Doktor Winter, aber ihr Gesicht ist nicht unfreundlich »Ich verrate es Ihnen trotzdem. Ich werde bald dreißig.«

Dreißig ist ziemlich lange her, denkt Rosen. Wie lange, das müsste er jetzt erst einmal nachrechnen, die Zeit im Knast dehnt sich in seiner Erinnerung wie ein Gummiband.

»Wann ist bald?«, fragt Lefeber.

Winter zögert, aber dann verrät sie es doch. »Am Freitag, um ehrlich zu sein.«

Freitag! Rosen streckt ihr freudig die Hand entgegen: »Alles Gute!«

»Nicht vorher!«, sagt Adam. »Das bringt Unglück.«

»Sie machen sicher eine Party«, sagt Rosen.

»Dreißig zu werden, ist für eine Frau kein Grund zum Feiern«, sagt Winter.

Adam lacht.

»In Ihrem Alter findet man das wahrscheinlich wieder amüsant«, sagt Winter.

»Tut mir leid«, sagt Adam. »Ich fühle mit Ihnen. Als ich mein erstes graues Haar im Spiegel entdeckte, kamen mir die Tränen.«

»*Wir* machen ein Fest für Sie«, schlägt Rosen vor.

Tibursky und Lefeber sehen ihn mit Augen groß wie Untertassen an.

Winter schüttelt den Kopf. »Das ist nett von Ihnen, aber nicht nötig. Ich werde meinen Geburtstag tagsüber im Büro und dann mit einer Tasse Tee und einem guten Buch auf dem Sofa verbringen.«

Aber Rosen ist nun in Fahrt. »Ich koche etwas. Etwas Außergewöhnliches, ein Fünf-Gänge-Menü. Für uns alle, Bruno und die Polizisten laden wir auch noch ein.«

Winter lehnt ab. »Lassen Sie es gut sein, Herr Rosen. Es ist lieb gemeint ...«

»Sie haben sehr viel für uns getan. Sie und Bruno sind die Einzigen, die an uns glauben. Es ist nur fair, wenn wir nun etwas zurückgeben«, sagt Adam.

»Außerdem habbe mir dann endlisch eine orddentlische Verwendung für die Kass«, sagt Tibursky.

»Ich weiß gar nicht mehr, wann ich zum letzten Mal auf einer Geburtstagsparty war. Das muss vor dem Gefängnis gewesen sein«, schwelgt Rosen. »Bitte!«

Winter sieht vom einen zum anderen, dann räuspert sie sich. »Ich denke darüber nach. Ich gebe Ihnen spätestens morgen Bescheid.«

Damit können sich die Männer arrangieren.

Mittwoch, 27. November

Um kurz nach halb neun Uhr kündigte einer der Polizisten aus dem Bewachungsteam Frau Winters Besuch für den Freitagabend an. Rosen klatschte vor Freude in die Hände. Dann wurde ihm urplötzlich und lautstark bewusst, dass zur Vorbereitung eines mehrgängigen Menüs ein Großeinkauf erforderlich war. Lefeber half ihm, gemeinsam mit den Polizisten einen Ausflug nach Rieneck zu organisieren, für sich selbst meldete er eine Fahrt nach Frankfurt an.

Die Beamten sträubten sich.

Es sei vereinbart gewesen, dass längere Abwesenheiten einen Tag vorher gemeldet würden. Diese Regel sei bereits aus Gutmütigkeit ihrerseits aufgeweicht. Lefebers Argument, für die Herren sei solch ein Ausflug doch sicher auch eine willkommene Abwechslung, wurde abgeschmettert. Erst als er erwähnte, dass die Reise nach Frankfurt der Vorbereitung von Nora Winters Geburtstagsdinner diene, ließen die Polizisten sich umstimmen.

Die Herren willigten sogar ein, Lefeber im Dienstwagen bis Offenbach mitzunehmen, wo man die S-Bahn nach Frankfurt nehmen wollte. Um kurz nach halb elf Uhr stiegen Adam Lefeber und sein Begleiter am Friedberger Platz aus einer Straßenbahn der Linie 12. Lefeber hatte von Rosen den Auftrag erhalten, auf dem Wochenmarkt, der jeden Mittwoch hier stattfand, frisches Biogemüse zu kaufen.

Trotz des heftigen Windes, der Plastiktüten und einen Kinderschal durch die Gassen zwischen den Ständen wirbelte, war der Markt voller Besucher. Mütter hinter teuren Emmaljunga-Zwillingskinderwagen schoben sich neben älteren Damen mit Filzhüten und Einkaufstrolleys durch die Gänge, gelegentlich begutachtete auch ein junger Mann mit Vollbart und verfilzten Locken Form, Geruch und Druckfestigkeit von Mangos und anderen exotischen Früchten, deren Anblick mitten im November befremdlich auf Lefeber wirkte. Irgendwo gab es Bratwurst, die Klänge eines Akkordeonspielers, der am Rand des Marktes seinen Hut aufgestellt hatte, verbreitete Herbstmelancholie.

Lefeber zwängte sich an Ständen und Kunden vorbei. Auf seinen Aufpasser nahm er dabei keine Rücksicht. Er musste den Markt einmal durchqueren, bis er endlich den Stand mit dem Demeter-Logo gefunden hatte. Er kaufte Salat, Tomaten, Avocado. Am Nachbarstand wählte er einen kleinen Blumenstrauß mit den letzten gelben Chrysanthemen des Jahres.

Nachdem er bezahlt hatte, sah er sich irritiert um. Die steife Brise trieb ihm Tränen in die Augen und verwuschelte seine Frisur.

Sein Bewacher war verschwunden.

*

Das ungute Gefühl stellte sich bei Nora Winter im selben Augenblick ein, als sie Cornelius' Namen auf dem Display ihres Mobiltelefons las. Der Leiter des Mobilen Einsatzkommandos, verantwortlich für die Bewachung der drei Männer in Scheelbach, war mit seiner Telefonnummer in Noras Kontaktliste gespeichert. Er würde sie ganz sicher nur dann anrufen, wenn etwas Außergewöhnliches vorgefallen war. Etwas außergewöhnlich Schlimmes.

Ohne weitere Begrüßung fiel er mit der Tür ins Haus. »Erstens: Lefeber hat sich im Frankfurter Nordend abgesetzt.«

»Wie kann er sich absetzen, wo er sich doch über das Tracking-System jederzeit orten lässt?«

»Innerhalb der Stadt ist die Positionsbestimmung nur auf etwa fünfzig bis hundert Meter genau. In Frankfurt mit seinen Hochhäusern und den vielen Signalreflexionen teilweise noch schlechter. Ohne Sichtkontakt hilft uns das kaum weiter. Er muss irgendwo auf der Friedberger Landstraße unterwegs sein. Wir haben Verstärkung angefordert, um ihn einzufangen.«

»Was hatte er im Nordend zu suchen?«, sagte Nora.

»Der zuständige Beamte sagt, er war auf dem Wochenmarkt einkaufen.«

Nora fiel das für den Freitagabend geplante Essen ein.

»Und zweitens?«

»Frau Frankes Alarm ist losgegangen. Sie hat, wie vereinbart, den Polizeinotruf kontaktiert. Das bedeutet, Lefeber hat die Bannzone von fünfhundert Metern unterschritten. Wir haben dort ebenfalls eine Streife hingeschickt. Aber ich wäre Ihnen dankbar, wenn Sie Frau Franke zurückrufen, um sie zu beruhigen, bis wir Lefeber wieder unter Kontrolle haben. Ich erinnere mich, dass Sie für das Gutachten mit ihr in Kontakt standen.«

Nora schrieb Frankes Handynummer auf den Block, der auf ihrem Schreibtisch lag.

»Und es kann sich nicht um ein Missverständnis handeln?«

»Schön, wenn es so wäre, aber bei jemandem wie Adam Lefeber ist alles möglich«, sagte Cornelius.

Nora bedankte sich und legte auf. Dann wählte Sie Frankes Nummer. Sie nahm gleich nach dem ersten Läuten ab.

»Frau Franke? Nora Winter von der Polizei.«

»Ich habe Sie gewarnt. Aber Sie mussten ihn ja unbedingt freilassen!« Franke spie die Worte geradezu aus, sie stand unter erheblichem Stress, was Nora nur allzu gut verstehen konnte.

»Machen Sie sich keine Sorgen, Frau Franke. Der Alarm an Ihrer Uhr ist losgegangen, weil Lefeber im Nordend, ganz in Ihrer Nähe, einkaufen gegangen ist. Er wird von einem Beamten überwacht.«

»Was soll ich jetzt tun? Besteht Gefahr für meine Familie oder mich?«

»Es gibt keinen Anlass zur Sorge. Auch wenn ich nicht denke, dass es nötig ist, wird eine Streife vor ihrem Haus Posten beziehen.«

»Warum schicken Sie einen Streifenwagen, wenn alles in Ordnung ist?«, herrschte Franke sie an. »Warum geht dieser verdammte Alarm überhaupt los, wenn alles *in Ordnung* ist?«

»Hören Sie …

»Nein, *Sie* hören jetzt zu: Erinnern Sie sich, was ich Ihnen damals gesagt habe? Sollte Lefeber mir oder meiner Familie zu nahe kommen, werde ich mich zu wehren wissen. An meiner Einstellung hat sich nichts geändert.«

Sie hatte aufgelegt.

Nora schloss die Augen und schüttelte den Kopf. Hoffentlich beging Franke keine Dummheit. Und hoffentlich hatte der Beamte Lefeber einfach nur kurz aus den Augen verloren. Vorübergehend zog Nora in Betracht, sich der Suche nach Lefeber anzuschließen. Ein Augenpaar mehr war sicher hilfreich. Und jemand, der in der Lage war, zu vermitteln, falls es zu ernsthaften Problemen käme.

Doch noch bevor sie im Auto saß, klingelte ihr Handy.

*

Der Betreiber des kleinen Weinladens in der Egenolffstraße sah über Lefebers Schulter hinweg durch das Schaufenster nach draußen. Lefeber studierte die Flasche in seiner Hand und las laut den Aufdruck auf dem Etikett: »Ein 1983er *Château Tour du Pin Figeac Grand Cru Classé St. Émilion.* Achtundneunzig Euro für den Bordeaux, sagten Sie?«

Weil der Weinhändler nicht antwortete, drehte Lefeber sich um. Drei Streifenwagen mit Blaulicht auf dem Gehsteig. Sechs Beamte, die einen Halbkreis um den Laden gebildet hatten. Die Tür ging auf, eine Glocke bimmelte, zwei Polizisten betraten das Geschäft, gefolgt von Martinez, dem Zivilpolizisten vom MEK, der ihn auf dem Markt verloren hatte.

»Sie haben uns ja einen ganz schönen Schrecken eingejagt, Herr Lefeber«, sagte er und machte ein erleichtertes Gesicht.

»War nicht meine Absicht. Sie waren plötzlich verschwunden.«

»Hat man Ihnen das als Kind nicht eingebläut? Wenn du deine Eltern verlierst, rühr dich nicht von der Stelle und warte, bis man dich holt.«

»Ich bin kein Dreikäsehoch mehr und Sie sind nicht meine Mutter.«

Der Weinhändler sah mit offenem Mund verunsichert vom einen zum anderen.

»Ich nehme ihn«, sagte Lefeber und stellte die Flasche auf den Verkaufstresen. Martinez rief in der Leitstelle an, um Bescheid zu geben, dass man die Zielperson ausfindig gemacht hatte. Lefeber bezahlte mit zwei Fünfzigeuroscheinen und nahm die Papiertasche mit dem grünen Logo des Weinladens entgegen. Die Streifenwagen schalteten ihre Blaulichter aus und fuhren davon.

Martinez hielt Lefeber höflich die Tür auf, doch als er an ihm vorbeiging, flüsterte er: »Das hat ein Nachspiel, mein Freund.«

»Für mich oder für Sie?«, schmunzelte Lefeber und trat auf die Straße hinaus.

Freitag, 29. November

Noras Handy gab einen Signalton von sich. Das Display zeigte einen Briefumschlag, der sich langsam entfaltete. Jemand hatte ihr eine SMS geschickt:

Alles Gute zum Dreißigsten. Helfe Hartmann beim Umzug in die Schwarzburgstraße. Stoßen wir am WE an? Gruß, Gitte.

Nora lächelte. Hatte Gideon ihr nicht vor Kurzem erst verboten, ihn bei seinem Spitznamen zu nennen?

Sie rief zurück. Es dauerte eine ganze Weile, bis er abnahm, vermutlich musste er erst einmal eine Umzugskiste abstellen. Richter keuchte.

»Danke für die Glückwünsche«, sagte Nora. »Wenigstens du hast es nicht vergessen.«

»Hab ich noch nie. Hast du was Schönes vor heute Abend?«

»Ich bin zum Essen eingeladen.«

»Von deinem Tierarzt?«

»Nein, von drei bösen Hexen, die in einem Lebkuchenhaus im Wald leben.«

Grabesstille in der Leitung. Dann: »Ist er auch eingeladen?«

»Wer, Bruno? Nein«, log sie.

»Hältst du das wirklich für eine gute Idee?«, fragte Gideon.

»Dass er nicht eingeladen ist?«

»Du weißt genau, was ich meine, Nora.«

»Warum wollen mich immer alle davon abhalten, nette neue Bekanntschaften zu schließen?«

»Unter einer netten Bekanntschaft verstehe ich etwas anderes.«

»Rosen kann gut kochen.«

»Und wer ist das Hauptgericht? Du? Schubst du ihn in den Ofen, wenn er zudringlich wird?«

»Du bist absolut unmöglich, Gideon.«

»Hör zu, Nora: Was hältst du davon, wenn Ceyda und ich dich ausführen? Sie hat heute Abend frei und bei mir ist es im Moment ziemlich ruhig. Wir gehen in die *Schöne Müllerin* nett was essen. Nur wir drei.«

Toll, dachte Nora. Den zwei verliebten Turteltäubchen zusehen, wie sie sich stundenlang in die Augen schauen und ihnen anschließend zuhören, wie sie es wild in Ceydas Zimmer trieben. Für ihren dreißigsten Geburtstag konnte sie sich etwas Besseres vorstellen.

»Tut mir leid, Gitte, ich hab schon zugesagt.«

»Für den gesamten Hochspessart ist heute und morgen Sturmwarnung ausgegeben. Mir wäre es, ehrlich gesagt, lieber, du würdest bei dem Wetter nicht raus in die Pampa fahren.«

Nora sah nach oben. Wolkenfetzen fegten über den Himmel. Im Südwesten türmte sich eine gigantische Gewitterwolke auf, deren scharf abgegrenzte Ränder ihr das Aussehen eines Atompilzes verliehen.

»Wir sind auf einem guten Weg in der *Schreckenmühle*, Gideon. Es war eine richtig erfolgreiche Woche: Die Voliere ist fertig, die Dorfbewohner haben die Männer in Ruhe gelassen. Und heute Abend wollen wir das mit einem Geburtstagsessen feiern. Mach mir das bitte nicht madig.«

»Du bist erwachsen, Nora. Du musst wissen, was du tust. Aber ich würde mich wohler fühlen, wenn du am Abend wenigstens mal durchrufst. Damit ich weiß, dass es dir gut geht.«

Ein warmes Gefühl breitete sich in Noras Bauch aus. Gitte sorgte sich um sie. »Das lässt sich sicher einrichten.«

»Dass dein Bruno dir nicht mal zum Geburtstag gratuliert, findest du in Ordnung?«

»Woher willst du wissen, dass er sich nicht gemeldet hat?«

»Das habe ich zwischen den Zeilen herausgehört.«

Gideon Richter, der Frauenversteher. Da war ihr ja beinahe der überhebliche Exkollege lieber.

»Ich melde mich bei dir, Gitte.«

Gideon legte auf.

*

Der Polizist tippte ratlos auf das Display des Tablet-PC, der an der Mittelkonsole befestigt war. Einer der drei Punkte, die die Standorte der Männer repräsentierten, war von einem rot blinkenden Viereck eingerahmt. Der berührungsempfindliche Bildschirm reagierte umgehend und zeigte die Statusmeldungen für diese Nummern an: *OL*, was so viel bedeutete wie ›off limit‹. Einer der drei Männer hielt sich folglich außerhalb der Dreihundertmeterzone auf.

Sobald er erneut das Display berührte, verschwand die Statusmeldung. Eines der Vierecke hörte kurzzeitig auf zu blinken und fing weitere Sekunden später wieder an. Der Polizist schüttelte den Kopf. Da in der Darstellung des Überwachungssystems die Männer nicht mit ihren Namen oder Abkürzungen repräsentiert waren, sondern nur über die Seriennummern der Tracker, klebte üblicherweise an dem Tablet-PC ein Post-it, auf dem die fünfzehnstelligen Nummern den Namen zugeordnet waren.

Doch das Post-it war verschwunden.

Der Polizist suchte im Fußraum, öffnete die Tür und sah unter dem Sitz nach, aber der gelbe Klebezettel blieb unauffindbar. Er setzte sich wieder auf seinen Sitz und verzog das Gesicht.

»Jetzt darf ich zum zweiten Mal in zwei Wochen anrufen und mich zum Deppen machen, weil wir zu blöd sind, den Aufschrieb mit den Nummern ordentlich aufzubewahren.«

»Die könnten das ja auch ein wenig benutzerfreundlicher machen und die Namen anzeigen.«

»Ist dem Support schon gemeldet.«

»Und?«

»Sie arbeiten dran. Kommt mit einem der nächsten Updates.«

»Softwarefirmen ...« Der andere verdrehte die Augen.

»Dass das GPS hier im Wald nicht funktioniert, ist auch ein Witz.«

»Und die Sicherheitszone kann angezeigt werden, weil das über Funkwellen geht?«

»Wenn das mal klappt«, sagte der Kollege und deutete auf die Nummer am Bildschirm, die abwechselnd rot und grün blinkte, ohne dass ein Muster auszumachen war. Zwei waren im Haus. Aber wer war der dritte und wo hielt er sich auf?

»Dieser Rosen verlässt das Haus doch kaum. Und Lefeber hat gerade erst eins vor den Latz bekommen. Entweder ist es Tibursky, der irgendwo im Wald herumläuft, an der Grenze zur Dreihundertmeterzone, oder das Ding hat einen Aussetzer.«

Der Polizist klopfte auf die Glasoberfläche, wie man es früher manchmal bei primitiven elektrischen Geräten getan hatte, um einen Wackelkontakt zu beseitigen. Das Fenster der Anwendung verschwand und eine Eingabemaske erschien.

Enter Security Code.

»Du bist dran.«

Der Kollege stieß die Tür auf und setzte seufzend einen Stiefel nach draußen. Wo steckte dieser Tibursky wieder?

Er stapfte auf der Erhöhung zwischen den tief in den Boden eingekerbten Reifenspuren den Weg ins Dorf entlang. Er schrie Tiburskys Namen, doch sein Ruf verhallte ungehört. Am Rande des Waldes kehrte er um. Er konnte schon die beiden Einsatzwagen hundert Meter vor sich am Wegrand ausmachen, als eine Bewegung im Augenwinkel seine Aufmerksamkeit erregte. Ein Findling ragte aus dem Waldboden empor, ein mannshoher eiförmiger Felsbrocken, mit Moos bewachsen und von Flechten überzogen. Irgendetwas war hinter dem Stein verschwunden, ein Tier vielleicht. Oder Tibursky. Wieder rief er dessen Namen, auch diesmal ohne Reaktion.

Der Polizist hielt auf den Findling zu. Kurz bevor er seine Hand auf den Granitbrocken legte, der vor Millionen von Jahren von einem Gletscher an diesen Ort verbracht worden war, hörte er seinen Kollegen hinter sich rufen.

»Roland! Sie sind alle hier, du kannst zurückkommen.«

Er drehte sich um und sah den Kollegen winken. Erleichtert wanderte er zum Auto zurück, von wo er beobachtete, wie Rosen gerade über den Hof auf die Haustür zulief, an Lefeber vorbei, der sich an der Voliere zu schaffen machte, während Tibursky aus dem offenen Küchenfenster sah und an seiner Kaffeetasse nippte.

*

Adam Lefeber war dabei, die Futter- und Wassernäpfe frisch aufzufüllen, als Rosen aus dem Mühleneingang trat und in die Helligkeit blinzelte. Er klopfte Laub und Erde von seiner blauen Arbeitshose und trat den Weg zum Haus an. Ein vertrauter Geruch stieg in seine Nase, als Rosen an der Voliere vorüberging. Auch wenn er diesen Geruch über zwanzig Jahre lang nicht mehr wahrgenommen hatte, konnte er ihn im Bruchteil von Sekunden zuordnen. Nichts anderes auf der Welt roch vergleichbar zu Fäulnis, Zerfall, Tod.

Sein Magen fühlte sich an wie ein Eisklumpen.

Rosen verschwand in der Eingangstür. Mit aller ihm zu Gebote stehenden Beherrschung beendete Lefeber die Fütterung, dann schloss er die Volierentür und folgte Rosen. Im Flur war es totenstill, wenn man vom Rauschen der Dusche absah, das von oben an sein Ohr drang. Lefeber erklomm die Treppe und hielt vor der Badezimmertür inne, deren Schloss defekt war; ein Pappschild hing an der Klinke. *Besetzt*. Ohne anzuklopfen, betrat er das Bad.

Rosen lugte erschrocken hinter dem Plastikvorhang hervor. »Ich dusche!«

»Du duschst Leichengestank weg. Versuch gar nicht erst, es zu leugnen.«

Einen Moment stand Rosen sprach- und bewegungslos da. Das Prasseln des Wassers erfüllte den Raum, Dampfschwaden waberten an der Decke. Eilig drehte Rosen die Dusche ab und stieg aus der Wanne. Lefeber warf ihm ein Handtuch zu.

»Du hast selbst gesagt, es ist am besten, wenn niemand davon weiß.«

»Und?«

»Im Wald stößt früher oder später jemand darauf.«

Lefeber konnte nicht glauben, was er da hörte. »Sag jetzt nicht, du hast … diese Sauerei … hierher gebracht.«

»Niemand außer uns kennt den Tunnel.«

»Hast du den Verstand verloren, Heinz?« Ohne dass er es beabsichtigt hatte, schrie Lefeber. »Kurz vor dem Essen mit der Polizistin! Was glaubst du passiert, wenn jemand die … Leiche bei uns findet?«

Rosen trocknete sich ab, ohne Lefeber eines Blickes zu würdigen. Dann ging er in sein Zimmer, wo ein Stapel frischer Kleidung auf dem Bett lag. In aller Seelenruhe zog er sich an.

»Na gut. Zeig sie mir«, presste Lefeber hervor, nachdem Rosen fertig war.

Sie gingen zur Mühle hinüber, stiegen die Stufen hinab in den Kühlraum, wo bereits Verwesungsgeruch in der Luft lag. Während Rosen die Holztür öffnete, hielt Lefeber den

Handrücken unter die Nase. Die Leiche lag mit dem Gesicht nach unten auf der Erde. Nackt, so wie Rosen sie im Wald gefunden hatte.

»Die Augen waren nicht mehr drin, das hat mir Angst gemacht, darum hab ich …«, seine Stimme brach.

Lefeber rollte den Körper mit der Fußspitze auf den Rücken. Er war steif, wie gefroren. Im Gegensatz zum bleichen Rücken war die Vorderseite des Torsos eine beinahe durchgehend dunkelviolett verfärbte Fläche.

»Wer ist das?«, fragte Rosen.

»Jemand, der uns einen Haufen Ärger einbringen wird. Wir brauchen einen großen Plastiksack, sonst verbreitet sich der Gestank bald bis ins Haus.«

Rosen verschwand und tauchte mit zwei blauen Müllsäcken wieder auf. Lefeber faltete die Säcke auf. Sie waren viel zu klein für einen menschlichen Körper. Nachdenklich rieb sich Lefeber das Kinn.

»Was machen wir jetzt nur?«, jammerte Rosen.

»Geh ins Haus. Zieh deine alten Sachen wieder an. Und dann hol die Axt aus der Scheune.«

Quälend lange sah Rosen ihn an. Dann schluchzte er auf und rannte hinaus.

Zehn Minuten später tauchte er wieder auf. Er hielt die Säge in der Hand, das Werkzeug, das normalerweise an der Schuppenwand lehnte.

»Ich glaube, damit geht es leichter«, schniefte er.

Lefebers Blick war kalt und abweisend. »Du hast die Leiche hergebracht, du kümmerst dich darum.« Er wandte sich ab und verschwand im Treppenaufgang.

Rosen wischte sich die Hände an der Hose ab. Unsicher wanderte sein Blick zwischen der Leiche und dem Treppenaufgang hin und her. Schließlich kniete er sich neben sie und setzte die Säge oberhalb der Hüfte an.

*

Heftige Windböen fegten Noras dunkelgrünen Mini ein paar Mal beinahe von der Bundesstraße. Im letzten Moment konnte sie gegensteuern und verhindern, dass sie im Straßengraben landete.

Nun ließ sie das letzte Haus hinter sich, bevor der Scheelbacher Forst begann – Kiefers protzige Villa mit dem kunstvollen schmiedeeisernen Tor. Nach einem Viertel der Strecke durch den Wald ertönte ein hässliches Knirschen unter dem Fußraum, sie hoffte, das war nicht der Auspuff, der aufgesetzt hatte.

Der dunkle Turm tauchte wie aus dem Nichts zu ihrer Rechten auf und verschmolz ebenso schnell wieder mit der Dämmerung. Ein opalfarbenes Augenpaar abseits der Straße reflektierte das Licht ihrer Scheinwerfer und verharrte gebannt an Ort und Stelle. Plötzlich krachte es. Irgendetwas prallte von der Motorhaube ab und landete auf dem Boden; Nora war gezwungen, eine Vollbremsung hinzulegen. Das Augenpaar huschte davon.

Entgegen jeder Vorsicht riss sie die Tür auf und stieg aus, um den Schaden zu begutachten. In der Motorhaube war eine hässliche Delle. Der Verursacher des Schadens, ein armdicker Ast, lag neben dem Vorderreifen, als könnte er kein Wässerchen trüben. Sie unterdrückte den Fluch, der bereits auf ihren Lippen lag, als ein hässliches Knacken zu vernehmen war. Ein weiterer Ast krachte zu Boden, keine Handbreit hinter ihrem Rücken. Nora beeilte sich, wieder ins Innere des Autos zu gelangen. Bei Unwetter war das wohl der sicherste Ort.

Ein paar Schlaglöcher weiter tauchte endlich einer der beiden Bereitschaftswagen am Wegrand auf. Nora fuhr vorbei, die Hand zum Gruß erhoben, aber der Fahrer reagierte nicht. Vermutlich konnte er sie in der Dunkelheit gar nicht ausmachen.

Die *Schreckenmühle* war hell erleuchtet. Im ganzen Haus brannte Licht, zusätzlich hatte jemand Kerzen in die Fenster des Untergeschosses gestellt, die flackernden Flammen verliehen dem Haus etwas Unheimliches und Anheimelndes zugleich.

Nora parkte den Wagen und ließ, bevor sie ausstieg, den Blick über das Gehöft wandern. Unglaublich, wie schlecht der Start hier gewesen war und wie positiv sich die Situation zu guter Letzt doch noch entwickelt hatte. Sie dachte an ihren misslungenen Auftritt bei der Dorfversammlung und an die durchstochenen Reifen. Aber sie dachte auch an die heitere Atmosphäre beim abendlichen Kartenspiel nach dem Herbstputz.

Es schien, als hätten die Scheelbacher mit der Anwesenheit von Lefeber, Rosen und Tibursky ihren Frieden gemacht. Selbst die Presse hatte für den Moment das Interesse verloren, jedenfalls war weit und breit kein Ü-Wagen mehr in Sicht.

Nora griff nach dem Blech mit *Kadayif*, einer ebenso schmackhaften wie kalorienreichen türkischen Nachspeise aus Teigfäden, die Ceyda ihr quasi aufgenötigt hatte, und stieg aus dem Auto.

Der Sturm musste inzwischen Stärke sechs oder sieben erreicht haben. Beinahe schmerzhaft riss er an ihrem Haar, peitschte die dunklen Tannenzweige und ließ das sonst beruhigend wirkende Hintergrundrauschen des Waldes zu einem beängstigenden Grollen anschwellen.

Sie schloss den Wagen ab und eilte, die Nachspeise unter dem Arm, zum Haus.

Im selben Moment, als ihr Finger auf der Klingel lag, öffnete Lefeber die Tür. Er trug einen Zweireiher mit Weste und Einstecktuch.

»Kommen Sie herein, schnell!«

Mit dem Einschnappen der Tür blieb auch das Unwetter draußen. Im Haus war es warm, es roch nach Braten, Pilzen und Wintergewürzen und aus der Küche drang Topfgeklapper. Es gab einiges Hin und Her, als Lefeber – ganz Gentleman – versuchte, Nora gleichzeitig aus der Jacke zu helfen und ihr das Blech mit *Kadayif* abzunehmen.

»Ich hoffe, ich bin nicht total underdressed«, sagte Nora, die lediglich eine wenig festliche Tunika über einer Jeans trug. Lefeber gratulierte ihr förmlich mit Handschlag, während seine grünen Augen tiefgründig auf ihr ruhten. In diesem Aufzug erahnte Nora, was für eine faszinierende Wirkung der Mann auf seine Umgebung haben konnte, auch wenn er im Moment ein bisschen abgekämpft wirkte.

Er führte sie ins Wohnzimmer, wo Tibursky gerade letzte Hand an die Tischdekoration legte. Beeren, Kiefernzapfen, Moos, alles, was der Wald so hergab, war auf dem Tisch ausgebreitet. Auch Lametta, das Tibursky vermutlich in einer Kiste mit verstaubten Weihnachtsartikeln aufgetrieben hatte, gab es und zwei silberne Kerzenleuchter an den Tischenden.

Tibursky schüttelte ihr enthusiastisch die Hand. »Viele Dank, dass Sie uns beehre!«

Er wies ihr den Stuhl an, der für das Geburtstagskind reserviert war. Nora nahm brav Platz und hängte ihre Handtasche über die Stuhllehne. Kaum hatte sie sich hingesetzt, klingelte es an der Tür. Lefeber verließ den Raum, kehrte aber umgehend zurück. Er sah beunruhigt aus.

»Einer von Ihren Kollegen möchte Sie sprechen.«

Der Mitarbeiter vom MEK namens Martinez stand mit sorgenvollem Ausdruck im Gang; er bestand darauf, allein mit Nora zu sprechen. Also gingen sie vor die Tür. Er berichtete, dass eine Hälfte des Bewachungstrupps überraschend abgezogen worden war. Befehl von ganz oben. Möglicherweise eine Veranstaltung in Frankfurt, für die alles, was bei drei nicht auf dem Baum war, aufgeboten wurde. Spätestens morgen Nachmittag sei wieder alles beim Alten. Sie seien jedoch auch zu zweit Herr der Lage, versuchte der Beamte Nora zu beruhigen. Seine Augen straften seine Worte Lügen.

»Ich mache mir keine Sorgen«, erwiderte sie zuversichtlich und hielt ihre Oberarme umschlungen, um die Gänsehaut zu vertreiben.

»Haben Sie eine Dienstwaffe?«, fragte er.

Nora lächelte. »Nein. Ich bezweifle auch, dass das erforderlich ist.«

Der Mann kehrte mit hochgeschlagenem Kragen zu seinem Kollegen im Wagen zurück.

Im Esszimmer war Lefeber gerade dabei, den Wein zu entkorken. Nora sah auf das Etikett: *Château Tour du Pin Figeac Grand Cru Classé St. Émilion*. Jahrgang 1983 – ihr Geburtsjahr!

»Der muss ja ein Vermögen gekostet haben.«

Lefeber lächelte undurchsichtig. »Für einen besonderen Anlass darf es auch ein besonderer Tropfen sein.«

Sie sah zu, wie er mit geschlossenen Augen am Korken schnüffelte, andächtig die rubinrote Flüssigkeit in eine gläserne Blumenvase umfüllte, die er kurzerhand zur Dekantierkaraffe zweckentfremdet hatte, und anschließend die leere Flasche wie eine Reliquie auf einen Beistelltisch stellte.

Rosen betrat das Esszimmer, zwei Teller in der Hand, auf denen es verführerisch nach gebratenen Pilzen roch.

»Ein Gruß aus der Küche!«

Nora, Lefeber und Tibursky nahmen am Tisch Platz. Schwungvoll stellte Rosen die Teller vor sie hin.

»Sieht sehr lecker aus«, lobte Nora.

»Selbst gesammelt«, sagte Rosen.

Nora unterzog das Häuflein Pilze auf ihrem Teller einer eingehenden Betrachtung. »Was sind das für welche?«

»Das hier sind Pfifferlinge«, sagte Rosen und deutete auf zwei Exemplare. »Bei diesen hier waren Tibursky und ich uns nicht einig.«

Nora sah sich mit Bauchkrämpfen über der Kloschüssel hängen. Sie zog kurz in Erwägung, eine Pilzallergie vorzuschieben. Doch Rosen grinste breit.

»War nur Spaß. Die können Sie getrost essen. Ich habe jede Sorte heute Mittag probiert und bin noch am Leben, wie Sie sehen.«

Wie sich herausstellte, war Heinz Rosen ein exzellenter Koch. Er tischte seinen Gästen ein Fünf-Gänge-Menü auf, das jedem Feinschmeckerlokal zur Ehre gereicht hätte. Alles war auf den Punkt gegart, nichts fad gewürzt oder versalzen, die Speisen ansprechend auf dem Teller angerichtet. Nachdem Nora den letzten Bissen des Desserts – Rosen servierte das *Kadayif* mit einem Limettensorbet, das dessen überwältigende Süße neutralisierte – vom Teller gekratzt hatte, musste sie ihren Gürtel lockern, um überhaupt noch Luft zu bekommen.

Der von Lefeber beigesteuerte Bordeaux war nicht nur wegen seines Jahrgangs außergewöhnlich, er passte auch perfekt zu dem Rehbraten, den Rosen mit einem großen Fleischermesser am Tisch tranchiert hatte und dessen Fleischsaft auf der Vorlegeplatte das Einzige war, was noch an diesen Genuss erinnerte. Leider konnte Nora, die ja noch nach Hause fahren musste, kaum mehr als ein halbes Glas von dem edlen Tropfen genießen.

Nun endlich setzte sich auch Heinz Rosen zu ihnen. Er schnupperte an der Dekantierkaraffe, verzog das Gesicht und schenkte sich ein Glas Mineralwasser ein.

»Mögen Sie keinen Wein?«, fragte Nora.

»Ich trinke keinen Alkohol«, sagte Rosen.

»Vielleicht hätte ich Ihr Angebot, für mich zu kochen, doch annehmen sollen, Herr Rosen. Das Essen war fantastisch. Herzlichen Dank.«

»Keine Ursache. Davon habe ich schon lange geträumt: ein mehrgängiges Menü zu kochen. Für richtige Gäste. Nicht solche, die essen müssen, was man ihnen auftischt.«

»Wie im Gefängnis, meinen Sie?«

Rosen lächelte und betrachtete versonnen die Perlen, die in seinem Wasserglas an die Oberfläche stiegen.

»Träume sind was Schönes«, sagte Nora.

»Nur schad, wenn sie in Erfüllung gehe. Dann fehlt einem örschendwie was«, bemerkte Tibursky.

»Man muss eben genug davon auf Lager haben«, wandte Lefeber ein.

»Wovon träumen Sie, Herr Lefeber?«, sagte Nora.

Lefeber drehte sein Weinglas bedächtig am Stiel.

»Meinen größten Wunsch wird mir niemand erfüllen«, antwortete er schließlich.

»Und was wäre das?«

Lefeber sah ihr in die Augen. »Die Zeichenklasse *Aktzeichnen* am Städel zu besuchen.«

»Das wird wohl nicht möglich sein«, gab Nora ihm recht.

Lefeber antwortete mit einem stillen Lächeln, das eine kaum verhohlene Bitterkeit barg. »Wieder eine richtige Arbeit zu haben, wäre auch schön. Aber das ist ebenso realitätsfremd.«

»Wollte Neumann diese Woche nicht mit Ihnen zur Arbeitsagentur gehen?«

Die Bitterkeit in Lefebers Miene verdrängte das Lächeln nun komplett. »Der Termin wurde kurzfristig abgesagt. Von ganz oben. Die Mitarbeiterinnen fühlten sich durch unsere Anwesenheit im Amt gefährdet. Und das, obwohl wir von vier Polizisten bewacht dort einspaziert wären.«

Nora glaubte, sich verhört zu haben. »Ich spreche am Montag mit Neumann. So geht das nicht weiter«, erwiderte sie kopfschüttelnd.

»Das war übrigens nicht Heinz' einziger Traum«, wechselte er das Thema.

Rosen winkte ab.

»Na los, erzähl schon, Heinz«, forderte Lefeber ihn auf.

Rosen schüttelte den Kopf und sah zu Boden.

»Schlittschuhlaufen«, sagte Lefeber.

»Wirklich? In Frankfurt gibt es eine schöne Eishalle«, sagte Nora. »Als Kind war ich öfter dort.«

»Finden Sie das nicht albern?«, fragte Rosen.

»Nein, wieso? Ich erinnere mich gut an das Gefühl von Schwerelosigkeit, wenn man über das Eis fliegt.«

»Ich bin an der Nordsee aufgewachsen. Wenn der Winter besonders streng war, sind wir Kinder auf den Kanälen und Sieltiefen kilometerweit gefahren«, schwärmte Rosen.

»Die Eishalle hat schon geöffnet. Wenn Sie möchten, gehen wir gemeinsam hin. Wir alle«, schlug Nora vor.

»O nee«, wehrte Tibursky ab, »des is mir zu kalt.«

»Träumen Sie immer noch vom Amazonas?«, fragte Nora.

»Klar. Isch würd unheimlisch gern ane eschte Python in freier Wildbahn sehe, aber des is genauso ausgeschlosse wie Lefebers Zeischenglasse.«

»Würde ich so nicht sagen ...«

Urplötzlich sprang Tibursky auf. »Ei, isch bin doch en Depp. Hätt isch des beinah vergesse!« Er rannte aus dem Zimmer und kehrte mit einem Päckchen zurück, das er Nora feierlich überreichte. »Alles Gute noch ma für Sie.«

Vorsichtig wickelte sie das Geschenk aus. Zum Vorschein kamen eine Kette mit einem Anhänger in Blattform und eine grüne Baumpython.

Nora spürte, wie ein heißes Gefühl der Scham in ihr aufwallte. Das waren die beiden Stücke, die sie Tibursky in der JVA abgekauft und liegen gelassen hatte. Mit hochrotem Gesicht entschuldigte sie sich, dann legte sie die Kette unverzüglich um.

Plötzlich stand auch Lefeber mit einem Geschenk vor ihr. Es entpuppte sich als Bleistiftzeichnung, eine Miniatur mit ihrem Porträt. Mit wenigen Strichen hatte Lefeber das Wesentliche zu Papier gebracht. Nora schüttelte ungläubig den Kopf.

»Ich kann mich gar nicht erinnern, Modell gesessen zu haben«, sagte sie scherzhaft.

»Das mache ich aus dem Gedächtnis«, entgegnete Lefeber stolz.

»Ich glaube, da kommt Bruno«, sagte Rosen, der den Blick aus dem Fenster gerichtet hatte.

»So spät noch?«, meinte Nora, die sich über Bruno Albrechts unentschuldigtes Fehlen ärgerte, und spähte ebenfalls durch die Scheibe. Draußen war alles dunkel.

Rosen kniff die Augen zusammen. »Ich dachte, ich hätte etwas gesehen.«

Kopfschüttelnd räumte er das Geschirr ab. Kaum war er aus der Tür, drang von draußen aufgeregtes Vogelkreischen herein. Die Geräusche, die selbst durch das geschlossene Fenster und den an den Fensterläden rüttelnden Sturm zu hören waren, steigerten sich zu einem wilden Crescendo, um dann ebenso plötzlich zu verstummen. Es war, als ob selbst der Sturm in diesem Augenblick eine Pause einlegte, um Kräfte zu sammeln.

Nora, Lefeber und Tibursky sahen sich irritiert an. Mit einem unheilvollen Klirren krachte das Tablett mit dem Geschirr auf die Küchenarbeitsplatte, Schritte stampften über den Gang wie Hammerschläge, die Hauseingangstür wurde aufgerissen und knallte gegen die Flurwand, sodass alle Kerzen im Raum flackerten.

Dann ertönte ein gellender Schrei.

*

Eins. Fünf.

Zuerst denkt Rosen, der Wind hat die Tür der Voliere aufgestoßen. Wie das Tor in eine andere Welt führt das Loch im Drahtgeflecht in das Innere des begehbaren Käfigs. Es ist stockfinster, weder Mond noch Sterne sind zu sehen, deshalb kann Rosen die Vögel nicht gleich entdecken. Wenn der Sturm die Tür aufgedrückt hat, sind sie vielleicht entkommen. So ein Unwetter werden sie in Freiheit nicht überleben, denkt er und unterdrückt mühsam die aufsteigende Panik.

Aber der Sturm reißt eine Tür nicht aus den Angeln und auch nicht die ganze Seitenwand der Voliere, die aussieht, als hätte sich ein wildes Tier dagegengeworfen. So etwas tut nur eine ganz bestimmte Sorte von wilden Tieren, denkt Rosen.

Vorsichtig setzt er einen Schritt vor den anderen, tappt im Dunkeln herum, will die Vögel nicht noch zusätzlich erschrecken. Er muss Willi rufen, seine Stimme beruhigt ihn vielleicht. Doch die Angst schnürt ihm die Kehle zu, mehr als ein ersticktes Krächzen bringt er nicht hervor.

Dann knirscht etwas unter seiner Schuhsohle.

Rosen geht in die Knie, starrt angestrengt auf den Boden, um etwas zu erkennen, aber es ist zu dunkel. Er streckt die Hand aus und tastet sich vor. Erde, Steinchen, Tannennadeln. Dann plötzlich – Federn. Nasse Federn, an denen der Wind zerrt. Rosens Magen fühlt sich an wie ein Stein. Er greift zu und hält sich das, was er auf dem Boden gefunden hat, dicht vors Gesicht.

Es ist ein Flügel. Ein Flügel, ausgerissen am Schultergelenk, das Wenige, was er im Finsteren erkennen kann, genügt, um ihm den Verstand zu rauben: blanker Knochen, Fleisch- und Sehnenfetzen, Federn, Blut. Er kann nicht erkennen, welche Farbe die Federn haben, die an dem Flügel hängen, aber das erübrigt sich auch. Denn sobald sich seine Augen an die Dunkelheit gewöhnt haben, tauchen fünf weitere Flügel vor ihm am Boden auf und direkt daneben die dazugehörigen Leiber.

Willi, Nero, Namenlos. Alle drei tot – nein, mehr als tot: zertrampelt wie verhasstes Spielzeug.

Grauen erfasst Rosen.

Er schreit, er macht seinem Schmerz Luft, bis ihm die Stimme versagt.

*

Lefeber, der irgendwo eine Taschenlampe aufgetrieben hatte, ging voraus. Die Batterie schwächelte, ein blassgelber Lichtkegel zitterte über den Boden vor ihnen. Nora hatte sich den Schürhaken vom Kachelofen gegriffen. Sie überquerten zu viert den Hof in Richtung Mühlengebäude, sich dem Sturm entgegenstemmend. Rosen stand in der Voliere, der Schrei, den man vor wenigen Sekunden noch im Haus vernommen hatte, vom Wind verschluckt. Von der Waldseite her näherten sich Lichter – die Kollegen vom MEK hatten seinen Ruf ebenfalls gehört und eilten zu Hilfe.

Drei Taschenlampen beleuchteten wie Theaterspots das Innere der Voliere.

Rosen kam mit blutbeschmierten Händen auf sie zu, Irrsinn im Blick.

Einer der Polizisten zog seine Waffe und richtete die Mündung auf Rosens Knie.

»Stehen bleiben, Herr Rosen!«, rief er.

»Nicht schießen!«, schrie Nora Winter.

»Willi!«, brüllte Rosen und stürmte an ihnen vorbei.

III

Ich wollte es nicht wahrhaben, was sie mir sagten,
aber es ist so. Sie haben mich mit Stiefeln getreten,
und es ist so, wie sie sagen: Ich fühle nicht wie sie.
Und ich habe keine Heimat.

Aus Andris Monolog in *Andorra* von Max Frisch

Die Hand des Polizisten zitterte, doch die Mündung seiner Pistole folgte beharrlich jeder von Rosens Bewegungen.

»Stecken Sie die Waffe ein, bevor *noch* ein Unglück passiert«, rief Nora durch den Sturm.

Der Kollege sah zuerst verstört, dann erleichtert aus und ließ die Waffe sinken.

Rosens breites Kreuz füllte die Eingangstür vollständig aus; bevor er im Inneren des Hauses verschwand, sah er sich einen Moment lang um. Er schien keinen der Anwesenden wahrzunehmen, sondern hatte den Blick in weite Ferne gerichtet, auf den Wald. Unmittelbar danach hörten sie Dinge zu Bruch gehen: Geschirr, Gläser, Holz, eine Fensterscheibe.

Nora und einer der beiden Polizisten rannten los, Lefeber und Tibursky klebten an ihren Fersen. Die Geräusche kamen aus dem Esszimmer, wo Rosen in einem Rausch der Gewalt die Einrichtung zerlegte. Mit einem Handgriff fegte er das wenige heil gebliebene Geschirr vom Tisch, Teller und Servierschüsseln krachten auf den Boden und zersprangen. Zwei Stühle hatte er bereits gegen die Wand geknallt, den nächsten hielt er wurfbereit über den Kopf.

Nora und ihr Kollege versuchten, Rosen zu bändigen, griffen nach seinen Armen, aber er schüttelte sie ab wie ein Hund Ungeziefer aus dem Fell.

Nora beschwor ihn, sich zu beruhigen, was Rosen mit einem irren Schrei quittierte.

Als ihr Kollege versuchte, ihn in den Schwitzkasten zu nehmen, deutete jäh die Spitze des Tranchiermessers auf Noras Hals.

Der Polizist ließ von Rosen ab und zog mit fahrigen Bewegungen seine Dienstpistole aus dem Hüftholster.

»Warum können die uns nicht einfach in Ruhe lassen? Was haben wir denen denn getan?«, fuhr Rosen Nora an. Seine Stimme überschlug sich fast.

»Lassen Sie das Messer fallen, Herr Rosen!«, forderte Nora ihn auf.

»Sonst muss ich schießen«, fügte der Kollege unnötigerweise hinzu.

Mit einer Schnelligkeit, die man ihm nicht zugetraut hätte, vollführte Rosen eine Hundertachtziggraddrehung und verletzte den Polizisten mit dem Messer an der Schusshand, ob aus Absicht oder aus Versehen konnte später nicht mehr ermittelt werden. Die Pistole, die bislang nicht entsichert worden war, flog in hohem Bogen über den Tisch und schlitterte den Holzdielenboden entlang unter eine Vitrine. Doch Rosen interessierte sich nicht für die Waffe. Vielmehr wandte er sich wieder Nora zu: Mit offenem Mund und dem Messer in der Hand stand er da und überlegte, was nun zu tun sei.

»Raus da, schnell!«, hörte Nora Lefeber hinter sich schreien. Gemeinsam mit dem Polizisten wurde sie zur Esszimmertür gezerrt, während Rosen reglos auf dem Fleck verharrte, in Gedanken versunken. Lefeber schlug die Tür zu und drehte den Schlüssel zwei Mal um. Rosens verdutztes Gesicht war das Letzte, was Nora von ihm sah.

»Dummerweise ist Ihre Dienstwaffe noch da drinnen«, sagte Tibursky zu dem Polizisten, der sich die verletzte Hand hielt, während das Blut zwischen seinen Fingern hervorquoll.

»Hier stehen zu bleiben und zu warten, bis er durch die Tür schießt, ist nicht weniger dämlich«, konterte Nora und trat einen Schritt zur Seite. Die Männer beeilten sich, ihrem Beispiel zu folgen.

Der Polizist hockte sich auf den Boden, lehnte den Rücken an die Wohnzimmerwand und hielt sich stöhnend die Hand. Blut tropfte zu Boden, er war bleich im Gesicht, vielleicht hatte er einen Schock. Nora kniete sich hin, hob seinen Arm ein wenig an und presste die Hand gegen die Arterie im Oberarm, um die Blutung zu stoppen. Sie suchte ein Taschentuch – verdammt: Ihre Handtasche befand sich ebenfalls im Esszimmer, mitsamt Autoschlüssel, Handy und Pfefferspray.

»Gibt es im Haus einen Verbandskasten?«

Lefeber eilte ins Obergeschoss – im Badezimmer hing ein Medikamentenschrank.

»Was machen wir jetzt?«, presste der Verletzte hervor und sog – ein Zeichen des Schmerzes – zischend die Luft ein.

»Wir warten, bis Rosen sich beruhigt hat oder ins diabetische Koma fällt. Dann überwältigen wir ihn und holen die Waffe.«

»Und wenn er sie an sich nimmt? Und damit aus dem Fenster steigt?« Der Kollege bemühte sich, leise zu sprechen, damit Tibursky nichts von ihren Überlegungen mitbekam.

»Darüber zerbreche ich mir erst dann den Kopf, wenn er vor mir steht«, sagte Nora. Lefeber kehrte mit dem Verbandskasten zurück und Nora überließ ihm die Versorgung des Verletzten.

»Wo wollen Sie hin?«, wollte der zweite Kollege wissen, der soeben von draußen hereingekommen war und nun verwirrt im Flur stand.

Nora antwortete nicht, sondern eilte durch die Haustür, bog links um die Ecke und folgte der Hauswand bis zum Esszimmerfenster. Vorsichtig spähte sie durch das zerbrochene Glas. Rosen lag zusammengerollt wie ein Embryo auf dem Teppich, die Hände unter dem Ohr zu einer Art Kissen gefaltet, und schlief.

*

Mit vorgehaltener Waffe hatten sie Rosen die Hände hinter dem Rücken mit Kabelbindern fixiert, nachdem sie ihn im Schlaf überwältigt hatten.

Jetzt saß er auf einem Stuhl am Esstisch. Nora hatte ihm nach seinen Anweisungen den Blutzucker gemessen und Insulin injiziert. Nun fielen ihm vor Müdigkeit immer wieder die Augen zu, irgendwann ruhte sein massiger Oberkörper auf der Tischplatte, sein Rücken hob und senkte sich rhythmisch. Er schnarchte.

Die Waffe steckte wieder im Holster des verletzten Polizisten. Seine Hand war mit einem Druckverband versorgt und man hatte ihm Schmerzmittel verabreicht. Auch er schien zu schlafen.

Die Kaffeemaschine und ein paar Tassen hatten Rosens Tobsuchtsanfall überlebt, also hatte Lefeber in seinem zerknitterten Anzug Kaffee gekocht und war dann zu Bett gegangen. Auch Tibursky wünschte eine gute Nacht und verzog sich ins Obergeschoss, kurze Zeit später hörten sie ihn hinter der verschlossenen Badezimmertür hantieren. Nun standen Nora und der zweite Polizist mit dem Namen Martinez im Flur, nippten an ihren Tassen und flüsterten miteinander.

»Und Sie haben nichts gesehen? Niemanden, der zum Haus gefahren oder mit der Taschenlampe durch den Wald gegangen ist?«

Der Polizist schüttelte den Kopf. »Wir haben ehrlich gesagt nicht damit gerechnet, dass um diese Uhrzeit und bei diesem Wetter jemand draußen unterwegs ist. Ganz davon abgesehen, sind wir eher für die Überwachung dieser Männer da als für ihren Schutz. Erst als Rosen herumgebrüllt hat, sind wir aufmerksam geworden.«

Nora sah auf die Uhr. Sie hatte dem Kollegen versprochen, so lange zu bleiben, bis die Verstärkung anrückte. »Wo bleiben die denn? Ich müsste längst auf dem Heimweg sein.«

»Ich gehe mal zum Wagen und frage nach.«

»Sind Sie sicher? Ich habe das Gefühl, der Sturm ist noch stärker geworden. An Ihrer Stelle würde ich lieber drinnen bleiben.«

»Mir fällt schon nicht der Himmel auf den Kopf«, scherzte er, brachte die Kaffeetasse in die verwüstete Küche und machte sich auf den Weg. In dem Moment, als er die Haustür hinter sich schloss, flackerte das Licht im Flur und in der Küche ein paar Mal auf, dann erlosch es komplett. Der Kühlschrank brummte noch einen Moment, bevor auch dieses Geräusch mit einem metallischen Scheppern erstarb.

»Na toll. Stromausfall«, sagte Nora in die Dunkelheit hinein. Wo zum Teufel hatte Lefeber die Taschenlampe deponiert?

*

Martinez stemmte sich gegen den Sturm, riss die Wagentür auf und ließ sich auf den Fahrersitz fallen. Der Versuch, die Tür wieder zu schließen, wurde vom Wind zunächst vereitelt. Erst als der Polizist mit beiden Händen fest am Griff zerrte, gab sie nach und schnappte ins Schloss.

Er schaltete das Funkgerät ein, doch es gab nur ein Rauschen von sich.

»Zentrale, Nachtigall elf an Zentrale. Ich hatte Nullneunundzwanzig angefordert.«

Keine Reaktion. Auch ein zweiter Versuch der Kontaktaufnahme blieb erfolglos, was vermutlich dem Unwetter geschuldet war. Die Digitaluhr am Armaturenbrett zeigte kurz nach zwölf. Martinez beschloss, sich einen Moment Ruhe zu gönnen und es in zehn Minuten noch einmal zu probieren.

Er senkte die Rückenlehne des Fahrersitzes ein wenig ab und schloss die Augen. Um sich wach zu halten, schaltete er das Radio ein. Die Meteorologen hatten den Jahrhundertsturm inzwischen Cindy getauft und rieten den Menschen im gesamten Bundesland dringend, das Haus nicht zu verlassen. Umherfliegende Ziegel und umstürzende Bäume hätten bereits einen Menschen das Leben gekostet und einige mehr ins Krankenhaus gebracht. Der Moderator sprach ein paar einlullende Worte, dann spielte er – dem Motto des Tages entsprechend – *Riders on the Storm* von den Doors. Das Intro mit seinen E-Piano-Kaskaden und dem sirrenden Becken vermischte sich mit dem Brausen des Sturms.

Innerhalb weniger Sekunden fiel der Polizist in einen unruhigen Schlaf.

Fünfzehn Minuten später traf eine Böe der Windstärke neun eine achtzehn Meter hohe Eiche mit einem Stammumfang von mehr als fünf Metern. Der etwa vierhundert Jahre alte Baum, der wegen des vorangegangenen trockenen Sommers bereits stark geschwächt war, knickte um und stürzte polternd auf die Kabine des Einsatzwagens. Zwar wachte Martinez auf, als Geäst und Blätter auf das Fahrzeugdach und die Motorhaube krachten, doch hatte er keine Zeit mehr, den Wagen zu verlassen. Mit einem ohrenbetäubenden Lärm wurde die Decke mehr als einen Meter weit eingedrückt. Hätte der Polizist aufrecht gesessen, wäre er sofort tot gewesen. So jedoch presste das Autodach seinen Oberkörper nur wenige Zentimeter in den Sitz. In seinem Brustkorb knirschte es. Kurz bevor er das Bewusstsein verlor, hörte er durch das Rauschen des Funkgeräts die Worte: »Zentrale an Nachtigall elf. Können Sie mich hören?«

*

Nora wurde unruhig. Der Kollege war schon vor über einer halben Stunde zum Wagen aufgebrochen, um nachzufragen, wo die angeforderte Verstärkung blieb. Draußen wütete das Unwetter. Und nach wie vor gab es keinen Strom im Haus.

Im Innern der *Schreckenmühle* herrschte eine trügerische Ruhe. Rosen schnarchte durchdringend auf dem Esszimmertisch, und sogar der verletzte Kollege hatte vor einer Weile sein Stöhnen eingestellt und atmete gleichmäßig und tief.

Zehn Minuten später riss ihr endgültig der Geduldsfaden. Sie hatte mittlerweile die Taschenlampe gefunden und öffnete die Haustür, um nach dem Rechten zu sehen. Sofort wirbelte nur wenige Zentimeter von ihrem Kopf entfernt ein leerer Eimer durch die Luft. Sie schlug die Tür wieder zu. Sich ohne Schutz draußen aufzuhalten, war reiner Selbstmord.

Nora starrte durch ein Wohnzimmerfenster in die Finsternis hinaus. Falls der Kollege in seinem Wagen saß, hatte er die Innenbeleuchtung ausgeschaltet. Falls nicht – darüber wollte sie lieber gar nicht erst nachdenken.

Weitere fünf Minuten vergingen. Da sie niemanden der Männer um Begleitschutz bitten konnte, fasste sie sich ein Herz und machte sich alleine auf den Weg. Sie musste sich gegen den Sturm lehnen, um nicht umgeworfen zu werden. Zum Wind war nun auch noch Regen gekommen, der Nadelstichen gleich ihr Gesicht peitschte, bis die Haut wie Feuer brannte. Nora folgte dem Zufahrtsweg.

Als sie an die Stelle kam, an der die beiden Einsatzwagen geparkt waren, gaben ihr fast die Knie nach. Der dunkelblaue Opel Omega lag unter einem Baumstamm begraben. Das Dach befand sich ungefähr auf Brusthöhe, die Fahrertür war nach außen gebogen, Windschutzscheibe und Seitenfenster zersplittert. Wie es im Innern aussah, konnte sie nicht erkennen.

Sie zog am Griff, aber die Tür rührte sich keinen Millimeter. Daran änderte auch wiederholtes Rütteln nichts. Sie schrie Martinez' Namen, bekam aber keine Antwort.

Wenn Nora sich anstrengte, konnte sie die Umrisse eines menschlichen Körpers ausmachen, direkt unter dem eingedrückten Dach. Aber ob der Mann noch atmete, hätte sie beim besten Willen nicht zu sagen vermocht.

»Hören Sie mich, Martinez? Sind Sie bei Bewusstsein?«

Vielleicht war da ein leichtes Stöhnen gewesen. Oder eines der vielfach überlagerten Geräusche, die der Wind erzeugte. Erneut riss sie am Türgriff – keine Chance. Von irgendwoher musste sie etwas auftreiben, um die Tür aufzubrechen. Sie konnte Martinez unmöglich im Wagen liegen lassen.

Nora rannte zum Haus. Im Stall trieb sie einen Spaten auf, an dem noch jahrzehntealter Mist haftete. Zurück beim Auto, schob sie das Blatt des Spatens in die Ritze zwischen Tür und Rahmen und versuchte, die Tür aufzuhebeln. Das Metall knirschte, ein klein wenig lockerte sich die Öffnung sogar, aber das Schloss hielt stand. Schließlich hörte sie auf zu zählen, wie oft sie sich gegen den Griff des Spatens geworfen hatte. Es war sinnlos.

Sie lehnte sich erschöpft an den Wagen und fluchte laut.

»Frau Doktor?«

Zu Tode erschrocken fuhr sie herum. Direkt hinter ihr stand Rosen, die nassen Haare klebten ihm am Kopf, durch die Rinnsale, die sein Gesicht hinunterliefen, blinzelte er sie an.

»Ich bin aufgewacht, weil ich aufs Klo musste. Aber ich kann die Hose nicht alleine aufmachen. Im Haus wollte ich niemanden wecken.«

Seine Hände waren unverändert auf dem Rücken zusammengebunden. Nora überlegte kurz, ob sie es wagen konnte, ihn loszumachen. »Sie sind mit dem Messer auf uns losgegangen. Ich weiß nicht, ob ich mich wohlfühle, wenn Sie die Hände wieder frei haben.«

»Entschuldigung.« Rosen flüsterte dieses eine Wort so leise, dass sie ihn kaum verstehen konnte, und dabei sah er zu Boden. Seine Körperhaltung zeugte davon, dass er es ehrlich meinte. Nora musste nicht lange überlegen, ob sie es sich verzeihen könnte, den Kollegen im Wagen sterben zu lassen, weil sie vor Rosen Angst gehabt hatte.

Die Kabelbinder ließen sich nicht mit bloßen Händen öffnen, dafür benötigte sie eine Schere oder etwas Ähnliches. Nora hantierte an der Kofferraumklappe, aber die ließ sich ebenso wenig öffnen wie die Türen. Der Spaten löste schließlich auch dieses Problem. Mit der Zange, die sich im Täschchen mit Notwerkzeug befand, knipste sie schließlich die Fesseln durch. Rosen verrichtete im Regen sein Geschäft an einem Baum, dann nahm er ihr den Spaten ab und hebelte an der Tür. Mit einem Knacken löste sich die Sperre, die Tür bewegte sich ein paar Zentimeter. Unter Einsatz all seiner Kraft bog Rosen die Tür auf. Zu zweit hievten sie Martinez behutsam aus dem Wagen, die Füße voran, was am einfachsten war. Schließlich hob Rosen den Verletzten hoch und trug ihn zum Haus.

Er brachte ihn die Treppe hinauf, drückte die Klinke seiner Zimmertür herunter und legte den Mann auf das Bett. Nora öffnete vorsichtig Martinez' Jacke, zog ihm Hose und Schuhe aus und deckte ihn zu. Nach wie vor war der Mann nicht ansprechbar und bleich wie der Tod, doch immerhin atmete er.

Nora hängte das Pistolenholster über die Stuhllehne. Es war leer. Vorsichtig sah sie sich nach Rosen um, der in seinem Kleiderschrank kramte. Hatte er die Waffe an sich genommen? Nein, vermutlich war das Holster aufgerissen, als Rosen den Mann aus dem Wagen gezogen hatte. Die Waffe musste irgendwo im Fußraum liegen. Sobald der Sturm nachgelassen hatte, würde sie sie sicherstellen.

*

Einige Minuten lang ertönte das Freizeichen, es klickte, dann erfolgte das Besetztzeichen der Rettungsleitstelle. Das gleiche Ergebnis beim nächsten Versuch und beim übernächsten. Nora beobachtete den Sturm, der unvermindert wütete; immer wieder krachte etwas gegen die Hauswand. Kurz nachdem sie den Polizisten aus dem Auto geborgen hatten, hatte ein weiterer ohrenbetäubender Knall den Wald ringsum erschüttert, gefolgt von einem dumpfen Aufschlag. Wie es aussah, hatte der orkanartige Sturm Geschmack daran gefunden, Bäume zu entwurzeln.

In einer Nacht wie dieser war es kaum verwunderlich, dass die Telefonleitungen überlastet waren. Als einzige Lösung blieb, es unverdrossen weiter zu probieren. Nach dem gefühlten hundertsten Anruf gab ihr Handy einen Warnton von sich: Der Ladestandsanzeiger war auf einen von fünf Balken geschrumpft. Lange würde der Saft nicht mehr reichen. Und ein Ladegerät hatte Nora, die nur eine Einladung zum Abendessen angenommen hatte, nicht bei sich. Eines von der Sorte, die an den Zigarettenanzünder angeschlossen wurden, befand sich im Handschuhfach des Minis. Aber der Wagen stand auf der anderen Seite des umgestürzten Baums und in dieser Nacht würde sie keinen Schritt mehr hinauswagen.

Nora fielen vor Müdigkeit beinahe die Augen zu. Seit halb sieben war sie ununterbrochen auf den Beinen, die Ereignisse des Abends waren anstrengend genug für drei Tage Schlaf, sie fühlte sich völlig ausgelaugt. Das schummerige Kerzenlicht, mit dem sie wenigstens während des Stromausfalls ein bisschen Helligkeit erzeugen konnten, tat sein Übriges. Immer wieder öffnete Nora kurz das Fenster, um zur Erfrischung ihr Gesicht in die kalte Luft zu halten. Aber sobald sie sich neben den verletzten Polizisten ans Bett setzte, um Wache bei ihm zu halten, fiel ihr nach wenigen Sekunden der Kopf auf die Brust.

Eine Hand berührte ihre Schulter.

»Wollen Sie sich hinlegen?«, fragte Rosen einfühlsam.

Nora gähnte und streckte sich, rieb sich die Augen. »Jemand muss einen Notarzt rufen. Bis jetzt war dauernd besetzt.«

»Ich kann das für Sie machen. Sie sollten schlafen.«

»Ich weiß nicht …« Konnte sie Rosen trauen? Die Vorstellung, dass er sich nur freundlich stellte und sie im Schlaf überwältigte, ließ sich nicht ganz aus ihrer Vorstellung verbannen. Doch auf diesem Stuhl würde sie binnen zehn Minuten sowieso wieder einschlafen. Da zog sie es doch vor, im weichen Federbett ermordet zu werden. Sie drückte Rosen das Handy in die Hand.

»Ich vertraue Ihnen. Enttäuschen Sie mich nicht.«

Er antwortete mit einem kindlichen Lächeln. »Ich gebe Ihnen Bescheid, wenn ich durchkomme.«

Der Bewusstlose atmete schnell und flach. Nora betete, dass er die Nacht überstehen möge. Bevor das Wetter sich gebessert hatte, war es sowieso illusorisch, dass ein Rettungswagen zur *Schreckenmühle* durchkam.

Im Erdgeschoss, zwischen Wirtschaftsraum und Badezimmer, gab es ein Gästezimmer, kaum mehr als acht oder neun Quadratmeter groß. Darin stand ein Klappsofa, im Schrank gab es Wolldecken und ein Kissen. Die Sachen waren frisch gewaschen, Lefeber hatte sich vor einer Weile auf Noras Anregung hin darum gekümmert. Dabei hatte sie nicht sich selbst als Übernachtungsgast im Sinn gehabt, sondern Neumann, den Bewährungshelfer, der immer mal wieder jammerte, die Strecke nach Scheelbach sei ihm für einen kurzen Besuch zu weit.

Nora richtete im Schein einer Kerze das Bett und schlüpfte unter die Decke. Sie war todmüde. Inzwischen vielleicht sogar *zu* müde zum Schlafen. Gab es so etwas überhaupt? Nachdem sie das Kerzenlicht ausgeblasen hatte, wälzte sie sich unruhig auf der durchgelegenen Matratze, schließlich lag sie völlig genervt auf dem Rücken und starrte die Decke an, wo ein kleines rotes Lämpchen regelmäßig blinkte. Eins, zwei, drei … bis fünfundsechzig zählte sie, dann blinkte die Lampe erneut auf. Vermutlich war das Intervall auf eine Minute eingestellt. Sie zählte weiter mit, bis sie die Wut in sich aufsteigen spürte.

Vor einem Augenblick war sie noch vor Erschöpfung auf einem Stuhl weggenickt, und jetzt, wo sie in einem richtigen

Bett mit Kopfkissen und Decke lag, konnte sie wegen eines roten Blinklichts nicht einschlafen!

Sie musste die Batterie aus dem Rauchmelder entfernen. Nur für heute Abend. Wenn das Lichtsignal aufhörte, würde sie schlafen können. Falls das Haus in Brand geriet, würde sie am Rauch ersticken – egal, ihr Schlaf war jetzt wichtiger. Nora zündete die Kerze wieder an und stellte sich auf die Matratze. Die Decke im Haus war, wie üblich bei Bauernhäusern, die mehrere Jahrhunderte auf dem Buckel hatten, höchstens zwei Meter zehn hoch. Mit ausgestreckten Fingern bekam sie den unteren Teil des Rauchmelders zu fassen und drehte ihn los. Die Abdeckung fiel aus ihrer Fassung, entglitt ihrer Hand und fiel aufs Bett und mit ihr einige höchst seltsame elektronische Komponenten.

Nora sammelte die Teile ein, die sie in der leeren Plastikhülle deponierte. Sie stutzte. Mit Rauchmeldern kannte sie sich nicht aus, aber das Teil, das nun ganz oben auf den Bauteilen lag, gehörte ganz sicher nicht zur üblichen Ausstattung von Brandschutzsystemen.

Es war eine Minikamera, da gab es keinen Zweifel; ähnliche Geräte hatte sie in ihrer Ausbildung zu Gesicht bekommen. Im Schein der Kerze betrachtete sie das elektronische Bauteil von allen Seiten und dachte: Wer installiert Kameras in diesem Haus und warum?

Eigentlich gab es darauf nur eine Antwort. Nora warf sich eine Jacke über und eilte durch den Flur ins Wohnzimmer hinüber, wo der Kollege mit der Schnittverletzung auf einem Sofa schlief.

Sie rüttelte ihn wach und hielt ihm die Plastikverkleidung des Rauchmelders hin.

»Gehört das auch zu Ihrer Überwachungsstrategie?«

Verwirrt richtete er sich auf und blinzelte sie im Halbschlaf an. »Ich verstehe nicht?«

»Diese Miniaturkameras.« Nora deutete auf ein ähnliches Exemplar an der Wohnzimmerdecke.

»Das sind Brandschutzmelder«, entgegnete der Polizist.

»Nein, sind sie nicht. Sie sehen so aus, aber in Wirklichkeit ist das ein Videoüberwachungssystem.«

Als wäre ihr die Bedeutung ihrer Worte erst jetzt klar geworden, begab sie sich in den Flur, in die Küche, ins Esszimmer. Außer in den Sanitärräumen fand sie an allen Decken identische Geräte.

»Big Brother is watching you«, sagte Nora fassungslos.

»Wenn das wirklich versteckte Kameras sind, stammen sie nicht von uns«, verteidigte sich der Kollege.

»Sind Sie da sicher?«

»Das hätte man uns mitgeteilt. Gibt es da nicht so eine Fernsehshow? Vielleicht sind die vom Privatfernsehen.«

Nora stockte der Atem. War das möglich? Statt mühsam draußen im Dreck auf der Lauer zu liegen, installierte irgendein Unterschichtensender einfach Kameras in allen Räumen im Haus und sendete vierundzwanzig Stunden lang? *Schreckenmühle-TV?*

Nora richtete den Blick zur Decke. Sie streckte die Zunge heraus. »Nach der Werbung sind wir wieder für Sie da.«

Sie wollte lachen, aber das Lachen blieb ihr im Halse stecken. Die Presse hatte sich nicht eigenmächtig Zutritt zum Haus verschafft. So weit würden nicht einmal diese Schmierfinken gehen. Die Installation der Kameras konnte nur mit Zustimmung des Eigentümers erfolgt sein.

Im nächsten Augenblick machte sie einen Rundgang durchs Haus, weckte Tibursky und Lefeber, demontierte alle Rauchmelder unter den verdutzten Augen der Männer und kehrte wieder ins Wohnzimmer zurück.

O Gott, hatte Bruno sie und ihre Schützlinge etwa an die Presse verkauft? War das der Grund, warum er sich in der letzten Zeit so rar machte? Finanzierte er auf diese Art seinen kostspieligen Lebensstil und die teure Wohnung?

Nora konnte sich das beim besten Willen nicht vorstellen. Aber er *musste* von den Kameras gewusst haben.

»Vielleicht ist die Überwachung vom LKA angeordnet und Sie sind gar nicht involviert?«, machte sie einen letzten Versuch für Brunos Rehabilitation.

»Möglich. Kommt mir aber komisch vor. Für so etwas braucht man einen richterlichen Beschluss«, erwiderte der Kollege und gähnte.

Sie musste dringend jemanden beim Landeskriminalamt kontaktieren, irgendjemanden, der ihr zuverlässig Auskunft geben konnte.

Bildüberwachung war ein extremer Eingriff in die Privatsphäre, der einem Richter gegenüber *sehr* überzeugend begründet werden musste. Und über diesen Grund wollte Nora mehr erfahren.

Im Moment fiel ihr nur ein einziger Mensch ein, den sie um halb drei Uhr nachts mit diesem Problem behelligen konnte. Nora nahm das Handy wieder an sich, ging mit klopfendem Herzen ins Gästezimmer und wählte seine Nummer.

*

Trotz der nachtschlafenden Zeit nahm Gideon Richter beim dritten Klingeln ab. Berufskrankheit – vermutlich hatte er mit dem Handy neben dem Bett geschlafen.

»Nora! Ist dir was passiert? Wo bist du?«

»Ich sitze in Scheelbach fest.«

»Wo?«

»Im Spessart. Bei den drei Typen, die mich zum Abendessen eingeladen haben.«

»Bist du okay? Soll ich kommen und dich holen?«

»Bleib, wo du bist, mir geht es gut«, beruhigte Nora ihn und blickte zum Wohnzimmersofa hinüber.

»Aber ich habe hier zwei Verletzte: Ein Polizist ist bei einer Auseinandersetzung mit Rosen an der Hand verletzt worden, er hat Blut verloren. Den anderen hat Rosen aus dem Auto gezogen, das unter einem umgestürzten Baum eingeklemmt war.«

Sie hörte Rascheln und Knacken in der Leitung.

»Ich komme sofort – keine Widerrede. Und die Kavallerie bringe ich am besten gleich mit.«

»Gideon, das ist sinnlos, im Moment ist hier kein Durchkommen. Ich vermute, der Sturm hat noch mehr Bäume im Wald umgeworfen, mindestens einer versperrt den Zugang zur *Schreckenmühle.* Du musst mir einen Gefallen tun.«

»Schieß los.«

»Erstens: Ich komme nicht zur Leitstelle durch. Da ist dauernd besetzt. Du hast sicher bessere Möglichkeiten. Sie sollen eine Ambulanz mit Notarzt schicken.«

»Ich kümmere mich darum.«

»Meine zweite Bitte ist etwas heikler.« Nora wog die Plastikabdeckung des Rauchmelders in der Hand.

»Bist du noch dran, Nora?«

»Entschuldige. Jemand hat das komplette Haus verwanzt, Gideon. Mit Videokameras. Ich weiß nicht, ob es noch andere Abhörgeräte gibt.«

Gideon schwieg verdächtig lange.

»Weißt du etwas davon?«, fragte Nora.

»Wovon? Dass deine schweren Jungs überwacht werden? Ich bin bei der Kripo, Nora, nicht beim Mobilen Einsatzkommando – schon vergessen?«

»Tut mir leid, das war eine dumme Frage.«

»Frag deine Kollegen vor Ort.«

»Die sagen, sie wissen von nichts. Hast du nicht zufällig einen Kontakt beim LKA, mit dem du dich gleich am Montag in Verbindung setzen könntest?«

»Die Geräte sind nicht von der Polizei. Du weißt genauso gut wie ich, dass es beinahe unmöglich ist, für solche Aktionen eine Genehmigung zu bekommen. Außer …«

»Außer was?«

Noras Spannung wuchs.

»Außer einer von denen weiß etwas, was für uns extrem nützlich ist.«

»Was könnte das sein?«

»*Du* bist die Gutachterin, Frau Winter, beantworte dir die Frage gefälligst selbst.«

»Das sind keine Terroristen, Gideon, sondern Einzeltäter, die fünfundzwanzig Jahre im Gefängnis gesessen haben. Die wissen oder haben nichts, was für uns von Interesse sein könnte.«

»Ich würde an deiner Stelle noch mal in mich gehen«, sagte Gideon.

Sie schwiegen eine Weile.

Ein Piepton signalisierte Nora, dass sich ihre Batteriekapazität dem Ende zuneigte.

»Frag doch mal deinen schönen Bruno«, sagte Gideon hämisch.

»Was für einen Grund sollte Bruno haben, die Männer zu bespitzeln?«

»Keine Ahnung, Nora. Was für einen Grund hat Herr Albrecht, den großen Wohltäter zu spielen?«

»Nächstenliebe?«, entgegnete Nora trotzig, merkte aber im selben Moment, dass ihre Worte etwas pathetisch klangen.

»Ach ja, Nächstenliebe! Oder ihn verbindet eben doch mehr mit den Männern als Hilfsbereitschaft.«

»Weißt du etwas, was ich nicht weiß, Gitte?«

»Nein, das war nur so eine Idee.«

Nora spürte Zorn in sich aufwallen. »Du kannst ihn nicht leiden. Darum versuchst du jetzt, ihn mit deinen abwegigen Spekulationen schlechtzumachen.«

»Du willst ja gar nicht genau hinschauen. Weil du Angst vor dem hast, was du finden könntest.«

»Und du bist eifersüchtig.«

Gideon lachte auf. »Klar. Kann ich sonst noch etwas für dich tun?«

»Frag beim LKA wegen der Überwachung nach.« Nora

spürte die Schweißperlen über ihrer Oberlippe, die einen Wutanfall ankündigten.

»Mach ich. Auch wenn ich mich dadurch zum Gespött der Kollegen mache. Aber wenn du erlaubst, nehme ich morgen früh auch deinen Bruno unter die Lupe.«

Nora stampfte wütend mit dem Fuß auf. Tibursky sah neugierig durch die Tür herein.

»Das lässt du schön bleiben, Gitte. Wenn du das in die Hand nimmst, weiß ich von vornherein, was dabei herauskommt.«

»Dann wünsche ich dir eine gute Nacht. Ich rufe jetzt in der Leitstelle an und organisiere dir ärztliche Hilfe.«

Nora atmete tief durch und bedankte sich.

»Schönen Gruß von Ceyda soll ich dir übrigens ausrichten.«

Sie erstarrte zur Salzsäule. »Heißt das, du bist bei uns zu Hause?«

Heiseres Kichern im Hintergrund.

»Nein, Ceyda ist bei mir.«

Das hatte er absichtlich gemacht, der Mistkerl. Er legte es darauf an, sie zu demütigen. Aber worüber beschwerte sie sich überhaupt? Immerhin war sie es gewesen, die die beiden zusammengebracht hatte.

»Beeil dich mit dem Notarzt. Ich weiß nicht, wie schwer der eine der beiden verletzt ist.«

»Ich warte nur darauf, dass du auflegst.«

Kannst du haben, du Idiot, dachte Nora und drückte Gideon weg. Nun wusste sie nicht, über wen sie sich mehr ärgern sollte, über ihren Freund und Exkollegen Gitte oder über sich selbst. Wenn sie ehrlich war: Etwas war an seiner Vermutung dran, auch wenn sie sich schwertat, das einzugestehen.

Lefeber tauchte in ihrem Blickfeld auf. »Kaffee?«, fragte er leise.

»Haben wir wieder Strom?«, sagte Nora.

»Nein, ich habe den Holzherd in der Küche eingeheizt.«

»Im Moment lieber nicht. Ich habe sowieso schon Probleme mit dem Einschlafen.«

Lefebers Blick blieb auf dem Elektroschrott haften, den sie auf dem Tisch angehäuft hatte. Er trug einen braunen Morgenmantel mit dem Logo *bruno by b*.

Nora stieß die Luft durch die Zähne aus. In diesem Haus war Brunos Präsenz anscheinend allgegenwärtig. Sie wartete, bis Lefeber wieder aus dem Zimmer verschwunden war, um Kaffee zu holen. Entschlossen suchte sie Brunos Nummer in der Kontaktliste und wählte. Drei Uhr morgens hin oder her, bei Gideon hatte sie schließlich auch keine Skrupel gehabt.

Sie wurde auf den Anrufbeantworter weitergeleitet, auf dem sie lediglich ein knappes »Ruf mich zurück. Dringend!« hinterließ. Nervös fing sie an, im Raum auf und ab zu laufen. Der Kollege mit der Handverletzung drehte sich zur Seite und hielt sich das Kissen über das Gesicht. Gideons Saat begann aufzugehen. Ihn noch einmal anzurufen und sein Angebot anzunehmen, dafür war sie zu stolz. Und sich dessen bewusst. Sie musste jemand anderen finden, der Albrecht unauffällig durchleuchtete.

Martin Kanther nahm ebenfalls beim dritten Klingeln ab.

»Schläfst du etwa auch mit dem Telefon neben dem Bett?«, fragte Nora.

»Ich arbeite«, antwortete Kanther entrüstet. »Die GdF und Fraport verhandeln die ganze Nacht über neue Tariflöhne und ich berichte vor Ort. Ich sage dir, Nora, es gibt keinen deprimierenderen Ort auf der Welt als einen wegen Unwetter geschlossenen Flughafen.«

O doch, den gibt es, dachte Nora. »Ich möchte dich um einen Gefallen bitten«, sagte sie.

»Okay.« Kanther zog das Wort in die Länge wie einen ausgelutschten Kaugummi.

»Ich will alles über einen gewissen Bruno Albrecht wissen, Tierarzt in Bockenheim.«

»Moment, ich schreib's auf.« Sie hörte ihn herumwerken. »Was ist mit ihm?«

»Das ist der Mann, dem die Unterkunft der drei Sicherungsverwahrten im Spessart gehört.«

Kanther schwieg eine Weile. »Du bist gerade dort, oder?«

»Richtig.«

»Ist etwas passiert?«

»Ja, aber ...«

»Krieg ich die Story exklusiv?«

»Es gibt keine Story.«

»Es wird eine geben. Sonst würdest du mich nicht nachts um drei anrufen.«

Nora lachte müde. »Sollte es eine geben, darfst du mich löchern.«

»Exklusiv klingt anders.«

»Bitte, Martin. Kannst du das für mich machen?«

Ein letzter Piepton, dann brach die Verbindung ab. Das Display des Handys verabschiedete sich. Nora drückte ein paar Tasten, aber es blieb tot.

Verdammt – jetzt konnte sie hier sitzen und warten, ohne zu wissen, ob und wann ein Rettungswagen kommen oder ob Martin Kanther ihr den gewünschten Gefallen erweisen würde.

Viertel nach drei. Sie hatte den Eindruck, dass der Sturm nachließ. Nora schlich wieder ins Gästezimmer zurück und legte sich hin. Diesmal schlief sie sofort ein.

Samstag, 30. November

Um acht Uhr am nächsten Morgen hatten sich alle außer dem Polizisten in Rosens Bett, der nach wie vor bewusstlos war, im Wohnzimmer versammelt. Lagebesprechung.

»Wir können nicht länger warten«, sagte Nora. »Der Mann braucht dringend einen Arzt. Außerdem haben wir keinen Strom und kein Telefon, denn der Akku meines Handys ist leer.«

»Es gibt noch ein Diensthandy im Handschuhfach des Einsatzwagens«, sagte der Kollege.

»Na toll, und warum erfahre ich das erst jetzt?«, sagte Nora.

»Sie haben nicht gefragt.«

»Nach unserer Besprechung werde ich das Telefon holen«, sagte Nora.

»Warum kommt der Notarzt nicht?«

»Keine Ahnung. In der Nacht habe ich einen Kollegen angerufen und gebeten, Druck zu machen. Ich selbst bin nicht durchgekommen, die Leitungen waren wegen des Unwetters total überlastet. Vermutlich sind wir nicht die Einzigen, die Hilfe benötigen.«

»Sollen wir ihn nach Scheelbach bringen? Wir können eine Trage bauen«, schlug Rosen vor.

»Ich will nichts riskieren und ich bezweifle, dass der Mann transportfähig ist«, wehrte Nora ab.

»Jemand muss ins Dorf laufen und Hilfe holen«, sagte Lefeber.

»Des kann isch mache«, bot Tibursky an. »Isch kenn einische Weesche, die nebe der Straße verlaafe.«

Der Polizist zog die rechte Augenbraue hoch, sagte aber nichts. So wurde beschlossen, Tibursky ins Dorf zu schicken. Nora und er brachen gemeinsam auf, trennten sich jedoch am Einsatzwagen. Tibursky verschwand im Gestrüpp, um nach Scheelbach zur Telefonzelle zu laufen. Nora fischte das Handy aus dem Auto, wobei sie sich verbiegen musste wie eine Kontorsionistin, um unter dem eingedrückten Dach an das offene Handschuhfach zu gelangen.

Dann hielt sie nach der fehlenden Dienstwaffe Ausschau. Nachdem sie eine halbe Stunde lang alle zugänglichen Ecken und Winkel des demolierten Wagens durchsucht hatte, musste sie aufgeben. Die *Heckler & Koch P30* lag weder auf dem Wagenboden noch in der unmittelbaren Umgebung, wie sie gehofft hatte. Dass die Waffe verschwunden war, machte ihr Sorgen. Aber vielleicht war das Ding auch nur an eine für sie unzugängliche Stelle gerutscht.

Zurück im Haus stellte sich heraus, dass nur der bewusstlose Martinez die PIN-Nummer zum Entsperren des Diensthandys kannte. Immerhin hatte Nora dann den Geistesblitz, ihre eigene SIM-Karte einzulegen.

Nachdem sie eingeschaltet hatte, dauerte es eine Weile, bis die Verbindung hergestellt war. Doch dann gingen die Nachrichten im Sekundentakt ein.

Vierzehn verpasste Anrufe, acht Nachrichten auf der Mailbox, eingegangen zwischen fünf und sechs Uhr morgens. Hauptsächlich der Rettungsdienst. Sie hatten nur eine ungenaue Wegbeschreibung und konnten die *Schreckenmühle* nicht finden. Nora rief umgehend zurück.

*

Das Warten strengte Nora mehr an als das Chaos der vergangenen Nacht. Sie wartete auf Tiburskys Rückkehr, auf den Rettungsdienst, auf Martin Kanthers Rückruf, auf Strom. Und insgeheim wartete sie auf eine verräterische Bemerkung von Rosen oder darauf, dass er plötzlich mit einer geladenen Pistole vor ihr stand. Der Sturm war am Vormittag abgeklungen, was Nora zu der Überlegung veranlasste, ob sie auf eigene Faust aufbrechen solle. Doch sie wollte die beiden verletzten Polizisten nicht mit Rosen und Lefeber alleine lassen. Nicht jetzt, wo sich möglicherweise eine Waffe im Besitz der Männer befand.

Den Morgen nutzten Rosen und sie, um Ordnung im Esszimmer und in der Küche zu schaffen, wo Rosen den größten Schaden angerichtet hatte. Das zerbrochene Fenster reparierten sie notdürftig mit Pappkarton, beim Entsorgen eines zerbrochenen Weinglases schnitt Nora sich zu allem Überfluss in den Zeigefinger. Einen Abzug durchziehen konnte sie nun also auch nur noch unter Schmerzen. Shit happens.

Lefeber hatte den Auftrag erhalten, bei dem Bewusstlosen in Rosens Zimmer zu wachen, aber als Nora nach oben ging, um ihn abzulösen, war er verschwunden. Auch das Klopfen an seiner eigenen Tür verhallte ungehört. Hatte er die Flucht ergriffen?

Nora öffnete leise die Tür. Das Zimmer war leer, das Bett gemacht und mit einer Tagesdecke überzogen, auf der sorgfältig zusammengefaltet Lefebers Schlafanzug lag. An der Wand standen zwei Staffeleien, mit Bettlaken verhüllt. Nora dachte daran, was Lefeber gestern Abend (war es wirklich erst gestern Abend gewesen?) zu ihr gesagt hatte: Er wünsche sich nichts mehr, als die Zeichenklasse am Städel zu besuchen.

»Herr Lefeber?«

Nichts. Keine Antwort aus dem Bad, außer ihr und Martinez schien sich keine Menschenseele mehr hier oben zu befinden, und bei letzterer war sie sich nicht mal hundertprozentig sicher. Sie spähte über das Treppengeländer ins Erdgeschoss. Niemand. Also kehrte sie in Lefebers Zimmer zurück.

Ohne eine bewusste Entscheidung zu treffen, fand sie sich plötzlich vor einer der Staffeleien wieder. Nach einem letzten prüfenden Blick zur Tür hob sie einen Zipfel des Bettlakens an.

Ein junger Mann in Öl.

Weiche Züge, doch eher erwachsen als kindlich. Blonde Locken, Röte auf den rundlichen Wangen, ein laszives Lächeln auf den vollen Lippen. Das Gesicht kam Nora seltsam bekannt vor. Aber sie kam nicht darauf, wo oder wann sie es schon einmal gesehen hatte.

Der Junge auf dem Bild war nackt. Er lag, die Hand lässig unter den Kopf geschoben, sodass Torso und Oberarme gut zur Geltung kamen, auf einem Bett aus Herbstblättern. Sein

Penis lag schlaff auf der Seite, Brust und Schambereich waren nur spärlich behaart.

Nora missfiel der Gedanke, aber auf sie wirkte das Bild erotisch. Allein die Tatsache, dass Lefeber es gemalt hatte, weckte ein unbehagliches Gefühl in ihr. Doch sie war schon viel zu weit gegangen. Abrupt ließ sie das Laken fallen, als ihr bewusst wurde, dass sie Lefebers Privatsphäre verletzt hatte. Sie drehte sich um, in der Absicht, den Raum zu verlassen.

Lefeber stand in der Tür. Er blickte sie durchdringend aus seinen grünen Augen an.

»Kann ich Ihnen helfen?«

Noras Kehle war wie zugeschnürt. Das hätte unter keinen Umständen passieren dürfen.

»Ich … verzeihen Sie, ich hätte das nicht tun sollen.«

»Haben Sie gefunden, wonach Sie gesucht haben?«, entgegnete Lefeber kühl.

»Ich habe Sie gesucht. Als ich die Bilder sah, war ich neugierig, woran Sie arbeiten.«

»Jetzt wissen Sie es.«

Lefeber kam auf sie zu; sie wich aus, um zur Zimmertür zu gelangen. Sie traute sich nicht, ihm den Rücken zuzukehren.

»Wie gesagt, es tut mir leid.«

Lefeber fuhr mit der Hand zärtlich über die Staffelei.

Nora hatte die Tür erreicht. »Wer ist der Junge auf dem Bild?«

»Niemand Bestimmtes. Ein Archetyp.«

»Er wirkte irgendwie vertraut.«

»Das wird jeder sagen, der das Bild ansieht. Das ist der Trick an der Sache.«

»Malen Sie solche Motive aus dem Gedächtnis?«

Lefeber hielt einen Moment inne, dann lächelte er. »Ich hatte ein Modell.«

Sag, dass das nicht wahr ist, betete Nora im Stillen.

Als Reaktion auf ihren erschrockenen Blick öffnete Lefeber seinen Schrank und holte eine Pappschachtel hervor. Er griff hinein und legte ein paar rot und braun verfärbte Blätter auf seinen Nachttisch. Auf diese bettete er etwas, das Nora zum letzten Mal vor fast zwanzig Jahren selbst besessen hatte: Ken, Barbies Freund. Etwas weniger lässig als der Junge auf dem Bild hatte er die Hand hinter den Kopf geschoben und eine ganz ähnliche Pose eingenommen. Mit schwarzen Linien hatte Lefeber Muskeln auf den glatten Puppenkörper konturiert. So glich Ken eher einem anatomischen Anschauungsobjekt als einem Kinderspielzeug.

Lefeber sah sie herausfordernd an. *Reicht das zu meiner Verteidigung?*

»Hatten Sie den schon im Gefängnis?«

»Nein, das hat man mir nicht erlaubt. Ich habe ihn in der Zeit, während wir im Altersheim untergebracht waren, in Frankfurt gekauft.«

Nora atmete auf. Sie wollte so schnell wie möglich das Thema wechseln. »Warum waren Sie nicht bei Martinez? Jemand sollte ständig bei ihm sein.«

»Ich habe Holz geholt, weil im Haus keins mehr war. Dann wollte ich Suppe kochen. Herr Martinez ist hungrig.«

Ihr Puls beschleunigte sich. »Heißt das, er ist wach?«

»Vor zehn Minuten war er es.«

»Mein Gott, und das sagen Sie mir erst jetzt?«

Nora stürmte hinaus und in Rosens Zimmer. Martinez wandte ihr den Kopf zu und lächelte erschöpft.

*

Kiefer hatte mal wieder dafür gesorgt, dass es ausreichend Getränke gab: Freibier für die Männer, Sekt für die Frauen, Obstbrand für alle. Er beabsichtigte, im Gemeindehaus eine alkoholschwangere Atmosphäre zu fördern – aggressiv genug, um den Stein endlich ins Rollen zu bringen.

Draußen brach die Sonne durch die Wolken. Es war kalt, aber beinahe windstill.

Hinter Kiefers Rücken warf der Projektor Bilder von Timm an die Wand: Timm im Kinderwagen, Timm mit Schultüte, Timm hinter der Theke der Bäckerei, ausgelassen lachend. An ihre eigenen Kinder musste Kiefer die Anwesenden nicht erinnern: Das besorgten die selbst gemalten Bilder, die mit Namen wie *Leonie, 5* und *Anna-Lisa, 6* unterzeichnet waren und Farbe an die Wände zauberten. Ihr Anblick verursachte bei den Scheelbachern eine Gänsehaut: Schlimm genug, dass Timm unauffindbar war, aber wer würde das nächste Kind sein, das spurlos verschwand? Anna-Lisa? Leonie? Denn dass die Männer in der Mühle etwas mit Timms Verschwinden zu tun hatten, daran gab es für die Versammelten spätestens ab dann keinen Zweifel mehr, als Kiefer beiläufig bemerkte, dass sich der verurteilte Sexualstraftäter mit Timm angefreundet hatte.

Kiefer war zufrieden. Angst war ein starkes Motivationsinstrument, und das würde er brauchen, um die Leute zum Marsch auf die *Schreckenmühle* zu bewegen. Denn ihm reichte es endgültig. Wenn die bisherigen Maßnahmen nicht ausreichten, um diese Parasiten zu vertreiben und das Haus wieder in seinen Besitz zu bringen, musste Scheelbach eben kurzen Prozess machen.

Während er sprach, lief die ›Timm-Show‹ im Hintergrund weiter. Mette saß mit verheulten Augen ganz vorne und schnäuzte sich lautstark. Kiefer klärte seine Schäfchen über den Stand der Dinge auf: Timm war seit über vierundzwanzig Stunden abgängig, einen besonderen Anlass dafür habe es nicht gegeben. Die Polizei werde nicht einschreiten, weil Timm, obwohl geistig behindert, volljährig sei und keine Betreuung brauche.

Kopfschütteln und aufgebrachte Zurufe im Saal. Man schimpfte über die Polizei, die ja immerhin von Steuergeldern bezahlt wurde.

Es gebe gute Gründe anzunehmen, Timm werde in der *Schreckenmühle* gefangen gehalten. Welche Gründe das genau waren, darüber ließ er seine Zuhörer im Unklaren. Aber das erübrigte sich. Denn die Ersten ließen sich bereits zu Hasstiraden hinreißen.

Nun müsse man die Sache selbst in die Hand nehmen, wenn man den Jungen lebend wiedersehen wolle.

Klatschen und finstere Blicke unter den anwesenden Herren, erste Tränen bei den Damen.

In einer dramatischen Szene erklärte Mette vor der Dorfgemeinschaft, sie spüre, dass ihr Sohn noch am Leben sei. Sie flehte ihre Nachbarn um Hilfe an. Timm sei alles, was sie habe, wenn ihm etwas zugestoßen sei ...

Spontan sprangen einige Frauen auf und nahmen Mette in den Arm.

»Alle, die mithelfen wollen, Timm zu suchen, finden sich in einer halben Stunde hier ein«, sagte Kiefer und sah jedem männlichen Wesen im Saal direkt in die Augen. »Und nehmt etwas zur Verteidigung mit«, fügte er mit drohendem Unterton mit. »Wir wissen nicht, ob diese Leute bewaffnet sind.«

Außer Mettes verhaltenem Schluchzen war es totenstill im Saal.

Ein Schlüsselbund fiel zu Boden.

Dann schrie jemand: »Da ist ja einer von diesen Schweinen!«

Und tatsächlich: Vor dem Fenster des Gemeindehauses, keine zehn Meter entfernt, lief genau derjenige der drei Männer vorbei, dem Tobin Kiefer und Henk Wawerzinek im Wald Angst gemacht hatten. Diesmal hatte er keine Zielscheibe auf dem Rücken. Das war auch gar nicht nötig.

Die ersten Scheelbacher rannten bereits zum Ausgang.

Tobin Kiefer schaltete lächelnd den Projektor aus.

Die Jagd hatte begonnen.

*

Tibursky musste dringend telefonieren. Einfach an einem der Häuser zu klingeln und darum zu bitten, das Telefon benutzen zu dürfen, so wie es ein Hilfesuchender getan hätte, wagte er nicht – seit dem Dorffest stand das außer Frage. Falls er sich recht erinnerte, befand sich neben der Gemeindehalle eine Telefonzelle, von der aus er Polizei und Rettungswagen organisieren konnte. Hoffentlich funktionierte sie auch.

Die Tür der Gemeindehalle wurde aufgerissen und Tibursky sah mehrere Männer auf sich zu stürmen. Völlig perplex blieb er stehen – wollten diese Leute zu *ihm?* Suchend blickte er sich um, doch er war der Einzige, der gemeint sein konnte. Der Gesichtsausdruck der Männer verhieß nichts Gutes. Instinktiv gab Tibursky Fersengeld.

Er war in Form, seine Verfolger dagegen kaum. Dank der Waldläufe und dem stundenlangen Aufenthalt an der frischen Luft war sein Körper durchtrainiert, anders als die meisten Scheelbacher hatte er kaum Speck auf den Hüften. Tibursky war schnell, dafür waren seine Verfolger in der Überzahl. Ohne lange nachzudenken, schlug er den Weg zur Hauptstraße ein, zurück in Richtung Brauerei, zurück in den Wald. Im Ort kannte er sich kaum aus, dort war er Freiwild, doch im Scheelbacher Forst konnte er sich leicht irgendwo verstecken.

Während des Laufs warf er einen Blick über die Schulter, gerade noch rechtzeitig, um zu sehen, wie die Gruppe sich aufteilte und eine Hälfte in eine Seitenstraße einbog, während die andere ihm nachsetzte. Sie versuchten, ihm den Weg abzuschneiden. Er legte einen Zahn zu. Wenn er vor ihnen den Waldrand erreichte, hatte er eine Chance.

Die Straße, die sich am Ende des Weilers in einen Feldweg verwandelte, führte nicht schnurgerade in den Forst, sondern machte einige kleine Bögen; ein Umweg, aber querfeldein über den aufgepflügten Ackerboden zu laufen, würde ihn Zeit kosten. Er lief bereits am Limit: Das Herz schlug ihm bis zum Hals und beim Atmen spürte er Nadelstiche in der Lunge. Sein T-Shirt klebte am Oberkörper.

Der Asphalt ging in Schotter über. Einmal rutschte er auf dem unebenen Untergrund aus und fiel beinahe hin, konnte sich aber im letzten Moment fangen. Das Schnaufen seiner Verfolger wurde leiser, er hatte sie wohl abgehängt. Das Gewicht, das auf seiner Brust lastete, fühlte sich ein wenig leichter an.

Etwa dreihundert Meter vom Waldrand entfernt registrierte er aus dem Augenwinkel eine Bewegung. Ein Pick-up mit mehreren Männern auf der Ladefläche raste auf einem quer verlaufenden Feldweg direkt auf ihn zu. Die Insassen, die hin und her geworfen wurden, klammerten sich mit vor Anstrengung verzerrten Gesichtern fest.

Seltsam, dachte Tibursky, den Weg von der *Schreckenmühle* zum Dorf bin ich schon hundert Mal gelaufen, aber dass hier ein weiterer Feldweg vom Dorf abzweigt, ist mir noch nicht aufgefallen. Bei seinem derzeitigen Tempo würde der Wagen den Waldrand vor ihm erreichen und ihm den Weg abschneiden.

Die Hinterreifen des Pick-ups drehten immer mal wieder auf dem matschigen Untergrund durch und schleuderten den Dreck meterhoch in die Luft. Noch hundert Meter. Tibursky biss die Zähne zusammen. Renn, oder willst du, dass sie dich erwischen?

Fünfzig Meter. Der Fahrer legte eine Vollbremsung hin, dass der Schotter nur so spritzte, das Gefährt rutschte quer über die Straße und drehte sich um beinahe hundertachtzig Grad, rumpelte über die Böschung in den Acker und kam zum Stehen. Tibursky hörte jemanden schreien.

Das Fahrzeug steckte mit allen vier Reifen im Ackerboden fest. Der Fahrer versuchte im Rückwärtsgang, auf den Weg zurückzugelangen, aber die Räder drehten durch. Vier Männer, einer davon der Glatzköpfige, der Tibursky gejagt hatte, sprangen von der Ladefläche und versuchten, ihn zu

Fuß zu erwischen. Einer von ihnen hatte einen schweren Zimmererhammer in der Hand, ein anderer zwei Rundhölzer, die mit einer Kette verbunden waren.

Tibursky schoss in Höhe des Wagens an ihnen vorbei. Nach wenigen Schritten hatte er den Waldrand erreicht. Fünfzig Meter weiter zweigte ein schmaler Trampelpfad ab, der ihn tief ins Gehölz führte.

Nach ein paar Minuten wurden die Stimmen hinter ihm leiser. Dann hörte er einen Fluch und wie jemand rief, man werde warten, bis die Männer aus dem Dorf und die übrigen Kameraden als Unterstützung einträfen. Dann würde man mit den Bewohnern der *Schreckenmühle* kurzen Prozess machen.

Tiburskys war vor Angst wie gelähmt und völlig erschöpft. Stolpernd blieb er stehen und versuchte, einen klaren Gedanken zu fassen.

Er musste sofort abhauen. Er wusste, wie er aus dem Wald herauskam, ohne den Männern in die Arme zu laufen. Die anderen mussten für sich selbst sorgen. Niemand würde jemals erfahren, dass er in der Lage gewesen wäre, sie zu warnen. Dann dachte er an Nora Winter und was sie für ihn und die beiden anderen getan hatte. Er dachte an Lefeber und Rosen, die er immer noch nicht als Freunde bezeichnen würde, aber auch nicht verdient hatten, von ihm im Stich gelassen zu werden. Nein, er konnte sich nicht einfach davonschleichen. Er musste zu ihnen und danach blieb immer noch genug Zeit zur Flucht.

*

Vor dem Scheelbacher Gemeindehaus spielten sich an diesem Samstagmorgen Szenen ab wie bei der Verabschiedung einer Kompanie an die Front. Frauen küssten heulend ihre Männer, die mit glasigem Blick und mit Äxten, Stöcken und einer Mistgabel bewehrt angetreten waren. Ein Flachmann machte die Runde. Väter prahlten vor ihren Söhnen, wie sie die ›Kinderklauer‹ aus dem Dorf jagen würden, die Söhne wiederum übertrafen sich in Spekulationen, welcher von den Vätern der Stärkste war und die meisten Kinderklauer verprügeln würde.

Im ganzen Ort gab es niemanden, der zur Besonnenheit aufrief. Keiner stellte Kiefers Halbwahrheiten infrage, was den Dorfvorsteher in besonderem Maß freute. Er platzte schier vor gespannter Erwartung. Seine Gedanken schweiften kurz zu seiner Browning im Kofferraum, aber der Einsatz einer Schusswaffe war bedauerlicherweise wohl nicht vonnöten. Vermutlich würden die Typen beim Anblick der Meute, die brüllend das Haus stürmte, ohne Gegenwehr das Weite suchen.

Nicht einmal die Anwesenheit der beiden Polizisten bereitete Kiefer besondere Sorgen. Adi, der Wirt des *Goldenen Kalbs*, hatte die Herren einige Wochen lang mit kostenlosem Frühstück, Mittag- und Abendessen versorgt. Anfangs hatten sie sich noch gewehrt – Vorteilsnahme im Amt hieß das im Paragrafendeutsch –, aber dann war der Geruch von Wildgulasch, Holzfällersteak und Rührei mit Speck nebst frisch gebrühtem Kaffee doch zu verführerisch gewesen. Kiefer konnte sich nicht vorstellen, dass die Polizisten die Waffe auf Adi richten würden, nicht einmal, wenn sein Furcht einflößendes Hackmesser auf einen der Exhäftlinge gerichtet war.

»Abmarsch!«, brüllte er, dem Anlass entsprechend. Der Traktor tuckerte los und die Truppe erklomm den Hänger, der sie an den Waldrand bringen würde. Kiefer selbst stieg in seinen Audi und folgte dem Gefährt. Mehr als einmal fiel fast jemand hinten herunter, vermutlich eher aufgrund des Alkoholpegels als wegen der halsbrecherischen Schaukelei. Als Kiefer an seinem Haus mit der verschlossenen Tür und dem heruntergelassenen Rollo am Küchenfenster vorüberfuhr, schlich sich ganz kurz Anna in seine Gedanken. Er konnte die Leere im Haus beinahe spüren. Dieses Problem würde er angehen, sobald die Mühle sich wieder in seinem Besitz befand.

Der Traktor wurde langsamer, es ging zum Wald hinunter. Sie ließen einen Pick-up hinter sich, der sich im matschigen Untergrund eines Rübenackers festgefressen hatte. Kurz vor dem Waldrand parkte Bauer Schlömer sein Gefährt auf einem kleinen Parkplatz mit Mülleimer und Wegkreuz. Die Kompanie stieg ab und sammelte sich am Zufahrtsweg zur Mühle.

Henk und seine Leute waren schon da. Er trug ein Käppi in Tarnfarben und Bundeswehrhosen, und seine Alkoholfahne umwehte Kiefers Gesicht, als er vor seinen Chef trat und die Hand zum militärischen Gruß an die Krempe legte. Neben ihm standen vier olivgrüne Benzinkanister.

»Was soll das?«, wollte Kiefer wissen.

»Die nehmen wir nur falls mit«, antwortete Henk mit schwerer Zunge.

»Falls was?«

»Falls sie nicht rauskommen wollen.«

»Seid ihr völlig verrückt geworden? Ihr fackelt die Mühle ab und den ganzen Wald dazu.«

»Die Ruine ist eh zu nichts mehr gut.«

»Pack die sofort weg, sage ich!«, schrie Kiefer. Speicheltropfen landeten auf Henks Wange, doch der rührte sich nicht vom Fleck.

»Sofort!«, schrie Kiefer, packte seinen Mitarbeiter an der Schulter und rüttelte ihn.

»Immer mit der Ruhe, Alter«, entgegnete einer seiner Kumpanen in Tarnkleidung, der urplötzlich neben Henk aufgetaucht war. Kiefer hatte den Mann noch nie gesehen. Er packte Kiefers Handgelenk und bog es mühelos weg.

»Das ist Kowalski«, erklärte Henk, »wir haben uns noch ein bisschen Unterstützung von außen geholt. Die Jungs haben Erfahrung mit so was.«

»Erfahrung mit was? Wir brauchen keine Unterstützung!«, empörte sich Kiefer.

»Abmarsch«, brüllte Kowalski direkt neben Kiefers Ohr. Hatte dieser Typ klammheimlich das Kommando übernommen? Hilflos sah Kiefer seinen Schäfchen nach. *Er* war es, der an ihrer Spitze marschieren musste. Eilig holte er die schwarze Nylontasche aus dem Kofferraum und trabte los. Als er vorne angelangt war, hing ihm bereits der erste Schweißtropfen von der Nase.

Nun waren sie vollständig vom Wald umschlossen. An der Spitze palaverte man aufgekratzt und räumte Hindernisse aus dem Weg, weiter hinten erhoben sich die Stimmen von Henks Gesangsbrüdern zu einem Kampflied.

Man reckte die Hälse, Kiefer zuckte zusammen, doch niemand hielt an oder gebot den Sängern Einhalt.

Die Truppe ließ einen am Wegrand abgestellten metallicgrünen Mini hinter sich. Reifen und Kotflügel voller Schlamm, auf der Motorhaube eine große Delle, das Dach übersät mit Astbruch und Blättern. Doch das war nichts gegen den blauen Opel Omega. Keine zehn Meter weiter geparkt, war von ihm nur noch die untere Hälfte zu sehen. Das Dach war von einem umgestürzten Baum eingeknickt wie Aluminiumfolie auf einem Fertiggericht.

Die Männer standen einen Moment lang schweigend da; jedem ging der gleiche Gedanke durch den Kopf – was war mit demjenigen passiert, der in dem Auto gesessen hatte?

»Da vorne ist es«, teilte Kiefer überflüssigerweise mit, als das Anwesen in Sicht kam.

Kowalski und ein unglaublich fetter junger Mann schraubten die Benzinkanister auf und öffneten die Verschlüsse von zwei Dosen Motoröl. Ein Pappkarton mit leeren Glasflaschen wurde neben die Kanister gestellt. Kowalski begann, ein Öl-Benzin-Gemisch in die Flaschen abzufüllen.

»Hören Sie um Himmels Willen sofort damit auf!«, gebot Kiefer, aber das kratzte Kowalski nicht.

»Wollen Sie die Drecksäue loswerden oder nicht?«

»Vor allem wollen wir den Jungen lebend herausholen«, sagte Kiefer laut genug, dass alle es hören konnten. Henk musterte seine Fingernägel.

»Wir passen schon auf«, murmelte Henks Kamerad.

»Schluss damit. Sofort!« Kiefer trat mit dem Schuh gegen die Flasche, die Kowalski gerade in Bearbeitung hatte. Der bullige Mann fluchte und richtete sich auf. Er versetzte Kiefer einen Stoß gegen die Brust, sodass dieser stolperte und auf dem Hintern landete.

»Mach das nicht noch einmal, Arschloch!«

»Das werden Sie noch bereuen«, keuchte Kiefer, aber es klang nicht sehr überzeugend. Alle Augen waren auf ihn gerichtet. Wenn er jetzt das Gesicht verlor, konnte er sich nicht mehr im Dorf blicken lassen. Mit Ludwigs Hilfe richtete Kiefer sich auf, aber ein stechender Schmerz durchfuhr seinen Knöchel. Er verzog das Gesicht.

»Alles in Ordnung?«, fragte der Bäcker mit besorgter Miene.

»Wir gehen jetzt und holen den Jungen da raus. Sieh du zu, dass keiner heimlich abhaut«, sagte Kiefer mit einem Seitenblick auf Henk. »Und wenn auch nur eine einzige Flasche fliegt, dann Gnade euch beiden Gott.«

Kowalski schnaubte verächtlich, woraufhin Henk unsicher grinste.

Kiefer lehnte sich auf den Gewehrkolben und benutzte die Browning in der Tasche als Stütze. Er wusste, dass der Lauf dabei Schaden nehmen könnte, doch er dachte nicht im Traum daran, sich wie ein Hilfsbedürftiger auf Ludwigs Schultern zu stützen, während sie das Haus stürmten.

*

Tibursky stand schwer atmend im Flur und hielt sich die Hüfte, um das Seitenstechen zu unterdrücken.

»Sie wollen kurzen Prozess machen?«, stutzte Nora.

Tibursky nickte.

»Da draußen am Polizeiwagen sind Leute«, rief Rosen vom Wohnzimmer her: »Viele Leute!«

Nora rannte zum Fenster. Etwa zwanzig Männer, die meisten davon in irgendeiner Form bewaffnet, kletterten über die umgestürzte Eiche und sammelten sich.

»Ich rede mit ihnen«, sagte sie und ließ Rosen, Tibursky und Lefeber, der gerade die Treppe herunterkam, zurück. Sie riss die Tür auf und rannte in den Hof hinaus. Die Männer waren keine zweihundert Meter mehr entfernt.

Gerade als Nora ihnen zurufen wollte, flog etwas in hohem Bogen auf das Haus zu und zerplatzte auf dem Dach der Mühle. Benzingestank breitete sich aus, aber zum Glück entzündete sich der Brandsatz nicht – die Lunte war erloschen. Nora machte auf dem Absatz kehrt und floh ins Haus.

Sie schlug die Tür hinter sich zu. »Helfen Sie mir, die Tür zu verbarrikadieren!«, schrie sie.

Rosen wuchtete den Geschirrschrank aus dem Esszimmer hoch, als wäre er aus Pappmaschee, und trug ihn vor sich her durch den Flur. Das Geräusch von zersplitterndem Glas und Porzellan hallte in Noras Ohren nach. Um die Fenster im Wohn- und Esszimmer sowie in der Küche zu sichern, fehlte ihnen die Zeit.

»Können wir uns irgendwo verstecken?«, sagte sie zu Tibursky, aber bevor der antworten konnte, kam Schöne, der Polizist mit der verletzten Hand, aus dem Wohnzimmer. Er hielt die Hände in die Höhe gestreckt. Lefeber ging hinter ihm, den Lauf einer Pistole auf seinen Hinterkopf gerichtet. Schönes Koppel baumelte lose in seiner anderen Hand.

»Geben Sie mir Ihre Autoschlüssel«, forderte er Nora auf. Sein Blick war kalt und unergründlich wie ein Bergsee im Winter. Jetzt war klar, wer Martinez' verschwundene Waffe an sich genommen hatte. Vermutlich hatte Rosen sie entwendet und an seinen Freund Lefeber weitergereicht. Wie Lefeber es geschafft hatte, Schöne, dessen Dienstwaffe ordnungsgemäß in seinem Holster steckte, zu überwältigen, würde vorerst sein Geheimnis bleiben.

»Das macht es doch nur noch schlimmer, Herr Lefeber. Geben Sie mir die Waffe, bitte! Der Mob kann jeden Augenblick hier sein.«

»Dann bin ich längst weg«, sagte Lefeber und riss die Tür zur Vorratskammer auf. »Sie beide gehen hier rein, sofort.«

Schöne sah Nora Winter unschlüssig an. Keiner rührte sich vom Fleck.

»Auf die Knie!«, brüllte Lefeber mit einem Mal Schöne an und zum ersten Mal, seit sie diesem gut gekleideten, kultivierten Mann in der JVA Schwalmstadt begegnet war, sah Nora Winter das Tier, das sich tief in seinem Innern verborgen hatte.

Schöne sank auf die Knie. Er blickte Nora an, flehte um sein Leben.

Lefeber hielt den Lauf an Schönes Kopf und begann zu zählen: »Zehn, neun, acht …«

Tibursky stand daneben und tat, als ginge ihn das Ganze nichts an.

Rosen machte einen Schritt auf Lefeber zu. »Hör auf damit Adam, die Frau Doktor …

Nun richtete sich Lefebers Pistole plötzlich auf sein Gesicht, was ihn bewog, schlagartig stehen zu bleiben.

»Sie ist überhaupt keine Frau Doktor, das weißt du so gut wie ich. Und jetzt halt endlich deine blöde Fresse, du Erbsenhirn, sonst erschieße ich dich als Nächsten.«

Man sah Rosen deutlich an, dass Lefeber noch nie in seinem Leben so mit ihm gesprochen hatte. Gekränkt verschränkte er die Arme vor dem massigen Bauch und sah düster drein. Lefeber richtete die Waffe wieder auf Schönes Kopf. Tibursky, der an der Flurwand lehnte, steckte die Hände in die Hosentaschen und blickte zu Boden.

»Sieben, sechs, fünf ...«

Mit einem Wutschrei griff Nora in ihre Jeanstasche und gab Lefeber den Schlüssel. Sobald er aus dem Haus war, würde sie umgehend die Kollegen von der Polizei benachrichtigen und das Kennzeichen ihres Wagens durchgeben.

Lefeber drängte sie beide in die kleine abschließbare Vorratskammer, Schöne voraus.

Durch ein schmales verschmutztes Fenster fiel ein Lichtschimmer in den winzigen Raum. Rechts und links säumten Regalbretter von Hüfthöhe bis zur Decke die Wände. Sie waren spärlich mit Konserven, Einmachgläsern, Nudeln und Reis, Putzmitteln und Drogerieartikeln gefüllt. An der rechten Wand stand eine altertümliche, ausgeschaltete Kühltruhe.

Lefeber schob die Tür zu, aber Nora blockierte sie mit ihrem Schuh. »Warum tun Sie das? Sie waren der Einzige, dem ich eine echte Chance eingeräumt hätte. Ich hatte wirklich gehofft, Sie schaffen es. Eigentlich hoffe ich das immer noch.«

»Hören Sie die da draußen?«, antwortete Lefeber.

Die Stimmen kamen näher – Lachen, aufgeregtes Geschrei, manchmal hörte man Fetzen eines Soldatenliedes.

»Erinnern Sie sich, was ich damals in der JVA zu Ihnen gesagt habe? Wir sind wie Aussätzige. Niemand will uns in seiner Nähe haben. Und das alles wird in einer Katastrophe enden.«

Nora erinnerte sich gut.

»Voilà – da haben Sie Ihre Katastrophe.«

»Wir finden eine andere Unterkunft für Sie drei. Wir fangen noch mal von vorne an.«

Lefeber schüttelte den Kopf. »Nein, das hört nie auf. Die Menschen sind überall gleich, sie brauchen Dämonen, die ihre inneren Dämonen zum Schweigen bringen. In Scheelbach sind wir die bösen Geister.«

»Wir haben keine Zeit für philosophische Erörterungen.

Geben Sie mir Ihre Waffe, dann gehen wir hier weg und finden einen anderen Ort, wo Sie sicher sind.«

»Es gibt überhaupt nur zwei Orte, an denen wir vor der Menschheit sicher sind. Und sie vor uns«, sagte Lefeber, trat mit Schwung ihren Schuh weg und schlug die Tür vor ihrer Nase zu. Der Schlüssel wurde zwei Mal im Schloss umgedreht.

»Wo wollen Sie hin?«, rief sie durch die verschlossene Tür.

»Eine Schuld tilgen«, kam es gedämpft von der anderen Seite.

»Was für eine Schuld?«, fragte Nora, aber hinter der Tür blieb es still.

»Welche zwei Orte meint er?«, wollte Schöne, der sich auf die Kühltruhe gehockt hatte, nach einer Weile wissen.

Nora lehnte sich an die verschlossene Tür und massierte ihren schmerzenden Fuß. Hoffentlich hatte Lefeber ihr nicht den Zeh gebrochen.

»Ich nehme an, das Gefängnis ist der eine«, sagte sie. Und der Tod ist der andere, dachte sie, und stellte sich die bange Frage, für welchen der beiden Orte sich Lefeber entscheiden würde.

Sie rüttelte an der Tür, aber natürlich blieb sie verschlossen.

Der Lärm von draußen kam unerbittlich näher. »Raus aus Scheelbach, raus aus Scheelbach!«, skandierten aufgebrachte Stimmen, und »Gebt uns Timm!«. Wer war dieser Timm überhaupt?

Schöne hatte sich in sein Schicksal gefügt, bleich saß er da und starrte ins Leere.

Nora fuhr sich übers Gesicht, sie fühlte sich erschöpft wie nach vier Stunden Kardiotraining. Sie litten beide unter extremem Schlafmangel, das war vermutlich auch der Grund dafür, dass es eine ganze Weile dauerte, bis Nora die zweite Tür der Vorratskammer auffiel, die nach draußen auf den Hof führte. Im Schloss steckte der Schlüssel.

Sie fluchte, dann endlich stieß sie die Tür auf und trat ins Sonnenlicht hinaus. Sie sah gerade noch, wie jemand im Mühlengebäude verschwand.

*

Henk Wawerzinek hörte den Anlasser erst, als er mit einem Molotowcocktail in jeder Hand um den Baum herumgelaufen war. Hastig stellte er die Flaschen zu dem anderen Dutzend, das dort auf seinen Einsatz wartete, und kletterte an den Ästen der Eiche hoch.

Der grüne Mini, der Wagen dieser Psychologenschlampe, dessen Reifen er nach der Dorfversammlung geplättet hatte, holperte in einem irren Tempo über den Waldweg, schlingerte durch den Matsch in den Fahrspuren und verschmolz schließlich mit dem Horizont.

»Die Psychofotze haut ab«, schrie er Kowalski und den anderen Kameraden zu.

»Besser für sie«, antwortete dieser finster und füllte eine weitere Flasche ab.

Plötzlich tauchte Kiefer hinter Kowalskis Rücken auf, sein Gesicht glühte vor Zorn.

»Seid ihr völlig verrückt geworden, hier Brandsätze zu werfen? In dem Haus da vorne ist ein Junge, der niemandem etwas zuleide getan hat!«

»Geh nach Hause, Alter!«, fuhr Kowalski ihn an. »Da ist kein Junge drin. Wir räuchern diese linke Brut jetzt ein für alle Mal aus.«

Henk stand daneben und grinste verlegen wie ein reumütiger Zögling. »Tut mir leid Tobin, ich hab's ihm gesagt. Hätte ich vielleicht nicht tun sollen.«

Entgeistert blickte Kiefer von einem zum anderen. Inzwischen waren auch Kowalskis Kameraden vom Geschrei ihres Anführers herbeigelockt worden und stellten sich in einem Halbkreis um die Streithähne auf. Kiefer riss den Reißverschluss der schwarzen Nylontasche auf und zog mit zitternden Händen die Browning heraus. Doch bevor er sie in Stellung bringen konnte, packte Kowalski sie am Lauf und entriss sie ihm.

Unerwartet blickte Kiefer in die Mündung seiner eigenen Waffe.

Kowalskis Bewegungen waren schnell und routiniert. Er klappte das Magazin heraus, kontrollierte den Inhalt – zwei Patronen vom Kaliber 308 –, rastete das Magazin wieder ein und zog den Verschlusshebel nach hinten durch, sodass nun eine Patrone in der Kammer lag. Ganz sicher hielt dieser Kerl nicht zum ersten Mal ein Gewehr in der Hand. Über Kimme und Korn zielte er auf das fassungslose Gesicht des Scheelbacher Ortsvorstehers.

»Henk, bring den Mann zur Räson, wenn er schon auf mich nicht hört«, presste Kiefer hervor.

Wawerzineks Blick wanderte von Kiefer zu Kowalski und wieder zurück zu seinem Chef. Es bereitete ihm offenbar große Schwierigkeiten, zu entscheiden, wem in diesem Augenblick seine Solidarität galt. Also zog er einen Flachmann aus der Tasche, nahm einen tiefen Zug. Und blieb doch stumm wie ein Fisch.

Verächtlich spuckte Kiefer aus. Mit einem Aufstöhnen setzte er sich in Bewegung und humpelte davon in Richtung Dorf. Er würde sich nicht opfern. Was immer jetzt auch passieren mochte – Tobin Kiefers Name würde nicht damit in Verbindung gebracht werden. Allein auf sich gestellt, würde er hier nichts mehr ausrichten, aber vielleicht konnte er irgendwie die Polizei mobilisieren.

Sein erster Blick zurück galt der *Schreckenmühle,* dem Gutshof im Wald, den seine Eltern verkaufen mussten und dem Ursprung der Katastrophe, die sich hier anzubahnen drohte. Ihm kamen fast die Tränen bei dem Gedanken, dass von diesem Haus in ein paar Stunden womöglich nur noch eine verkohlte Ruine übrig bleiben würde.

Sein zweiter Blick galt Kowalski und seiner braunen Bande und Kiefer zeigte einen bisher unbekannten Anflug von Reue. Du bist selber schuld, du Narr, schalt er sich, dich mit Leuten wie Henk einzulassen.

Der Lauf der Browning folgte ihm auf Schritt und Tritt, Kowalskis hämisches Grinsen hinter der Kimme. Henk und seine Kameraden marschierten parallel zum umgestürzten Baum in den Wald hinein. In wenigen Augenblicken würden sie hinter dem bemoosten Felsen im Tunneleingang verschwinden. Und Tobin Kiefer hatte ihnen den Weg gewiesen.

*

Lefeber war entwischt.

Rosen hatte unter Tränen mitgeteilt, er werde sich jetzt ein Versteck suchen.

Nora Winter und Schöne waren in der Vorratskammer eingesperrt und Martinez, der sich wegen seiner gebrochenen Rippen kaum vom Fleck rühren konnte und keine Ahnung hatte, was unten vor sich ging, lag in Rosens Bett und rief alle paar Minuten um Hilfe.

Tibursky hatte nicht vor, sich wie ein Stück Vieh zur Schlachtbank führen zu lassen. Er hielt durch das Wohnzimmerfenster Ausschau: Der Mob stand bereits kurz vor dem Hof, als ein ohrenbetäubender Knall im Wald ertönte. Das Geräusch ließ ihn zusammenfahren: Es war sein Taktgeber gewesen, als dieser fette Bürgermeister und sein glatzköpfiger Neonazi Jagd auf ihn gemacht hatten. Tibursky nahm die Beine in die Hand. Er sprintete vom Flur in den Stall, wo er durch einen Spalt in der angelehnten Tür nach draußen lugte. Der Mob war zum Stehen gekommen, die Menschen sahen sich unschlüssig an. Vermutlich hatte der Schuss auch sie überrascht.

Das war Tiburskys Chance. Er riss die Stalltür auf und rannte quer über den Hof auf das Mühlengebäude zu. Auf halbem Weg sah er die Tür zur Vorratskammer aufgehen und Nora Winter nach draußen stolpern. Gut, sie hatte sich befreien können. Tibursky tauchte ins Dämmerlicht der Mühle ein, deren Fenster mit Brettern vernagelt waren; einen Moment lang war er orientierungslos und musste sich blinzelnd vortasten, doch schon nach wenigen Sekunden tauchte schemenhaft die marode Holztreppe vor ihm auf, die in den Keller führte. Die Stufen knarzten, als er hinablief. Im Kühlkeller stank es entsetzlich nach Verwesung, möglicherweise war hier in den letzten Tagen ein Tier verendet. Tibursky riss panisch die Tür zum Tunnel auf und trat ein.

Hier war es noch finsterer als im Keller, nach zwanzig Metern verschluckte die Dunkelheit jeden Lichtstrahl und er ging nur noch blind voran. Vom Chaos draußen war hier unten nichts zu hören. Seine Finger ertasteten die Kühle, die schartige Oberfläche und die Feuchtigkeit der Tunnelwände. Nach fünfzig Metern hörte er plötzlich Stimmen, die sich näherten. Schnell näherten. Da der Tunnel einen leichten Bogen beschrieb, vermochte er den Widerschein einer oder mehrerer Taschenlampen an den Wänden zu sehen, noch vor den Männern, die sich damit ihren Weg bahnten.

Tibursky saß in der Falle. Der Fluchtweg durch den Tunnel war versperrt. Blieb nur der Weg zurück in den Hof, wo man vermutlich bereits darauf wartete, ihn zu lynchen. Die Lichtkegel der Taschenlampen wuchsen. Lachen und Johlen hallte durch den engen Gang. Er machte kehrt und rannte zurück in Richtung Eingang. Lief durch die offene Holztür und schlug sie hinter sich zu. Legte mit zitternden Fingern den Riegel vor. Die Stimmen im Tunnel verstummten, dafür hörte er die Stimmen der Dörfler, die auf das Haus zumarschierten, lauter. Vor wem er auch floh, er lief seinen Verfolgern so oder so in die Arme. Resigniert lehnte er sich an die kühle Mauer. Etwas knallte auf der Innenseite des Tunnels gegen die Tür. Das Holz erzitterte unter der Erschütterung, Staub aus den Ritzen wirbelte auf und brannte ihm in den Augen. Es konnte nur noch wenige Minuten dauern, bis sie die Tür aufbrechen und über ihn herfallen würden.

Eine merkwürdige Ruhe legte sich über Wolf Tibursky, jetzt wo er wusste, dass seine Reise in die Freiheit ein unwiderrufliches Ende fand. Er fragte sich, was sie mit ihm anstellen würden. Es war ihm gleich, solange es nur schnell ging.

Offensichtlich war die Tür stabiler als erwartet. Eine Weile krachte es noch, dann hörte der Lärm auf der anderen Seite von einem Moment zum anderen auf. Man gewährte ihm also eine Gnadenfrist.

Tibursky löste sich von der Wand und ging auf etwas zu, das seine Aufmerksamkeit erregte: In der gegenüberliegenden Ecke lagen zwei blaue Plastiksäcke; sie waren es auch, die den widerlichen Gestank verströmten.

Vor den Säcken lag etwas Glänzendes auf dem Boden, reflektierte das fahle Licht, das von einer Birne an der Decke ausging. Er ging in die Hocke, hob es auf und hielt es unter die Lampe.

Es war ein goldenes Kreuz. Mit einem Dutzend roter Granatsteine besetzt.

*

Nora und Schöne hielten direkt neben der Eingangstür der Voliere die Stellung. Die toten Vögel waren verschwunden, Rosen hatte sie heute am frühen Morgen begraben.

In einem unerbittlichen Takt setzte der Mob einen Fuß vor den anderen, bis er ihnen Auge in Auge gegenüberstand. Die Parolen waren verstummt, niemand sagte ein Wort.

Schöne öffnete sein Holster, um die Waffe zu ziehen, die Lefeber ihm erstaunlicherweise gelassen hatte, aber Nora schüttelte den Kopf. Er knöpfte das Holster wieder zu.

Sie trat den Scheelbachern gegenüber. »Gehen Sie wieder

nach Hause. Die Männer haben Ihnen nichts getan, Ihre Angst ist absolut unbegründet.«

Man warf sich unsichere Blicke zu.

»Wo ist Kiefer?«, fragte jemand.

»Beim Pinkeln«, kam die Antwort und ein paar lachten.

»Wir wollen Timm zurück und wir holen ihn jetzt da raus«, sagte ein Schmächtiger mit randloser Brille, der so aussah, als würde er seinen Arbeitstag über Aktenordner und Anträge gebeugt verbringen.

Nora und Schöne sahen sich verwirrt an. Wer war Timm?

»Hören Sie, in der *Schreckenmühle* ist niemand außer den drei Männern, die ich betreue, und unserem Kollegen, der durch den Sturm verletzt wurde. Sie können uns helfen, den Mann ins Dorf zu bringen.«

»Diese Kerle lügen und betrügen. Die führen Sie genauso hinters Licht wie uns«, sagte ein anderer, der eine Mistgabel in die Luft reckte.

Jemand schrie »Weiter!« und bevor Nora es verhindern konnte, setzte die Gruppe sich erneut in Bewegung. Nun begannen auch wieder die üblichen Schlachtrufe: »Raus aus Scheelbach, raus aus Scheelbach!«

Nora hatte den Eindruck, dass die angetrunkenen Männer selber nicht mehr genau wussten, ob sie gekommen waren, um zu protestieren oder diesen ominösen Timm zu finden.

»Ich mache Ihnen einen Vorschlag: Wir beide durchsuchen mit zwei Männern aus Ihrer Gruppe das Haus vom Keller bis zum Dach …«

Doch niemand hörte zu. Unbeeindruckt marschierten sie an den Polizisten vorbei auf das Haus zu, skandierten ihre Parolen. Als sie kurz vor der Haustür angelangt waren, sagte Nora zu Schöne: »Geben Sie einen Warnschuss ab.«

Schöne entsicherte die *Heckler & Koch P30*, hob sie mit der unverletzten Hand hoch über den Kopf und schoss in die Luft.

Die Männer drehten sich erschrocken um.

»Weg vom Haus!«, befahl Nora. Und als der Aufforderung nicht umgehend Folge geleistet wurde, wiederholte sie diese. In dem Moment drang ein markerschütternder Schrei aus der Mühle zu ihnen herüber. Entsetzt sahen Nora und Schöne sich an.

»Gehen Sie nachsehen, was passiert ist«, sagte Nora. »Ich kümmere mich um die Leute.«

Schöne sprintete zum Eingang des Mühlengebäudes.

Just in dem Moment, als sich Nora wieder dem Mob zuwenden wollte, brach die Haustür knirschend aus den Angeln. Der Schrank, der sie von der Innenseite verbarrikadierte, rutschte mit jeder Welle des Ansturms weiter in die Diele hinein. Schließlich ertönte ein ohrenbetäubendes Krachen. Der Schrank war umgekippt. Die Speerspitze der Truppe kletterte über den Scherbenhaufen. Die Nachhut folgte.

Die Scheelbacher stürmten das Haus.

*

Eins, zwei, drei, vier, fünf …

Rosen hört auf zu zählen. Es sind zu viele Stimmen, die aus dem Erdgeschoss heraufdringen, es müssen Dutzende sein, die nun durch das Haus laufen. Anfangs hat er sich noch eingeredet, es sei ein Versteckspiel, wie Kinder es lieben, aber jetzt steht er gebückt in völliger Dunkelheit und zittert vor Angst am ganzen Körper.

Nachdem Lefeber und Tibursky das Haus verlassen haben, hat er kurz erwogen, die Frau Doktor und den Polizisten aus der Kammer herauszulassen. Doch Lefeber hat den Schlüssel mitgenommen und um die Tür aufzubrechen, hat Rosen die Zeit gefehlt – er musste sich schnellstens ein Versteck suchen. Er hat es mit dem Schrank in seinem Zimmer probiert, wo der verletzte Polizist liegt.

»Was ist da draußen los?«, hat Martinez ihn besorgt und bleich gefragt.

»Sie kommen«, hat Rosen geantwortet.

»Wer? Wer kommt?«

Rosen hat wortlos die Schranktür geöffnet und die Innenmaße begutachtet. Nein, nicht mal dann, wenn er die Luft anhielt, würde er hineinpassen. Er hat die Tür zugeknallt und ist in Lefebers Zimmer gegangen, dessen Schrank viel geräumiger ist. Die Staffeleien mit den Bildern, die Adam gemalt hat, sind das Letzte, was er sieht, bevor er die Tür schließt und die Dunkelheit ihn umfängt. Abwechselnd verspürt er Wut, weil er sich so in Adam getäuscht hat, und eiskalte Angst.

»Wer kommt, Rosen?«, hört er Martinez noch einmal aus dem anderen Zimmer rufen. Aber das wird Martinez gleich selber sehen, sie sind schon auf der Treppe.

»Im Keller nix, im Erdgeschoss auch nix«, hört er jemanden sagen, jemanden, der sehr undeutlich spricht.

»Alles durchsuchen, jeden Winkel. Timm muss hier irgendwo sein«, lautet die Antwort.

Stiefel stampfen über die Holzstufen, dann sind sie im Gang. Rosen muss aufs Klo. Aber jetzt kann er hier nicht raus. Er muss warten, bis sie wieder weg sind.

Die Stimmen sind im Nebenzimmer angelangt.

»Hier liegt einer im Bett!«

»Dich nehmen wir gleich mit, Bürschchen.«

»Ich bin Polizist! Meine Rippen sind gebrochen.«

Sie halten Martinez für einen von ihnen.

Ein Schmerzensschrei, sie versuchen wohl, ihn aus dem Bett zu zerren. In seiner Haut möchte Rosen jetzt nicht stecken.

»In der Jacke ist mein Ausweis«, wimmert Martinez.

Eine kleine Pause. Dann entschuldigt sich jemand kleinlaut. Martinez stöhnt, Rosens Bett quietscht, er kennt das Geräusch nur zu gut. Sie legen ihn zurück.

»Wo sind die Kerle?«, fragt eine weitere Stimme.

Rosen betet leise. Bitte, verrat mich nicht, denkt er. Falls du es vergessen haben solltest: Ich habe dich aus dem Auto befreit.

»Hier oben ist niemand«, sagt Martinez, »die sind schon längst über alle Berge.«

Eine lange Pause. Sie werden abhauen und ihn in Ruhe lassen. Er wird heute noch vor Martinez auf die Knie fallen und ihm danken.

»Weitersuchen. Es gibt noch zwei Zimmer hier oben.«

Alle Hoffnung schwindet.

Rosen zählt langsam. Eins, zwei, drei … bei fünfzig reißen sie die Tür auf. Licht durchflutet den Schrank. Rosen reißt die Arme hoch, um sein Gesicht zu bedecken. Sterne tanzen vor seinen Augen.

»Da ist die Drecksau!«, schreit eine Stimme.

Rosen lässt die Arme sinken.

Vor ihm steht jemand mit einem Beil in der Hand.

*

Mit einem Knirschen brach der hölzerne Riegel aus der Halterung und die Eingangstür zum Tunnel flog auf. Die Männer in Springerstiefeln, Militärhosen und schwarzen T-Shirts drängten in den Kühlkeller wie Maden in eine schwärende Wunde.

Kurz darauf war Tibursky von ihnen umzingelt. Es war vorbei – von hier gab es kein Entrinnen mehr.

Der Anführer, ein Kerl mit quadratischem Schädel und einer Statur wie ein Kampfhund, riss ihm das Goldkreuz aus der Hand. »Wo hast du das gestohlen, Arschloch?«

Tibursky brachte kein Wort heraus.

Der Kerl schlug ihm ohne Vorwarnung mit der flachen Hand ins Gesicht. »Ich hab dich was gefragt, Kinderficker.«

Seine Wange brannte wie Feuer. Betäubt vor Schreck warf Tibursky einen Blick zu den blauen Kunststoffsäcken, die an der Wand lehnten. In seinen Ohren hallte *Dancing Queen* von Abba wider. Beim Gedanken daran, was sich in den Säcken befand, wurde ihm schlecht.

»Was?«, wollte die Bulldogge wissen. »Was ist da drin?«

Tibursky sah zu Boden. Tränen liefen über seine Wangen und fielen auf die gestampfte Erde. Im Bruchteil einer Sekunde saugte sie die Feuchtigkeit auf.

»Henk, sieh nach, was in den Säcken ist«, befahl der Anführer.

Tibursky wischte sich über das Gesicht und hob den Blick. Er wollte nicht hinsehen, doch wurde das Bedürfnis, Sicherheit zu erhalten, ob seine Vermutung richtig war, übermächtig. Der Glatzkopf – derselbe, der ihn gemeinsam mit dem Fettwanst im Wald gejagt, der sie mit seinen Kumpanen bedroht und ihnen vermutlich auch die brennende Papiertüte vor die Haustür gelegt hatte – machte ein paar Schritte darauf zu, blieb dann jedoch abrupt stehen.

»Der Gestank ist zum Kotzen. Da sind bestimmt Schlachtabfälle drin oder so.«

»So ist das eben, Kamerad. Der Krieg riecht nicht nach Rosen.«

Als Henk keine Anstalten machte, etwas zu unternehmen, schrie der Anführer einen Befehl durch den Raum, der allen Anwesenden in den Ohren gellte: »Jetzt schneid endlich die Scheißsäcke auf!«

Henk stach mit einem großen Jagdmesser in die blaue Folie. Der Verwesungsgestank steigerte sich ins Unerträgliche. Henk hastete in eine andere Ecke und übergab sich.

»Was seid ihr nur für verdammte Memmen!«, brüllte die Bulldogge. Mit wenigen Schritten war er bei den Säcken und schnitt sie auf. Der Inhalt, durch die Tüten zusammengehalten, quoll heraus: blutverschmierte Gliedmaßen, zerrissene Kleidung, Haare, ein Frauentorso. Der Bulldogge schien das nichts auszumachen. Mit der Stiefelspitze drehte er den Torso auf den Rücken, sodass Tibursky das Gesicht, oder was davon noch übrig war, erkennen konnte.

Aus seiner Kehle löste sich ein Schrei der Verzweiflung.

»Das ist Tobins Frau«, schrie der Glatzkopf hysterisch aus seiner Ecke. »Das ist Anna Kiefer. Der Typ hier hat sie auf dem Dorffest belästigt.«

»Und jetzt hat er sie wohl auch noch umgebracht«, entgegnete die Bulldogge trocken. Der Kerl packte Tibursky am Kragen, kam drohend näher. Sein fauliger Atem war fast noch widerwärtiger als der Leichengestank.

»Du weißt doch, was auf Mord steht?«

»Des war isch net!«

Die Bulldogge bellte ein heiseres Lachen, dann winkte sie einen Kameraden herbei.

»Hol ein Seil. Mindestens fingerdick. Mindestens drei Meter lang. An dem hier statuieren wir jetzt mal ein Exempel.«

Der Kamerad nahm die Treppe – zwei Stufen auf einmal. Wenige Augenblicke später kehrte er mit einem zusammengerollten orangefarbenen Spanngurt zurück.

Die Bulldogge nickte zufrieden.

Und Tibursky schrie, schrie um sein Leben.

*

Lefebers Zimmer platzte aus allen Nähten. Die Scheelbacher drängten sich um Rosen und beäugten ihn wie ein seltenes Wild, das ihnen nach langer Hatz endlich ins Netz gegangen war. Da sowohl Kiefer als auch Wawerzinek verschwunden waren, wartete jeder darauf, dass einer aus der Gruppe die Initiative ergriff.

Ludwig riss das Tuch von einer der beiden Staffeleien und das Bildnis des nackten Jünglings mit den rotblonden Locken kam zum Vorschein. Ein Aufschrei ging durch die Menge – es war ganz eindeutig der nackte Timm, der sie von der Leinwand lasziv anlächelte.

Schon richteten die Ersten ihre Waffen auf Rosen.

»Wo ist er?«

»Was hast du mit ihm gemacht, du Monster?«

Eine Messerklinge schnitt nur Zentimeter von Rosens Gesicht entfernt durch die Luft; vor ihm der Mob, hinter ihm die Schranktür, da blieb kein Millimeter, um zurückzuweichen.

Just in diesem Moment stürmte Nora Winter in den Raum und zwängte sich zwischen den alkoholisierten und aufgebrachten Männern durch. Sie drückte die Hand mit dem erhobenen Messer nach unten; nun stand sie zwischen Rosen und dem Dorf.

»Verlassen Sie das Haus. Sofort!«

»Er soll Timm herausrücken«, lautete die trotzige Antwort.

»Gibt es hier im Haus einen Timm?«, wollte Nora von Rosen wissen. Der schüttelte eingeschüchtert den Kopf.

»Meine Kollegen von der Polizei müssen jede Sekunde eintreffen«, flunkerte sie. »Falls Sie dann noch hier sind, lasse ich jeden Einzelnen von Ihnen in Gewahrsam nehmen. Sie verbringen die Nacht auf der Wache und riskieren eine Anzeige wegen Nötigung und Hausfriedensbruch.«

Der eine oder andere suchte verunsichert den Blick seines Nachbarn. Doch die aufgeheizte Atmosphäre blieb, niemand verließ das Zimmer.

»Kommen Sie, Rosen.«

Nora fasste ihn an der Hand und versuchte, ihn Richtung Tür zu bugsieren, aber vor ihr schlossen sich die Reihen.

»Hauen Sie ab«, sagte Ludwig mit Eiseskälte in der Stimme. »Überlassen Sie Rosen uns. Wenn wir mit ihm fertig sind, wird er uns schon verraten …«

»Augenblicklich runter von meinem Grund und Boden!«, brüllte eine Nora wohlbekannte Stimme aus dem Flur. Im Türrahmen erschien Bruno Albrecht. Er hielt ein Gewehr in der Hand.

»Sie sind an allem schuld!«, schrie Ludwig, der in Kiefers Abwesenheit den Posten des Anführers übernommen und als Erster seine Überraschung überwunden hatte. »Sie haben uns diese Brut hergeschleppt.«

Die Stimmung kochte hoch, mit seiner überraschenden Anwesenheit lenkte Bruno die Wut der Männer auf sich. Der Mob drängte nun in seine Richtung, weg von Rosen und Nora.

Albrecht hob das Gewehr und drückte den Abzug. Ein ohrenbetäubender Knall erfüllte die Luft. Putz und Mörtel rieselten von der Decke. Eine Weile hörte Nora keinen Laut mehr, als wäre sie taub. Sie hielt sich die Ohren zu, genau wie Rosen und die meisten anderen Anwesenden; beißender Qualm stieg ihr in die Nase.

Panik brach aus. Die Leute rannten hinaus wie Ameisen, deren Bau geflutet wurde. Einige strauchelten, doch die Meute verließ fluchtartig das Haus.

Rosen sah seine Chance gekommen. Er stieß Nora zur Seite und riss das Fenster auf. Bevor sie es verhindern konnte, zwängte er sich durch den schmalen Fensterstock nach draußen und ließ sich fallen. Sie stürzte zum Fenster und sah ihm nach. Da sich die erste Etage weniger als drei Meter über dem Boden befand, landete Rosen unversehrt im Hof. Aus der Haustür stürmten die ersten Flüchtenden, unversehens stand der Mann mit dem Beil nur einen Schritt vor Rosen. Langsam richtete er die Waffe auf ihn. Mit einer unheimlichen Leichtigkeit riss ihm Rosen das Werkzeug aus der Hand und rannte damit in den Wald. Aus derselben Richtung drang ein anderes Geräusch an Noras Ohr: das Dröhnen eines Martinshorns. Endlich waren die Hilferufe gehört worden – doch viel zu spät.

Etwas kam auf Nora zugeflogen, in der letzten Sekunde duckte sie sich weg. Eine Glasflasche explodierte auf dem Dielenboden und im gleichen Augenblick stand das Zimmer in Flammen.

Nora tat es Rosen gleich: Sie kletterte aus dem Fenster und sprang in den Hof. Ihre Fußsohlen brannten wie Feuer, als sie sich wieder aus der Hocke aufrichtete. Sie biss die Zähne zusammen und sprintete zur Voliere.

In diesem Moment klingelte irgendwo ein Handy und es dauerte eine Ewigkeit, bis sie realisierte, dass das Geräusch aus ihrer eigenen Tasche kam – es war das Diensthandy, das sie von ihren Kollegen ausgeliehen hatte.

Albrecht stürmte an ihr vorbei, ohne sie eines Blickes zu würdigen. Er schien Rosen in den Wald zu folgen. Nora war verwirrt: Warum ignorierte Bruno sie?

Das Handy klingelte unverdrossen weiter. *Kanther, Martin* informierte sie die Anzeige.

Warum hatte Kanther die Unart, sich immer im unpassendsten Moment zu melden? Sie ließ das Handy wieder in die Tasche gleiten. Erneut gab das Handy einen Ton von sich, diesmal war es eine SMS, ebenfalls von Martin Kanther. Die Nachricht war gleichermaßen knapp wie beunruhigend: *Ich weiß, wer Albrecht ist. Ruf zurück. Dringend!*

Mit zitternden Fingern wählte Nora Martin Kanthers Nummer.

*

Tobin Kiefer lehnte ächzend an einer Buche und rieb sich den Knöchel. Zu dem Stechen im Gelenk kam noch eine unerklärliche Taubheit, die vor wenigen Augenblicken seinen linken Arm befallen hatte. Weit war er nicht gekommen, seit er sich mit Kowalski angelegt hatte und aufgebrochen war, um Hilfe zu holen. Kiefer öffnete und schloss wiederholt die linke Hand, aber das Taubheitsgefühl weigerte sich, zu verschwinden. Ihm war schlecht und sein Mund war staubtrocken, vermutlich hatte er sich überanstrengt. Besser, er setzte sich einen Moment hin und verschnaufte.

Von weiter Ferne drangen Geräusche herüber, die perfekt zu dem Chaos im Scheelbacher Forst passten: Schreie, das Splittern von Glas, ein Schuss, eine Explosion. Die Aktion war komplett aus dem Ruder gelaufen. Sie jagten die Männer wie Ungeziefer und machten dabei das Haus, in dem er geboren und aufgewachsen war und das er um jeden Preis hatte zurückgewinnen wollen, dem Erdboden gleich. Nun konnte er froh sein, wenn er lebend aus dem Wald und aus der Sache herauskam. Hätte dieser Albrecht doch damals nur auf ihn gehört.

Sich selbst hatte er nichts vorzuwerfen – nein, er hatte das Richtige getan, wenn auch aus Gründen, die nur ihn etwas angingen. Diese Männer waren Abschaum, Ungeheuer, die das Dorf und seine Bewohner vergifteten. Vielleicht hatten sie sogar *ihn* vergiftet, denn für die Frevel, die er begangen hatte, gab es keine andere Erklärung.

Er bedauerte nur, dass er dem Tierarzt und seinen drei Störenfrieden nicht persönlich gegenübertreten konnte. Zu gerne hätte er Albrechts Gesicht gesehen, wenn die drei vor dem geballten Zorn der Scheelbacher mit eingekniffenem Schwanz das Weite suchten.

Kiefer zitterte, gleichzeitig rann ihm Schweiß in die Augen. Seine Brust war wie eingeschnürt, sodass er kaum atmen konnte. Er musste weiter! Doch seine Beine versagten ihm den Dienst. Er musste sich an der Baumrinde festhalten und hochdrücken, Stück für Stück, bis er endlich auf wackeligen Knien stand.

Als er hochblickte, sah er einen Mann vor sich, der den Mund öffnete und etwas zu sagen schien, aber das Rauschen in Kiefers Ohren übertönte jedes andere Geräusch. Kiefer war groß, aber der andere, ein Riese mit traurigen Augen, überragte ihn um Haupteslänge.

Tobin Kiefers Gesichtsfeld verengte sich mit jeder Sekunde, an den schwarzen Rändern tauchte ein Schatten auf. Der Riese hielt etwas in der Hand – eine Axt. Der Schaft aus hellem Holz, der Rest aus dunkelblauem Metall; dort, wo die Wange in das Blatt überging, nur noch blanker Stahl. Der Riese schien sich zu entfernen, doch nun erkannte er: Es war nur die Axt, die sich entfernte, wie in Zeitlupe. Der Riese hob sie hoch über seinen Kopf.

Das Letzte, was Tobin Kiefer spürte, war ein rasender Schmerz, der seinen Brustkorb wie ein Blitzschlag spaltete.

Dann versank die Welt ringsum in gleißendem Licht.

*

Eins, eins.

Der Bruno Albrecht, der nun vor Rosen steht und mit dem Gewehr auf seine Brust zielt, hat nichts mit dem Mann zu tun, mit dem er in der JVA Freundschaft geschlossen hat. Er ist nicht der Mensch, der ihm Willi und den anderen Vogel geschenkt hat – den, der nicht lange genug gelebt hat, um einen richtigen Namen zu bekommen.

Dieser Bruno Albrecht ist furchtbar zornig. Seine Lippen sind schmal und weiß und seine Augen sprühen vor Mordlust. Wie es aussieht, wenn jemand in den Rausch gerät, einen Menschen zu töten, weiß Rosen nur zu gut.

Bruno sagt, seine Geduld sei erschöpft. Rosen solle ihm endlich verraten, wo sie ist. Er brüllt wie der Wookie, wenn er richtig sauer ist. Rosen befürchtet, er drückt jeden Moment ab und brennt ihm ein Loch in den Pelz – ein kleines vorne und ein großes auf der Rückseite. Tut er aber nicht.

Denn jetzt, wo die anderen beiden seit fast dreißig Jahren tot sind, ist Rosen der Einzige, der noch wissen kann wo *SIE* ist. Darüber ist Bruno sich im Klaren. Wenn Rosen tot ist, kann nur Kommissar Zufall *SIE* finden.

Also stellt Rosen eine Forderung.

Bruno verliert die Fassung.

Aber er geht darauf ein.

*

Sie konnten überall lauern. Zwar war das Blattwerk jetzt im Herbst lichter, aber die vielen Erhebungen und Senken im Waldboden behinderten die freie Sicht. Nora wischte sich den Schweiß von der Stirn, sie hatte die ungefähre Richtung eingeschlagen, in die Albrecht und Rosen getürmt waren. Ein schriller Schmerzensschrei, der aber genauso gut von einem Tier stammen konnte, war ihr einziger Anhaltspunkt gewesen.

Seit vor einigen Minuten das Kreischen der Motorsägen eingesetzt hatte, fielen weitere Geräusche als Orientierungshilfe komplett aus. Nora stolperte durch das Dickicht, orientierte sich an umgeknickten Schösslingen, einmal hing sogar ein Fetzen Stoff an einer Astspitze. Die Motorsägen legten eine Pause ein. Nicht weit entfernt vernahm sie ein rhythmisches Klopfen, als hacke jemand Holz.

Nora lief auf das Geräusch zu und entdeckte endlich, kaum hundert Meter von ihr entfernt, Brunos Gestalt, die an einem Baum lehnte. Er hatte sein Gewehr auf Rosen gerichtet, der mit einer Axt auf etwas einschlug, das am Boden vor ihm lag. Bruno rührte sich nicht. Die Schneide der Axt triefte vor Blut.

»Bruno!«

Er sah sie überrascht an, endlich schien er aus seiner Trance zu erwachen. »Weg mit der Axt, sofort!«, befahl er Rosen, der innehielt, bevor er die Axt mit einem dumpfen Poltern auf den Waldboden fallen ließ und die Hände hob. Gesicht und Hände waren mit Blut besudelt.

Nora rannte zu Bruno. »Gib mir die Waffe.«

Er reichte sie ihr ohne Gegenwehr.

Nora prüfte das Magazin, es befanden sich noch Kugeln darin. Sie richtete die Waffe auf Rosen.

»Gehen Sie ein paar Schritte da hinüber, Rosen. Setzen Sie sich auf den Boden und legen Sie die Hände in den Nacken – so, dass ich sie sehen kann.«

Er tat wie geheißen. Unter Aufstöhnen ließ er sich nieder.

Mit bedächtigen Schritten ging Nora zu der Stelle, an der sich Rosen zu schaffen gemacht hatte. Dort lag ein menschlicher Körper ausgestreckt auf dem Bauch, Arme und Beine grotesk verdreht. Wo der Kopf hätte sein müssen, war nur noch ein blutiger Stumpf, aus dem Knochensplitter und Muskelfasern herausragten. Der Schädel, oder was noch davon übrig war, befand sich einen halben Meter weiter. Man sah nur den Hinterkopf, an dem dunkelblonde, blutgetränkte Haare klebten.

Die Axt lag direkt daneben.

Nora kämpfte gegen den aufsteigenden Schwächeanfall an, keinesfalls durfte sie jetzt die Kontrolle verlieren! Sie ging langsam rückwärts, bis sie wieder neben Bruno stand.

»Wer ist das?«

»Kiefer, der Bürgermeister.«

»Hast du etwa zugesehen, wie er ihn umgebracht hat?«

»Es tut mir leid, Nora«, erwiderte Bruno bedauernd. »Ich konnte ihn nicht daran hindern. Ich war wie gelähmt.«

Sie musterte Bruno, seine klaren Züge, seinen offenen Blick. Es tat furchtbar weh, ihre Gefühle für ihn nicht im Griff zu haben. Jetzt, wo sie wusste, dass er sie hintergangen hatte.

»Ich habe einiges über dich herausgefunden, Bruno.«

»Ja?«

»Du hast damals den Namen deiner Frau angenommen, um an Rosen heranzukommen, ohne Verdacht zu erregen.«

»Es ist gut, dass du jetzt Bescheid weißt. Das Versteckspiel hat mich fertiggemacht, vor allem, seit er sich in Freiheit befindet.«

»Hast *du* den Häftling angestiftet, der Rosen in der JVA angegriffen hat und dabei selbst zu Tode kam?«

»Nein. Es gab zu der Zeit viele Leute, die wissen wollten, wo die Millionen aus der Entführung versteckt waren. Rosen war immerhin der einzige Überlebende.«

»Du hast Lefeber monatlich tausend Euro überwiesen.

Nur so konnte er sich im Gefängnis seinen extravaganten Lebensstil leisten.«

»Er ist clever und brauchte das Geld. Adam sollte Heinz' Vertrauen gewinnen und herausfinden, wo sie Katharinas Leichnam begraben hatten.«

»Das also hat dich die ganzen Jahre über umgetrieben.«

»Ich habe es meiner Mutter auf dem Sterbebett versprochen. Wir konnten Katharina nie beerdigen. Das ist für die Hinterbliebenen wie eine offene Wunde, die keine Chance auf Heilung hat. Das hat die Ehe meiner Eltern zerstört und meine Mutter in eine schwere Depression gestürzt.«

»Darum hast du das Haus angeboten und jeden Raum verkabelt – um Rosen auf Schritt und Tritt zu überwachen.«

»Nachdem alles andere keinen Erfolg hatte.«

»Und bist du mit mir auch nur deshalb ins Bett gegangen? Um an ihn heranzukommen? War ich so etwas wie dein Horchposten?«

»Nein, mit dir hatte das nichts zu tun.«

Nora wusste nicht, ob sie ihm glauben sollte. Sie atmete tief durch.

»Und? Hat Rosen dir verraten, was du wissen wolltest?«

Brunos schüttelte er den Kopf. »Es war alles umsonst.« Er wich ihrem Blick aus.

Eine Explosion ließ die Baumstämme um sie herum erzittern. Nora, Bruno und Rosen rissen erschrocken die Köpfe herum; eine Rauchwolke stieg auf, der Schein eines Feuers erhellte die mächtigen Eichen. Die *Schreckenmühle* brannte lichterloh.

*

Sie hatten die Eingangstür zum Tunnel vom Gang her blockiert, damit der Polizist ihnen nicht folgen konnte.

Henk führte Tibursky, dem er das orangefarbene Seil um den Hals gelegt hatte, wie ein Stück Vieh zur Schlachtbank.

Kowalski und er bildeten, umgeben von ihren Kumpanen, eine schweigende Prozession. Sie wussten: Wenn sie unbemerkt von Polizei und Rettungsdiensten die Strafe vollstrecken wollten, mussten sie auf der Hut sein.

Tibursky konnte nicht um sein Leben betteln, denn sie hatten ihm den Mund mit Klebestreifen verschlossen. Und den verzweifelten Ausdruck in seinen Augen sah niemand, der bereit oder imstande gewesen wäre, ihm zu helfen. Als Kowalski mit seinen Springerstiefeln die morschen Holzlatten wegtrat, mit denen der Eingang zum Aussichtsturm vernagelt war, und Tibursky langsam dämmerte, was sie mit ihm vorhatten, nässte er sich ein.

Die Stufen knarzten, während die Gruppe ein Stockwerk nach dem anderen hinaufstieg. Insgesamt vier mussten sie bis zur Plattform zurücklegen. Auf jeder Etage hoffte Tibursky, eine der morschen Stiegen würde einbrechen und seine Peiniger zu Fall bringen. Aber das Holz, das bereits zweihundert Jahre überstanden hatte, hielt auch jetzt noch.

Kowalski kritzelte mit einem roten Eddingstift etwas auf ein Stück Pappe. Er befestigte es an einem Stück Schnur und hängte es um Tiburskys Hals.

Wolf konnte nicht erkennen, was darauf geschrieben stand. Kowalski knotete das Ende des Gurtes, der um Tiburskys Hals geschlungen war, an eine der Stützen. Diese reichten vom Waldboden bis zum Dach und bildeten das stabile Gerüst des Turms.

Tibursky zitterte am ganzen Körper, seine Beine knickten ein, aber die Männer griffen ihm unter die Arme und zerrten ihn wieder hoch. Er sah alles nur noch wie durch einen Schleier. Ihm war speiübel.

Kowalski riss mit einem Ruck den Klebestreifen von Tiburskys Mund. Dann zündete er sich eine Zigarette an und inhalierte tief. Er blies den Rauch in die Luft und hielt Tibursky den Filter vor den Mund. »Will der Delinquent einen letzten Zug?«

Tibursky würgte und erbrach sich auf Kowalskis Bundeswehrparka. Der sprang fluchend zur Seite und sagte eiskalt: »Werft das Arschloch runter!«

Vier Männer packten Tibursky an Armen und Beinen. In einem letzten Aufbäumen strampelte er wild mit den Füßen, erwischte dabei einen der Männer im Gesicht und hörte das Nasenbein brechen. Blut spritzte, aber vor der Verdammnis rettete es ihn nicht.

Die Männer hoben ihn mit dem Kopf voran über die Brüstung.

Fünfunddreißig Meter unter ihm sah er das schmutzige braune Laub auf dem Boden des Scheelbacher Forsts. Ein Knall erschütterte den Wald. Flammen schossen hinter den Bäumen empor.

Tibursky konnte nur noch daran denken, dass das Laub lautlos von den Bäumen fiel und dass es braun war und welk. Totes Laub. Er würde es nie mehr grünen sehen wie die Blätter im Amazonas, die niemals braun wurden.

Dann ließen sie ihn fallen.

Der Gurt war mit fünfzehn Metern viel zu lang bemessen, und die Kräfte, die auf Tiburskys Körper einwirkten, rissen den dritten Halswirbel aus seiner Verankerung. Tiburskys Kopf wurde vom Rumpf abgetrennt und landete zehn Meter neben dem Körper, mitten auf dem Zufahrtsweg zur *Schreckenmühle.*

Der Torso lag mit ausgebreiteten Armen am Fuße des Turms. Daneben ein Pappschild mit der Aufschrift: *Todesstrafe für Kinderschänder*.

*

Die Rettungskräfte erreichten den Aussichtsturm, fünfzehn Minuten nachdem Kowalskis braune Horde Wolf Tibursky von der Plattform gestoßen hatte. Der Leichnam wurde ebenso wie der von Tobin Kiefer und seiner Frau Anna durch den Gerichtsmediziner Dr. Chiazza notdürftig untersucht und für eine detaillierte Autopsie in Frankfurt verpackt und verladen. Die Kolonne aus drei Leichenwagen, mit Tibursky an der Spitze, setzte sich erst bei Beginn der Dämmerung in Bewegung. Zu diesem Zeitpunkt war bereits der gesamte Scheelbacher Forst von der Polizei abgesperrt worden. In der Scheelbacher Gemeindehalle richteten die Aschaffenburger Polizeidirektion und das LKA Wiesbaden eine provisorische Einsatzzentrale ein.

Heinz Rosen hatte man, nachdem die Spurensicherung ihre Arbeit verrichtet hatte, zur Vernehmung ins Frankfurter Polizeipräsidium gebracht.

Von Adam Lefeber fehlte bislang jede Spur. Seine elektronische Fußfessel hatte kurz nach Antritt seiner Flucht den Geist aufgegeben. Eine Fahndung nach Noras Wagen war eingeleitet.

Schöne und Martinez, die beiden Mitglieder des Mobilen Einsatzkommandos, wurden ins Hanauer Klinikum gebracht; Martinez richtete sich auf einen längeren Aufenthalt ein, wie Cornelius Nora berichtete. Seine Dienstwaffe wurde nach der Bergung des zerstörten Polizeifahrzeugs hinter einem der Vorderreifen gefunden.

Die Befragung der Scheelbacher Bürgerwehr, die, wie aus einem bösen Traum erwachend, eine schuldbewusste Miene zur Schau trug, als sie in die bereitstehenden Busse verladen wurde, brachte ans Tageslicht, warum sie die *Schreckenmühle* gestürmt hatte. Von den Kollegen in Rieneck erhielten sie die Information, dass Timm Wawerzinek dort nie als vermisst gemeldet worden war. Der diensthabende Beamte räumte jedoch ein, dass es beim Erstellen des Einsatzprotokolls wegen des Unwetters und der personell angespannten Situation zu Unregelmäßigkeiten gekommen sein könnte. Eine Auswertung der Telefonmitschnitte würde zu gegebenem Zeitpunkt Klarheit bringen. Nach Timm wurde ebenfalls eine Fahndung eingeleitet. Eine Hundertschaft der

Frankfurter Polizei sowie eine Hundestaffel waren auf dem Weg nach Scheelbach, um trotz einsetzender Dunkelheit die Umgebung abzusuchen.

Die Feuerwehr kam indes zu spät. Der Brand hatte das Hauptgebäude der *Schreckenmühle* völlig zerstört. Zum Glück war Martinez von seinem Kollegen Schöne noch aus dem Haus gerettet worden.

Henk Wawerzinek und seine Kameraden waren wie vom Erdboden verschluckt. Kowalski hingegen schien nie existiert zu haben; niemand aus dem Ort kannte seinen Namen oder die seiner Helfer, genauso wenig sah sich jemand in der Lage, sein Aussehen schlüssig zu beschreiben. Später würde man Fingerabdrücke und eine nicht zuzuordnende genetische Spur an weggeworfenen Zigarettenfiltern auf der Plattform des Aussichtsturms und auf der Flasche eines Molotowcocktails finden, der nicht in Brand gesetzt worden war. Die Fingerabdrücke sollten zu einem Namen in der Datenbank des Landeskriminalamtes führen, der auf einer Liste von V-Leuten aus der rechten Szene stand. Die Fingerabdrücke – und der Mann, zu dem sie gehörten – reisten quer durch die Republik von einem Konfliktherd zum nächsten, um das größtmögliche Chaos anzurichten, ohne von den Behörden belangt zu werden.

Bruno Albrecht ließ man mit der Auflage, Frankfurt nicht zu verlassen und am nächsten Tag zur Vernehmung im Polizeipräsidium zu erscheinen, nach Hause fahren.

Nora lehnte Brunos Angebot, sie mitzunehmen, kategorisch ab. Ein Mitarbeiter von Gideon Richter, Leiter der fünften Mordkommission, die an der Aufklärung der Morde an Anna Kiefer, Tobin Kiefer und Wolfgang Tibursky beteiligt war, fuhr sie nach Hause in die Gartenstraße.

Auf der Fahrt von Scheelbach nach Frankfurt sprach sie kein einziges Wort.

Sonntag, 1. Dezember

Nora wurde vom Klopfen an ihrer Zimmertür geweckt. Gestern, nach ihrer Ankunft, hatte sie eine Dusche und anschließend eine Schlaftablette genommen und war sofort zu Bett gegangen. Nicht einmal Ceydas Einladung zum Abendessen hatte sie angenommen – der bloße Gedanke an Essen bereitete ihr Übelkeit.

Sie schlief tief und fest. Als Psychologin wusste sie, dass Albträume nach traumatischen Erlebnissen erst mit Verzögerung einsetzten. Das Gehirn brauchte eine gewisse Zeit, bis es sich vom Schock erholt hatte und mit der Verarbeitung der belastenden Erfahrung begann.

Um halb zehn öffnete Ceyda, die inzwischen von ihrem Nachtdienst zurückgekehrt war, auf Noras Aufforderung hin die Zimmertür und machte ein geheimnisvolles Gesicht.

»Gideon bittet um eine Audienz.«

Nora war noch gar nicht richtig wach. Sie ließ sich in die Kissen zurückfallen und seufzte. »Ich schlafe noch. Bestimmt bis heute Nachmittag.«

Ceyda lachte.

»Das hab ich gehört, Nora«, vernahm sie eine belustigte Stimme im Flur.

»Hast du nicht«, rief Nora, konnte aber nicht umhin, in Ceydas Lachen einzustimmen.

Eine kurze Atempause folgte, dann sagte Gideon: »Wir haben dein Auto gefunden.«

Nora sprang wie von der Tarantel gestochen aus dem Bett und lief im Pyjama auf den Flur hinaus. Ihre Erschöpfung war schlagartig verschwunden. »Wo?«

»Schwarzburgstraße. Direkt vor dem Rose-Schlösinger-Gymnasium.«

Es dauerte einen Moment, bis Nora die Information verarbeitet hatte, aber dann wurde ihr eiskalt ums Herz. Sie rannte zur Garderobe und durchwühlte ihre Handtasche; als sie den gewünschten Gegenstand nicht fand, leerte sie den Inhalt auf dem Boden aus. »Wo ist das Scheißding bloß?«

»Wenn du dein Handy suchst, das hast du gestern Abend zum Laden in die Küche gelegt«, sagte Ceyda.

»Du wusstest, was er vorhat, oder?«, rief sie Gideon zu, während sie in die Küche lief.

»Nein, deshalb bin ich ja hergekommen.«

»Ina Franke arbeitet an dieser Schule. Wir müssen sie sofort warnen.«

Frankes Anschluss klingelte ein gutes Dutzend Mal, dann schaltete sich der Anrufbeantworter ein. Nora konnte ihre Stimme nur mühsam beherrschen, während sie Franke riet, sofort die Polizei zu kontaktieren. Gideon organisierte parallel dazu ein Sondereinsatzkommando des K50.

Nora zog sich in Windeseile an, fünf Minuten später saßen Gideon und sie in seinem Opel und brausten ins Nordend.

»In der Nacht ist übrigens dort ganz in der Nähe in ein Geschäft für Künstler- und Bastelbedarf eingebrochen worden.«

»Könnte zusammenhängen.«

»Was will Lefeber von ihr? Sie malen?«, wollte Gideon wissen, während der Wagen die Gartenstraße entlangbrauste.

»›Ich will eine Schuld tilgen‹, hat er gesagt.«

Dass es sich dabei um ein Bild handelte, das er zu malen versprochen hatte, stellte Nora infrage.

*

Nora hatte selten etwas mehr herbeigesehnt als diesen Rückruf. Doch als Ina Frankes Name auf dem Display auftauchte, musste sie sich überwinden, das Gespräch anzunehmen. Gideon raste derweil mit Blaulicht über den Kreuzbogen der

Alten Brücke – vorbei an dem *Brickegickel*, einem goldenen Hahn an der Spitze eines eisernen Kruzifixes, das seit über sechshundert Jahren die Stelle des tiefsten Fahrwassers im Main anzeigte.

»Wo sind Sie, Frau Franke?«

»In der Schule, im Labor. Ich muss etwas für morgen vorbereiten. Warum?«

»Haben Sie meine Nachricht nicht bekommen?«

»Nein – Moment, da ist wohl etwas auf meiner Mailbox. Ich hatte das Handy eine Weile ausgeschaltet, hab es gerade erst wieder angemacht und Ihren Anruf gesehen.«

Kurt-Schumacher-Straße, Konrad-Adenauer-Straße. Vor ihnen blockierte ein Fiesta mit Wackeldackel auf der Ablage die Spur. Gideon musste in die Eisen steigen, als der Wagen zum Stehen kam.

»Verzieh dich, Arschloch!«, schrie Richter.

Nora hielt die Sprechmuschel zu. »Sie ist in der Schule, vielleicht hat Lefeber sie eine Weile beobachtet und ist ihr gefolgt.«

»Sie soll sofort rauskommen.«

»Hören Sie? Verlassen Sie bitte umgehend das Schulgebäude! Am besten gehen Sie irgendwohin, wo viele Menschen sind. In ein Café oder ein Restaurant.«

»Ich verstehe nicht ...«

»Es gibt nichts zu verstehen, tun Sie einfach was ich sage! Wir sind auf dem Weg zu Ihnen. Haben Sie mich verstanden?«

Eine Zeit lang vernahm Nora nur schweres Atmen am anderen Ende der Leitung. Aber vielleicht war das auch nur Einbildung vor dem Hintergrund des Lärms im Opel, der mit achttausend Touren die Eckenheimer Landstraße hinunterpreschte.

»Ist er hier? Ich meine ... hier im Gebäude?« Frankes Stimme bebte vor Angst.

»Das wissen wir nicht. Möglicherweise. Halten Sie sich nicht lange auf und gehen Sie! Sofort!«

»Ich habe eine Waffe.«

»Die lassen Sie stecken. Sie werden sie nicht brauchen. Los, beeilen Sie sich!«

Die Verbindung brach ab. Ob Franke sie beendet hatte oder das Handynetz schwächelte, vermochte Nora nicht zu sagen.

Gideon bog rechts in die Glauburgstraße ab. Eine graue Katze überquerte wenige Meter vor den Vorderreifen die Straße, mit einem Schlenker konnte er ihr gerade noch ausweichen.

»Franke hat eine Schusswaffe«, gab Nora die Information weiter.

»Ganz schlechte Idee. Im schlimmsten Fall erschießt sie versehentlich einen von uns.«

»Ich trage keine mehr. Seit ich im ZPD arbeite.«

»Wie beruhigend.«

»Finde ich heute ausnahmsweise nicht.«

Im Funkgerät überschlugen sich inzwischen die Einsatzbefehle, während auf den Straßen trügerische Ruhe herrschte.

»Wenigstens ist heute Sonntag, da sind keine Kinder im Gebäude«, sagte Nora erleichtert.

Schwarzburgstraße. Vor ihren Augen tauchte das Gebäude des Rose-Schlösinger-Gymnasiums auf, ein für das Nordend typischer Gründerzeitkasten im Neobarock, dessen großflächige Sprossenfenster wie Gefängnisgitter aussahen.

Das Tor zum Schulhof war verschlossen, der Hof selbst verwaist. An den Fenstern klebte bereits Weihnachtsdekoration – Sterne, Krippenfiguren aus Ton- und Transparentpapier, Kunstschnee –, während auf den Straßen rundum nur Dreck und Hundescheiße lag. Nora versuchte, sich vorzustellen, von welcher Energie Gebäude und Gelände wochentags erfüllt waren, wenn die Schüler der Unterstufe krakeelend durch die Gänge und über den Hof rannten oder die Mädchen im Teenageralter cool auf den Banklehnen hockten und über Jungs herzogen. Es gelang ihr nur schwer, ebenso wenig, wie sich ein Leben mit eigenen Kindern vorzustellen. Sie war jetzt dreißig. Vor dem verhängnisvollen Freitagabend in der *Schreckenmühle* hatte die Aussicht auf diese neue Lebensphase ihr einige Überlegungen zum Thema Familienplanung abverlangt. Sie hatte sich sogar bei der Erwägung ertappt, wie Bruno Albrecht sich als Vater machen würde. Er hatte ihr ja erzählt, dass er Kinder wollte, im Gegensatz zu seiner Exfrau. Aber vielleicht war auch das eine Lüge, wie fast alles andere, was er ihr erzählt hatte. Über das Thema Familienplanung würde sie künftig mit jemand anderem sprechen müssen.

»Hartmann hat mir erzählt, wie er Lefeber damals im Schulgebäude gestellt hat«, sagte Gideon, während er auf den Bürgersteig vor dem Tor rumpelte und direkt hinter Noras Mini parkte. »Mit über sechshundert Schülern in den angrenzenden Klassenräumen. Es blieb keine Zeit mehr, die Schule zu evakuieren. Dass da ein Kind zwischen die Fronten gerät – eine absolute Horrorvorstellung.«

Nora und Gideon rissen die Türen auf und rannten zum Tor: Es war abgesperrt. Von fern hörte man, wie sich Sirenen näherten. Sie hatten keine Zeit zu verlieren, also nahm Gideon Anlauf und trat gegen das Schloss, bis es nachgab. Auf dem Belag aus rotem Gummigranulat, mit dem der Hof ausgelegt war, gaben ihre Schuhe kaum einen Laut von sich. Sie liefen an einem überquellenden Mülleimer vorbei, auf den jemand mit schwarzer Farbe ein Peace-Zeichen gesprüht hatte. Manche Symbole überdauerten Generationen.

Die Haupteingangstür war unverschlossen. Nora betrachtete das als schlechtes Zeichen. Falls Ina Franke – wovon Nora im Moment ausging – an diesem Sonntag die einzige Person im Gebäude gewesen war, hätte sie die Tür beim Verlassen der Schule gewiss verschlossen. Also musste sie sich noch im Innern aufhalten.

Vorsichtig drückte Nora die Tür auf, sie betraten den Hauptgang. Gideon nahm seine Waffe aus dem Futteral und bot sie ihr stumm an. Nora lächelte – und lehnte ab. Was immer Lefeber vorhatte, sie hoffte, er würde sich mit Worten überzeugen lassen. Falls er Franke als Geisel genommen hatte, würde ihr die Pistole ohnehin nicht viel nutzen, zumal er ja ebenfalls über eine Schusswaffe verfügte.

Laut Gebäudeplan, der auf einer Schautafel neben der Treppe hing, befand sich das Labor im vierten Stock, in unmittelbarer Nähe zum Lehrerzimmer und dem Büro der Schuldirektion.

Nora schlug vor, dort zu beginnen und sich anschließend von oben nach unten vorzuarbeiten.

Draußen brandete Lärm auf, durch die Glasscheibe in der Haupteingangstür flimmerte Blaulicht. Die Männer vom SEK würden jeden Moment den Einsatz übernehmen. Trotzdem beschloss Nora, die Suche in eigener Regie fortzusetzen. Falls Franke etwas passierte, während sie draußen bei den Kollegen Kaffee trank und wartete, dass die SEKler die Drecksarbeit leisteten, würde sie sich das nie verzeihen.

Im vierten Stock angekommen, war Nora völlig außer Atem. Sie hastete zum Labor, doch es war verschlossen. Zumindest diesen Raum hatte Franke noch verlassen können. Auf dem Weg zum Lehrerzimmer rüttelte Nora an jeder Türklinke, ebenfalls ohne Erfolg.

Gideons Schritte erklangen hinter ihr, er hatte den Bereich des Stockwerks unter die Lupe genommen, in dem die Schulkantine untergebracht war. Stumm schüttelte er den Kopf.

Noras Handy ertönte. Das Läuten, das die Stille durchbrach, jagte ihr einen eiskalten Schauer über den Rücken.

Ina Franke.

Doch bevor Nora rangehen konnte, verstummte das Klingeln. Franke hatte versucht, sie zu erreichen, war jedoch unterbrochen worden.

Von drinnen war ein Geräusch zu hören; jemand summte eine Melodie. Eine Männerstimme.

Nora musterte die Doppelschwingtür, die ins Lehrerzimmer führte. Sie deutete mit dem Finger darauf.

Wir gehen rein.

*

Der junge Mann, den Nora und Gideon im Lehrerzimmer überraschten, hatte ein osteuropäisches Aussehen, trug grüne Gummihandschuhe und wischte mit einem Schwammtuch über den großen Besprechungstisch in der Mitte des Zimmers.

Als er Gideons Dienstwaffe erblickte, hob er die Hände und schrie »Ndihmë!«

Nora und Gideon sahen sich verblüfft an.

»Das ist er jedenfalls nicht«, kommentierte Richter.

Nora wählte Frankes Nummer. Sie ging erst nach dem fünften Läuten ran. Im Hintergrund Stimmengewirr.

»Ich habe versucht, Sie anzurufen.«

»Wo sind Sie?«

»In einem Café in Offenbach. Es heißt *Coffee Resort.*«

»Offenbach? Wie sind Sie so schnell vom Nordend nach Offenbach gekommen?«

»Ich verstehe nicht – wieso Nordend?«

Erst jetzt ging Nora ein Licht auf: Ina Franke arbeitete gar nicht mehr am Rose-Schlösinger-Gymnasium. Was angesichts dessen, was dort vorgefallen war, nicht weiter überraschte. Überraschen sollte sie vielmehr ihre eigene Nachlässigkeit in puncto Recherche. Ein Blick auf Frankes Daten beim Einwohnermelde- oder Steueramt hätte ihr diesen peinlichen Fehler erspart.

»Tut mir leid, dass ich Sie in Alarm versetzt habe. Ich bin davon ausgegangen, dass Sie noch in ihrer alten Schule arbeiten. Lefeber ist irgendwo in dieser Gegend unterwegs. Das haben Sie vermutlich schon erraten. Wir hatten die Befürchtung, er könnte zu Ihnen wollen.«

Es folgte eine lange Pause. Jetzt denkt sie, was für unfähige Idioten bei der Polizei arbeiten, ging es Nora durch den Kopf. Aber was immer Franke auch dachte, sie behielt es netterweise für sich.

»Danke trotzdem, dass Sie mich gewarnt haben. Kann ich jetzt wieder zurück?«

»Ich denke ja, aber melden Sie sich, falls Ihnen etwas ungewöhnlich vorkommt.«

Franke versprach es.

Nora zog einen Stuhl unter dem Tisch hervor und setzte sich. Sie stützte die Ellenbogen auf die Tischplatte und vergrub seufzend das Gesicht in den Händen. Der Mann von der Reinigungsfirma hielt immer noch beide Arme über den Kopf und hatte Augen groß wie Untertassen.

»Sie können die Arme runternehmen«, sagte Richter zu ihm und als er nicht sofort reagierte, steckte er die Waffe ein und machte es ihm mit einer Geste vor. Der junge Mann seufzte erleichtert. Es stellte sich heraus, dass er kein Wort Deutsch sprach. Er konnte ihnen folglich nicht sagen, ob er Lefeber im Gebäude gesehen hatte. Aber auch so gab es keinerlei Hinweis darauf. Inzwischen waren auch die Kollegen vom SEK im Lehrerzimmer eingetroffen. Gideon bat sie, den Rest des Gebäudes vorsichtshalber zu durchsuchen.

»Wenn er nicht hier ist, wo dann? Und was hat er vor?«, rätselte Nora.

»Kennt er hier jemanden?«

»Nicht, dass ich wüsste. Vor ein paar Tagen war er in der Nähe, Wein für das Abendessen kaufen.«

»Dann checken wir den Weinladen.«

Gideon beorderte über Funk zwei weitere Kollegen in die Egenolffstraße. Fünfzehn Minuten später kam die Meldung, der Laden sei geschlossen und der Besitzer, der in einer Altbauwohnung direkt darüber wohne, sei wohlauf, wenngleich verblüfft über den zweiten Besuch von Uniformierten innerhalb von vier Tagen.

Nora trat wutschnaubend gegen den Stuhl, der scheppernd über den Linoleumboden rutschte und gegen die Bücherwand krachte.

Der Reinigungsmann zog erschrocken den Kopf ein. Gideon, die Ruhe selbst, hob den Stuhl auf und stellte ihn an seinen Platz zurück. Dann klopfte er Nora aufmunternd auf die Schulter. »Komm, wir gehen erst mal an die frische Luft.«

Draußen im Hof griff Nora beim Anblick ihres Wagens automatisch in die Jackentasche, um die Türen des Minis mit der Fernbedienung zu öffnen. Bis ihr wieder einfiel, dass Lefeber den Autoschlüssel hatte.

Der Wagen sah erbarmungswürdig aus: Zu der stumpfen Stelle im Lack der Motorhaube, dort, wo Nora versucht hatte, die Schmierereien mit einem Reinigungsmittel zu entfernen, gesellte sich nun noch eine Delle tief wie ein Suppenteller. Das ganze Gefährt war von den Radkästen bis zum Dach dreckverkrustet. Sie würde ihren Vater um Geld für die Reparatur anpumpen müssen, sobald das hier vorbei war.

Nora lehnte sich trotzig an die Motorhaube und ließ den Blick über die Fassaden der umliegenden Häuser schweifen.

»Wo bist du, Adam Lefeber? Wo hältst du dich versteckt?«

Ihre Augen suchten die Fenster ab, in denen sich der graue Himmel spiegelte, die französischen Balkone, die Glasfronten der kleinen Geschäfte, in denen die Weihnachtsdekoration trostlos vor sich hin blinkte. Ihr Blick blieb auf dem Straßenschild an der Ecke haften: *Schwarzburgstraße*, in weißer Schrift auf dunkelblauem Hintergrund, befestigt an einem Mast, den gleich mehrere Suchanzeigen für entlaufene Haustiere schmückten. Die Abrisszettel am unteren Rand flatterten, einige waren bereits abgetrennt. Wie Zahnlücken wirkten die leeren Stellen.

Schwarzburgstraße – das Wort erinnerte sie vage an irgendetwas. Sie hatte es schon mal gehört. Aber das war vermutlich Einbildung. Seit einer Stunde war ausschließlich von der Schwarzburgstraße die Rede gewesen. Wenn es so weiterging, würde sie bald anfangen, schwarze Elefanten zu sehen.

Gideons Handy gab einen Signalton von sich. Er klappte es auf und las. »Schönen Gruß von Ceyda.«

Und auf Noras fragenden Blick hin erklärte er, dass sie eine SMS geschickt habe.

Plötzlich ging alles ganz schnell.

Wie in einem zurückgespulten Film, in dem sich die Scherben einer zerbrochenen Tasse wie von Geisterhand wieder zusammenfügten. Nora klappte ihr eigenes Handy auf und überflog die Liste mit den eingegangenen Nachrichten durch.

Alles Gute zum Dreißigsten. Helfe Hartmann beim Umzug in die Schwarzburgstraße. Stoßen wir am WE an? Gruß, Gitte.

O mein Gott.

Hartmann war derjenige gewesen, der Lefeber verhaftet hatte!

Eine Schuld tilgen.

»Welche Hausnummer hat Hartmann?«

Gideon sah sie verwirrt an. Dann schluckte er und begriff. »Verdammte Scheiße.«

»Vier Mann mit mir!«, brüllte er über den Hof, nachdem er sich gefangen hatte. »Und du bleibst hier, du hast keine Waffe«, belehrte er Nora.

»Und du hast dich kein bisschen verändert, du Macho«, empörte sich Nora und rannte los. Wenige Augenblicke später standen sie vor Hausnummer 20. Am Briefkasten oben in der Mitte stand *W. & S. Hartmann.*

*

Die Wohnungstür war angelehnt. Nora spürte siedendheiß die Angst in sich aufsteigen

Gideon stieß die Tür mit seinem Stiefel auf, mit einem dumpfen Knall schlug die Messingklinke gegen die Wand. Er wollte, die Waffe im Anschlag, vorangehen, aber Nora hielt ihn am Arm fest. *Ich gehe als Erste.*

Gideon bedeutete ihr mit einem Kopfschütteln, sich hinter ihm zu halten, aber sie stand bereits mit einem Bein im Flur.

Es sah aus, als seien die Bewohner gerade erst eingezogen: Zusammengefaltete Umzugskartons stapelten sich an den kahlen Wänden, die Deckenlampe war nur provisorisch angeklemmt und in der Luft lag der Geruch von frischer Farbe.

»Werner? Susanne?«

Keine Antwort. Nora setzte ihren Weg fort. Badezimmer, Gästetoilette – leer. Die Küche – ebenfalls niemand. Aus einem der hinteren Zimmer drang ein leises Wimmern. Lautlos schlich sie in Richtung Wohnzimmer.

Susanne Hartmann saß im Pyjama auf der Couch. Sie war geknebelt und mit Wäscheleine an Hand- und Fußgelenken gefesselt. Von ihr stammten die gequälten Geräusche.

Werner Hartmann, Noras ehemaliger Chef, saß in einem gelben Morgenmantel auf einem Stuhl in der Mitte des Zimmers, etwa zwei Meter von der Staffelei entfernt, an der Lefeber arbeitete. Dieser hatte seinem ›Modell‹ eine durchsichtige Plastiktüte über den Kopf gezogen und mit Klebeband um den Hals zugeschnürt. Hartmanns Lippen waren blau, er atmete schnell und flach und in seinen Augen las sie nackte Angst. Todesangst.

Nora rannte zum Stuhl. Lefeber deutete mit der Waffe, die er in der linken Hand hielt, während er mit der Rechten den Pinsel führte, auf den Stuhl. »Sobald Sie ihn auch nur mit dem kleinen Finger berühren, erschieße ich ihn.«

»Er ist sowieso gleich tot, wenn ich ihm die Tüte nicht abnehme.«

»Mitnichten. Er hat mindestens noch zehn Minuten, bevor die Hirnschädigungen einsetzen. Glauben Sie mir, ich weiß, wovon ich rede.«

Nora zögerte. Sie sah zu Gideon hinüber, der in der Tür stand, die Dienstwaffe auf Lefeber gerichtet, und ihn aufforderte, aufzugeben. Lefeber lachte nur.

»Was wollen Sie?«, fragte Nora.

»Malen. Sie können mich dabei ein wenig unterhalten und wenn ich fertig bin, darf ihr attraktiver Kollege mich erschießen.«

»Er wird Sie nicht erschießen. Sie gehen ins Gefängnis zurück. Und dieses Mal wird man Sie ganz sicher nicht mehr freilassen.«

»Höre ich da Reue? Selbstkritik? Wer hat sich denn für meine Resozialisierung eingesetzt?«

Lefeber tauchte den Pinsel in ein sattes Gelb und platzierte es mit gespitzten Lippen auf der Leinwand. Als er zufrieden war, warf er Nora einen unergründlichen Blick zu und lächelte.

»Na, hat es Ihnen die Sprache verschlagen?«

»War das immer nur ein Spiel für Sie, Lefeber? Die Therapien? Die Gespräche mit Gutachtern? Haben Sie Ihren guten Willen immer nur vorgetäuscht? Um Ihren alten Neigungen zu frönen, sobald Sie sich wieder auf freiem Fuß befinden?«

»Sie schätzen mich schon wieder falsch ein. Außerdem wissen Sie so gut wie ich, dass man seine Umgebung nicht über Jahre hinweg in einem solchen Ausmaß täuschen kann. Ich erzähle Ihnen jetzt mal was über Gutachter, das Sie noch nicht wissen, wenn Sie erlauben.«

Lefeber legte den Pinsel auf die Palette und nahm die Pistole in die rechte Hand; Nora fragte sich einmal mehr, woher sie stammen mochte, denn es war nicht Martinez' Dienstwaffe.

»Von all den Gutachtern, die ›prägend‹ für meine Gefängniskarriere waren, haben nur zwei mit mir persönlich gesprochen. Sie und ein gewisser Herr Schröder, der das Erstgutachten verfasst hat. Die anderen Gutachten wurden auf der Grundlage von Akten und Gesprächen mit dem Gefängnispersonal geführt.«

»Das bedeutet nicht, dass die Gutachten falsch waren, auch wenn ich Ihrer Meinung bin, dass man Sie hätte anhören müssen.«

»Es geht überhaupt nicht darum, ob die Gutachten falsch oder richtig waren!«, donnerte Lefeber. »Sondern darum, dass es da schon anfängt mit der Entmenschlichung. Sobald man durch die Gittertüren marschiert, ist man nur noch ein Objekt, ein Monster, eine Projektionsfläche. Kein Mensch mehr aus Fleisch und Blut, dem man eine eigene Stimme zugesteht. Und weil das schon im Gefängnis beginnt, ist es auch nicht verwunderlich, dass es in Freiheit nach dem gleichen Muster weitergeht.«

»Wundert Sie die Reaktion, bei den Verbrechen, die Sie begangen haben?«

Hartmann gab ein Röcheln von sich.

»Bitte lassen Sie mich ihm die Tüte abnehmen!«, flehte Nora.

»Er sitzt ohnehin nicht still. Das Bild ist grauenhaft geworden.« In einem unerwarteten Zornausbruch fegte Lefeber mit einem einzigen Handstreich die Staffelei, das darauf befindliche Porträt, die Farbtuben und die Palette um. Das Bild landete auf der bemalten Seite, Wohnzimmermöbel und Fußboden waren mit leuchtenden Farbklecksen verschmiert.

Nora wagte es und riss mit fahrigen Händen das Klebeband auf, es schien eine Ewigkeit zu dauern, bis sie Hartmanns Gesicht, das vom Kondenswasser glänzte, aus der Plastiktüte befreien konnte. Er schnappte nach Luft wie ein Fisch auf dem Trockenen. Als sie auch die Fesseln lösen wollte, gebot Lefeber ihr Einhalt.

»Wissen Sie, Frau Winter, dass der Staat sich mehr oder weniger ernsthaft bemüht, uns einen Wiedereinstieg in die

Gesellschaft zu ermöglichen, mag ja schön und gut sein. Aber wenn die Gesellschaft nicht mitspielt? Außer uns und vielleicht noch Ihnen und diesem unverbesserlichen Optimisten Neumann hat keiner ein Interesse daran, dass wir frei herumlaufen. Selbst dann, wenn wir unsere Strafe abgesessen haben und uns an alle Auflagen halten. Sogar die Leute, die uns von Amts wegen helfen müssten, lassen uns im Stich. Vergeben und verzeihen sind heute leider nicht mehr gefragt.«

»Ich denke, es gibt viel mehr intelligente Menschen, die Ihnen eine Chance geben wollen, als solche, die Sie verdammen. Die Dummen schreien nur lauter.«

Lefeber sann einen Moment nach. »Und um Ihre Frage zu beantworten: Das war kein Spiel. Ich wollte wirklich zurück in den Schoß der Gemeinschaft, wie man so schön sagt. Aber die Gemeinschaft hat einen Riegel vorgeschoben. Eine Art Keuschheitsgürtel, wenn man so will. Kennen Sie *Andorra* von Max Frisch?«

»Wenn ich mich recht erinnere, war das Schullektüre«, antwortete Nora, überrumpelt von dem abrupten Themenwechsel.

»Eines meiner Lieblingsbücher. Die Leute in Andorra reden der Hauptfigur Matti so lange ein, dass er ein Jude ist, bis er es selber glaubt, bis er sich in die Rolle hineinfindet und genauso handelt, wie sie es von einem Juden erwarten. Obwohl er keiner ist. Dann lynchen sie ihn. Als der Mob gestern die Mühle gestürmt hat, wie hirnlose Zombies Hassparolen brüllend, wurde mir eines klar: Man ist nie nur das, wofür man selbst sich hält. Man ist auch das, wofür einen die anderen halten. Wenn die anderen einen Dämon in mir sehen, dann bin ich wahrscheinlich auch einer. Und warum soll ich mir da noch Zurückhaltung auferlegen?«

Nora stand ratlos da. Was sollte sie Lefeber darauf auch antworten?

»Wussten Sie übrigens, dass bei den alten Griechen Dämonen nicht unbedingt bösartig waren? Sie waren Zwischenwesen, eine Mischung aus Göttern und Menschen.«

»Meine Kenntnisse der griechischen Mythologie sind ein wenig eingerostet.«

»Sehen Sie? Und jetzt werde ich Ihr ganz persönlicher Dämon sein und mein Versprechen einhalten.« Mit einer blitzschnellen Bewegung stand er eine Armlänge neben Nora und hielt *ihr* die Pistole an die Schläfe. Er wandte sich an Gideon Richter.

»Erschießen Sie mich. Ansonsten erschieße ich sie. Zehn … neun … acht …«

Richters Augen wurden zu schmalen Schlitzen.

»Nicht, Gideon. Er wird das nicht tun. Er will dich nur provozieren.«

»Sieben … sechs … fünf …«

Bei drei krachte es ohrenbetäubend. Lefeber wurde durch die Wucht des Aufpralls nach hinten geschleudert. Er stolperte rückwärts durch die offene Balkontür, der Griff nach der niedrigen Brüstung des französischen Balkons ging ins Leere. Im nächsten Augenblick kippte sein Körper hintenüber. Nora sah seine Füße grotesk in den Himmel ragen, dann verschwand sein Körper aus ihrem Blickfeld.

Sie rannte auf den Balkon und blickte hinunter. Vier Stockwerke tiefer lag Lefebers lebloser Körper auf dem Gehsteig der Schwarzburgstraße. Unter ihm breitete sich eine rote Lache aus. Polizisten in Uniform und Sanitäter eilten von allen Seiten auf ihn zu. Nora kehrte ins Zimmer zurück, wo Gideon Susanne Hartmann losband und seinen ehemaligen Chef von seinen Fesseln befreite. Sie betteten ihn auf den Boden. Sanitäter stapften durch die Wohnzimmertür und übernahmen die Versorgung der beiden Geiseln. Mit einem Taschentuch hob Nora Lefebers Pistole vom Boden auf und nahm sie in Augenschein.

Es war die täuschend echte Replik einer *Heckler & Koch P30 II*, aus schwarzer und grauer im Backofen gehärteter

Knete modelliert. In die Unterseite des Griffs, wo sich bei einer echten Waffe das Magazin befand, hatte der Künstler seine Signatur eingeritzt.

W. Tibursky.

Montag, 2. Dezember

Vor neun Wochen hatte Schreyer von Nora wissen wollen, was sie von der Resozialisierung hielt. Damals hatte sie ausweichend geantwortet. Hatte wissenschaftliche Floskeln bemüht, um ihr Halbwissen zu kaschieren. An diesem Montagmorgen saß sie ihm erneut in seinem Büro gegenüber. Sie hätte nun eine bessere, persönlichere Antwort in petto gehabt, aber ihr Vorgesetzter stellte nicht die richtige Frage. Genauer gesagt, stellte er gar keine Fragen, sondern warf ihr über den Rand seiner Brille einen kritischen Blick zu.

Den Termin hatte Schreyers Sekretärin Siggi erst angeboten, nachdem Nora damit gedroht hatte, in die nächstbeste Sitzung zu marschieren, um ihre Erkenntnisse nicht nur mit Schreyer, sondern auch mit allen anderen Anwesenden zu teilen. Doch nun, wo sie freie Fahrt hatte, kostete es sie unendlich viel Kraft, ihre Überlegungen zu Gehör zu bringen. Was ihr noch vor ein paar Stunden logisch erschienen war, mutete jetzt wie eine wirre Verschwörungstheorie an. Doch ihre Wut und Enttäuschung brauchten ein Ventil, sonst würde sie daran ersticken.

»Ich weiß, dass es politisch unklug ist, so etwas zu sagen, aber ich denke, Broussier hat die Aktion mit voller Absicht gegen die Wand fahren lassen.«

»Tatsächlich?«, entgegnete Schreyer mit gespielter Überraschung und nahm seine Brille ab, um an den Bügeln herumzuspielen.

»Er hat es darauf angelegt, dass die Situation eskalierte. Damit er aller Welt vor Augen führen konnte, dass man solche Monster unter keinen Umständen freilassen darf. Sonst braucht man ein Riesenaufgebot an Polizei, Überwachung und Geld.«

»Finden Sie das nicht ein bisschen weit hergeholt?«

»Warum hat man Lefeber, Tibursky und Rosen systematisch Hilfe vorenthalten? Sie so gut wie gar nicht auf die Entlassung vorbereitet? Ein überlasteter Bewährungshelfer, der einmal in der Woche für ein kurzes Gespräch anreist – nennen Sie das etwa Unterstützung? Meine Hilfsangebote wurden allesamt ausgeschlagen. Ich musste in meiner Freizeit nach Scheelbach fahren, um zu helfen. Und was hat die Polizei getan, um die Menschen vor Ort aufzuklären, die Situation zu deeskalieren? Gar nichts.«

»Das ist nicht Aufgabe der Polizei, Frau Winter. Die Politik und die Richter haben uns den Schwarzen Peter zugeschoben, indem sie dafür gesorgt haben, dass diese Leute überhaupt freigelassen wurden.«

»Das Hauptproblem liegt ganz woanders, Herr Schreyer. Es ist eben nicht damit getan, die Leute einzusperren und den Schlüssel wegzuwerfen. Man muss Zeit und Arbeit und Veränderungsbereitschaft investieren. Ein Thema, das uns alle angeht.«

Siggi öffnete die Tür zu Schreyers Büro und wies ungeduldig auf den nächsten Termin hin. Noras Chef erhob sich hinter seinem Schreibtisch. In seinem grauen Anzug, mit der altmodischen Krawatte und dem abgenutzten Lächeln, wirkte er nur noch wie ein müder Beamter.

»Ich werde Ihre konstruktive Kritik gern an die entsprechenden Stellen weiterleiten, Frau Winter, sofern Sie diese schriftlich aufbereiten. Für so etwas haben wir ja das interne Vorschlagswesen. Ist sonst noch etwas?«

Nora öffnete ihre Handtasche und holte einen Gegenstand heraus, der in Seidenpapier eingeschlagen war. Unter Schreyers neugierigen Blicken wickelte sie die grüne Baumschlange aus Ton aus, die Tibursky ihr geschenkt hatte. Sie gehörte zu den wenigen Dingen, die von der Feuerwehr aus der Asche der einstigen *Schreckenmühle* geborgen werden konnten. Gideon hatte die Einzelteile wieder zusammengeklebt. Die grüne Lasur war an vielen Stellen schwarz verfärbt, und dort, wo sich das Auge befunden hatte, leuchtete der gebrannte Ton hellrot; die Schäden ließen das Tier noch exotischer wirken.

Nora suchte und fand einen Platz auf einem niedrigen Aktenschrank, wo sie die Schlange auf einem Papiertaschentuch absetzte und ihr einen letzten Blick zuwarf.

»Die ist von Tibursky. Damit Sie sich immer vor Augen halten, dass er nicht nur ein Monster war, sondern auch ein Mensch mit einer künstlerischen Gabe.«

Schreyer fixierte das Reptil mit schmalen Lippen und strich sich über den Kinnbart.

Siggi rief von draußen herein, dass es nun ›wirklich allerhöchste Zeit‹ sei.

Nora verließ Schreyers Büro und durchquerte das Vorzimmer. Auf ihren freundlichen Abschiedsgruß an Siggi erhielt sie keine Antwort.

*

Mit vier Toten, sechs an der Leichenöffnung beteiligten Ärzten, etlichen Polizisten und Juristen herrschte im großen Saal im Untergeschoss des rechtsmedizinischen Instituts Gedränge. Die Herren Breitenecker und Chiazza – ein tief gebräunter lebensfroher Italiener, der aussah wie ein neapolitanischer Schnulzensänger – führten die Autopsie durch. Staatsanwalt Dr. Keitel, Gideon Richter als Leiter der MK5 und der Leiter der vierten Mordkommission, die mit ihren Mitarbeitern gemeinsam die Sonderkommission *Spessart* bildeten, waren aus der Festung angereist. Und nicht zu vergessen Nora Winter, die zwar keine offizielle Aufgabe bei der bevorstehenden Veranstaltung hatte, aber von Gideon eingeschleust worden war, weil sie als Augenzeugin unter Umständen wichtige Details beitragen konnte.

Auf den beiden fest installierten und zwei eilig herangeschafften mobilen Sektionstischen lagen unter weißen Laken die Leichen von Tobin und Anna Kiefer, Wolfgang Tibursky und Adam Lefeber.

Chiazza platzierte vor jeden Körper ein Klemmbrett mit den wichtigsten Informationen über den Toten. »Was hatten Sie heute, Herr Kollege?« wandte er sich an Breitenecker.

»Einen Pilz. Und Sie?«

»Auch einen Pilz, was sonst.«

Die beiden Männer brachen in Gelächter aus. Nora sah unschlüssig zu Gideon hinüber, der mit den Schultern zuckte. Als Chiazza ihre Verwirrung bemerkte, klärte er sie auf: »Wir bekommen von der Institutssekretärin jedes Jahr einen mit Schokolade gefüllten Adventskalender. Verschiedene Kalender, aber die gleiche Füllung. Das ist so eine Art Running Gag.«

Und als Nora nicht wie erwartet reagierte, zuckte Chiazza die Schultern. »Heute hatten wir beide einen Pilz, verstehen Sie? Wir finden so etwas *divertente*. Komisch.«

Kindsköpfe, dachte Nora. Wahrscheinlich musste man so gestrickt sein, um bei all der Brutalität, deren Ergebnisse man hier in Augenschein nahm, nicht den Verstand zu verlieren.

Man reichte ein Döschen mit Tigerbalsam herum. Dann entfernten Chiazza und Breitenecker die Laken von den Körpern. Ein Aufstöhnen ging durch den Saal, als sichtbar wurde, was von den Leichen noch übrig war. Richters Kollege gab Würgegeräusche von sich und stürmte durch die Flügeltür nach draußen. Die restlichen Anwesenden mit Ausnahme der Gerichtsmediziner, die damit ihr täglich Brot verdienten, wurden etwas blasser, hielten sich jedoch wacker.

Adam Lefebers Anblick war noch einigermaßen erträglich. Von der rot umrandeten Eintrittswunde knapp über dem Herzen und einigen Schürfwunden abgesehen, wirkte er friedlich. Nur die Art und Weise, wie sein Kopf auf dem Tisch lag, ließ ahnen, dass der gesamte Hinterkopf durch die Wucht des Aufpralls auf den Asphalt zerquetscht worden war.

Wolfgang Tibursky und Tobin Kiefer einte, dass ihre Köpfe vom Torso abgetrennt waren und mit einigen Zentimetern Abstand auf dem Tisch lagen. Kiefers Hals wies geradlinige, wenn auch ausgefranste Schnittwunden auf, offensichtlich von Menschenhand verursacht. Tiburskys Kopf war mit roher Gewalt vom Hals getrennt worden, Sehnen und Adern hingen heraus und die Wunde verlief wesentlich ungleichmäßiger.

Am schlimmsten hatte es Anna Kiefer erwischt. Ihr Körper war nach Eintreten des Todes nicht nur zersägt, sondern Teile davon auch Opfer der Flammen geworden, die das Haus und das Mühlengebäude bis auf die Grundmauern zerstört hatten. Chiazza und Breitenecker hatten die Körperteile, so gut es ging, auf dem Tisch angeordnet, doch der Anblick eines Körpers, dessen unterer Teil verkohlt war, Kopf und Torso jedoch weitgehend unversehrt schienen, fügte der gespenstischen Szenerie noch eine weitere bizarre Note hinzu.

Nora kämpfte gegen den dringenden Wunsch an, das Gesicht abzuwenden und eine Weile aus dem Fenster zu blicken. Doch sie widerstand der Versuchung und bemühte sich, das Grauen zu verbannen und sich auf ihre Arbeit zu konzentrieren.

»Fangen wir mit dem Einfachsten an«, sagte Chiazza und deutete auf Lefeber. »Traumatischer Pneumothorax durch Schussverletzung. Gestorben ist er letztendlich jedoch an den massiven Kopf- und inneren Verletzungen nach dem Sturz aus dem vierten Stock. Weiß jemand, warum an dem Mann eine Orchiektomie durchgeführt wurde? Hatte er vielleicht Hodenkrebs?«

»Wenn Sie uns erklären, was das ist, eine Orchi…«

»Der Mann war kastriert.«

»Eine schwere Hodenverletzung bei seiner ersten Festnahme vor mehr als zwanzig Jahren«, erklärte Nora.

Chiazza machte sich eine Notiz. »Der Rest ist ja wohl eher unstrittig. Außer dass es mich wundert, warum Sie ihm nicht zuerst in die Beine geschossen haben.« Das war an Gideon gerichtet.

»Er hat es herausgefordert«, antwortete der forsch.

»Tatsächlich? Na, kaspern Sie das mit der Revision aus.«

Nora musste lächeln. Die würden Gideon, der selbst einige Jahre dort tätig gewesen war, wohl kaum ans Leder gehen. Er musste schlimmstenfalls mit einer mündlichen Verwarnung rechnen.

Chiazza ging einen Tisch weiter zu Tibursky.

»Der Kopf wurde im Fall zwischen dem zweiten und dritten Halswirbel vom Rumpf getrennt. Das führt, außer bei langjährigen Beamten, fast immer zum Tod. Ob es sich bei dem Sturz um Vorsatz oder Unfall handelt, kann ich leider noch nicht sagen. An ihm haben wir zahlreiche Gewebespuren gefunden, die noch im Labor sind.«

»Auch Spuren von Frau Kiefer?«, wollte Nora wissen.

Chiazza verneinte. Es sei ausnahmslos männliche DNA gefunden worden. Kiefer wolle er sich für später aufheben, sagte er anschließend, der habe eine Überraschung zu bieten. Die Anwesenden betrachteten neugierig den aufgedunsenen kopflosen Leichnam, der jedoch nichts preisgab.

»Mit Anna Kiefer haben wir ein Mordsglück: Ihr Kopf ist im Gegensatz zum restlichen Körper weitgehend unversehrt. Vermutlich hat jemand die Säcke mit dem Kopf und dem linken Arm weit vom Haus weggeschleppt, bevor er vom Feuer überrascht wurde. Jedenfalls handelt es sich bei der Todesursache um multiple Hirnblutungen infolge einer offenen Schädelfraktur. Verursacht durch Gewalteinwirkung mit einem stumpfen Gegenstand.«

»Moment mal«, unterbrach Doktor Keitel Chiazza, »heißt das, sie ist erschlagen worden?«

»Erschlagen, unglücklich gefallen – mehrmals auf die gleiche Stelle …« Chiazza grinste. »Außerdem Strangulationsmale am Hals. Sieht so aus, als hätte jemand versucht, sie zu erwürgen, und ihr dann, als sie bewusstlos war, eins über den Schädel gezogen.«

»Sagten Sie nicht, Tibursky sei mit ihr auf dem Dorffest gesehen worden?«, wandte Keitel sich an Nora.

»Darum meine Frage, ob Frau Kiefers DNA an Tibursky gefunden wurde.«

Sie musste sofort an Lefeber denken und wie recht er mit seiner Einschätzung gehabt hatte. Keitels Verdacht richtete sich zuallererst auf den ehemaligen Strafgefangenen.

»Hier schließt sich der Kreis, denn …«, Chiazza breitete die Arme aus, »… wir haben passendes Gewebe unter *seinen* Fingernägeln gefunden.« Er trat an Tobin Kiefers Tisch.

»Ihr Blut und anderes Gewebe aus der Kopfverletzung. Außerdem haben wir die Strangulationsmale am Hals mit seinen Händen verglichen. Passen zusammen wie Finger in Auge. Sagt man das so?«

»Faust aufs Auge. Kiefer hat also seine eigene Frau umgebracht?«, fragte Richter.

»Eine Möglichkeit. Oder er hat sie gewürgt, bevor sie von jemand anderem umgebracht wurde. Als er seine tote Frau fand, hat er dann ein bisschen in der tödlichen Wunde herumgestochert.« Chiazzas Finger demonstrierten, wie Kiefer dabei vorgegangen sein könnte. »Nicht sehr realistisch, dieses Szenario, gebe ich zu.«

»Hat er sie auch zersägt und in den Tüten verpackt?«, fragte Keitel.

»Ich denke nicht. Das passende Werkzeug, eine Bügelsäge, ist von der Spurensicherung gefunden worden. Darauf befinden sich weder DNA-Spuren von Kiefer noch von einem der anderen Herren.«

Chiazza deutete auf die Säge, die neben Kiefers Leiche gefunden worden und zur Überprüfung ebenfalls ins Institut gebracht worden war. An den Zähnen klebte noch getrocknetes Blut.

»Rosen?«, wollte Nora von Gideon wissen.

»Möglich. Wir klären das ab«, sagte er und kritzelte etwas in seinen Notizblock.

»Jetzt kommen wir zu diesem wohlgenährten Herrn hier«, sagte Chiazza und tätschelte Tobin Kiefers Schienbein.

»Todesursache akuter Myokardinfarkt.«

Grabesstille im Saal. Kiefer war an einem Herzinfarkt gestorben.

»Der Kopf wurde erst postmortal vom Rumpf getrennt. Das geht auch mit den Aufnahmen der Spurensicherung konform.«

»Dein feiner Herr Albrecht hat angeblich beobachtet, wie Rosen Kiefer getötet hat«, sagte Gideon.

»Dann hat mein feiner Herr Albrecht vielleicht gelogen?«

»Warum sollte er?«

»Darüber muss ich nachdenken«, wehrte Nora ab. Aber sie hatte eine leise Ahnung, was zwischen Albrecht und Rosen abgelaufen war, vorgestern im Scheelbacher Forst.

Chiazza fuhr fort, im Detail zu beschreiben, wie Rosen Kiefers Kopf vom Körper getrennt hatte, zeigte dabei das Tatwerkzeug und beantwortete Fragen.

Zwei Stunden später senkten sich die weißen Laken ein letztes Mal über die Toten; sie wurden in die Kühlkammern zurückgebracht, in denen sie noch ein paar Tage bleiben würden, bis die Untersuchungen abgeschlossen waren und man die Leichen zur Bestattung freigab. Man verabschiedete sich knapp, die Untersuchungsberichte seien gegen Ende der Woche zu erwarten, die Auswertung der DNA würde noch einige Wochen in Anspruch nehmen.

Wenig später standen Nora und Gideon draußen vor dem Institut, wo der Verkehr auf der Kennedyallee in ohrenbetäubendem Lärm entlangbrauste. Es war kalt, knapp über null Grad. Von Sonntag auf Montag waren die Temperaturen um fast zehn Grad gefallen.

»Musst du gleich wieder zurück nach Wiesbaden?«, fragte Gideon.

»Ich habe noch die ganze Woche Urlaub.«

»Kann ich dich nach Hause bringen?«

»Ehrlich gesagt, wollte ich dich um einen anderen Gefallen bitten, Gideon.«

»Du willst doch noch mit mir in die Oper gehen?«

»Dafür hast du doch jetzt Ceyda.«

»Die ist nicht der Operntyp. Ist mir schleierhaft, wie eine so attraktive Frau einen so lausigen Musikgeschmack haben kann.«

Nora musste lachen. Gideon besaß die Gabe, sie auch dann noch aufzuheitern, wenn sie sich am liebsten heulend in irgendeine Ecke verkrochen hätte.

Dann wurde sie wieder ernst. »Kann ich noch einmal mit Rosen sprechen?«

Gideons Blick sprach Bände. »Nicht dein Ernst, oder?«

»Bitte.«

Er verdrehte zwar die Augen, gab ihrer Bitte jedoch statt. Während sie über die Friedensbrücke fuhren, den Main unter sich, fielen die ersten Schneeflocken. Unbemerkt war der Herbst in den Winter übergegangen.

»Was versprichst du dir von dem Gespräch?«

»Ich glaube, Bruno und Rosen haben einen Deal gemacht. Ich werde ein bisschen schwindeln, um es aus ihm herauszukitzeln.«

»Was für einen Deal?«

Nora schwieg.

Gideon würde es sowieso gleich erfahren.

*

Rosen wirkte in seiner Arrestzelle so entspannt wie schon lange nicht mehr. Mit geschlossenen Augen lag er auf dem Bett und streichelte Chewbaccas schütteres Fell.

Beim Anblick von Nora und Gideon klatschte er in die Hände und begrüßte sie überschwänglich. Dann nahm er Chewie und schaukelte hinter den beiden her in den Besprechungsraum.

Nachdem sie Platz genommen hatten und Gideon allen ein Glas Mineralwasser eingeschenkt hatte, kam er zur Sache.

»Sie waren es, der den Leichnam von Anna Kiefer zersägt hat, stimmt's?«

Rosen schluckte und starrte auf die Tischplatte.

»Ihre Idee oder die von Lefeber?«

Rosen räusperte sich. »Meine«, sagte er leise.

»Und warum?«

»Ihre Leiche lag im Wald. Wenn jemand sie dort gefunden hätte, hätten alle geglaubt ...« Er verstummte.

Dass wir es waren, ergänzte Nora den Satz in Gedanken. »Wäre das nicht die perfekte Gelegenheit gewesen, wieder ins Gefängnis zu gelangen? Denn das wollten Sie doch die ganze Zeit – wieder hinter Gitter.«

Rosen zuckte mit den Schultern. Es war wohl doch eher Lefeber gewesen, der Rosen dazu gedrängt hatte.

»Sie hätten's ja doch rausgefunden – dass ich es nicht war.«

»Also haben Sie sie ins Haus gebracht. Was wollten Sie denn mit ihr machen, nachdem Sie sie zerkleinert hatten?«, fragte Nora.

»Verstecken – vergraben«, antwortete Rosen kleinlaut.

Nie und nimmer war dieser Plan alleine auf Rosens Mist gewachsen, dachte Nora. Also versuchte sie, ihn aus der Reserve zu locken.

»Herr Rosen, wissen Sie, dass Adam Lefeber nur deshalb ihre Freundschaft gesucht hat, weil er von Herrn Albrecht dafür bezahlt wurde?«

Rosen nickte.

Nora und Gideon sahen sich überrascht an. Rosen hatte das Spiel von Anfang an durchschaut?

»Warum sollte sich so ein schlauer Mensch sonst mit einem Dummkopf wie mir abgeben?«

»Hat Ihnen das denn nichts ausgemacht?«

Er zuckte mit den Schultern. »Im Knast ist man um jeden Freund froh. Auch wenn er gekauft ist.«

»Wussten Sie, wer Albrecht ist und warum er Ihnen das Haus angeboten hat?«

Rosen schüttelte den Kopf. »Ich dachte, es ging ihm nur um das Lösegeld.«

Das glaubten einige, dachte sie. »Ich fasse es nicht. Wissen Sie was? Ich glaube immer weniger, dass Sie ein Dummkopf sind, Herr Rosen.«

Ein Lächeln umspielte seine Mundwinkel.

»Wusste Tibursky auch Bescheid?«

Diesmal schüttelte er den Kopf sehr langsam, im Zeitlupentempo.

»Kommen wir zu Kiefer«, fuhr sie fort.

»Der Held von Scheelbach.«

Nora verstand nicht.

»In der BILD war er mal auf der Titelseite. Den habe ich umgebracht.«

»Die Gerichtsmedizin sagt etwas anderes. Kiefer war bereits tot, als Sie die Axt einsetzten.«

»Bruno Albrecht kann bezeugen, dass ich ihn getötet habe.«

»Dann lügt er.«

Rosen blickte auf. Er studierte Noras Gesicht.

Du willst herausfinden, was ich weiß. Und was ich nur vermute.

»Auf Störung der Totenruhe, Paragraf 168 des Strafgesetzbuches, steht in der Regel nur eine Geldstrafe.«

Rosen blieb stumm, aber sein Schweigen war beredt genug.

»Wie ich schon sagte, es war Ihre Absicht, ins Gefängnis

zurückzukommen, richtig? Bruno sollte bezeugen, dass Sie einen Mord begangen haben.«

Schweigen.

»Wollen Sie sich nicht dazu äußern?«

Rosen blieb stur, deswegen ging Nora aufs Ganze. Auch wenn Sie wusste, dass sie zu einer Lüge greifen musste. Denn auch wenn man Rosen den Mord nicht nachweisen konnte: Eine Leiche mit einer Bogensäge in handliche Stücke zu zerteilen und einer anderen mit einer Axt den Kopf vom Rumpf zu trennen, reichte in den Augen der meisten Richter aus, um ihn bis ans Ende seines Lebens in eine psychiatrische Anstalt einzuweisen. Rosen war zwar schlauer als er nach außen hin vorgab, aber für so clever hielt sie ihn dann doch nicht.

»Also gut. Sie sind kein Mörder. Nach Sachlage müssen wir Sie also freilassen. Ich sehe zu, dass Neumann heute noch herkommt. Wir schauen, wo wir Sie unterbringen können.«

Nora stand auf und hielt dem fassungslosen Rosen die Hand hin. Der nicht minder fassungslose Gideon erhob sich ebenfalls und meinte: »Nora, können wir kurz draußen reden?«

Doch bis zur Tür schafften sie es nicht. »Ich dachte, er lebt noch«, startete Rosen einen letzten Versuch.

»Nein, dachten Sie nicht. Bruno ist Arzt, wenn auch Tierarzt; er hat Ihnen bestätigt, dass Kiefer tot ist.«

Gideon schüttelte verwundert den Kopf.

Rosen atmete tief durch, dann gab er auf. »Also gut. Sie haben recht. Als ich Kiefer im Wald begegnete, bekam er vor meinen Augen einen Herzanfall. Jedenfalls glaube ich, dass es einer war. Albrecht hat mir geholfen.«

»Aber Sie haben nicht versucht, Hilfe zu holen.«

»Er ist vor meinen Augen verreckt. Er hat es verdient. Wer hätte uns auch helfen wollen?«

»Und welche Gegenleistung haben Sie Albrecht dafür geboten?«

»Ich habe ihm verraten, wo wir seine Schwester verscharrt haben.«

Nora starrte Rosen an. Dann schob sie ihm ein leeres Blatt und einen Kugelschreiber über den Tisch. »Schreiben Sie auf, wo.«

»Ich hab ihm versprochen, es niemandem zu verraten.«

»Wollen Sie raus oder nicht?«

Rosen kratzte sich am Kopf. »Lieber nicht«, sagte er schließlich. Und dann begann er zu schreiben.

Die beiden Polizisten beobachteten ihn schweigend. Als er fertig war, überflog Nora das Schriftstück und reichte es an Gideon weiter, der das Blatt ungelesen zusammenfaltete und in die Brusttasche steckte.

Wenige Minuten später wurde Heinz Rosen wieder in die Arrestzelle gebracht. Sie gaben sich zum Abschied die Hand.

»Danke«, sagte Rosen. Sein Händedruck war weich und warm, Nora dachte an Willi und was in Rosen vorgehen musste, der nun zum zweiten Mal seinen Wegbegleiter verloren hatte – dieses Mal endgültig.

Die Zellentür fiel zu. Das Letzte, was sie von Rosen zu Gesicht bekam, war sein Lächeln.

»Frau Winter?«, ertönte es gedämpft hinter der Zellentür.

Nora gab dem Wachhabenden ein Zeichen, der die Klappe aufschloss.

Rosens Gesicht erschien in der Öffnung. Er schien mit sich zu kämpfen. »Ich habe das Mädchen damals umgebracht. Katharina.«

»Ja?« Nora war klar, dass Rosens Geständnis ein wichtiger Schritt für ihn war. Für sie beide. Er hätte dieses Wissen auch mit in sein Grab nehmen können. Also ließ sie ihn reden.

»Sie hatte uns unmaskiert gesehen. Wir haben Streichhölzer gezogen, wer es tun muss. Es hat mich erwischt, gleich beim ersten Mal. Aber ich glaube, die beiden anderen haben gemogelt – es gab nur kurze Streichhölzer. Ich habe ihr ein

Kissen aufs Gesicht gedrückt.« Er starrte einen Augenblick ins Leere. »Es ging ganz schnell.«

»Nein, Herr Rosen, ersticken geht nicht schnell«, widersprach Nora.

Er sah sie an, dann nickte er bestätigend.

»Schreiben Sie Bruno einen Brief«, schlug sie vor. »Ich denke, er würde es wissen wollen. Lassen Sie nichts aus.« Wieder ein Signal an den Wachhabenden und die Klappe fiel endgültig zu.

Gideon begleitete Nora aus dem Polizeipräsidium. Sein Angebot, sie nach Hause zu bringen, schlug sie aus.

»Dass jemand mit der Drohung unter Druck gesetzt werden kann, dass er aus dem Knast raus muss, hatte ich noch nie«, staunte er. »Hab ich dir übrigens schon erzählt, dass wir den Jungen gefunden haben?«

»Timm Wawerzinek? Wo war er denn?«

»In einem Vorratskeller in Kiefers Brauerei. Erst hat er behauptet, er sei von zu Hause abgehauen, weil er Streit mit seiner Mutter hatte. Es klang wenig glaubwürdig. Nachdem die Kollegen ihm auf den Zahn gefühlt hatten, gab er zu, dass sein Onkel Henk ihn dort versteckt hatte. Henk Wawerzinek war Kiefers Handlanger.« Gideon zog vielsagend die Augenbrauen hoch.

»Manche Leuten schrecken vor nichts zurück«, bestätigte Nora.

»Wir haben außerdem Fallen im Wald gefunden. Die Experten sagen, ganz ähnliche hätten die Vietcong im Vietnamkrieg benutzt. Wir nehmen an, sie wollten die Männer ursprünglich wie Freiwild hetzen, aber dann liefen die Dinge aus dem Ruder. Wawerzinek ist den Kollegen vom Verfassungsschutz bekannt. Ich glaube, wir stehen erst ganz am Anfang.«

Nora schlug den Kragen hoch, ein eisiger Wind pfiff die Adickesallee herunter. Gideon küsste sie freundschaftlich auf die Wange.

»So wie wir beide«, sagte er.

Sie sah ihn verwirrt an.

»Dein Bus kommt.«

Nora spähte über die Schulter. Der Zweiunddreißiger rollte an. Sie löste sich aus Gideons Griff und lief zur Bushaltestelle. Als sie auf ihrem Platz saß und aus dem Fenster schaute, verschwand Richter durch die große Glastür des Hauptportals im Gebäude.

Zwei Minuten später meldete ihr Handy den Empfang einer neuen SMS von Gitte.

tbc – to be continued

Freitag, 6. Dezember

Die ganze restliche Woche war Nora um das Telefon herumgeschlichen. Ceyda schwankte zwischen Spott und Mitleid, wenn sie sich nicht gerade selbst bedauerte, weil Gideon ihr kleines Techtelmechtel beendet hatte. Es hatte Nora Überwindung gekostet, Bruno anzurufen. Am Telefon hatte er hoffnungsvoll geklungen und so tat es ihr doppelt leid, dass dies ihr letztes persönliches Gespräch sein würde. Aber sie wollte bei dem Gedanken an das Ende dieser Beziehung, wenn man ihre Affäre überhaupt so nennen konnte, nicht immer den Scheelbacher Forst, Rosen mit der blutgetränkten Axt und den Feuerschein der brennenden *Schreckenmühle* vor Augen haben.

Trotz des schneidenden Windes standen beide nun auf Brunos Terrasse und sahen hinüber auf das von kahlen Platanen gesäumte Museumsufer, während der Main schmutzig braun und träge dahinfloss.

Nichts erinnerte mehr an die Unbeschwertheit und Betriebsamkeit, die zur Sommerzeit am Ufer herrschte. Links von ihnen ragte vor einem gelblich grauen Himmel der Westhafen-Tower auf, der mit seiner rautenförmig segmentierten Vollverglasung einem gigantischen Apfelweinglas glich.

Nora nippte an dem heißen Tee, den Bruno für sie aufgebrüht hatte, um der Kälte zu trotzen. »Du hast in Scheelbach gesagt, das mit mir wäre nicht nur Mittel zum Zweck gewesen.«

»Das meinte ich auch so.«

»Trotzdem möchte ich, dass wir die Sache beenden. Unsere Beziehung hat keine Zukunft.«

Er schlürfte seinen Tee und schwieg eine Weile. Dann nickte er. »Ich hatte so etwas schon erwartet. Es tut mir leid, Nora.«

Sie ließen sich den Wind um die Ohren wehen und hingen ihren Gedanken nach.

»Bist du froh, dass er wieder eingesperrt ist?«, fragte Nora schließlich.

»Rosen? Der ist mir egal.«

Die Antwort überraschte Nora. »Er ist dir egal?«

Bruno sah sie an. »Als ich zum ersten Mal in die JVA ging, mit dem Vogelkäfig unter dem Arm, in der Absicht, sein Vertrauen zu gewinnen, war es beinahe unerträglich für mich, ihn auch nur anzuschauen. Die Vorstellung, mit dem Mann, der Katharina möglicherweise getötet hatte, im gleichen Zimmer zu sitzen, bereitete mir Übelkeit. Nur der Gedanke daran, dass er mich eines Tages zu ihr führen würde, hielt mich aufrecht. Aber je länger ich mit ihm zu tun hatte, desto mehr trat dieser Gedanke in den Hintergrund. Er ...« Brunos Stimme setzte kurz aus. »Wenn man mit Ungeheuern kämpft, muss man aufpassen, dass man nicht selber eines wird«, fuhr er fort. Er lachte auf, als wunderte er sich über sich selbst. »Komm mal mit, ich möchte dir etwas zeigen.«

Er führte sie in sein Arbeitszimmer, zog aus einer Regalwand einen Ordner heraus, der mit *K., 1987/ IV* beschriftet war, und legte ihn auf den Schreibtisch. Er blätterte geraume

Zeit darin, dann fand er, was er gesucht hatte: ein Foto von Rosen als junger Mann vor dem Gebäude des Frankfurter Landgerichtes. Einer anderen Mappe, die ebenfalls im Regal stand, entnahm er ein Foto, das Rosen im Hof der JVA zeigte, scheu in die Kamera lächelnd. Dieses Foto war laut Datum weniger als ein Jahr alt.

»Irgendwann lagen diese beiden Bilder auf meinem Schreibtisch nebeneinander, so wie jetzt – es mag Zufall gewesen sein oder Schicksal oder die Hand Gottes.«

Nora verglich die Bilder. Nicht einmal mehr der Blick aus Rosens Augen war derselbe. »Zwei völlig verschiedene Menschen.«

Sie kehrten ins Wohnzimmer zurück. Nora stellte die leere Tasse ab. Gleich würde sie Brunos Apartment und sein Leben verlassen.

»Erst als klar wurde, dass man ihn gemeinsam mit Lefeber und Tibursky freilassen musste, kam es mir vor, als würde ich aus einem Traum erwachen. Ich hatte mich damit abgefunden, dass ich den letzten Wunsch meiner Mutter nicht erfüllen konnte. Doch nun rückte dieses Ziel wieder in greifbare Nähe.«

Sie hatten die Wohnungstür erreicht. Auf dem Vertiko stand nach wie vor Katharina von Kolbachs Porträt. Und daneben nun ein Glasgefäß in Form einer Urne mit einem Zierdeckel, die sich unten verjüngte. Im Inneren des Behälters befand sich Erde, schwarze Krumen, fruchtbar wie Humus.

»Die Kollegen sind noch dabei, das Gebiet, das Rosen uns genannt hat, umzugraben.«

»Ach ja?« Der Blick aus Brunos Augen war unergründlich.

»Bis jetzt nichts. Keine Spuren, keine Überreste, kein Geld.«

»Danke, dass du noch einmal gekommen bist, Nora«, sagte er mit einem feinen Lächeln.

Sie umarmten oder küssten sich nicht zum Abschied, sondern gaben sich die Hand wie Bekannte. Dann verließ

Nora Brunos Wohnung. Auf dem Telefonschrank neben der Tür lag ein Brief. Den Absender konnte sie nicht erkennen, aber auf dem Umschlag befand sich ein Siegel mit dem rotblauen Wappen der hessischen Justiz und dem Wort *Geprüft.* Der Umschlag war geöffnet und mit transparentem Klebeband wieder verschlossen worden.

Nora nahm die Treppe ins Erdgeschoss und verließ das Gebäude an der Hafenmole. Noch bevor sie am Steuer ihres Wagens saß, hatte sie eine SMS mit nur zwei Wörtern verschickt:

Figaros Hochzeit?

Epilog

Heinz Rosen wurde wegen Störung der Totenruhe in zwei Fällen nach §168 StGB zu zwölf Monaten Haft auf Bewährung verurteilt. Im Anschluss an die Untersuchungshaft wurde er in eine Außenwohngruppe der *Klinik für Psychiatrie, Psychosomatik und Psychotherapie* der Universität Frankfurt verlegt, wo er heute lebt.

Dr. Alexander Broussier, für den Posten des hessischen Innenministers designierter Kandidat der Konservativen, wurde nach dem überraschenden rot-grünen Sieg bei der hessischen Landtagswahl 2013 Vorsitzender der CDU-nahen *Kurt-Georg-Kiesinger Stiftung für politische Bildung* mit Sitz in Berlin.

Die Ermittlungen zum Tod von Wolfgang Tibursky wurden nach zwölf Monaten auf Betreiben des *Bundesamtes für Verfassungsschutz* eingestellt. Eine Wiederaufnahme des Verfahrens im Zuge der Vorgänge rund um die NSU genannte rechtsextremistische terroristische Vereinigung ist geplant.

Polizeiobermeister Gaetano Martinez zog sich beim Sturz der sogenannten Teufelseiche auf den Einsatzwagen im Scheelbacher Forst zwei gebrochene Rippen und eine schwere Gehirnerschütterung zu. Im Ermittlungsbericht war später von einem Wunder die Rede.

Die Leiche der 1986 entführten Bankierstochter Katharina von Kolbach wurde auch bei einer groß angelegten Suchaktion nicht aufgefunden, bei der hundertzwanzig Beamte der hessischen Polizei ein Waldgebiet in der Nähe von Mühltal am Fuße der Burg Frankenstein durchkämmten.

Am Umgang unserer Gesellschaft mit den Menschen, die erhebliche Straftaten begangen haben, zeigt sich, ob wir bereit sind, die Forderungen des Grundgesetzes nach Schutz der Menschenwürde, Gerechtigkeit und Teilhabe für alle Bürgerinnen und Bürger ernst zu nehmen.

Aus dem sogenannten *Greifswalder Appell*, der bisher von hundertzehn Personen unterzeichnet wurde, darunter Wissenschaftler und Rechtsanwälte, Seelsorger und Anstaltsleiter, Staatsanwälte, Politiker und Richter. In dem am 18. Mai 2010 veröffentlichten Dokument sprachen sich die Teilnehmer einer internationalen Forschungstagung dafür aus, die Entscheidung des *Europäischen Gerichtshofs für Menschenrechte* gegen eine nachträgliche Verlängerung der Sicherungsverwahrung besonnen umzusetzen.

Der von Bruno Albrecht geäußerte Satz »Wenn man mit Ungeheuern kämpft, muss man aufpassen, dass man nicht selber eines wird« stammt in seiner ursprünglichen Form aus *Jenseits von Gut und Böse* von Friedrich Nietzsche aus dem Jahr 1886.

Danke

Bei den folgenden Personen möchte ich mich herzlich für ihre Unterstützung bedanken:

Bärbel Arendt
Peter Asprion
Ursula Bischoff
Susanne Bürgel
Jana Kreuter und Ulrike Rodi
Marion Künzel
Gaby Mayer
Hendrik Nachtsheim
Holger-Karsten Schmidt
Stephan Waldscheidt
Martina Wolf

Und natürlich bei meiner Frau Claudia.

Mehr von Marc-Oliver Bischoff

Tödliche Fortsetzung

ISBN 978-3-89425-398-1
Auch als E-Book erhältlich

Ausgezeichnet mit dem ›Friedrich-Glauser-Preis‹ in der Sparte ›Bestes Krimidebüt‹

Zwanzig Jahre ist es her, dass Martin Kanther ein gefeierter Bestsellerautor war. Doch die in seinem Roman beschriebenen Morde glichen den Taten eines realen Serienmörders bis ins Detail. Als Kanther in Verdacht geriet, folgte der soziale Absturz. Nun erhält er eine ungewöhnliche Anfrage. Per E-Mail erreicht ihn die Bitte, ein Manuskript gegenzulesen. Kanther staunt nicht schlecht, denn er erhält die Fortsetzung seines eigenen Romans.

Als plötzlich auch in der Realität das Morden von Neuem beginnt, steht schon bald Polizeipsychologin Nora Winter mit ihren Kollegen von der Frankfurter Kripo vor Kanthers Tür …

»Ein Buch, durch das sich der Leser wie Säure frisst.«
Mitteldeutsche Zeitung

Golanhöhen

ISBN 978-3-89425-450-6
Auch als E-Book erhältlich

Frankfurt, Golanhöhen: Hier im sozialen Brennpunkt stehen Selbstmorde auf der Tagesordnung. Doch als Gideon Richters Kripoteam zu einem Todesfall gerufen wird, spricht vieles gegen einen Suizid. Jennifer Baur hatte gerade zehn Jahre wegen Kindstötung abgesessen. Wieso sollte sie sich ausgerechnet jetzt, wieder in Freiheit, das Leben nehmen?

Gideon hat allerdings Mühe, sich auf die Ermittlungen zu konzentrieren: Vor Kurzem Vater geworden, steht er dank durchwachter Nächte ziemlich neben sich. Aber der Schlafmangel erklärt nicht seine immer öfter vorkommenden Blackouts. Zusätzlich geht ihm der Fund einer im Müll entsorgten Babyleiche mehr an die Substanz, als er zugeben will. Er verliert seine Objektivität und trifft eine falsche Entscheidung zu viel ...